Sinclair Lewis

Die Benzinstation

Bibliografische Information der Deutschen Nationalbibliothek:
Die Deutsche Nationalbibliothek verzeichnet diese Publikation in der Deutschen Nationalbibliografie; detaillierte bibliografische Daten sind im Internet
über http://dnb.dnb.de abrufbar.

Herstellung und Verlag: BoD – Books on Demand, Norderstedt

ISBN: 978-3-7557-4986-8

Inhaltsverzeichnis

I.
Fräulein Boltwood aus Brooklyn bleibt im Kot stecken

War der Windschutz geschlossen, so blieben die Regentropfen daran haften und Claire meinte, einen versunkenen Wagen durch düstere Tiefen unter dem Meeresspiegel dahinzusteuern. War der Windschutz offen, so schlugen ihr die Regentropfen in die Augen und machten ihre Wangen erstarren. Sie war aufgeregt und gründlich unglücklich. Es wurde ihr klar, daß diese Landstraßen in Minnesota keinerlei Respekt hatten vor den sittsamen Erfahrungen, die sie auf den Alleen von Long Island gesammelt hatte. Sie fühlte deutlich, daß sie eine Frau war und kein Fahrer.

Aber der Gomez-Dep.-Zweisitzer hatte siebzig Pferdekräfte und sang surrend sein Lied. Seitdem sie Minneapolis verlassen hatte, war ihr niemand vorgefahren. Dort hinten wollte ihr ein Schwerfuhrwerk den Weg versperren; da war sie einen Graben hinuntergesaust, eine Böschung hinaufgeklettert, war wieder auf die Straße zurückgekommen – und von einem Fuhrwerk war nichts mehr zu sehen. Jetzt erstreckte sich vor ihr eine Aussicht, herrlicher als die schönste Berglandschaft hinter Gärten am Meer: ein Stück gute Straße. Dem Fahrgast, ihrem Vater, rief Claire frohlockend zu:

»Himmlisch! Es ist aufgeschottert Jetzt können wir Zeit gewinnen. Wir rattern bis zur nächsten Stadt weiter und trocknen uns dort.«

»Ja. Aber kümmre dich nicht um mich. Es geht ohnehin sehr gut«, seufzte der Vater.

Im selben Augenblick – von jähem Schreck ergriffen – sah sie, daß es mit dem Schotterfleck wieder zu Ende war. Die Straße vor ihr war eine nasse, schwarze Schmiere, von tiefen Furchen kreuz und quer durchschnitten. Der Wagen sauste in einen Morast von Prairie-Gumbo – das ist Kot, gemischt mit Teer, Fliegenpapier, Fischleim und wohlgekauten, schokoladeübergossenen Karamelen. Gerät das Vieh in solchen Gumbo, so holen die Bauern Baumstumpf-Dynamit und versuchen es mit dem Sprengen.

Es war ihr erstes Stück wirklich schlechte Straße. Sie hatte Angst. Und doch wieder war sie zu sehr in Atem gehalten, um Angst zu haben, oder um Fräulein Claire Boltwood zu sein, oder um ihren ängstlich gewordenen Vater zu beruhigen. Sie mußte lenken. Ihre zarten, hübschen Arme griffen mit einer wütenden Kraft zu, die genial war.

Sowie die Räder mit dem Schlamm in Berührung kamen, gerieten sie ins Gleiten und drehten sich leer im Kot. Der Wagen begann zu schleudern. Er war in grauenhafter Weise ihrer Herrschaft entglitten. Er fing an, sich majestätisch dem Straßengraben zuzuwenden. Sie kämpfte am Volant wie gegen einen unsichtbaren Feind, doch der Wagen beharrte verächtlich in seinem Taumeln und Schwanken, bis er seitwärts quer zur Straße stand. Irgendwie bekam sie ihn dann wieder herum, er fraß sich in eine Furche und lief geradeaus. Sie wußte nicht, wie sie es gemacht hatte, aber sie hatte ihn zurückgebracht. Sie hätte sich gar zu gerne Zeit genommen, um ihre Lenkkunst zu analysieren. Sie tat es nicht. Sie fuhr weiter. Der Wagen begann zu schießen und ging langsamer. Sie schaltete von der Dritten auf die Erste. Sie gab Gas. Der Motor lief wie ein vor Schrecken pochendes Herz, während der Wagen Zoll für Zoll weiterkroch durch den zähen Kot, der sich endlos vor ihr erstreckte.

Sie arbeitete, um den Wagen in der führenden Spur zu halten. Sie riß den Windschutz auf und konzentrierte sich auf diese eine linke Spur. Sie fühlte, daß sie das Rad nur mit Mühe davon abhielt, die Längswand der Furche hinaufzufahren, diese sechs Zoll hohe Kotmauer, die vor winzigen Steinchen funkelte. Ihr Verstand murrte verführerisch gegen ihren Arm: »Überlaß den Furchen die Steuerung. Du arbeitest ihnen ja nur entgegen.« Es ging. Sobald sie die Räder in Ruhe ließ, folgten sie gemächlich den Furchen und drei Sekunden lang hatte sie dieses wunderbare Gefühl jedes Motorfahrers nach jeder Kalamität: »Jetzt, da diese eine Unannehmlichkeit vorüber ist, werde ich nie mehr, nie mehr irgendwelche Schwierigkeiten haben!«

Aber angenommen, dem überhitzten Motor ginge das Wasser aus? Die Angst zerrte an ihren Nerven. Und die tiefen, deutlich zu unterscheidenden Furchen verwandelten sich nun in ein verworrenes Muster, wie die Gleise an einer Großstadt-Kreuzungsstelle. Sie suchte die Spur des einen Automobils heraus, das kürzlich hier gefahren war. Diese Spur war an dem Gleitschutzmuster der Hinterräder erkennbar; sie war ihr Freund. Claire kannte und liebte den Führer eines Wagens, den sie nie in ihrem Leben gesehen hatte.

Sie war sehr müde. Sie überlegte, ob sie nicht einen Augenblick lang anhalten sollte. Dann kam sie zu einer Steigung. Der Wagen fing an zu bocken. Sie fühlte, wie er unentschlossen unter ihr schwankte. Sie trat auf den Akzelerator. Ihre Hände drückten und schoben am Volant, als ob sie den Wagen selbst schieben würde. Der Motor raffte sich wieder auf und ging mürrisch weiter. In dem wellenförmigen Terrain kam nun wieder eine leichte Steigung – für das Auge eben nur eine kleine Bodenerhebung, aber für ihre Angst war es ein Berg, auf den sie – nicht der Motor, sondern sie selbst – diese klobige Masse hinaufzerren mußte, bis sie die Höhe erreicht hatte und sich wieder sicher fühlte – eine Sekunde lang. Doch es war immer noch kein Ende zu sehen in diesen Kotmassen.

Voll Schrecken dachte sie: »Wie lange wird das noch dauern; ich kann nicht mehr. Ich – oh!«

Die führende Spur des vorangegangenen Wagens verlor sich plötzlich in einer Masse schwellenden, blasenbildenden Kotes, gleich einem Meer von schwarzem Teig. Sie packte den Wagen irgendwie zusammen, schleuderte ihn hinein in dieses Gewoge, mitten durch und wieder zurück in die wieder auftauchende Spur, mit dem wohlbekannten Gleitschutzmuster.

Ihr Vater sagte: »Du zerbeißt ja deine Lippen. Sie werden noch bluten, wenn du nicht aufpaßt. Halt lieber an und ruh dich ein wenig aus.«

»Kann nicht! In diesem bodenlosen Kot. Bleib ich erst einmal stehen und verlier den Schwung – so bleib ich ganz hängen!«

So ging es noch zehn Minuten weiter, ehe sie eine Kombination von einer Art Brücke und überdecktem Abzugskanal erreichte – die hölzerne Überdachung einer großen Rinne für Entwässerungsröhren. Auf diesem festen Plankenboden konnte sie anhalten. Dröhnend senkte sich die Stille herab, als sie den Motor abstellte. Das kochende Wasser im Kühler dampfte über die Haube. Claire wurde sich einer Steifheit ihrer Halsmuskeln bewußt; eines Schmerzes im Hinterkopf. Ihr Vater blickte sie so merkwürdig von der Seite an.

»Ich muß ganz zerschlagen aussehen. Sicherlich ist auch mein Haar zerrauft«, dachte sie, doch vergaß sie es gleich wieder, als sie ihn anschaute. Sein Gesicht war ungewöhnlich blaß. In dem Tumult der Ereignisse hatte sich der alte, mutlose Ausdruck wieder eingeschlichen, der seine Augen trüb und seinen Mund schlaff machte. »Muß weiterfahren«, entschied sie.

Claire war eine elegante Erscheinung. Sie haßte unordentliches Haar, zerrissene Handschuhe und kotige Schuhe. Zögernd, wie eine Katze an einer Pfütze, stieg sie auf die Brücke hinunter. Sogar auf diesen Brettern war der Kot drei Zoll tief. Er quatschte um ihre ausgeschnittenen Schuhe mit Gamaschen. »Eeh!«, quietschte sie.

Sie trippelte auf den Zehenspitzen bis zum Werkzeugkasten und nahm einen zusammenlegbaren Segeltuch-Eimer heraus. Vorsichtig stieg sie zu dem rieselnden Wasser hinab. Das Ufer unten am Bach war so schlüpfrig, daß sie zwei Fuß weit abrutschte und beinahe hingefallen wäre. Sie berührte mit dem Knie den Boden, so daß der Rock ihres grauen Sportkostümes einen gelben Erdfleck davontrug.

In weniger als zwei Meilen hatte der rasend laufende Motor so viel Wasser verbraucht, daß sie viermal zum Bach hinunterwandern mußte, ehe sie den Kühler wieder gefüllt hatte. Als sie dann auf das Trittbrett kletterte, blickte sie auf ihre Gamaschen und Schuhe, die zu einer festen grauen Masse geworden waren. Ihr war nicht weinerlich zu Mute. Sie war wütend.

»Idiot! Ich hätte Galoschen anziehen sollen. Na – jetzt ist's zu spät«, bemerkte sie, als sie den Motor anließ. Wieder folgte sie der Spur des Gleitschutzmusters. Um ein Loch vor der Straße zu vermeiden, hatte der unbekannte Fahrer den Wagen auf die Straßenseite herumgerissen und sich an die tiefschwarze Erde am Rande eines uneingezäunten Kornfeldes gehalten.

Wie der Blitz tauchte vor Claire der Anblick eines tiefen, mit Wasser gefüllten Loches auf – verstreut herumliegendes Stroh und Buschwerk – Trümmer eines Schlachtfeldes, die ihr die atemraubende Erkenntnis vermittelten, daß ihr Gleitschutzmuster-Führer festgefahren war und …

Und im selben Augenblick war sie selber festgefahren. Es war gar nicht anders möglich, als den Wagen in das Loch hineinzufahren.

Er fiel hinein, tief hinunter und blieb unten. Der Motor starb ab. Sie ließ ihn wieder an, aber die Hinterräder drehten sich lustig ohne zu greifen. Sie kam keinen Zoll vorwärts. Als sie den ratternden Motor abgestellt hatte, ließ sie ihn tot liegen. Sie schielte nach ihrem Vater hinüber.

Er war jetzt eben kein Vater sondern ein Fahrgast, der sich bemühte, den Fahrer nicht zu irritieren. Er lächelte ein wenig wächsern und sagte: »Schwierige Sache! Na, du hast dein Bestes getan. Das andere Loch dort drüben auf der Straße wäre ebenso schlimm gewesen. Bist ein guter Fahrer, Mädi.«

Sie lächelte warm und herzlich. »Nein. Ich bin ein Narr. Du hast mir gesagt, ich soll Ketten nehmen. Ich hab's nicht getan. Es geschieht mir recht.«

»Na, jedenfalls würden die meisten Männer jetzt fluchen. Schon, daß du mich nicht schlägst, verdient eine Belobung. Ich glaube, das passiert in derlei Augenblicken. Wenn du willst, steige ich aus und kriech hinaus in den Kot und …«

»Nein. Ich fühl mich jetzt ganz wohl. Ich tat schrecklich sachlich, solang es irgendwie notwendig war. Es hielt mich aufrecht. Aber jetzt kann ich ebensogut vergnügt sein, weil wir doch festgefahren sind und wahrscheinlich für den Rest dieses sorgenfreien Sommertages festgefahren bleiben.«

Dann überkam sie plötzlich die Müdigkeit der langen Anspannung, sie ließ sich auf ihrem Platz etwas vorgleiten, saß zusammengesunken da, die übereinandergeschlagenen Knie bis dicht unterm Rand des Volants. Die Hände ließ sie schlaff neben sich herabhängen, wobei die eine im Abgleiten ein schwaches Geräusch hervorrief, als wäre eine Bürste über die Polsterung gestrichen. Ihre Augen schlossen sich; als der Kopf tiefer herabsank glaubte sie, ihr Rückgrat in den straff gespannten Nacken einschnappen zu hören.

Ihr Vater saß schweigend, eine undeutlich erkennbare Gestalt in einer Reisedecke. Der Regen zeichnete Streifen an die Cellonfenster der Seitenteile. Ein ferner Eisenbahnzug pfiff trostlos über die durchweichten Felder. Im Wageninnern roch es muffig. Die Stille legte sich wie eine Decke um die Ohren. Claire war in einem nebeligen Halbschlaf befangen. Sie fühlte, daß sie niemals wieder werde fahren können.

II.
Claire entschlüpft traditioneller Achtbarkeit

Claire Boltwood wohnte in Brooklyn auf den Heights. Leute in New-York und anderen Teilen von Middle-West glauben, wie man oft hört, daß Brooklyn irgendwie spaßig sei. In Witzblättern und Possen wird es so dargestellt, daß Leute, die bereit sind, ihre Lebensanschauungen aus diesen Quellen zu schöpfen, glauben, die tonangebenden Einwohner von Brooklyn wären alle Geistliche, Leichenbestatter und Hebammen. Tatsache ist, daß North Washington Square in seinen fashionabelsten, protzigsten und elegantesten Teilen nicht so aristokratisch ist wie jener Bezirk von Brooklyn, der die Heights genannt wird. Hier predigte Henry Ward Beecher. Hier, in Häusern gleich Mausoleen, auf den Dämmen oberhalb der Docks, wo die guten Schiffe anlegen aus Surabaja und Singapore, herrschten die Herren der tausend Segel. Und immer noch ist es der Ort eines Reichtums, der zu gediegen ist, als daß er die lebhafte Selbstplakatierung von Fifth Avenue nachahmte. Hier wohnt die fünfte Generation der Besitzer ganzer Komplexe von Gießereien und Schiffswerften. Hier in einem großen Ziegelhaus von gar würdigem und häßlichem Aussehen, wohnte Claire Boltwood mit ihrem verwitweten Vater.

Henry B. Boltwood war Vizepräsident eines Unternehmens für Eisenbahnbelieferungen. Er war weder reich, noch weniger war er arm zu nennen. Jeden Sommer, trotz allen zarten Winken seiner Tochter Claire, mieteten sie dasselbe Landhäuschen an der Küste von Jersey und Herr Boltwood kam über den Sonntag hinaus. Claire hatte eine gute Schule besucht. Sie war an graziösen Müßiggang, reizvolle Zwecklosigkeit, mandelgefüllte Schokolade und an ein gewisses neugieriges Staunen gewöhnt, weswegen sie eigentlich lebe.

Sie wollte reisen, doch ihr Vater konnte niemals abkommen. Er verbrachte systematisch seine Tage damit, sich zu überarbeiten und seine Abende damit, daß er wünschte, er hätte sich nicht überarbeitet. Er war anziehend und munter, hatte rote Backen und einen weißen Schnurrbart, und an seinen Nerven hatten die Jahre alltäglicher Plackerei gezerrt.

Claires Ambition war es einst gewesen, Kinder und einen ordentlichen Ehemann zu bekommen; aber als verschiedene junge Männer dieser Art vor ihr erschienen, ihre Locklieder sangen und das kürzlich chemisch geputzte Gefieder ausbreiteten, da fand sie, daß es mit ordentlichen jungen Männern die eine Schwierigkeit hätte, daß sie so ordentlich wären. Obwohl sie sehr gern tanzte, langweilte sie »der Tänzer«. Auch verstand sie die im Kreise der Intellektuellen üblichen Zitierungen nicht sehr gut; sie konnte gut ein Symphoniekonzert anhören, aber sie hatte wenig Glück, wenn die geschickte Art besprochen wurde, in der das Hauptmotiv von den Flöten aufgegriffen wird. Es ist geschichtlich festgestellt, daß sie einen Doktor der Musikgeschichte mit einer alten Geige, einem erlesenen Geschmack in Kravatten und einem Einkommen von achttausend Dollars abgewiesen hatte.

Der einzige Mann, der sie beschäftigte, war Geoffrey Saxton, in all den untereinander wohlbekannten Gesellschaftskreisen von Brooklyn Heights als »Jeff« bekannt. Jeff Saxton war neununddreißig und Claire dreiundzwanzig. Er war sauber und ruhig; er hatte anscheinend weder Laster noch Launen. Eigens für Jeff schien das symbolische Jackett erfunden worden zu sein, die faltenlose graue Hose und die moralische, ungefaßte Brille. Er hatte eine Universität von gutem Ruf absolviert und er hatte eine gute Stimme, eine gute Familie, gute Hände und guten Erfolg bei einem New-Yorker Kupferunternehmen. Richteten freche, kluge oder arme Leute Fragen an ihn, so sah sie Jeff, ehe er antwortete, kühl von oben bis unten an, und dabei fühlten sich manche so unbehaglich, daß er oft nicht mehr zu antworten brauchte. Die Burschen in Claires Alter, die erst kürzlich Yale und Princetown verlassen hatten, die sich im Geschäft geschickt anstellten und täglich um halb sieben in Abendtoilette warfen, leicht in Liebe entbrannten und heftige Bewunderer athletischer Helden waren – diese Burschen fand Claire amüsant, aber schwer von einander zu unterscheiden. Bei Jeff Saxton blieb ihr diese Mühe erspart. Er unterschied sich von selbst. Jeff kam – nicht allzu oft – auf Besuch. Er sang

– nicht allzu sentimental. Er führte sie und ihren Vater ins Theater – nicht allzu verschwenderisch. Er erzählte Claire – in nicht allzu ernstem Ton – daß sie seine behelmte Athene sei, seine schönste Rose der Welt. Er informierte sie über seine materielle Lage – nicht allzu eingehend. Und er war so immerwährend, so beständig, so ruhig, so höflich, so unerschütterlich immer da.

So sah sie das mächtige, plumpe Schiff des Ehestandes auf das zerbrechliche Rennboot ihres Strebens zutreiben und steuerte umher in verzweifelten Kreisen.

Dann erlitt ihr Vater den nervösen Zusammenbruch, den er so reichlich verdient hatte. Der Arzt verschrieb Ruhe. Claire übernahm die Pflege. Er wollte nicht reisen. Jedesfalls wollte er nicht ans Meer oder in die Berge der Adirondacks. Da jedoch ein Zweig seiner Gesellschaft in Minneapolis war, lockte ihn Claire wenigstens dahin. Als erbgesessene Bewohnerin von Brooklyn Heights wußte Claire nicht viel vom Westen. Sie dachte, daß Milwaukee die Hauptstadt von Minnesota sei. Doch war sie immer noch nicht so unwissend wie einige ihrer Freundinnen. Sie hatte gehört, daß man in Dakota weite Strecken von Weizenfeldern überblicken könne – vielleicht hundert Acker Landes.

Herr Boltwood konnte durch alle Schmeicheleien und Liebkosungen nicht dazu bewogen werden, mit den Leuten zu spielen, die er durch seine Repräsentanz in Minneapolis kennen gelernt hatte. Er fing neuerdings an sich zu überarbeiten und fühlte sich dabei vollkommen glücklich. Er hoffte, an der Zweigstelle des Unternehmens etwas herauszufinden, das nicht ganz in Ordnung sei. Claire versuchte, ihn zu den Seen hinauszulocken. Es gelang ihr nicht. Seine leicht entzündeten Nerven brannten in einem großen Feuerwerk noch einmal aus.

Claire hatte den Kreis ihrer Freundinnen oft zu lenken verstanden, es war ihr niemals eingefallen, ihren Vater, der doch über alles zu verfügen hatte, lenken zu wollen; ausgenommen vielleicht durch liebenswürdige und indirekte Sekkaturen. Jetzt, im Bündnis mit dem Arzt, schüchterte sie ihn vollkommen ein und zwang ihn nachzugeben. Er sah keinen anderen Ausweg vor sich als den blassen Tod, der auf ihn wartete, und da wurde er sanft und schwach. Er war zu allem bereit. Er willigte ein, mit ihr zweitausend Meilen weit über Berge und Ebenen nach Seattle zu fahren und bei Verwandten, den Eugen Gilsons, einen kurzen Besuch abzustatten.

Zuhause, im Osten, hatten sie einen Chauffeur und zwei Wagen – die Limousine und den Gomez-Deperdussin-Reisewagen, Claires Liebling. Sie meinte, wenn sie keinen Chauffeur mitnähmen, so wäre dies eine radikale Abkehr von all dem, was zu Herrn Boltwoods Herzen noch von der alten Männerherrschaft flüstern könnte. Ihr Vater fuhr niemals selbst, aber sie konnte es und sie bestand darauf. Es war rührend, wie leicht er einwilligte. Er beobachtete sie mit unterwürfigen Blicken. Sie ließen sich den Gomez-Reisewagen aus New-York kommen.

An einem Julimorgen fuhren sie bei Nebel von Minnesota fort und, wie bereits angedeutet wurde, blieben sie sechzig Meilen weit nördlich davon im Regen und auch im tiefen Gumbo stecken. Anscheinend sollte dieser ozeanisch nasse Rain eines Kornfeldes zwischen Schoenstrom und Gopher Prairie, Minnesota, ihre größte Annäherung an den pazifischen Ozean bleiben.

*

Claire erwachte aus ihrem dumpfen Dusel und seufzte: »Na, ich muß darangehen, den Wagen da herauszukriegen«.

»Glaubst du nicht, daß du besser tätest, jemanden zu Hilfe zu holen?«

»Ja, aber wem?«

»Wen!«

»Nein! 's ist einfach ›wem‹, wenn man im Kot sitzt. Nein! Solche Abenteuer, wie dieses hier, haben unter anderm auch das eine Gute, daß ich alles allein machen muß. Ich habe immer Leute um mich gehabt, die alles für mich getan haben. Dienstmädchen, freundliche Lehrer und du, mein Lieber! Ich glaube, das hat mich so bequem gemacht. Bequem – ich wollt, ich hätt einen bequemen Schreibtischsessel hier und einen Roman und ein Pfund Grillage und wäre schön krank und würde mich nicht so entsetzlich als Mann fühlen, wie eben jetzt. Aber ...« Sie klappte den Mantelkragen hinauf, kletterte mühsam aus dem Wagen – wie die Rückenmuskeln schmerzten! – und untersuchte den Stand der Hinterräder. Sie waren bis an die Achsen vergraben; vor ihnen türmte sich der Kot in festen, schwarz schimmernden Massen. Sie nahm Wagenheber und Ketten heraus. Es war zu spät. Es war kein Platz, um den Heber unter die Achse zu bringen. Sie erinnerte sich, aus den Erzählungen von Automobilkameraden, daß im Kot Reisigbündel dem Rad eine feste Angriffsfläche zum Herausarbeiten geben. Sie erinnerte sich auch, wie lustig und angenehm heroisch die Berichte solcher Unfälle geklungen hatten – eine Woche, nachdem sie überstanden waren. Sie watete die Straße hinunter, auf einen alten Holzplatz zu. Zuerst versuchte sie trocken zu bleiben; aber sie gab es bald auf und es lag ein gewisses Vergnügen darin, mit größter Gleichgültigkeit schmutzig zu werden. Sie stapfte mitten durch die Pfützen, sie schwelgte im Kot. Auf dem Holzplatz stand hohes Gras, so daß ihre Strümpfe sich mit Wasser vollsogen, bis ihre Fußgelenke juckten. Claire hätte niemals vermutet, daß sie je mit einem Reisighaufen so vertraut werden könnte. Sie wurde es. Als wäre sie eine Pioniersfrau, die hier seit Jahren gerackert hatte, lernte sie das Reisig Stück für Stück kennen – die langen, wertvollen Äste, die sie niemals ganz unter den andern herausbekommen konnte; die dornigen Zweige, die ihr die Hände zerstachen, jedesmal wenn sie versuchte, das seltsame Rutenbündel zu packen. Siebenmal machte sie sich auf den Weg, trug beide Arme voll Zweige und schleppte feierlich lange Äste hinter sich her. Sie drückte sie schön zusammen vor allen vier Rädern. Ihre Hände sahen wie die Pfoten eines dreijährigen Buben aus, der eine Festung aus Kot gebaut hat. Die Nägel taten ihr weh, weil sich soviel Erde darunter festgekeilt hatte. Die Schuhe waren von angebackenem Kot so schwer, daß sie Mühe hatte, sie zu heben. Mit erlesener Selbstgefälligkeit setzte sie sich auf das Trittbrett, streifte eine Wagenladung Lignit von den Sohlen ab, kletterte in den Wagen zurück und drückte auf den Anlasser.

Der Wagen kam in Gang, kroch einen Zoll vor, glitt wieder zurück – einen Zoll weit. Das zweitemal hob er sich vielversprechend, kam aber nicht ganz soweit vorwärts. Dann seufzte Claire.

Sie rieb ihre Wange an des Vaters Schulter, dessen Mantel nach Heidekraut roch und sich so wohlig rauh anfühlte. Der Vater streichelte sie und lächelte. »Mein braves Mädel! Ich werde lieber aussteigen und dir helfen.« Da fuhr sie mit einem Ruck in die Höhe und schüttelte den Kopf. »Nichts da, ich werde alles machen. Ich will auch nicht länger darauf bestehen, heroisch zu sein. Ich werde einen Bauer holen, der soll uns herausziehen.« Als sie sich in den Schlamm hinabließ, überlegte sie, daß alle Bauern ein Herz von Gold hätten; ein anatomisches Phänomen, desgleichen man unter den Snobs und Mietlingen New-Yorks niemals fände. Vermutlich schlug das zunächst liegende goldene Herz gar warm in jenem Hause, das eine Viertelmeile weit vor ihnen lag.

Sie kam auf einem kotigen Pfad zu einem kotigen Bauernhof, wo ein kotiger Köter um ihre Beine kläffte und die Gänse heiter in einem See reinsten Kotes schnatterten. Das Haus war klein und ziemlich alt. Es mochte auch einmal angestrichen gewesen sein. Die Scheune war groß und neu. Sie war sehr gut gestrichen und zwar in einem grellen Rot mit weißen Verzierungen. Es war kein Schild an dem Haus, aber auf der Scheune stand in riesigen, weißen Buchstaben die Legende zu lesen: »Adolph Zolzac, 1913«.

Claire kletterte auf Holzstufen zu dem schmalen Vorbau einer Hintertüre, auf dem zerbrochene Teile einer Milchmaschine verstreut umherlagen. Sie sagte sich, daß es bescheidener und freundlicher wäre, zur Hintertüre zu gehen, anstatt zum vorderen Eingang, und munter klopfte sie an der schlecht schließenden Türe, die mit einem trostlosen Klappern antwortete.

»Ja?« von drinnen.

Sie pochte wieder.

»Herein!«

Sie öffnete die Türe, die in eine Küche führte, deren Mittelpunkt ein Tisch bildete, auf dem Schüsseln mit eingesalzenem Schweinefleisch und Knödeln standen. Ein Mann in Hemdärmeln saß – in Bart und Ruhe gehüllt – an dem Tisch und blieb unbeweglich sitzen, während er fragte:

»Was gibt's?«

»Mein Wagen – mein Automobil – ist im Kot steckengeblieben. Bin, fürcht ich, ein schlechter Fahrer! Wollen Sie, bitte, so gut sein …«

»Gewöhnlich krieg ich drei Dollars, aber ich weiß nicht, ob ich's heut für weniger als vier mach! Fühl mich nicht ganz wohl heut«, brummte der Mann mit dem goldenen Herzen.

Claire hörte nun eine Frau sprechen, die sie bisher nicht bemerkt hatte – um soviel kleiner war sie, als die Knödel, um soviel weniger frisch sah sie aus, als das eingesalzene Schweinefleisch. »Aber Papa, das ist ja eine Schand, daß du der armen Dame so viel aufrechnest, wenn sie selbst chauffiert. Was wird sie von den Sherman-Leuten denken?«

Der Bauer grunzte nur. Zu Claire gewendet:

»Tja, vier Dollars, soviel rechne ich meistens, manchmal.«

»Meistens? Wollen Sie damit sagen, daß Sie das Loch dort ruhig mitten in der Straße bestehen lassen – damit die Leute immer wieder stecken bleiben, wenn sie ausweichen wollen, so wie ich? Oh! wenn ich ein Beamter wäre …«

»Na, ich weiß nicht, aber mir scheint, ich führ meine Wirtschaft nicht für euch Protzen …«

»Papa! Wie redst du denn zu der jungen Dame? Schäm dich!«

»… aus der Stadt drin! Wenn's euch nicht paßt, bleibt's in Minneapolis. Ich zieh Sie heraus für dreieinhalb Dollars. Letzten Monat hab ich fünfundvierzig Dollars verdient. Alle haben gern gezahlt. Sie haben gesagt, ich hab ihnen gut geholfen. Ich seh nicht ein, gegen was Sie sich da wehren. Ach, diese Weiber!«

»Es ist Betrug! Ich würd es nicht bezahlen, wär's nicht um meines Vaters willen, der draußen sitzt und wartet. Aber – kommen Sie. Schnell!«

Sie saß da und klopfte ungeduldig mit der Fußspitze auf den Boden, während Zolzac schnarchend die restlichen Knödel hinunterschlang, sich dann streckte, gähnte, kratzte und hierauf seine bloß schmutzigen Kleider mit Überzeug bedeckte, das aus Schmutzfasern gewoben zu sein schien. Als er in die Scheune gegangen war, um sein Gespann zu holen, kam die Frau auf Claire zu. Über ihr nasses Gesicht liefen die leichtfließenden Tränen des Sklavenweibes.

»Ach Fräulein, ich weiß nicht, was ich tun soll. Meine Buben gehen in die öffentliche Schule und sprechen so gut amerikanisch wie Sie. Oh, ich wollt, man ließe mich Amerika lieb gewinnen. Aber Papa sagt, es ist lauter Unsinn. Wenn man nur das Geld hat, dann kümmert sich niemand mehr drum, ob man aus Amerika ist oder aus der alten Welt. Ich wollt, ich könnt einmal in einem Automobil fahren! Aber – ich schäm mich so, schäm mich so, daß ich da sitzen muß und zuschaun, wenn mein Mann solche Sachen macht. Vierzig Jahre lang bin ich mit ihm verheiratet und bald werde ich sterben …«

Claire streichelte der Frau die Hände. Es gab keine Worte für eine Tragödie, die jeder Hoffnung entwachsen war.

Adolph Zolzac stapfte hinaus auf die Landstraße, hinter seinen mächtigen, vollflankigen Pferden, die soviel sauberer, soviel besser genährt aussahen, als sein Flederwisch von einer Frau. Claire folgte ihm nach und in ihrem Herzen beging sie tausend Morde und freute sich noch daran. Während Herr Boltwood in sanfter Verwunderung auf Claires neuen Freund blickte, befestigte Zolzac sein Gespann an der Achse. Es schien nicht möglich, daß zwei Pferde den Wagen herausziehen könnten, dort, wo siebzig Pferdekräfte versagt hatten. Doch leicht, gähnend und ans Futter denkend, zogen die Pferde die Räder auf die Kotbänke hinauf, aus dem Loch heraus und –

Das Geschirr riß unter einem Gewirr fliegender Gurten und Stricke und der Wagen plumpste mit vollkommener Genauigkeit in sein Bett zurück.

III.
Ein junger Mann in einem Regenmantel

»Huh! So ein Auto! Schaun Sie, 's hat das Geschirr zerrissen! Das kostet Sie zwei Dollars, das Richten. Das Auto ist zu schwer!« tobte Zolzac.

»Schon gut! Schon gut! Gehn Sie nur, um Himmelswillen, und holen Sie ein anderes Geschirr!« schrie Claire.

»Das macht also zusammen fünffünfzig.« Zolzac grinste. Claire stand ihm gegenüber. Sie dachte an andere Fahrer, arme Leute, in alten Wagen, die der Gnade dieses Mannes mit dem goldenen Herzen preisgegeben waren. Sie starrte an ihm vorbei ins Weite nach der Richtung, aus der sie gekommen waren. Ein anderes Automobil war in Sicht.

Es war ein Blechkäfer von einem Wagen; jenes behende, lustige, über alle Furchen springende Modell, das unter dem Namen »Karren« bekannt ist. Haube und Kasten aus Blech, selbst zusammengenagelt und selbst angestrichen, saßen auf dem nackten Chassis eines kleinen, billigen Teal-Wagens. Der einsame Fahrer trug einen alten, schwarzen Regenmantel mit einem entsetzlichen Kragen aus geschnüreltem Samt und eine neue karierte Kappe aus einem schottischem Plaid-Stoff. Der Karren hüpfte durch den Kot an Stellen, wo der Gomez der Boltwood geschleudert und geschlingert hatte. Der Wagenlenker fuhr bis dicht hinter Claires Wagen heran und sprang heraus. Er trabte auf Claire und Zolzac zu. Seine Augen waren sieben- oder achtundzwanzig, aber seine rosafarbenen Wangen waren zwanzig und wenn er lächelte – scheu, strahlend – war er überhaupt nicht so und soviele Jahre alt sondern: ewig ein Bub. Claire hatte die undeutliche Vorstellung, daß sie ihn schon einmal gesehen hatte, irgendwo an der Straße. »Festgefahren?« fragte er nicht übermäßig klug. »Wieviel rechnet Ihnen Adolph?«

»Er verlangt dreifünfzig, und weil sein Geschirr gerissen ist, verlangt er noch zwei Dollars …«

»Oh! er arbeitet also immer noch mit dem alten Schwindel! Ich kenne das alles. Er hält sich dieses Geschirr eigens zum Herausziehen von Wagen und es reißt jedesmal. Immerhin hat er zuletzt nur sechs Silbermünzen für die Reparatur verlangt. Lassen Sie mich einmal mit ihm verhandeln.«

Der junge Mann wendete sich mit erboster Schnelligkeit um und zum erstenmal in ihrem Leben hörte Claire »Geschäfts«-Deutsch reden, deutsch, wie es Amerikaner, die es nie gelernt haben und Deutsche, die es bereits vergessen haben untereinander sprechen.

»Schon sex hundred Mal I höre alles about the way you behandeln die Autos, Zolzac, you verfluchter Schweinhund and I werde den Sheriff auf dich hetzen.«

»Dot ain'd wahr vielleicht einmal die Woche kommt somebody und I muß die Arbeit immer lassen und in die Regen ausgehen und seh mal how die boots sind kotig, two Dollars is nicht zu viel für die boots ...«

»Now, ich hab aber mehr als genung davon! Die boots seien verdammt and mach, daß du fortgehst – kotige boots, zum Teufel – schlag dir die boots aus dem Kopf, verleicht I arrest you selbst, by golly, weißt du! I bin an Art Sheriff-Stellvertreter.«

Der junge Mann stand breitbeinig da. Er schien sichtlich größer zu werden, während seine etwas schmutzige Hand drohend vor, ja unter – und im ganzen Umkreis – von Adolph Zolzacs behaarter Nase herumfuchtelte. Der Bauer war stärker, aber er zog sich zurück. Er nahm die Zügel auf. Er lamentierte: »Ich soll nichts bekommen für das zerbrochene Geschirr?«

»Oh ja. Du bekommst zehn – Jahre! Und dann bekommst du eine Ausweisung!«

Zolzac schrie, nachdem er dreißig Ellen weit weg war, noch zurück: »Sie glauben wohl, Sie sind ein verflucht pfiffiger Kerl, was?« Das war sein letzter ernstlicher Gegenhieb. Ungeschickt, wie einer, der es nicht gewohnt ist, lüftete der junge Mann vor Claire die Mütze, wobei das glatte, borstige, flachsfarbene Haar sichtbar wurde, das von einer ziemlich schön geformten Stirne glatt zurückgebürstet war.

»Herrje, es tut mir leid, daß ich so schimpfen und poltern mußte, aber das ist das einzige, was Adolph versteht. Bitte, glauben Sie nicht, daß die meisten Leute hierherum so sind wie der. Man sagt, daß er der schmierigste Kerl im ganzen Land ist.«

»Ich bin Ihnen unendlich dankbar, aber verstehen Sie was von Automobilen? Wie kann ich aus dem Kot da herauskommen?«

Sie war etwas erstaunt, als sie den Burschen erröten sah. Eine Blutwelle überflog seine helle Haut. Das liebenswürdige Lächeln tauchte wieder auf und er sagte zögernd: »Erlauben Sie, daß ich Sie herausziehe«.

Sie blickte von ihrem mächtigen Wagen auf seine Fliegenmaschine.

In Erwiderung dieses Blickes sagte er: »Ich kanns wirklich machen. Ich bin an den Gumbo gewöhnt – regelrechtes Sumpfhuhn. Versuchen wir es mit vereinten Kräften. Haben Sie ein Schlepptau?«

»Nein, ich hätte nie daran gedacht eines mitzunehmen.«

»Ich werde meines holen.«

Sie ging mit ihm zurück bis zu seinem Karren. Dem fehlte nicht nur das Dach und die Seitenteile, sondern auch der Windschutz und das Trittbrett. Es war ein Spielzeug – eine Kartonschachtel auf Zahnstocherachsen. Auf dem gewölbten Kasten hinten war ein Reisekorb angeschnallt, der zum Teil mit Segeltuch bedeckt war. Vom Sitz herab guckte ein kleines haariges Gesicht.

»Eine Katze?« rief Claire, als er mit einem Drahtseil kam, das er hinten aus dem Blechverschlag herausgezogen hatte.

»Ja. Sie ist der Kapitän des Schiffes. Ich bin nur der Maschinist.«

»Wie heißt sie?«

Der junge Mann schritt, bevor er antwortete, weiter bis vor Claires Wagen und sie trabte gehorsam hinter ihm her. Er bückte sich, um die Vorderräder zu besehen. Er hob den Kopf, sah zu ihr auf und wurde wieder rot. »Ihr Name ist Vere de Vere!« gestand er. Dann lief er wieder zu seinem Karren zurück. Er fuhr ihn bis vor den Gomez-Dep. Das Loch in der

Straße selbst war ebenso tief wie das an dem Rande des Kornfeldes, in dem sie stecken geblieben war, aber er nahm es spielend. Sie war von dieser Geschicklichkeit fasziniert. Wo sie eine zehntel Sekunde lang gezögert hätte, um den besten Kurs zu wählen, schleuderte er den Wagen gerade auf das Loch zu, tauchte zwischen glasig schwarzen Wassermauern, die sich zu beiden Seiten neben ihm wölbten, durch, riß den Wagen arglistig erst nach rechts, dann nach links und wieder geradeaus, immer den Spuren folgend, die im festesten Boden liefen.

An dem winzigen Winkeleisen, das als Stufe dienend ein Trittbrett ersetzte, war ein alter Spaten befestigt. Der junge Mann grub Rinnen vor allen vier Rädern von Claires Wagen, so daß sie sanft bergauf fahren konnten, statt gegen die senkrechten Kotmauern, die sie aufgeworfen hatten, hart anzurennen. Auf diese schiefen Flächen streute er das von Claire gesammelte Reisig; plötzlich innehaltend, hob er aus seiner kauernden, gebückten Stellung mitten im Kot den Kopf leicht zu ihr empor und fragte: »Mußten Sie dieses Reisig selbst holen?«

»Ja. Schrecklich naß!«

Er schüttelte nur voll Mitgefühl den Kopf.

Er befestigte das Schleppseil an der Hinterachse seines Wagens und an der Vorderachse des ihren. »Wollen Sie jetzt, bitte, mit ganzer Kraft anfahren, wenn ich zu ziehen anfange«, sagte er fragend, beinahe respektvoll. Als der schwer arbeitende Karren das Drahtseil gespannt hatte, öffnete sie die Drosselklappe. Das Seil zitterte. Ihr Wagen schien mürrisch zurückzuziehen. Dann kam er herauf – wirklich herauf – das freudigste Erlebnis für jeden Automobilisten. In der Aufregung darüber, tatsächlich wieder vorwärts zu kommen, so schnell wie nur irgend eine lebendige Schnecke, fuhr sie weiter und weiter, während der junge Mann vorne auf sie zurückgrinste. Auch blieb weder sie noch er stehen, ehe nicht beide Wagen eine viertel Meile weiter in dem nunmehr bloß dicken Kot in Sicherheit waren. Sie stellte den Motor ab – und plötzlich ergriff sie ein Wirbelwind schwindelerregender, krankmachender Müdigkeit. Aber noch während sie sich dieser vollkommenen Erschöpfung hingab, bemerkte sie, daß der junge Mann sie nicht anstarrte, sondern, ihr weiter den Rücken kehrend, das Schleppseil abnahm und es

in seinem Karren verstaute. Sie überlegte, ob es wohl aus Taktgefühl oder aus bäurischer Gleichgültigkeit geschähe. Ihr Vater
sprach zum erstenmal seitdem der Galahad vom Blechkasten
erschienen war: »Wieviel, glaubst du, sollen wir dem Burschen
geben?«

Nun sind von allen bisher ungelösten kosmischen Problemen weder das Krebsleiden noch die Vernichtung der Armut
die wirklich verwirrenden Fragen, sondern einzig diese beiden:
Was ist ärger: in einer Gesellschaft nicht in Abendtoilette zu
erscheinen, wenn alle Übrigen Abendkleider tragen oder in
Abendkleidern zu erscheinen in einem Hause, in dem sie – wie
sich nachher herausstellt – niemals getragen werden? Und: was
ist ärger, kein Trinkgeld zu geben, wo es erwartet wird oder es
zu geben, wo das Trinkgeld eine Beleidigung ist?

Mit müdem Kopf und nassen Fußgelenken erschauerte
Claire. »Ach, du Lieber, ich glaube nicht, daß er von uns eine
Bezahlung erwartet. Er macht den Eindruck eines furchtbar
unabhängigen Menschen, 's könnte sein, daß wir ihn beleidigen,
wenn wir ihm Geld anbieten …«

»Die einzige vernünftige Ursache einer Beleidigung in diesem Jammertal ist, daß man einem kein Geld anbietet!«

»Ebensogut – ach, du Lieber, ich bin so müde. Aber die
brave, kleine Claire wird hinauskriechen und diplomatisch
sein.«

Sie preßte die Finger an die Schläfen, als wollte sie verhin-
dern, daß ihr der Kopf berste und wankte wieder hinaus auf
einen neuen Schauplatz von Schlamm und Nässe. Doch trat sie
mit dem denkbar sorglosesten, regenverwaschensten Lächeln
vor den jungen Mann hin. »Wollen Sie nicht zurückkommen,
um meinen Vater zu begrüßen? Er ist Ihnen so schrecklich
dankbar – ebenso wie ich. Und dürfen wir – Sie haben sich so
geplagt und uns beinahe das Leben gerettet – dürfen wir Ihnen
Ihre Mühe nicht lohnen? Wir sind Ihnen wirklich so sehr zu
Dank verpflichtet …«

»Ach, es war doch gar nichts. Fühl mich sehr geschmeichelt, wenn ich Ihnen behilflich sein konnte.«

Er schüttelte ihrem Vater herzlich die Hand und leierte:
»Sehr erfreut, Ihre Bekanntschaft zu machen, Herr – er –«

»Boltwood.«

»Herr Boltwood. Mein Name ist Milt – Milton Daggett. Ich seh, Sie haben eine New-Yorker Nummer auf Ihrem Wagen. So etwas sehen wir nur verflucht selten. Freu mich, daß ich Ihnen behilflich sein konnte.«

»Ach ja, Herr Daggett.« Herr Boltwood klimperte teilnahmslos mit dem Geld in seiner Tasche. Hinter Milt Daggett schüttelte Claire stürmisch den Kopf und fuchtelte mit den Händen herum, als spielte sie mit Kastagnetten. Herr Boltwood zuckte die Achseln. Er verstand nicht. Seine Beziehungen zu jungen Männern in billigen Regenmänteln waren ausnahmslos pekuniärer Art. Sie leisteten einem Dienste und man bezahlte sie dafür – womöglich nicht zu hoch – und sie hörten auf zu existieren. Wohingegen Milt Daggett fortfuhr, respektvoll zwar, doch etwas tölpelhaft, weiter zu existieren, und Herrn Henry Boltwoods eigene Tochter verzögerte den natürlichen Verlauf der Dinge durch belanglose Fragen:

»Haben wir Sie nicht vorhin schon gesehen in – wie hieß das Dorf, durch das wir gekommen sind, etwa zwölf Meilen weit von hier?«

»Schoenstrom?« schlug Milt vor.

»Ja, das war's, glaub ich. Sind wir nicht an Ihnen vorbei gekommen oder sonst wie? Wir haben bei einer Garage angehalten, um einen Reifen zu wechseln.«

»Ich glaube nicht. Allerdings war ich heute morgens in der Stadt. Sagen Sie – er – haben Sie und Ihr Vater was gefuttert ...«

»Eh –«

»Ich meine, haben Sie dort Mittag gegessen?«

»Nein, ich wollt, wir hätten!«

»Na, hören Sie, ich auch nicht und – ich würde mich schrecklich freuen, wenn Sie beide jetzt etwas mit mir essen wollten.«

Claire versuchte, ihm ein freundliches Lächeln zu schenken, aber es gelang ihr bestenfalls, ihm eines zu borgen. Sie konnte ein vernünftiges Essen nicht mit Milt und seinem kotbespritzten, blechbedeckten, schwärzlichbraun angestrichenen Teal-Karren in Zusammenhang bringen. Er schien von ihrem zweifelnden Gesichtsausdruck befriedigt. Auf seinen Vorschlag hin fuhren sie ein Stückchen weiter bis zu einer Stelle, wo die Wagen auf festem Grasboden neben einigen Eichenbäumen halten konnten. Unterwegs erhob Herr Boltwood voll Bestürzung seine Stimme. Der nervöse Zusammenbruch hatte ihn weder wunderlich noch gewalttätig gemacht; er hatte sich einen rührenden Glauben an gutes Essen erhalten.

»Wir könnten vielleicht irgendein gutes, kleines Gasthaus finden und uns Kotelettes geben lassen mit ein paar Champignons und Erbsen etwa«, beharrte der Mann aus Brooklyn Heights.

»Oh, ich glaube nicht, daß diese Landwirtshäuser wirklich so besonders gut sind«, erwog Claire. »Und schau – dieser nette, komische Junge. Wir konnten ihn doch nicht gut kränken. Es macht ihm so viel Spaß, den guten Samariter zu spielen.«

Dem geheimnisvoll gewölbten Kasten seines Wagens entnahm Milt Daggett einen winzigen Kocher, der mit Trockenspiritus zu heizen war, eine Bratpfanne, die für Puppen ein wenig groß, für grobknochige Hände jedoch ein wenig klein war, eine Büchse Speck, Eier in einem Beutel, eine Kaffeekanne, eine Dose Kondensmilch und einen Haufen verschiedenartiger Zinnteller und Porzellantassen. Während Claire auf seine Bitte die Teller und Tassen säuberte, kochte er Speck mit Ei und einen Kaffee; der kleine Kocher im Innern des Wagens wurde gegen Wind und Regen vom Koch selbst geschützt, der sich über ihn beugte. Der Speisengeruch stimmte Claire versöhnlich gegenüber der Tatsache, daß sie durch und durch naß war, und daß der Regen fortfuhr, ihr in den Nacken hineinzulaufen.

Er hob die Hand und fragte: »Wollen Sie nicht die Schuhe ausziehen?«

»Hein?«

Er schluckte. Er stammelte. »Ich meine, ich meine – daß Ihre Schuhe ganz vollgesogen sind mit Wasser. Wenn Sie im Wagen sitzen bleiben wollen, so kann ich die Schuhe auf den Motor stellen. Er ist hübsch warm von der Fahrerei durch den Kot. Die Strümpfe können Sie unter der Haube trocknen.«

Sie amüsierte sich über die Beflissenheit, mit der er wegsah, während sie ihre Halbschuhe auszog und die viel zu dünnen Strümpfe unter die schwarze Blechhaube steckte. Sie überlegte: »Er hat eine nette, ungeschickte, liebe Art. Aber so einen schlechten Geschmack! sind doch wirklich ganz gute Fußgelenke. Anscheinend schickt es sich in Teal-Karrenkreisen nicht, Fußgelenke zu haben. Seine Schwestern haben nicht einmal Gliedmaßen. Aber haben Märchenprinzen Schwestern? Er ist ein Märchenprinz. Wenn ich aus dem Kot draußen bin, wird er seinen Regenmantel in ein Paar herrlicher weißer Flügel verwandeln und verschwinden. Aber was wird aus der Katze werden?« So irrte ihr müder Geist wie ein Eichhörnchen in einem Drehkäfig umher, während sie steif dasaß, an einem Rostfleck auf einem der Teller putzte und Milt beobachtete, wie er Speck und Eier briet. In Erwägungen versunken, ob man in Daggett-Familien Katzen zu diesem Zwecke gebrauche, legte sie die durchnäßte, unglückliche Vere de Vere auf ihre Füße, was ihr selbst gar wohl behagte und das Entzücken der Katze erregte. Es war ein offener Wagen und der Regen regnete weiter und ein fremder junger Mann befand sich einen Fuß weit von ihr entfernt und hütete das nicht eben hell flackernde Feuer – doch selten noch hatte sich Claire so häuslich gefühlt. Milt kämpfte sichtlich, um etwas zu sagen. Nachdem er einige Male mit einer kleinen, ruckweisen Bewegung den Kopf zurückgeworfen hatte, versuchte er es mit einem: »Sie sind so naß! Ich möchte so gerne, daß Sie meinen Regenmantel nehmen.«

»Nein! Wirklich nicht! Ich bin schon durch und durch naß. Halten Sie wenigstens sich trocken.«

Darüber war er sehr unglücklich. Er zerrte an einem der Mantelknöpfe. Sie brachte das Gespräch auf ein anderes Thema. »Ich hoffe, Dame Vere de Vere wird langsam warm.«

»Scheint so. Sie ist ein wenig anspruchsvoll. Wollte eigentlich einen kleinen Wagen für sich allein haben. Aber ich hab gefürchtet, daß sie mit mir nicht wird Schritt halten können. Zumindest nicht auf die Dauer.«

»Einen kleinen Wagen? Und die Pfoten auf dem winzigen Volant. Ach – süß! Fahren Sie weit, Herr Daggett?«

»Ja, ziemlich. Nach Seattle, Washington.«

»Nein, wirklich? Wie merkwürdig. Wir fahren auch hin.«

»Auf Ehre? Sie chauffieren den ganzen Weg? Ach nein, wahrscheinlich wird Ihr Vater …«

»Nein, er chauffiert nie. Übrigens – hoffentlich fühlt er sich nicht gar zu elend dort drüben.«

»Das ist doch zum Schießen! Da fahren wir beide nach Seattle? So was nennt man wohl ein eigentümliches Zusammentreffen, nicht? Hoffe, daß ich Sie manchesmal auf der Straße treffe. Aber eigentlich glaube ich doch nicht. Wenn Sie erst einmal aus dem Kot draußen sind, werden Sie mich in meinem Teal mit ihrem Gomez einfach verlieren.«

»Na, muß nicht sein. Sie sind der bessere Fahrer. Und ich will es mir ja leicht machen. Bleiben Sie lang in Seattle?« Das war nicht bloß eine höfliche Frage um Konversation zu machen. Sie war neugierig. Was hatte dieser weltfremde junge Mann mit den frischen Backen soweit von zu Hause zu suchen?

»Ja, ich habe eine schwache Hoffnung – die staatliche Eisenbahn, Alaska. Ich will da versuchen, irgendwie hineinzukommen. Ich bin in meinem ganzen Leben niemals aus Minnesota herausgekommen, aber es gibt noch so eine Menge Berge und Meere und Sachen, hab ich mir gedacht, die ich gerne sehen möchte und da hab ich einfach meinen Koffer und Vere de Vere in den Wagen gesteckt und bin losgefahren. Ich verwende Benzol statt Benzin, das kostet viel weniger. Sollte ich jemals fünf ganze Dollars beisammen haben, ja, da könnte ich gleich bis Japan weiterfahren!«

»Das wäre lustig!«

»Obwohl ich da, wie nennt man das? – eingesalzene Fische – essen müßte. Eine Frau aus unserer Nachbarschaft, die ist als Missionärin nach dem Orient gegangen. Nach dem, was sie erzählt, nehme ich an, daß man, um in Japan ein Haus zu bauen, nichts weiter braucht, als eine Flasche Klebgummi, einen Stoß Zeitungen und ein Paar zwei-mal-Vierer. Und man kann das Haus auf einem Purpurberg bauen und unten sind lauter Kirschbäume und –.« Er preßte die zusammengeballte Hand an die Lippen und senkte den Kopf. »Und der Ozean! Gott! Der Ozean! Wir werden ihn schon in Seattle sehen. Die Bucht wenigstens. Und die Dampfer – die gerade aus Indien kommen! Huh! Bin ja verdammt poetisch geworden auf einmal! – Eier sind fertig!« Der junge Mann hing nun keinen Traumbildern mehr nach. Er war ganz Geschäftigkeit, als er ihr Speck mit Ei servierte; einen Teller voll trug er zu Herrn Boltwood hinüber, der im Gomez saß und sich ganz in sich selbst verkrochen hatte. Da Claire die Blechteller selbst gesäubert hatte, fühlte sie sich jetzt von ihrer nackten Blechernheit nicht mehr abgestoßen; auch der Kaffee in der Porzellantasse mit dem abgebrochenen Henkel war ganz erträglich. Milt trank aus dem Becher einer Thermosflasche. Er schwieg. Sofort nach dem Essen räumte er die Sachen ein. Claire erwartete einen Abschied, der sich in die Länge ziehen und ziemliche Anforderungen an ihr Taktgefühl stellen würde; doch er kletterte in seinen Karren, sagte: »Guten Tag, Fräulein Boltwood. Viel Glück!« und fort war er.

Ohne ihn lag die Straße kahl und leer vor ihr im Regen.

Es schien nicht möglich, daß Claires Körper je wieder dazu bewogen werden könnte, weiter zu fahren. Ihre Muskeln waren schwach, ihre Nerven überreizt.

Aber im Augenblick als der Gomez anging, fühlte sie jene magische Veränderung, die jeder Tourenfahrer kennt. Sie war augenblicklich munter, scheinbar in der Lage, bis in alle Ewigkeit weiter zu fahren. Der Instinkt des Chauffeurs kam über sie, machte ihre Augen unermüdlich, ihre Hände sicher und stark. Niemals war sie müde gewesen; würde es niemals werden, solange es ihre Sache war, den Wagen in Gang zu halten.

Sie war vielleicht sechs Meilen gefahren, als sie in ein Dorf kam, das St. Klopstock hieß. Auf der kotigen, durchnäßten Hauptstraße des Ortes lud ein Mann Bruchsteine auf einen Wagen auf. Neben ihm stand ein zweiter Mann in einem vielversprechenden Regenmantel, der einige Schritte vorwärts machte und die Hand hob. Claire hielt an.

»Sind Sie die junge Dame, die in dem Loch bei Adolph Zolzac stecken geblieben ist?«

»Ja, und Herr Zolzac hat sich nicht sehr gut benommen dabei.«

»Er wird sich von nun an ganz ausgezeichnet benehmen und es wird überhaupt kein Loch mehr geben. Ich glaube, Adolph hat sich bemüht, es schlammig zu erhalten – hat Kot und Schmutz hineingeschmissen – und hat durchs Herausziehen der Reisenden eine ganze Menge Geld verdient. Bill und ich wir gehen jetzt direkt hin, um das Loch mit Steinen auszufüllen. Milt Daggett ist eben hier vorbeigekommen – der Bursche hat Courage, aber ich hab lachen müssen – sagt er zu mir: ›Barney,‹ sagt er, ›Sie sind der reichste Mann in der Gemeinde, und der Bankier, und Sie haben selber einen großen Wagen, und Sie glauben, daß Sie ein großes Tier von einem politischen Führer sind,‹ sagt er ›und doch lassen sie diesen Zolzac sich einen Privat-Ozean halten gegen allen Frieden und die verfluchte Bequemlichkeit des Staates Minnesota‹. Er versteht's zu reden, der Bursche. Er hat mir erzählt, wie Sie festgefahren sind – hat mir sehr leid getan – bin selbst einmal in New-York gewesen und da hab ich gleich Bill geholt und jetzt gehen wir hin und werden Adolph ein Geschenk und eine Überraschung zugleich bringen und ihm das Loch ausfüllen.«

»Aber wird Adolph es nicht wieder ausgraben?«

Der Bankier war ein aufgeblasener Schwätzer, aber sein Blick war wie Stein. Er holte aus dem Wagen eine Flinte hervor. Gedehnt sagte er: »In diesem Fall würden wir die Überraschungsexpedition noch durch einen eleganten Wachposten verstärken.«

»Aber wie hat – wer ist dieser seltsame Milt Daggett?«

»Der? Ach niemand Besonderer. Er ist nur ein Bursch von da unten aus Schoenstrom. Aber wir kennen ihn alle. Geht zu jeder Tanzerei, dreißig Meilen weit im Umkreis. Das Merkwürdige an ihm ist nur: wenn er was Schlechtes sieht, so sucht er sich irgendeinen armen Teufel, wie mich heraus und sagt, was er denkt.« Claire fuhr weiter. Sie bemerkte, daß sie nach Milts Karren ausschaute. Er war nicht zu sehen.

»Vater,« rief sie aus, »fällt dir nicht auf, daß dieser Bursche uns nicht gesagt hat, daß er das Loch ausfüllen lassen wird? Geht hin und tut's. Er macht mir Angst. Ich fürchte, wenn wir abends nach Gopher-Prairie kommen, so hat er dort für uns die Gemächer bestellt, in denen einst ›Prinz Stehkragen‹ geschlafen hat.«

»Hhhhhhmm«, gähnte der Vater.

»Merkwürdiger junger Mann. Er sagte einfach: ›Sehr erfreut, Ihre Bekanntschaft zu machen!‹«

»Huuuuuhm! Frische Luft macht mich so schläfrig.«

»Und – foppt einen! Kommt doch irgendwie durch das Schlammloch! Und dann sagt er … Schau! Die Felder erstrecken sich hier so weit und nicht ein Baum ist zu sehen, ausgenommen die Weidenbüsche um die Bauernhäuser dort. Und er hat so oft ›Herrje‹ gesagt und statt Lunch sagt er Mittagessen. Und seine Nägel – nein, ich glaube, er ist wirklich einfach ein Bauernbursch.«

Herr Boltwood gab keine Antwort. Sein mechanisches Lächeln zeigte einen ungeheuren Mangel an Interesse für junge Leute in Teal-Karren.

IV.
Ein Zimmer ohne …

Gopher-Prairie hat insgesamt ungefähr fünftausend Einwohner. Der Kaufmännische Verein dort bestätigt nachdrücklichst, daß es mindestens um tausend Einwohner mehr und eine unvergleichlich bessere Musikkapelle hat als die lächerlich eifersüchtige Nachbarstadt Joralemon. Doch sprachen wenig Anzeichen dafür, daß für die Boltwoods eine Flucht von Gemächern bestellt worden wäre, oder daß Prinz Stehkragen sich auf seiner königlichen Fahrt durch Amerika lange Zeit in Gopher-Prairie aufgehalten hätte. Claire erreichte den Ort etwas vor sieben. Trüben Blickes starrte sie ihn an. – Obwohl dies die erste Prairiestadt war, in der sie für eine einigermaßen bemerkenswerte Zeit anhielt, konnte sie ihr beim besten Willen kein Interesse abgewinnen.

Der Gemütszustand des Tourenfahrers, der abends in einem fremden Ort ankommt, ist so eigenartig und eindeutig bestimmt wie der eines Spekulanten. Es ist eine Mischung von Dankbarkeit dafür, daß man sicher gelandet ist; von Neugierde, eine fremde Stadt zu sehen, doch alle Freude an dem Neuen ist durch Müdigkeit beeinträchtigt; von Hoffnung, ein gutes Hotel zu finden, doch mit wenig Zuversicht, – und nicht der geringsten Wahrscheinlichkeit – daß auch wirklich eines da sein werde. Claire hatte nur einen undeutlichen Eindruck von spitzzulaufenden, hölzernen Gebäuden und kurzen, gedrungenen Ziegelmauern mit verblaßten Jalousien; von einem roten Getreideaufzug, einem Unterstand und einem Holzplatz; dann – die hoffnungslos kotige Straße, die wieder hinausführte ins offene Land. Sie wußte, wenn sie jetzt nicht sofort anhielte, würde ihr die Stadt vollkommen entschlüpfen. Der Fahrer-Instinkt half ihr, ließ sie die Kurven scharf nehmen, eine Garage ausfindig machen, und den Gomez sausend auf den Zementboden einfahren. Der Garagemann sah sie an und gähnte – »Wo wollen Sie den Wagen haben?« fragte Claire in scharfem Ton.

»Oh, stellen Sie ihn in diese Box«, brummte der Mann und drehte ihr den Rücken.

Claire starrte ihm finster nach. Sie suchte nach einer passenden Erwiderung auf diese Grobheit. Aber – oh, sie war für einen so unnötigen Aufwand zu müde. Sie versuchte, den Wagen in die leere Box zu fahren, die keine Box war, sondern ein freier Raum – gleich einer Zahnlücke – zwischen zwei anderen Wagen und der so eng schien, daß Claire fürchtete, die stolzen Kotflügel des Gomez zu verbiegen. Sie fuhr ein Stück vor, reversierte mit einer Schwenkung, glaubte, daß sie nun verkehrt in den angewiesenen Raum einfahren könnte – und fand, daß sie es nicht konnte. Ihre Nerven zuckten, und nochmals umzuschalten, schien eine Unmöglichkeit; so brachte sie endlich den Gomez hinter einen Lastwagen und stand schließlich seitwärts von dem ihr angewiesenen Platz.

»Fahren Sie wieder vor und schlagen Sie ein – scharf!« befahl der Garagemann.

Claire hatte gute Lust, ihm klarzumachen, was sie von ihm dächte, aber sie fragte nur: »Wollen Sie, bitte, den Wagen hineinfahren?«

»Ja, gerne. Bitte sehr«, sagte der Mann, als wäre dies ganz selbstverständlich. Seine Bereitwilligkeit erstickte ihre flammende Wut. Sie war ein wenig enttäuscht.

Als sie aus dem Wagen kletterte und eine Hand auf die eleganten Kofferchen legte, die an einem Trittbrett festgeschnallt waren, überfiel sie die lang aufgestapelte Müdigkeit wie mit einem Schlage. Sie hätte noch stundenlang weiterfahren können, aber im Augenblick, da der Wagen für die Nacht versorgt war, brach sie zusammen. Es sauste ihr in den Ohren, die Augen brannten wie Feuer, der Mund war ganz ausgetrocknet und im Nacken spürte sie einen stechenden Schmerz. Der Vater war es, der die Führung übernehmen mußte, als sie zu dem einzigen erträglichen Hotel des Ortes weiterzogen.

Im Hotel fiel Claire die Häßlichkeit der giftgrünen Wände auf, der Messing-Spucknäpfe, der Reklame-Kalender und des nackten Fußbodens im Büro; es fiel ihr die wissenschaftlich interessante Sache auf, daß alle Luft durch konzentrierten Zigarrenrauch und Kohlengestank ersetzt war; daß die herumlungernden Geschäftsreisenden sie anstarrten und daß die Willkommensfreude nicht überwältigend war auf Seiten des

Nachtportiers, eines älteren, bleichen Mannes, der an Stelle eines Kragens einen Backenbart trug.

Sie versuchte wichtig zu tun: »Zwei Zimmer mit Bad, bitte«.

Der bleiche Mann starrte sie an und schob ihr die Eintragungsliste und eine tintenbekleckste Feder hin. Sie füllte das Formular aus. Er nahm die Koffer und führte sie zur Stiege. Ängstlich fragte sie: »Sind beide Zimmer mit Bad?«.

Der Nachtportier blickte von der zweiten Stufe aus auf sie herab, als wäre sie ein Exemplar, das sofort auf Kork gespießt werden sollte, und er sagte laut: »Nein, Gnädigste. Keins von beiden. Haben kein Zimmer mit Bad frei, auch kein Badezimmer allein! Nicht, daß wir keins im Haus hätten. Wir haben jeden erdenklichen modernen Komfort. Aber das eine Zimmer ist vergeben und das andere Bad funktioniert seit drei oder vier Monaten nicht ganz gut.«

Aus der Zuhörerschaft der Commis-voyageurs unten tönte diskretes Kichern.

Claire war zu wütend, um zu antworten. Und zu müde. Als sie, nach meilenweiten Wanderungen über Stiegen und dumpfe Korridore, endlich den ihr bestimmten Taubenschlag erreichte, in dem ein so schlecht zusammengefügtes Eisenbett stand, daß es beim Zittern eines Atemzuges zu rattern begann, ferner der obligate Schreibtisch mit einem Meldezettel und einem blutarmen Schaukelstuhl – da fiel Claire keuchend aufs Bett, ihre Lider schlossen sich, obwohl sie weiter wie Feuer brannten. Es schien, daß sie sich nie mehr würde regen können. Sie hatte die Empfindung, narkotisiert worden zu sein. Sie konnte sich nicht einmal vom Bett aufraffen, um nachzusehen, ob ihr Vater im Nebenzimmer irgend besser daran wäre.

Sie wußte bestimmt, daß sie nicht bis Seattle chauffieren würde. Sie würde überhaupt nicht mehr chauffieren! Sie würde den Wagen nach Minneapolis zurückschicken und selbst mit der Eisenbahn zurückfahren – Pullmann! – Salon-Wagen!

Hätte sie nicht der Gedanke an ihren Vater davon abgehalten, so wäre sie in den durchweichten Kleidern eingeschlafen. Als sie es mit Aufwand aller Energie zuwegebrachte, sich zu erheben, mußte sie sich abwechselnd am Schreibtisch anhalten und am Fußende des Bettes, während sie im Zimmer herumging, um die nassen Sachen aufzuhängen, sich mit einem zweifelhaften Handtuch abrieb und ein dunkles Seidenkleid mit Abendschuhen anzog. Sie fand ihren Vater regungslos in seinem Zimmer sitzen und auf die Wand starren. Sie bemühte sich, ihn wegen seiner düsteren Gleichgültigkeit auszulachen. Dann stolzierte sie mit ihm in die Halle hinunter.

Als sie am Fuß der Treppe ankamen, beugte sich der Alte, der Nachtportier, über das Pult vor und fragte in einem für die Anwesenden berechneten Ton, spöttisch: »Kommen aus New-York, was? Na, da sind Sie ein hübsches Stück weit von zu Hause weg.«

Claire nickte. Sie war vor diesen feierlich dreinschauenden Geschäftsreisenden befangener als sie jemals in einer Loge in der großen Oper gewesen war. Vor der Klapptüre des Speisezimmers – aus dem ein Kohlduft strömte, der vielleicht etwas an Jugend, gewiß aber nichts an Kraft und Intensität eingebüßt hatte – hielt ein Mann, einer jener Männer, deren man sich nie erinnern kann, weil sie an Größe, Schnurrbart, Reiseanzug und braunem Haar so sehr den Typus des Durchschnittsmenschen wahren, die Boltwoods an und sagte gewandt: »Hab Sie in der Stadt ankommen gesehen. Sie haben eine New-Yorker Nummer?«

Das konnte Claire nicht leugnen.

»Hübsches Stück von zu Hause fort, nicht?«

Das mußte sie zugeben.

Sie wurde von einer dienstbeflissenen, schwarzäugigen Kellnerin zu einem Tisch mit vier Plätzen geführt. Diesem zunächst stand ein langer Tisch, an dem sieben Geschäftsreisende und einheimische Geschäftsleute, deren Frauen über den Sommer an den Seen waren, sofort aufhörten, ihre Speisen zu genießen und sie anstarrten. Ehe die Boltwoods Platz genommen hatten, wischte die Kellnerin über nicht vorhandene Flecken auf dem Tischtuch, übersah die wirklichen Brösel, die vor Claires Teller lagen, rückte zwecklos an einem Glas und einer ehemals versilberten Gabel und plapperte: »Bis hieher durchgefahren mit dem Auto?«

Claire tastete nach ihrem Stuhl, sank müde darauf nieder und hauchte: »Ja.«

»Fahren Sie weit?«

»Ja.«

»Von wo kommen Sie denn?«

»New-York.«

»Ach! Da sind Sie ja ein hübsches Stück weit weg von zu Hause, nicht?«

»Scheint so.«

»Hemenegs Rindsbradn Schweinsbradn gebratner Hecht, frische Pfefferminzsauce, 'Pfelkompott.«

»Was – was bitte?«

Die Kellnerin wiederholte.

»Ich – oh – oh, bringen Sie uns Ham and eggs. Is recht Vater?«

»Oh – nein – ja –«

»Sie auch bitte?« fragte die Kellnerin Herrn Boltwood.

Er war eingeschüchtert. Er sagte: »Ja, bitte«, und scharrte ein wenig mit der Gabel.

Die Kellnerin kam sofort mit Suppe zurück und einer Sammlung von Porzellangeschirr, die nur ein weitgereister Mann heimbringen konnte, der ernste katholische Interessen und keinerlei Geschmack besaß. Einer der Teller stammte, wie sich herausstellte, von einem Hotel in Omaha. Sie schob eine Kanne Kondensmilch genau an die Stelle, wo Herr Boltwood sie mit dem Ärmel umstoßen mußte, fegte die Brösel, die vor Claire lagen, in ein Versteck unter die rosafarbene, pockennarbige Zuckerdose, zog den Zahnstocher wieder hervor, den sie hinter den glühenden Lippen verborgen hatte, stocherte eine Weile, gab es wieder auf, legte die Hände auf die Hüften und wendete sich an Claire:

»Wie weit fahren Sie?«

»Nach Seattle.«

»Haben Sie dort Ihre Leute?«

»Leute – Oh ja, ich glaube.«

»Bleiben Sie lange dort?«

»Wirklich – wir wissen noch nicht.«

»Kommen aus New-York, was? Hübsches Stück von zu Hause, wirklich wahr. Vater dort im Geschäft, nicht?«

»Ja.«

»Welche Branche?«

»Wie bitte?«

»Welche Branche er hat. Autsch! Herrgott, diese Schuhe drücken mich. Früher einmal hab ich die ganze Nacht durchtanzen können, aber jetzt werd ich dick, mir scheint, ha! ha! Letzten Monat hab ich sieben Pfund zugenommen. Autsch! Herrjeh, das tut aber weh. In was für einer Branche, haben Sie gesagt, is Ihr Vater?«

»Ich habe nichts gesagt, aber – Ach, Eisenbahn.«

»Herr Boltwood unterbrach: »Sind die Ham and eggs schon fertig?«

»Ich geh gleich nachschaun.« Als sie das Essen brachte, steckte sie einen Löffel in Claires Erbsenschüssel und fragte: »Sagen Sie, Sie tragen doch dieses Seidenkleid nicht im Auto, wie?«

»Nein.«

»Ich glaub, Sie sollten eine rosa Schärpe draufgeben. Schaut ein bissel kahl aus – 's is sonst wirklich sehr schön. Aber eine rosa Schärpe war wirklich sehr hübsch. Euch dunkeln Fräuleins steht eine grelle Farbe immer gut.« Jetzt war Claire überzeugt, daß die Kellnerin sie nur hänseln wollte, um die Männer an dem langen Tisch zu unterhalten. Sie explodierte. Wahrscheinlich wußte die Kellnerin nicht, daß eine Explosion stattgefunden hatte, als Claire kühl aufsah, ihre Augenbrauen hochzog und wieder hinuntersah, um an dem kalten, harten, versalzenen Stück Schinken herumzuschnitzeln, denn sie fuhr weiter fort:

»Wenn man hell ist, so wie ich, braucht man keine so ausgesprochenen Farben; mein Haar ist schwarz, wie Sie sehen, aber ich bin doch hell, wirklich. Pete Liverquist sagt, daß ich eine blonde Brünette bin, herrlich! der wird den Kerl noch einmal umbringen, oh, das ist einer, der hört sich gern selber reden, mein Gott! Da ist noch der alte Walters, der leitet hier den Telephonumbau, ich hab gehört, daß er nach St. Cloud hinuntergefahren ist. Aber jetzt hör ich lieber auf, mein ich; Grüß Gott daweil.«

Claires Bemerkungen waren so sauer wie der bleiche Rübensalat vor ihr, so bitter wie die Erbsen, so hart wie die Brocken des wässerigen Kartoffelbreies:

»Ich weiß nicht, ob die Frau verrückt ist oder nur dumm. Ich möchte gerne wissen, ob sie mich wegen dieser entsetzlichen, unrasierten Männer dort ärgern wollte oder bloß zu ihrer eigenen Erbauung.«

»Ja, wirklich, Mädi. So ist die Geschichte. Wir wollen schaun, daß wir ein Mittel finden, um uns ins Bett hinauf zu befördern. Ich – ich – ich denk, wir versuchen erst gar nicht, direkt bis Seattle zu fahren. Wenn wir wirklich nur bis Montana – oder auch nur bis Bismarck durchkämen?«

»Durchfahren, mit Hotels wie dieses hier? Du lieber Mann, wenn wir noch einen solchen Tag haben, so gehen wir überhaupt nicht weiter. Ich hoffe, wir kommen bei dem Mann dort am Pult vorbei: Ich habe das Gefühl, als würde er da lauern und nachdenken, um etwas Beleidigendes zu finden, das er uns sagen könnte. Ach, mein Lieber, ich hoffe, du bist nicht so hundsmüde wie ich. Meine Knochen sind wie heiße Eisen.«

Der Mann am Pult warf nur eine zynische Frage hin: »Fahren Sie weit?« ehe Claire den Arm ihres Vaters ergriff und ihn die Treppe hinaufführte.

Zum erstenmal seit ihrem zehnten Lebensjahr gestattete sie sich den Luxus, vor dem Schlafengehen die Zähne nicht zu putzen. Sie schlief wie betäubt – es war kein Schlaf, sondern eine schmerzliche Erschöpfung des Körpers, die ihre Gedanken nicht davon abhielt, sich die Straße wieder zu vergegenwärtigen, die kotigen Stellen und scharfen Kurven noch einmal ganz ungeschickt zu nehmen, dann wieder sich dieses Bettes bewußt zu werden, mit dem Buckel unterhalb der Schulterblätter, der Neigung gegen Westen und dem entsetzlichen Krachen, das sich erhob, so oft sie sich umdrehte. Mindestens fünfzehn Minuten hindurch lag sie stundenlang wach.

Dies Claire Boltwoods erste Reise in die Demokratie. Aber nächsten Tages, da war es nicht so sehr, daß die Sonne schien, als daß eine Welle frische Luft durch das Fenster strömte. Sie entdeckte, daß sie sich wieder darnach sehnte weiterzufahren – immer weiter zu fahren – neue Gegenden zu sehen und neue Straßen zu erobern. Sie wünschte sich nicht eine gute Straße. Sie wünschte sich etwas, gegen das sie kämpfen konnte. Sie wollte es noch einen Tag versuchen. Als sie aus dem Bett kroch, war sie ganz steif, aber nachdem sie sich mit kaltem Wasser abgerippelt hatte, fühlte sie sich kräftiger als jemals; mehr wie eine erwachsene Frau, nicht wie ein abhängiges Mädchen. In dem siegreichen Sonnenschein der Prairien wurde die weite Hauptstraße von Gopher-Prairie schon langsam trocken und die Kotrinnen wurden seichter. Außerhalb der Stadt schwebten die Klänge einer singenden Feldlerche – klingender Sonnenschein. »Oh, was für ein herrlicher Morgen! Herrlich! Wir werden weiterfahren! Ich bin schrecklich aufgeregt.«

Sie fand ihren Vater bereits angezogen. Er wußte nicht, ob er weiterfahren wollte oder nicht. »Es scheint, daß ich die Herrschaft über die Dinge verloren habe. Ich pflegte doch früher ziemlich entschlossen zu sein. Aber wir wollen es noch einen Tag versuchen, wenn du willst«, sagte er.

Als sie vergnügt mit ihm die Treppe hinuntergestiegen war, erinnerte sie sich plötzlich voll Schrecken der Leute, denen sie wieder begegnen würde und der spöttischen Fragen, die sie wieder würde beantworten müssen.

Der Nachtportier war immer noch an seinem Pult, als hätte er stehend geschlafen. Er rief ihnen zu: »Ja, ja! Zeitlich auf, frisch und munter! Habt hoffentlich gut geschlafen? Die Betten sind nicht so gut als sie sein könnten, wir denken ohnehin daran, ein paar neue Matratzen anzuschaffen. Aber die frische Luft läßt einen gut schlafen. Hoffe, daß Sie heute eine feine Fahrt haben.«

Seine Stimme war kameradschaftlich; er war ein alter Freund; ein treuer Wächter ihres Fortkommens. Claire bemerkte, daß sie ihm zulächelte.

Im Speisezimmer stürzte sich ihre alles ergründen wollende Bekannte, die Kellnerin, gleich auf sie.

»Setzt euch, Leute. Heute gibts Waffeln. Wollen Sie was davon mitnehmen auf die weite Fahrt? Ist das ein schöner Tag heut! Wird auch eine flotte, schöne Fahrt werden heute, hoff ich!«

»Ja!« Claire atmete tief, »ja, sie sind gar nicht grob. Es liegt ihnen etwas – an Leuten, die sie nie zuvor gesehen haben. Darum fragen sie so viel; das hätt ich nie gedacht – nie gedacht. Es gibt Leute auf dieser Welt, die uns kennen lernen wollen, ohne uns im Adreßbuch nachgeschlagen zu haben! Ich schäme mich! Nicht etwa, daß der Sonnenschein meine Ansicht über diesen Kaffee ändern könnte. Er ist entsetzlich! Aber das wird besser werden. Und die Leute – die wollten die ganze Zeit über freundlich sein. Oh, Henry B., kleiner Henry Boltwood, du und deine Gevatterin Claire, ihr habt noch eine Menge Dinge zu lernen auf dieser Welt!«

Als sie in die Garage kamen, blickte ihr griesgrämiger Bekannter von tags zuvor ganz ebenso griesgrämig drein, doch Claire versuchte es mit einem strahlenden: »Guten Morgen!«

»Morgen! Gehts nach Norden? Nehmen Sie lieber die linke Straße bei Wakamin, fährt sich leichter. Soll ich Ihnen den Wagen herausfahren?«

Als der Wagen draußen stand und Benzin aufnahm, schlenderte ein Mann heran, entzifferte die New-Yorker Nummer, sah zu Claire und ihrem Vater auf und fragte: »Hübsches Stück weit weg von zu Hause, nicht?«

Diesmal sagte Claire nicht »Ja«. Sie versuchte es mit: »Ja, hübsches Stück.«

»Na, wünsch glückliche Reise!«

Claire legte den Kopf in die Hände und dachte angestrengt nach. »Ich war diejenige, die unfreundlich war«, versuchte sie ihrem Vater die Sache darzulegen. »Wie viel ich dabei verloren hab. Obwohl ich diesen Kaffee weiter nicht leiden mag!«

Sie bemerkte das Garagezeichen auf dem Schlauch der Benzinpumpe:

» *Benzinstation.*«

»Das ist das Motto unserer Wallfahrt!« rief sie. Begeisterung erfüllt sie, ob dieses Startens in frischer Luft – in unbekannte Gegenden auszuziehen ohne gebunden zu sein, abends wieder zurückzukommen.

Dies Claires zweite Reise in die Demokratie.

Zur Zeit als sie startete, faltete der junge Mann, der sie aus dem Kot herausgezogen und ihr das Essen bereitet hatte, eben sein Segeltuch und Bettzeug zusammen, auf dem er neben seinem Teal-Karren im Walde, drei Meilen nördlich von Gopher-Prairie, geschlafen hatte. Der hohen, edel-geborenen Katze teilte er laut seine geheimsten Gedanken mit: »Euer Gnaden, wie Shakespeare sagt, der Mann, der kalte Füße bekommt, wird nie sein Mädchen gewinnen. Und ich habe eine Heidenangst, Katze, einfach eine Heidenangst.

V.
Bremsen frei – alles mit der Dritten

Milt Daggett war in seinen Darstellungen nicht eben genau gewesen, denn nach diesen hätte man schließen müssen, daß er Claire in der Garage von Schoenstrom nicht gesehen hatte. Vor allem aber gehörte die Garage ihm.

Milt war der erfolgreichste junge Mann in dem Örtchen Schoenstrom. Weder das Dorf selbst noch der nahe gelegene »Strom« sind wirklich »schoen«. Das ganze Geschäftsviertel besteht aus Heinie Rauskukles Kaufmannsladen, einem Ziegelbau; dem Leipziger Haus, einem Holzgebäude; dem Restaurant und Billardzimmer »Altes Heim«, das ein Blockhaus mit Bretterverkleidung ist; der Agentur für landwirtschaftliche Maschinen, aus verzinktem Eisenblech gebaut, mit einem Dach, das einer großen Waschrumpel gleicht; der Kirche, den drei Kaffeehäusern und der Garage »Zur roten Fährte«, die auch zahlreiche Aufschriften trug wie: »Agentur von Tealwagen lobt, wer sie erprobt; Stonewall Reifen-Depot; Reparaturwerkstätte für Nähmaschinen und landwirtschaftliche Maschinen; Dr. Hostrum, Tierarzt, jeden Donnerstag; Benzin heute 27 c«.

Die Garage »Zur roten Fährte« ist aus Zement mit Ziegelverkleidung. Im Büro ist ein sauberer Hartholz-Fußboden, eine Schreibmaschine und ein Bild der Elsie Ferguson. Das Unternehmen hat eine automatische Aufziehvorrichtung, einen Wagenheber und das Renommee der Ehrlichkeit.

Milt Daggett's Vater war der »alte Doktor« gewesen, der aus Maine stammte. Er hatte gegen nordwestliche Schneestürme zu kämpfen gehabt, las Dickens und Byron, kurierte die Leute von allerlei typhösen Fiebern und hinterließ Milt einen schäbigen, alten Medikamentenkasten und tausende von Dollars – in uneinbringlichen Forderungen. Frau Daggett hatte lange vorher ihre runzeligen Hände zum sanften Tod gefaltet.

Milt hatte die ersten der beiden Jahre der Mittelschule mit Hilfe von Privatunterricht beim Pfarrer absolviert, und wurde für die beiden letzten Jahre in die Stadt St. Cloud geschickt. Sein Vater wollte ihn auf die Staatsuniversität schicken. Doch Milt hatte eine starke technische Begabung mitbekommen. Mit zwölf Jahren hatte er ein Telephon gebaut, das funktionierte. Mit achtzehn war er Ingenieur der winzig kleinen Mahlmühle von Schoenstrom. Mit fünfundzwanzig – als es Claire Boltwood beliebte mit ihrem Gomez-Dep. sausend in sein Leben zu jagen – war Milt Besitzer, Geschäftsführer, Buchhalter, Aufsichtspersonal, Zündungsfachmann, selten geeigneter Forderungseintreiber und, bis auf einen Gehilfen, die gesamte Arbeiterschaft der Garage »Zur roten Fährte«.

In Schoenstrom gab es zwei Parteien: die zurückgebliebenen Bauern, die sagten, daß die deutsche Sprache gut genug wäre für jeden, und daß Abgaben für Schulen und Gehsteige – ja – etwas Verrücktes wären; und eine zweite Gruppe, welche feststellte, daß ein Schweinekoben ein ganz guter Aufenthaltsort sei, aber nur für Schweine. Diesem zweiten, revolutionären Teil gehörten Einige von der ersten Generation, die meisten von der zweiten und alle von der dritten an; ihr Führer war Milt Daggett. Er redete für gewöhnlich nicht viel, aber wenn er glaubte, daß gewisse Dinge geschehen sollten, konnte er so lästig werden wie ein Probeschießen mit Maschinengewehren, was einer Quäker-Versammlung noch am nächsten kommt.

Hätte es zu der Zeit einen Krieg gegeben, so wäre Milt voraussichtlich dabei gewesen – mehr so gelegentlich, sich räuspernd, die Annahme oder Vermutung aussprechend, daß seine Leute versuchen könnten, dort hinüber zu gehen und jenen Hügel zu nehmen – und ihn dann aber auch wirklich zu nehmen. Doch diese ganze Geschichte spielt eben in dem Jahr, bevor Amerika zu Deutschland gesprochen hatte; und in dieser zwischen Weizen und Kornfeldern begrabenen Stadt dachten die Leute immer noch mehr über Getreidepreise nach, als über die Seelen der Nationen.

Am Abend, bevor Claire Boltwood Minneapolis verlassen hatte und ihre Abenteuerfahrt in die Demokratie unternahm, war Milt in der Garage. Er trug Leinen-Overalls, die an Stellen, wo sie keine schwarzen Fettflecken hatten, gelbbraun waren; ein verblaßtes blaues Baumwollhemd und die Kappe eines Zylinderhutes, dessen Krempe nicht allzu säuberlich mit einem stumpfen Taschenfeitel abgeschnitten worden war.

Milt lächelte seinem Gehilfen, Ben Sittka, zu und warf freundlich hin: »Na, wie geht's mit der Arbeit, eh? Willst du bleiben und dem Prof. seinen Fordwagen ausprobieren, damit er ihn in der Früh wieder haben kann?«

»Können sich darauf verlassen.«

»Wirst noch ein ganzer Mechaniker, Ben.«

»Ja, glaub selbst!«

»Wenn du nicht weiter kannst, komm mich aus dem ›Alten Heim‹ holen«.

»Ach Unsinn! Ich mach schon fertig«. Ben grüßte und sah voll Bewunderung zu Milt auf.

Milt legte Overalls und Zylinderstumpen ab und wusch seine großen, starken Hände mit einer sandigen Fettseife. Er putzte seine Nägel mit einer Feile, die er in der oberen Westentasche trug, in einem roten Imitationsleder-Etui, das noch Kamm und Spiegel enthielt, einen unverlöschbaren Bleistift, und ein Notizbuch mit drei verwischten Bleistiftadressen von fünf Mädchen in St. Cloud und einigen Aufzeichnungen über Rauskukles Wagen.

Er nahm eine gestrickte braune Kravatte, einen blauen Kammgarnanzug und einen Hut, der durch Alter und Schäbigkeit an Reiz gewonnen hatte. Gelassen schlenderte er die Straße hinauf. Er hätte nicht mehr als drei Häuserblocks weit schlendern können, wollte er auf der Straße bleiben. Schoenstrom hatte die Tendenz, in ein Dschungel weiter Kornfelder auszulaufen.

Zwei Männer winkten ihm zu und einer von ihnen fragte: »Sag Milt, ist Whisky gut gegen Zahnschmerzen? Was meinst du? Der Dok. sagt, es nützt nichts. Aber, Teufel, der ist ja kaum aus der Schule draußen.«

»Ich glaub, er hat recht.«

»Wirklich wahr? Na, dann will ich's lassen.«

Zwei Laden weiter rief ihm ein dicker Bauer zu:

»Sag Milt, soll ich mir schon eine neue Mähmaschine kaufen?«

»Tja,« in der Art eines Menschen, der zu viel weiß, als daß er irgend einer Sache totsicher wäre, »ich weiß nicht, aber ich tät's, Julius.«

»Ich glaub, dann tu ich's.«

Minnie Rauskukle, die plumpe, derbe Minnie, Erbin des großen Kaufmannsladens, gab durch ein Zurückwerfen des Kopfes und Aufrichten ihres taubenähnlichen Körpers zu verstehen, daß sie Milt hinter sich bemerkt habe. Er sprach sie nicht an. Er drückte sich in die Türöffnung des »Alten Heimes«, Billardzimmer und Restaurant.

Milt strich durch die Reihen bis zu dem kleinen Buffett vor dem Billard, an dem zwei stiernackige Bauernburschen wütend die Kugeln stießen und Zigaretten pafften. Leicht schwang er sich auf das leichtschwankende hohe Sesselchen und sagte gähnend zum Besitzer, Bill McGolwey, seinem besten Freund: »Kannst mich mit einem Hamburger und einer Apfelschnitte vergiften, Mac«.

»Will ich gleich tun: Schaust heut so mürrisch aus, Milt.«

»'s herrscht so eine Aufregung in der Burg. Hab drei Leute zu gleicher Zeit auf der Straße gesehen.«

»Was plagt dich in der letzten Zeit?«

»Mich? Nichts. Nur werd ich dieser Hauptstadt langsam müde. Einer dieser Tage werd ich irgendeinen größeren Ort aufstöbern.«

»Versuch's vielleicht mit Gopher Prairie?« schlug Mac vor, mitten im Zischen und Dampfen des auf der Bratpfanne röstenden Hamburger Sandwiches.

»Unsinn! Zu klein.«

»Klein? Wieso, 's leben doch beinahe fünftausend Menschen dort!«

»Ich weiß, aber – ich will mich an eine waschechte große Stadt heranmachen. Wie Dubuth oder New-York.«

»Aber was willst du dort?«

»Das ist ja das Vertrackte. Ich weiß nicht genau, was ich dort will. Könnt immer noch in jeder beliebigen Garage sicher landen, aber das ist nichts Neues. – Könnt einen Abstecher nach Detroit machen und noch das Letzte in der Motorenfabrikation lernen.«

»Au, du kennst ja keine Grenzen, Milt. Suchst immer was Neues.«

»Das ist das Einzige, um vorwärts zu kommen. Die Übrigen hier in der Stadt fürchten sich vor Allem, was neu ist. Erinnerst dich, wie ich vorgeschlagen habe, daß wir alle zusammensteuern sollen auf einen Dynamo und einen Dieselmotor, um elektrisches Licht zu haben? Die Lackeln sind ja halb gestorben vor Nervosität.«

»Tja, das ist wahr, aber – Bleib da, Milt. Du und ich, wir werden die Geschichte hier schon schön in Gang bringen.«

»Das will ich meinen! Nur – zum Teufel, Mac, ich wollt, ich könnt einmal was Ordentliches sehen. Und endlich herauskriegen, wie das Radio eigentlich geht. Und einmal sehen, wie man eine große Hängebrücke baut.« Milt verließ das »Alte Heim« eigentlich ohne ein bestimmtes Ziel. Er sagte sich, daß er bestimmt nicht zurückgehen werde, um Ben Sittka zu helfen, den Wagen vom Prof. fertig zu machen. So ging er also zurück und half Ben Sittka den Wagen vom Prof. fertig machen und fuhr ihn dann zum Prof. Der Prof. – eigentlich Professor, eigentlich Herr James Martin Jones, B. A. und Frau James Martin Jones, hießen ihn beinahe ebenso herzlich willkommen wie Mac. Sie baten ihn einzutreten. Er unterhielt sich mit Herrn Jones über – nein, ihr Claires von Broocklyn Heights! dieser Garagemann und dieser fadenscheinige Vorstand einer schmucklosen Schule redeten miteinander in einer Stadt, die eben nur ein Beistrich auf der Strecke war, aber sie unterhielten sich nicht über den Stand des Getreides. Sie sprachen über Fischzucht, Elihn Root, spiritualistische Beweise für die Unsterblichkeit, staatliches Eigentum, Anlasser für Fordwagen und über die Erzählungen von Irvin Cobb. Milt ging früher nach Hause als er beabsichtigt hatte. Weil Herr Jones mit Ausnahme des Pfarrers der einzige Mann in der Stadt war, der Bücher las, weil Frau Jones die einzige Frau war, die auch über irgendein anderes Gespräch, als nur über Kinder- und Krankheitsgeschichten lachen konnte, weil er gerne jeden Abend zu ihnen gegangen wäre, hielt Milt sein Willkommensein in jenem Hause wie ein heilig Ding hoch und ging absichtlich nicht öfter als einmal in der Woche auf Besuch hin. Auf dem Weg zur Garage blieb er stehen, um Emil Baumschweigers große graue Katze zu streicheln – die allgemein unter dem Namen »Lump« bekannt, doch von Milt und

der Dame selbst als die unglückliche Gräfin Vere de Vere anerkannt war – vielleicht die einzige Persönlichkeit von edler
Abkunft und geheimnisvoller Vergangenheit in Milts Bekann-
tenkreis. Die Baumschweigers behandelten ihre Haustiere
nicht gut; Emil traktierte die braune Stute mit Fußtritten und
warf Mistgabeln nach Vere de Vere. Milt begrüßte sie und
fragte mitfühlend: »Führst ein faules Leben hier, Gräfin, was?
Hältst du mit, nach Minneapolis?«

Die Gräfin sagte, daß sie wirklich ein ganz außergewöhn-
lich faules Leben hier führe und schnurrend sang sie Milt einen
Hymnus von kleinen Hausgöttern am warmen Herd. Damit
waren Milts Abendzerstreuungen beendet. In Schoenstrom
spielt das Kino nur einmal in der Woche. Er saß im Büro seiner
Garage und ließ die Ereignisse der vergangenen Woche nochmals an sich vorbeiziehen. Milt las viel, obwohl nicht allzu-
leicht. Er hatte nicht den Wunsch, ein Dichter zu werden, ein
Indo-Iranischer Etymologe, Redner in Frauenversammlungen
oder Staatssekretär. Aber er begeisterte sich an den Wundern,
von denen in Büchern und Zeitschriften zu lesen war: von großen Menschenansammlungen, von kunstvoll gebauten Unter-
seebooten, von Palmenbäumen und schönen Frauen.

Er legte die Zeitschrift hin. Er starrte auf die Wand. Er
dachte an gar nichts. Er schien nach etwas zu tappen, woran er
voll Entzücken denken könnte, wenn es sich nur fassen ließe.
Ohne sich weder Mauer noch Meer recht gegenständlich vorstellen zu können, erinnerte er sich alter Traumbilder von einer
mondbeschienenen Mauer an einem warmen wogenden Meer
des Südens. Lebte in diesem Traum vielleicht auch die Gestalt
eines Mädchens, so war sie so unfaßbar wie der Geruch der
Nacht. Plötzlich war er eingeschlafen, eine ganz und gar nicht
romantische Erscheinung, etwas lächerlich nach der einen Seite
geneigt, lag er in seinem Schreibtischsessel, die großen, dauer-
haft gearbeiteten Schuhe auf dem Pult. Er erwachte halb und
zog in sein sogenanntes Heim ab – ein Zimmer in dem Häuschen einer ältlichen Frau, die ihre Vorurteile hatte gegen die
gefährliche Nachtluft. Milt war zu schläfrig um noch irgendwie
Toilette zu machen, ausgenommen, daß er die Schuhe auszog,
und sich mit wenig Überzeugung ein bißchen an dem kleinen

Waschtisch wusch, dessen gesprungener Lack die Merkmale des Glases zum Zähneputzen in Form vieler weißer Ringe trug.

Milt stand um sechs auf und ein Viertel vor sieben war er in der Garage bei der Arbeit. Er verbrachte einen großen Teil des Vormittags damit, einem Kunden zu beweisen, daß sogar ein Teal-Wagen, den jeder lobt, der ihn erprobt, nicht tadellose Dienste leiste, wenn der Kunde beharrlich vergaß, den Ölbehälter, die Schmiernippel und die Batterie zu füllen.

Drei Minuten nach zwölf verließ Milt die Garage, um zum Mittagessen zu gehen. Der Nebel, der in der Früh geherrscht hatte, war nun zu Regen geworden. McGolwey war nicht im »Alten Heim«. Mac bekam es manchmal satt, das Essen aufzutragen und hielt sich ein oder zwei Tage an sein Fläschchen, das er in der Tasche trug; dann wurden unter seinen ehemaligen Kundschaften die Konservenbüchsen fertig bereiteter Speisen populär. Milt sah ihn unter dem Blech-Sonnendach des Kaufmannsladens stehen. Er hatte eine schwache Hoffnung, Mac davon abzuhalten, allzulange Ferien mit seinem Fläschchen zu feiern. Aber Mac hatte schon rote Augen. Er schien Milt nur halb zu erkennen.

»Schöner Tag!« sagte Milt.

»Halt ja.«

»Straße ist verflucht kotig.«

»Hm, schade. Herrgott – mir geht's gut!«

Elf Minuten nach zwölf wurde ein Gomez-Dep.-Zweisitzer unten auf der Straße sichtbar und hielt vor der Garage. Für Milt war das etwas ebenso Aufregendes wie das Erscheinen eines Kometen für einen beobachtenden Astronomen.

»Wie nennt man so einen Wagen, Milt?« fragte ein Müßiggänger.

»Gomez-Deperdussin.«

»Nie gehört. Schaut so schwer aus.«

Das war Gotteslästerung. Milt wütete: »Du armer Narr! Das ist einer der besten Wagen von der ganzen Welt. Von Frankreich importiert. Schaut übrigens wie eine rein amerikanische Spezial-Karosserie aus. Das Malheur mit euch Leuten ist, daß ihr über alles, was neu ist, erschreckt. Zu schwer! Huh! Wollt immer schon einmal einen Gomez sehen – das ist der erste;

kenn sie nur von Bildern. Und mir scheint, das ist eine New-Yorker Nummer. Will mal hingehen!«

Er vergaß seinen Mittagshunger und stapfte durch den Regen zur Garage. Er sah ein Mädchen aus dem Wagen aussteigen. Er blieb im Haustor des »Alten Heimes« in ungewohnter Scheu stehen. Er sagte sich, daß er eben nicht genau wüßte, was an ihr dran wäre – sie war doch nicht gar so ungewöhnlich schön, und doch – Herrjeh – gewiß kein Mädel, an das man sich einfach heranmachte. Soll sich Ben um sie kümmern. »Möcht gern mit ihr sprechen, aber ich fürcht mich, daß, wenn ich den Mund aufmach, ein Unsinn herauskommt.«

Es war das erste Mal, daß er eine elegante Dame sah. Dieses dunkle, schlanke, feinnervige Mädchen in ihrem einfachen grauen Kostüm mit dem festen Gürtel, dem kleinen schwarzen Barette, das auf der einen Seite über dem glatt zurückgestrichenen, weichen Haar aufgeschlagen war, die feinen kleinen Lederhandschuhe und der Schleier – war so zart und bis ins Kleinste vollendet wie ein Flugmotor.

Milt hatte das Verlangen, das Lob ihrer Vollkommenheit in die Welt hinauszuschmettern, darum rief er einem neben ihm stehenden Mann zu: »Feiner Wagen. Hübsches Mädchen, in ihrer Art.«

»Ja, aber bißchen mager. Ich hab's lieber, wenn sie mehr mollig sind«, gähnte der Mann.

Nein, Milt schlug ihn nicht nieder. Schwach wendete er nur ein: »Sie ist aber hübsch angezogen.«

»Oh, nicht gar so arg. Ich hab gestern eine Frau hier durchfahren gesehen, die war fein – in einem roten Kleid mit weißen Schuhen und einem Hut, so groß wie ein Schaff.«

»Na, ich weiß nicht. Ich hab diese einfachen Sachen ganz gern«, sagte Milt entschuldigend.

Er schlich sich zur Garage. Das Mädchen stand drinnen. Er untersuchte die abgeschrägten, lackledernen Autokoffer auf dem Gepäckträger an der Hinterseite des Gomez-Dep. Er bemerkte, daß ein Herr mittleren Alters im Wagen saß und wartete. »Muß der Vater sein. Wahrscheinlich – vielleicht ist sie noch nicht verheiratet.« Er konnte sich nicht dazu haben, den Mann freundlich anzurufen, wie er dies sonst tat. Er ging in das

Büro der Garage; durch die innere Türe sah er verstohlen nach dem Mädchen, das mit dem Gehilfen über das Auswechseln eines Schlauches sprach.

Diesen Ben Sittka, dem er vor einer Stunde noch wie einem vielversprechenden Kind geschmeichelt hatte, den bewunderte er jetzt wegen der sachlichen Ruhe, mit der er fragte: »Wollen Sie einen roten oder einen grauen Schlauch?«

»Wirklich, ich weiß nicht. Welcher ist denn besser?« Die Stimme des Mädchens klang seltsam klar.

Milt ging an Claire Boltwood vorbei, als sähe er sie nicht; er stand, mit dem Rücken zu ihr, im Hintergrund der Garage, und klopfte an den Rädern irgend eines Wagens herum. Immer und immer wieder murmelte er vor sich hin: »Wenn ich nur ein einziges solches Mädchen kennen würde. – Wie ein Bild. Wie – wie ein Silberkelch auf einer blauen Decke!«

Ben Sittka sprach nicht mit dem Mädchen, während er den Schlauch in den Mantel einlegte. Nur in dem glorreichen Augenblick, als die Enden in die Stahlfelge einschnappten, piepste er:

»Fahren Sie weit?«

»Ja, ziemlich. Nach Seattle.«

Milt starrte auf das vor Spinnweben graue Fenster. »Jetzt weiß ich, was ich vorhatte. Ich gehe nach Seattle«, sagte er.

Das Mädchen war neunundzwanzig Minuten nach Zwölf wieder fort. Neunundzwanzig und eine halbe Minute später bemerkte Milt zu Ben Sittka: »Ich werde eine kleine Reise machen. Hein? Jetzt frag nicht viel. Du wirst dich um die Garage kümmern, bis du weiteres von mir hörst. Nimm dir irgend eine Hilfe. 'dieu.«

Er fuhr seinen Teal-Karren aus der Garage. Zweiunddreißig Minuten nach Zwölf war er in seinem Zimmer und packte seinen Reisekorb in der Art, daß er die Sachen hineinwarf und auf den Koffer stampfte, bis er zuging. Er hatte alle seine Toilettekostbarkeiten sowie überhaupt die gesamte Garderobe darin, mit Ausnahme des nicht geringen Teiles davon, den er an sich trug. Nach einem zuverlässigen und eingehenden Bericht waren es vier Paar dicke, gelbe und weiße Baumwollsocken, zwei Hemden, fünf Kragen, fünf Taschentücher, ein Paar

überraschend kokette Tanzschuhe, hohe braune Schnür-
schuhe, drei billige Trikotgarnituren; der Sonntagsanzug, der
tiefschwarz war und von unvorstellbarem Schnitt, vier Kravatten, eine stark mitgenommene Zahnbürste, ein Kamm, eine
Bürste, ein Rasiermesser, ein Abziehriemen, Rasierseife in einer
Büchse, ein nicht sehr sauberes Handtuch und sonst überhaupt
nichts. Dem legte er noch seine gesamte Bibliothek und Privat-
Bildergalerie bei, bestehend aus: »Ivanhoe«, »Ben Hur«, dem
Band Byron, den er von seinem Vater hatte, ein Handbuch
über drahtlose Telegraphie, und den 1916er Jahrgang von »Die
Konstruktion und Reparatur des Automobilmotors«; die Bil-
dersammlung: eine farbige Sonntagsbeilage-Illustration, das
Bild einer Prinzessin, die in einem alten Schloßhof in der Pro-
vence das Frühstück einnahm, und ein Halbton-Druck, der die
Landung des Colonel Paul Beck in einem veralteten Militär-
Doppeldecker darstellte. Darunter war in nun verwischtem
Bleistiftgekritzel von Milt einst geschrieben worden: »Das will
ich werden, Flieger.«

Eine schrecklich schwierige Frage war, was er anziehen
sollte. Bis elf Minuten nach Zwölf desselbigen Tages war es
ihm alles eins gewesen. Den Leuten waren seine Overalls überall, ausgenommen beim Tanzen, recht, und beim Tanzen war
er der Einzige, der Pumps trug. Aber bei seiner Entdeckung
von Claire Boltwood hatte er erkannt, daß es eine Kunst sei,
sich zu kleiden. Bevor er einpackte, hatte er tief betrübt an dem
bisher hochgeschätzten, schwarzen Anzug herumgetastet. Er
war lächerlich geworden. »Leichenbestatter!« brummte er. Mit
einem Achselzucken, das besagte, daß er eben nichts anderes
habe, vertauschte er seine Overalls gegen ein drappfarbenes
Flanellhemd mit einer schwarzen, breiten Masche, nahm starke
Schweinslederschuhe und den Anzug, den er am Abend zuvor
getragen hatte, seinen besten Anzug von vor zwei Jahren – ein
blaues Kammgarn-Sakko mit gleicher Hose. Er konnte nicht
wissen, wie erstaunlich gut und vorteilhaft dies zu seiner sehni-
gen, starken Gestalt paßte.

In den Taschen trug er ein Bündel Notizen und eine über
alle Erwartungen gute, goldene Uhr. Gegen etwaige Kälte hatte
er einen Ulster, einen altmodischen, hochgeschlossenen

Sweater und einen Regenmantel, schwer wie eine Plache. Er tauchte in den Regenmantel unter, lief hinaus, rannte in Rauskukles Laden, kaufte die imposanteste Kappe, die zu haben war – ein Schottenmuster von Kirschrot, Orangegelb, Smaragdgrün, Ultramarin und fünf anderen, garantiert modernen Farben. Er versorgte sich mit Proviant, um im Freien kampieren zu können.

In dem gewölbten, blechbedeckten hinteren Kasten des Wagens war genügend Platz und den füllte Milt mit Motorzubehör, einer Flinte und Munition, einem Paar Schlittschuhen und seiner Touristenausrüstung an, die er auf der alljährlichen Entenjagd-Fahrt nach Man Trap Lake benützte.

»Ich bin ein verfluchter Narr, alles mitzunehmen, was ich besitze, aber – kann auch leicht einen ganzen Monat ausbleiben«, überlegte er.

Er hatte noch ein Besitztum, ein Scheckbuch, vor den neugierigen Blicken seiner allzu mütterlichen Hauswirtin dadurch bewahrt, daß er es unter den Stiegenhausteppich steckte. Dieses holte er nun hervor. Es wies ein Saldo von zweihundert Dollars auf. Zehn Dollars waren im Büro in der Kassa für Ben Sittka. Die Garage wäre abzüglich der Hypothek beinahe zweitausend Dollars wert. Dies war sein Vermögen.

Er sprang in die Küche und benachrichtigte in einem Zug seine Hauswirtin mit dem Ruf: »Bin abberufen aus der Stadt; kleine Reise; bin Ihnen nichts schuldig, glaube ich; hier sind sechs Dollar für zwei Wochen voraus, weiß nicht genau, wann ich zurückkomm.«

Ehe sie eine Frage stellen konnte, saß er schon draußen im Karren. Er sauste durch die Stadt. Seinem Freund, McGolwey, der jetzt schlotternd und mit offenem Munde im Regen saß, draußen auf einem Holzstoß hinter der Bahnstation, rief er zu: »Leb wohl Mac. Nimm dich zusammen, alter Kerl. Ich mach eine kleine Reise.«

Er hielt vor dem Haus des Prof. an, tutete, bis die Jonesens die Köpfe zum Fenster hinaussteckten, winkte und rief: »'dieu Leute. Geh bißchen fort von hier«.

Dann, während die Freiheit und der weitentfernte Ozean auf ihn einzustürmen schienen über die Motorhaube her, ging es im Wirbelwind zur Stadt hinaus. Es war zwei Minuten vor eins – siebenundvierzig Minuten nach Claire Boltwoods Eintreffen in Schoenstrom.

Er hielt nur einmal an. Seine Freundin, Dame Vere de Vere, befand sich an den Ausläufern der Stadt auf einer wissenschaftlichen Entdeckungsreise in Fragen der Ethnologie und der Feldmäuse. Sie rief ihn an: »Mrwr? Mi mrwr!«

»Nein, wirklich wahr!« antwortete Milt voll Verwunderung. »Ja, wenn ich versprochen habe, dich mitzunehmen, so will ich mein Wort halten.« Er sprang hinaus und verstaute Vere de Vere auf dem Sitz, den er vor dem Regen mit der Kühlerdecke schützte.

Sein leicht über die Furchen springender Wagen überholte den sich schwer durch den Kot arbeitenden Gomez-Dep. in einer Stunde und zog ihn aus dem Schlamm.

Bevor Milt in jener Nacht einschlief, auf freiem Feld, drei Meilen außerhalb Gopher-Prairie, unterzog er sich einem religiösen Ritus. »So ein Mädchen wie sie, die ist gar heikel auf ihr Äußeres. Ich bin ein schmieriger Hund. Wie ich auf dem Gymnasium war, hab ich mehr aufgepaßt auf meine Kleider. Werd langsam faul – so ähnlich wie Mac. Denk einer, da hab ich letzte Nacht in meinen Kleidern geschlafen!«

»Mrwr!« stimmte die Katze scheltend zu.

»Hast ganz recht. Wüst, ist das richtige Wort. Will nie mehr in meinen Fetzen schlafen, Mietze-Katze. Das heißt, wenn ich ein regelrechtes, menschliches Bett habe. 'türlich, im Freien kampieren ist wieder was anderes. Aber immerhin – wollen mal sehen, was wir alles für sonderbare Dinge für uns tun können.«

Er rasierte sich – zweimal, vollständig vom Einseifen bis zum Abtrocknen. Er bürstete sein Haar. Er setzte sich am Lagerfeuer nieder, das durch zwei große Steine geschützt war, und bearbeitete seine Nägel, obwohl sie in entmutigender Weise voll Motorschmiere waren. Während dieser ganzen interessanten, doch ziemlich schmerzlichen Zeremonie unterhielt Milt eine Konversation mit der Katze. Doch als alles erledigt und das Feuer heruntergebrannt und Vere de Vere im Ärmel seines Ulsters eingeschlafen war, da sank seine murmelnde Stimme zu mutlosem Flüstern herab und wie in Todesangst stammelte er:

»Aber oh, wozu das alles? Ich werde immer nur ein dummer, ungeschickter Kerl sein. Putz meine Nägel, um auf ein Mädchen Eindruck zu machen, die Hände hat wie sie! 's ist ein weites Stück bis Seattle, aber noch tausendmal weiter ist's – bis man – umgemodelt wird. Oh! Und nebstbei, was zum Teufel werd ich in Seattle machen, wenn ich jemals hinkommen sollte?«

VI.
Im Lande sanft wogender Wolken

Kein Meer mit sandgelber Küste hat jene süße Pracht eines Prairie-Sumpfes. Sanft gekräuselt und blau, mit langem Gras bis an den Rand, ein Flecken tanzenden Lichtes, inmitten meilenweiter Felder rauschenden Weizens, bewahrt er auch im Juli noch, an Nachmittagen voll blendenden Glanzes und frech zirpender Grillen, die Frische eines Frühlingsmorgens. Claire fuhr an tausenden solcher Sümpfe vorbei, an hunderten von Seen, umschlossen von wogender Gerste oder den klingenden Glöckchen des Flachses. Sie hatte die verstreut auftretenden kleinen Hügel von Eichen, Pappeln und Silberbirken hinter sich gelassen und war hinausgekommen auf die baumlosen, unabsehbaren »Großen Ebenen«. Sie hatte gelernt, die Sümpfe »Mauslöcher« zu nennen und im Zwielicht nach Wildenten auszuschauen. Sie hatte gelernt, daß um die Mauslöcher beständig ein Chor rotgeflügelter Amseln schwebte; daß die häßlichen braunen Vögel, die auf den Zaunstangen hockten, die himmlisch singenden Feldlerchen waren; daß sich unter den bescheidenen Viehstaren, den Bewohnern des Weidelandes, auch oft eine purpurfarbene Prachtmeise oder eine Goldamsel bläht; und daß kein Rosengarten von so seltsamer und herber Schönheit ist wie das braunrote Buschwerk und das orangegelbe Milchkraut in dem stacheligen, halbversengten Gras zwischen Straße und Eisenbahnstrecke.

Sie hatte gelernt, in dem Benehmen von Garageleuten und Hotelbediensteten, das sie einfach für Grobheit gehalten hatte, oft nur ein gekränktes Reagieren auf ihre Haltung zu erkennen, mit der sie ausdrückte, daß sie sich selbstverständlich einer Rasse überlegen fühle, die sie als »gewöhnliche Leute« zu bezeichnen gewöhnt worden war. Sprach sie frei und offen, so behandelten sie die Menschen als ihresgleichen und man half ihr gern und freundschaftlich.

Zwei Tage lang fuhr sie im Sonnenschein und trocknenden Kot auf einer Straße, die geradewegs durch flaches Weizenland führte, und sich dann zwischen niedrigen Hügeln hinaufdrehte. Oft gab es keine Zäune; sie war eingeschlossen im dichten,

hohen Getreide, so daß die Kotflügel des Wagens die Weizen-
halme streiften und sie nicht mehr eine Fremde sondern ein
Teil dieses unermeßlichen Landes wurde. Sie vergaß, daß sie
lenkte, während sie den Wagen weiter hinstreichen ließ und
sich selbst entrückt fühlte in ein Meer von Wolken, Prairie-
Wolken, wogende Fetzen übereinandergeschichteten Rauches,
wie geschieferter Meeressand oder Berge von Haufenwolken,
die in goldglitzernde, schneebedeckte Spitzen ausliefen.

Die Anmut der tragenden Erde gab Claire ein Gefühl der
Ruhe, das der vorbeiziehenden Stunden nicht achtete. Sogar ihr
Vater, der ernste, nur in seiner Welt lebende Geschäftsmann,
nickte schmutzigen Leuten auf der Straße zu; einem freundlichen alten Mann, der wohlbeleibt, durchgerüttelt und hin- und
hergeworfen in seinem winzigen, rhythmisch kreischenden
Wägelchen saß, und den Frauen in all den kleinen, plötzlich
auftauchenden Örtchen mit den riesigen, roten Getreideaufzü-
gen und den langen, flachdachigen Magazinen.

Claire hatte Amerika entdeckt und sie fühlte sich stark, und
über allen ihren Tagen lag heller Sonnenschein. Sie hatte auch
entdeckt, daß sie Abenteuer zu genießen verstand. Sie wurde
nicht mehr von Befürchtungen geplagt, wie zu der Zeit, als sie
Minneapolis verlassen hatte. Sie kannte nun die aufblitzende
Freude – als riefe man ein vorüberziehendes Schiff an – wenn
sie einen Illinois-Wagen im Vorbeisausen begrüßte, auf dessen
mit Staubkrusten bedeckter Rückwand die Flagge war »Chicago
zum Yellowstone-Park«. Und oft, wenn die Eisenbahnstrecken
meilenweit neben der Fahrstraße liefen, lernte sie ein neues Gefühl allgemeiner Menschenliebe kennen, wenn der Lokomotivführer eines Lastzuges ihr mit der Hand zuwinkte und zum
Zeichen des Grußes pfeifend Dampf ausließ.

Ihr Vater ermüdete leicht und schlummerte meist die frü-
hen Stunden des Nachmittags hindurch, wenn ein nicht allzu-
leicht verdauliches Kleinstadt-Mittagessen wie Blei in seinem
Magen lag. Trotz der Schönheit des Landes und der Freude des
Vorwärtskommens hatten die Beiden mancherlei zu ertragen.

Nach dem Mittagessen wachzubleiben, war für Claire oft
ein Kampf auf Tod und Leben. Die Augen waren ihr vom Essen trübe und schmerzten sie vom grellen Sonnenlicht. In der

lautlos stillen Luft, wenn die Morgenbrise ausgebrannt worden war, quälte sie die Hitze des Motors an Füßen und Beinen bis zur Unerträglichkeit; und wenn ein anderer Wagen vorne war, sickerte die Staubsäule in ihren Hals hinein. Wenn kein starker Verkehr war, der sie wach hielt, nickte sie am Volant ein; sie wurde zu dem bloßen Bestandteil einer Maschine, die weiterlief, ohne anscheinend irgendwelchen Eindruck auf die Endlosigkeit der Prairie zu machen. Immer und immer wieder waren dieselben Handgriffe zu machen. Langsam fahren, wenn es bergab ging; sich in acht nehmen vor sandigen Stellen unten; den Wagen sanft auslaufen lassen auf ebener Strecke; einer einsamen Bauersfrau zuwinken in irgendeinem kleinen, verlassenen Vorhof; langsam fahren, um an einem Heuwagen vorbeizukommen; Gas geben, um die nächste Steigung hinaufzufahren und das Ganze von Anfang an wieder und immer wieder. Doch bis gegen Mittag war sie vergnügt, und vom halben Nachmittag an kam neue Kraft über sie, die, sobald die Röte über den goldenen Nebeldunst hinaufzukriechen begann, in ruhig-heitere Betrachtungen überging.

Auch fand sie das eine große Geheimnis des richtigen Tourenfahrens heraus, nämlich: fahren; immer nur in Einheiten von fünfzig Meilen zu denken, nicht in zehn Meilen-Abständen, und sich über nichts zu ärgern oder zu beunruhigen. Sie schien begeistert; hatte sie einen Pneudefekt – nun, so nahm sie eben das Reserverad. Ging ihr das Benzin aus – nun, so würde ihr wohl jeder vorbeikommende Fahrer ein paar Liter borgen. Nichts konnte, wie es schien, ihren gleichmäßigen Flug über das ungeheure Land aufhalten.

Sie verirrte sich nur selten. Die freundlichen Wegweiser, jene großen, roten R's und L's auf Zaunpflöcken und Telegraphenstangen, die wie Zaubersprüche den Weg wiesen, vom Mississippi bis zum Stillen Ozean, halfen ihr. Ihr Vater bewahrte sie durch kleine, gelegentliche Betrachtungen und Gespräche vor dem Gefühl der Einsamkeit. Er war der richtige Gefährte für weite Touren. Automobilreisen sind nicht die beste Gelegenheit für Epigramme und Satiren. Solches Geschwätz auf Autofahrten führte unabwendlich zu dem geheimnisvollen Auffinden der am Straßenrand verborgenen Leiche eines unbekannten, gutgekleideten Mannes. Claire und ihr Vater murmelten: »Gutes Bauernhaus – Ziegelbau,« oder: »Hübsche Aussicht«, und lächelten und waren für Meilen wieder so schweigsam wie der Himmel.

Sie dachte an die Leute, die sie kannte, insbesondere an Jeff Saxton. Doch sie konnte sich seines schmalen, ernsten Gesichtes nicht mehr recht entsinnen. Zwischen ihr und Jeff lagen viele sonnige, alles verwischende Meilen. Aber sie sehnte sich nicht nach ihm. Sicherlich sehnte sie sich nicht nach einem jungen Mann mit einem Regenmantel, einer Katze und einigem Interesse für Japan. Ein Sänger kann nach seinem ersten Konzert nicht stolzer sein als Claire es war, nachdem sie die erste Staatengrenzlinie passiert hatte, polternd über eine Brücke fuhr, die über den Red River nach Nord Dakota führte. Überall Wagennummern aus Dakota zu sehen statt aus Minnesota, kam der Sensation gleich, fremdsprachige Straßentafeln zu sehen. Und als sie in Fargo ein wirkliches Bad bekam, hatte sie das Gefühl, daß sie sich das Recht auf diesen Genuß wohl verdient habe.

Herr Boltwood wurde von ihrer Begeisterung angesteckt. Das Abendessen war ein Fest und mit eisgekühltem Tee tranken die beiden friedlichen Conquistadoren auf das Wohl der neuen spanischen Herrschaft; und nachher gingen sie, Arm in Arm, vergnügt plaudernd ins Kino. Vor dem Royal-Palast-Kino, 4 große Vorstellungen 4, stand grasend ein fliegenähnlicher, blechbedeckter Wagen. »Vater! Schau! Ich glaube – ja, natürlich, da ist der Reisekorb – das ist der Wagen von diesem netten Burschen – erinnerst du dich nicht? – der uns aus dem Kot herausgezogen hat bei – ich weiß nicht mehr wie der Ort hieß. Anscheinend fährt er wirklich noch weiter. Ich erinnere mich, er wollte auch nach Seattle. Wir wollen uns im Saal drinnen nach ihm umsehen. Oh, wie lieb, da ist die Katze! Was hat er ihr nur für einen komischen Namen gegeben – Marquise Montmorency oder so ähnlich?«

Lady Vere de Vere, ein wenig mißtrauisch gegen Fargo und Kinobesucher, doch wohlgeborgen in ihrem Reise-Schloß, dem Karren, lag in Milt Daggetts Ulster zusammengerollt am

Boden des Wagens. Sie zwinkerte Claire mit den Barthaaren zu und schnurrte unter ihrer streichelnden Hand.

Mit der Aufregung eines Menschen, der in einem fremden Land die Adresse eines Freundes ausfindig zu machen sucht, übersah Claire den Zuschauerraum, als vor Beginn des neuen Stückes die Lichter angezündet wurden. In der zweiten Reihe entdeckte sie Milt's borstiges, flachsgelbes Haar – erstaunlich glattgebürstet über einem überraschend reinen, neuen drapp-farbenen Hemd aus merzerisierter Seide.

Er lachte wütend über die alten Scherze: Schwiegermutter-Geschichten, Käse-Geschichten und die Frau, welche die Taschen ihres Ehegatten plündert.

»Unser junger Freund scheint ja ein beneidenswert jugendliches Gemüt zu haben«, bemerkte Herr Boltwood. »Bitte keine Überlegenheit! Wahrscheinlich war er noch nie in einem richtigen Varieté. Wäre es nicht lustig, mit ihm zum ersten Mal in den ›Wintergarten‹ oder zu den ›Folies‹ zu gehen? … Statt sich von Jeff Saxton hinführen zu lassen, der einem die Witze, oh! so kunstvoll kommentiert!«

Das Kino war aus; Claire hatte den Film, unter zehn oder zwölf verschiedenen Titeln, schon gesehen, obwohl die Bewohner von Brooklyn Heights nicht die Gewohnheit hatten, ihre Samstag-Abende dem Kino zu widmen. Claire hatte diese Verulkung jenes Teiles der Vereinigten Staaten, der westlich vom 101 Längengrad liegt, schon allzuoft gesehen; diese Typen des bösen Mannes, des Richters – ein ältlicher Herr mit Backenbart und hohen Stiefeln – der Räuber, die traurigen Augen der Tochter des Richters – auch eine ältliche Darstellerin aber mit einem Sonnenhut und dem teuersten rouge – die Bekehrung des Missetäters und seine spätere unerschütterliche Anhänglichkeit an Gesetz und Ordnung. Claire schleppte ihren Vater wieder ins Hotel zurück, schickte ihn schlafen und fand, als sie ihr Zimmer betrat, ein Telegramm auf dem Schreibtisch.

Sie hatte ihren Freunden eine Liste aller Orte geschickt, in denen sie sich voraussichtlich aufhalten würden. Die Nachricht war von Jeff Saxton, Brooklyn. Sie rief in Claire wieder die Erinnerung wach, an jenen ruhigen Glanz seiner Augengläser –

der teuersten Augengläser, mit den allerbest geschliffenen Linsen; das Telegramm lautete:

»erhielt brief bezueglich reiseroute fuerchte zu ermuedend
fuer sie prairiestrassen schlecht fuer vater bergstrassen
gefaehrlich rate dringendst nur kurze strecke weiterfahren
dann eisenbahn nehmen

geoffrey«

Sie hielt das Telegramm in der Hand und überlegte. Sie erinnerte sich, wie die weite Welt über die Motorhaube des Gomez her ihr den ganzen Tag über entgegengeströmt war. Sie schrieb als Antwort:

»strasse voll entsetzlicher gefahren zwei pneu defekte geschwindigkeit unbegrenzt fruehstuecks eier nicht einwandfrei aber werde mich weiter durchkaempfen«

Ehe sie das Telegramm abschickte, hielt sie mit ihrem Vater Rat. Sie saß am Fußende seines Bettes und bemühte sich, wie eine folgsame Tochter zu reden. »Ich will nichts tun, was für dich schlecht ist, Väterchen. Aber findest du nicht, daß es dich vom Geschäft ablenkt?«

»Ja-a, ich glaub schon. Jedenfalls wollen wir es noch ein paar Tage lang versuchen.«

»Ich mein, wir können den Gefahren trotzen. Ich glaub, wir könnten einen von diesen großen Bauersleuten bitten, uns zu Hilfe zu kommen, falls uns ein Walroß oder ein Krokodil in den Weizenfeldern begegnen sollte. Auch hab ich das Gefühl, daß, sollten wir wirklich einmal stecken bleiben, unser Freund im Teal-Karren uns helfen würde.«

»Werden ihn wahrscheinlich nie wieder sehen. Der behält seinen Vorsprung.«

»Natürlich, wir haben ihn ja auf der ganzen Strecke nicht einen Augenblick lang gesehen. Er muß lange vor uns in Fargo gewesen sein. Na, morgen denk ich —«

VII.
Die große amerikanische Bratpfanne

Es war Claires erster schlechter Tag seit jenem Loch in der kotigen Landstraße. Sie war prächtig gestartet und auf der ebenen Straße, die von Fargo aus rein westlich läuft, dahingeschossen. Doch mittags war sie auf ein Restaurant gestoßen, welches das Essen zu einer Strafe machte.

Um sich bei Automobilisten gut einzuführen, hatte der kaufmännische Verein von Reaper am Eingang der Stadt ein Schild aufgestellt, »Willkommen in Reaper, Höchstgeschwindigkeit 8 Meilen pr. St.«. Richtig interpretiert, bedeutete diese Aufschrift, daß einen die Leute vielleicht anschauen würden, wenn man mit noch mehr als 20 Meilen Geschwindigkeit pro Stunde durch die Hauptstraße führe, und daß das wirkliche Willkommensein – der einzige Eindruck, den der Reisende voraussichtlich von Reaper davontragen würde – das Willkommensein in dem einzigen Wirtshaus des Ortes wäre. Es hieß »Garten zur guten Kost«. Als Claire und ihr Vater eintraten, erstickten sie beinahe an dem Qualm, den die Bratpfanne in der Küche wie ein Vulkan ausspie. Der Raum war durch ein ungeheuerliches Frühstücksbüfett abgesperrt; es war nur ein einziger Tisch da, der mit einem Wachstuch voll ehrwürdiger Flecken eingetrockneten Eidotters bedeckt war.

Der gleichzeitig auch Kellnerdienste versehende Koch, dessen Schürze ein lustiges Fettflecken-Muster hatte, an den Kanten und in der Bauchgegend jedoch nur einen einfach grauen Schmutzrand, brummte ein: »Wünschen bitte?«

Claire erholte sich soweit, daß sie die Schrift auf der Speisenkarte von den Fliegenflecken unterscheiden konnte, und bestellte ein kleines Filet und einen Kaffee für ihren Vater, für sich Tee, weichgekochte Eier und Toast.

»Toast? Haben wir nicht, Toast!«

»Ja, können Sie's nicht machen?«

»Oh, ich glaub schon —«

Als er das Essen brachte, waren die Toastschnitten einen Zoll dick, auf einer Seite verbrannt und auf der andern Seite roh. Der Tee war bitter und die Eier wässerig. Ihr Vater berichtete, daß sein Filet hochwertiges Peitschenleder sei und der Kaffee – ja nun, er wäre nicht ganz sicher, welches Ersatzmittel für Zichorie verwendet worden wäre, aber er glaube, es sei lauwarmes Chinin.

Claire tobte: »Weiß du, die Stadt hat ernste Bestrebungen. Sie fangen an, so hübsche, kleine Sommerhäuschen hier zu bauen und da ist so eine feine, saubere Bank – Und dann gestatten sie diesem Schuft, daß er den Fremden – einflußreichen Fremden, in Automobilen – die Stadt durch solches Essen empfiehlt! Man sollte meinen, sie glauben, daß sie hier Verbrecher festnehmen; aber dieser Wirt ist ja ein Dieb, daß er für solches Essen wirkliches Geld verlangt – Ja, und ein Mörder ist er auch!«

»Ach geh doch, Mausi!«

»Ja, das ist er wirklich. Er muß in seiner glorreichen Karriere Tausenden von Leuten chronische Magenleiden verursacht haben – hat ihr Leben um Jahre verkürzt. Das ist Mord im Großen. Wenn ich die Behörde hier wäre, so könnt ich noch nachsichtig sein gegen Leute, die nur ein oder zwei Menschen umbringen, aber diesen Koch würde ich für lebenslänglich einsperren. Wirklich! Das mein ich ernstlich!«

»Na, er tut wahrscheinlich sein Bestes, er —«

»Nein, er tut es nicht! Diese Eier und dieses Brot waren tadellose Lebensmittel, bevor er sie verzaubert hatte. Und hast du den verächtlichen Blick gesehen, den er mir zugeworfen hat, weil ich so extravagant war, Toast zu bestellen? Oh, Reaper, Reaper, du willst eine moderne Stadt sein, aber ich weiß nicht, ob du ahnst, wie viele Tausende von Reisenden von Küste zu Küste wandern und dir fluchen? Wenn ich diesen Wirt nur aufhängen könnte – und all die anderen, die so sind wie er – an einem Strick aus seinen eigenen hanfähnlichen Pfannkuchen! Die große amerikanische Brat-Pfanne! Ich erwarte nicht von Leuten, die eine neue Stadt bauen, daß sie Zeit haben, Hugh Walpole oder James Branch Cabell zu lesen; aber ich erwarte von ihnen, daß sie einen Koch auftreiben, der Spiegeleier bereiten kann!«

Während Claire die Rechnung bezahlte, versuchte sie sich irgendeine Beschwerde auszudenken, die auf den feisten Sinn dieses Wirtes irgendwelchen Eindruck machen würde. Doch angesichts seiner rosafarbenen Aufgedunsenheit gab sie es auf. Der Zorn über dieses Versagen im entscheidenden Augenblick ließ sie wütend zur Stadt hinausjagen und in einem Wirbelwind von Staub weiter fahren, bis der Motor zu spucken anfing, müde und nachdenklich zu werden schien, und endlich sagte, er glaube, daß er für heute nicht weitergehen würde.

Jetzt, da sie etwas zu tun hatte, wurde Claire wieder ruhig und geduldig. »Kein Benzin mehr. Ist's nicht gut, daß ich diese Reservekanne mitgenommen habe?«

Aber Benzin war genug. Es war kein ersichtlicher Grund zu finden, warum der Wagen nicht gehen sollte. Sie ließ den Motor an. Eine halbe Minute lang lief er und dann war es aus. Alle Kerzen gaben Funken. Am Verteiler waren keine Kabel los. Es war genügend Wasser und die Ölzufuhr war in Ordnung. Und damit war es mit Claires Weisheit, in Bezug auf das Innere eines Motors, zu Ende.

Sie hielt zwei Automobilisten an. Der Erste war davon überzeugt, daß sich im Vergaser an der Spitze des Nadelventils Schmutz angesammelt hätte. Während Claire vor Angst bebte, daß er sie nie mehr wieder werde einsetzen können, nahm er die Nadel heraus, wischte sie ab, setzte sie wieder ein – und der Motor wurde wieder angelassen und blieb, mit großer Pünktlichkeit, wieder stehen.

Der zweite gute Samariter wußte wieder, daß doch eines der Kabel am Verteiler los sein müsse und, obwohl Claire ihm versicherte, daß sie schon alles nachgesehen habe, warf er nur einen mitleidigen Blick auf ihr elegantes Sportkostüm und sagte: »Na, ich will mir's doch selbst einmal anschaun«, und hob vom Verteiler den Deckel ab. Er kratzte sich am Kopf und tastete am Kontakt unterm Deckel herum, kratzte sich auf der Wange, tupfte mit einem Finger auf den Vergaser, rippelte sein Ohr, sagte: »Ja – – em –«, sah nach, ob genug Wasser und Benzin sei, seufzte: »Kann, scheint's, nicht herausfinden, wo der Fehler steckt«, schoß zu seinem eigenen Wagen hinüber und entfloh.

Claire war ungemein dankbar und des Lobes voll gewesen – beiden gegenüber – aber hier blieb sie nun einmal stehen, zehn Meilen weit von nirgends. Ringsherum war es wunderschön. Am Fuß eines Hügels dehnten sich die Weizenfelder bis zu einem Dorf, dessen Getreideaufzug wie ein glitzernder Turm emporragte. Sumpfhühner schnatterten in einem Tümpel, Luzernen prangten in überirdischem Grün und die Bienen flogen in ein rotes Kleefeld zum Schmaus. Doch Claire hatte das Auto-Fieber im Leibe: weiterfahren. Die Straße vor und hinter ihr war sehr lang, sehr weiß – und sehr leer. Aus tiefem Sinnen heraus und aus seiner gediegenen Unwissenheit in allen automobilistischen Angelegenheiten, außer der Aufnahme von Chauffeuren und der Bezahlung von Rechnungen, schlug ihr Vater endlich vor: »Em – Mausi, hast du nachgeschaut, ob diese – em – ist der Vergaser in Ordnung?«

»Ja, mein Lieber; ich habe schon dreimal nachgeschaut, bisher«, sagte sie, vielleicht schon ein wenig zu sanftmütig.

Auf dem Hügel dort, sechs Meilen östlich – ein Staubstreifen – dann ein kleiner Wagen. Der Fahrer mußte sie im Näherkommen gesehen haben und beschleunigte seine Fahrt. Er kam mit fünfunddreißig Meilen pro Stunde heran.

»Jetzt wird endlich etwas geschehen! Schau! Es ist ein kleiner Karren – ein Ford oder ein Teal oder etwas ähnliches. Ich glaube, es ist der junge Mann, der uns aus dem Kot gezogen hat.«

Milt Daggett hielt an und begrüßte sie ungezwungen: »Ja – halloh, Fräulein Boltwood. Hab geglaubt, daß Sie schon, weiß Gott wo, voraus sind!«

»Mrwr!« sagte Vere de Vere. Was dies heißen sollte, weiß der Historiker nicht zu berichten.

»Nein; ich bin bequem gefahren. Herr – eh – ich kann mich nicht recht Ihres Namens entsinnen –«

»Milt Daggett.«

»Da ist irgendetwas Geheimnisvolles los mit meinem Wagen. Der Motor geht an, wenn man ihn eine Zeit lang in Ruhe läßt, aber dann bleibt er stehen. Glauben Sie, daß Sie mir sagen könnten, was ihm fehlt?«

»Ich weiß nicht. Ich will schaun, ob ich's herauskrieg.«

»Dann wird es Ihnen wahrscheinlich auch gelingen. Die anderen zwei wußten gleich alles. Der eine von ihnen hat die

Räder erfunden und der andere die Bremsen entdeckt. Und darum konnten sie mir natürlich nicht helfen.«

Milt ging nicht ein auf ihre Frivolitäten, sondern lächelte nur freundlich. Er hob die runde Gummikappe vom Verteiler ab. Damit fiel Claires letzte Hoffnung. Zweimal schon waren die Kabel untersucht worden. Milt untersuchte sie noch einmal. Sie war von dem ewigen Herumprobieren schon zu müde, um ihm zu sagen, daß er nur Zeit verschwende.

»Haben Sie eine Ölkanne?« fragte er zögernd.

Durch ein winziges Loch in der Verteilerplatte träufelte er zwei Tropfen Öl – nur zwei Tropfen. »Ich glaube, das ist vielleicht alles, was er braucht. Sie können's jetzt versuchen und schaun, wie er geht«, sagte er freundlich.

Zweifelnd ließ Claire den Motor an. Aufjubelnd begann er zu singen und blieb nicht mehr stehen. Wieder war der Weg für sie offen. Wieder war die Siedlung dort drüben, zu der sie eine Stunde hätte gehen müssen, nur noch sechs Minuten weit weg.

Sie stellte den Motor ab und sah Milt strahlend an – dort mitten im Staub, oben auf dem stillen Hügel. Er sagte entschuldigend, als wäre es sein Fehler gewesen: »Verteiler war trocken gelaufen. Können ihm ungefähr alle sechs Monate etwas Öl geben.«

»Wir sind Ihnen so dankbar. Jetzt haben Sie uns schon zweimal das Leben gerettet.«

»Ach, ich glaube, Sie hätten sonst auch weitergelebt! Und wenn die Fahrer einander nicht helfen sollten, wer denn sollte es?«

»Das wäre ein guter Anfang für eine Weltkameradschaft, denk ich. Ich wollte wir könnten Ihnen – uns für Ihr Frühstück revanchieren oder – Herr Daggett! Lesen Sie Bücher? Ich meine –«

»Ja gerne, wenn ich zufällig welche bekomme.«

»Darf ich Ihnen diese beiden, die ich gerade hier habe, nicht sche … borgen? Ich hab sie beide schon ausgelesen und Vater auch, glaub ich.«

Aus den Falten des umgelegten Daches zog sie Compton Mackenzie's »Jugendbegegnungen« und Vachel Lindsay's »Congo« hervor. Mit seltsamer, leiser Aufregung sah sie ihm zu, wie er die Seiten wendete. Seine groben Finger blätterten darin, als wäre er gewohnt, mit Büchern umzugehen. Als er den »Congo« ansah, rief er aus, »Verse! Das ist fein! Das hab ich gern, aber ich komm selten dazu. Ich – hören Sie – ich bin Ihnen schrecklich dankbar!«

Aufblickend hob er sein offenes Gesicht – sonnverbrannt und jung und voll Anbetung. So hatte man sie noch nicht oft angesehen. Jeff Saxton glich in seinen mühelosen Huldigungen sicherlich niemals einem Ritter inmitten wehender Banner. Und doch liebte sie der gute Geoffrey, während sie für Milt Daggett nichts anderes sein konnte, als eine fremde, junge Dame in einem Wagen mit einer New-Yorker Nummer. Wenn ihre winzige Gabe ihn so erfreuen konnte, wie arm mußte er sein? »Er lebt wahrscheinlich auf irgend einem dürftigen Bauernhof«, dachte sie, »oder er ist ein armer Mechaniker, der keinen Pfennig besitzt und vielleicht hofft, in Seattle eine gute Arbeit zu finden. Was für eine weiße Stirne er hat!«

Doch laut sagte sie nur: »Ich hoffe, die Reise macht Ihnen Freude«.

»Oh ja – mir gefällt es herrlich. Ist es Ihnen gut gegangen? Na – also vielen Dank für die Bücher.«

Sie fuhr voraus. Plötzlich rief sie ihrem Vater zu: »Weißt Du – es fällt mir eben ein – es ist doch merkwürdig, daß unser junger Freund immer gerade dann auftaucht, wenn wir ihn brauchen.«

»Oh, es wird eben ein Zufall sein, denk ich«, meinte ihr Vater gleichgültig.

»Bin nicht überzeugt davon«, sagte sie nachdenklich, während sie geistesabwesend ein neuerliches Mitglied des Geflügel-Selbstmörder-Klubs beobachtete, das aus einem sicheren Versteck hervorstürzte, sich bereitete ins Jenseits einzugehen; über die Motorhaube emporflatterte und sich kreischend vor Entrüstung im Geflügelhof wieder herabließ. »Ich bin nicht so überzeugt, daß es reiner Zufall ist – nein. Ich möchte doch wissen, ob er sich etwa – oh, nein. Ich hoffe nicht. Sehr schmeichelhaft, aber – du glaubst nicht, daß er uns einfach nachfährt?«

»Unsinn! Er ist ein ganz anständiger, junger Mann.«

»Ich weiß. Selbstverständlich. Er plagt sich wahrscheinlich sehr in einer Garage und ist furchtbar lieb zu seiner Mutter und zu seinen Schwestern zu Hause. Ich meine – ich möchte gar nicht, daß das teure Lämmchen ein in Liebe ergebener Ritter werde. Ist ein zu undankbares Geschäft.«

Sie verlangsamte das Tempo auf fünfzehn pro Stunde. Zum ersten Mal begann sie auf die Straße hinter sich zu achten. In wenigen Minuten zeigte sich ein beweglicher Fleck im Staube drei Meilen weiter hinten. Oh, natürlich; er mußte ja noch hinter ihr sein. Nur – wenn sie stehen bliebe, um sich etwa die Gegend ein wenig anzusehen, dann käme er ihr vor. Sie hielt einen Augenblick lang an – zu kurz um die Vermutung aufkommen zu lassen, daß mit dem Wagen etwas nicht in Ordnung sei. Zurückblickend sah sie, daß auch der Karren angehalten hatte und sie bildete sich ein, daß Milt daneben stand, angestrengt ins Weite starrte, mit der Hand die Augen schützend – ein Späher, unnatürlich und störend in dieser friedlichen Weite.

Sie fuhr eine Meile weiter und hielt wieder an. Wieder hielt auch ihr Nachfolger. Er hielt sich in einem konstanten Abstand von zwei bis vier Meilen, schätzte sie. »Das geht unmöglich so weiter«, überlegte sie bedrückt. »Schmeichelhaft, aber doch irgendwie – was ich auch immer für eine kleine Hexe sein mag und wenn ich mich auch noch so sehr in meinen Kokon einspinne, so sammel ich doch noch keine Skalps. Ich will nicht von verehrenden jungen Männern zehren – will nicht, daß sie bei mir Wurzeln schlagen – und mich noch an ihren Qualen ergötzen. Außerdem – wenn er vielleicht jedesmal, wenn wir einander begegnen, immer ein wenig intimer würde, den ganzen Weg über, von hier bis Seattle? – gar ein wenig frech vielleicht – nein, das geht nicht.«

Sie fuhr den Wagen an den Rand der Straße.

»Wieder was nicht in Ordnung?« seufzte der Vater.

»Nein. Will mir nur die Gegend anschauen.«

»Aber – du hast ja genug Gegend hier ringsherum auf allen Seiten, auch ohne stehen zu bleiben, scheint mir!«

»Ja, aber –« Sie schaute zurück. Milt war in Sicht gekommen und stehen geblieben, um Ausschau zu halten. Jetzt begriff ihr Vater.

»Ach, ich verstehe. Verzeih! Unser Junker immer noch in der Nachhut? Willst ihn vorfahren lassen? Du weises Mädchen!«

»Ja. Ich glaube, es ist vielleicht besser, Komplikationen zu vermeiden.«

»Natürlich«, sagte Herr Boltwood in einer Art, als gälte es nicht nur, Milt Daggett auszuweichen sondern ihn auszulöschen.

Claire sah, wie Milt nach fünf Minuten ruhigen Wartens wieder seine Fahrt aufnahm. Ratternd kam er inmitten einer Staubwolke mit dem freundlichen Ruf heran: »Streikt der Verteiler schon wieder?« so vergnügt, daß es ihr leid tat, ihn wegzuschicken. Doch sie hatte einem Haushalt vorgestanden und so konnte sie unbefangen und fließend vorbringen:

»Nein, es ist alles in schönster Ordnung. Ich bin überzeugt, daß es jetzt auch so bleiben wird. Sie müssen nicht glauben, daß Sie für uns verantwortlich sind. Aber – em – Sie wissen ja, wie dankbar wir Ihnen sind, für alles, was Sie für uns getan haben und – em – vielleicht sehen wir uns auch noch einmal in Seattle?« Sie ließ es ungemein fragend klingen.

»Ach, ich versteh.« Seine Hände faßten den Volant. Die Sonne von Dakota hatte seine Wangen schon zu sehr gebräunt, als daß man erkennen konnte, ob er errötete, aber seine Zähne wurden auf der Unterlippe sichtbar. Er hatte an seinem Karren keinen Anlasser und mußte in all seiner Verlegenheit aussteigen und ankurbeln. Er tat es still und ruhig, ohne sie anzusehen. Sie bemerkte, daß seine Hand an der Kurbel zitterte. Als er beim Wegfahren ein wenig zu ihr hinübersah, geschah es voll Zerknirschung und als wollte er um Verzeihung bitten. Sein Fuß bebte auf dem Kupplungspedal.

Die Staubwolke hinter seinem Wagen verbarg ihn sofort. Zwanzig Meilen weit blieb Claire schweigsam; nur einmal platzte sie heraus und rief ihrem Vater zu: »Ich hoffe nur, daß dich die Reise wirklich freut. Man macht Leute so leicht unglücklich. Ich möchte nur wissen – Nein. Mußte geschehen.«

VIII.
Die Entdeckung von eingelegten Krevetten und Hesperiden

An jenem Morgen, da Milt Daggett in den Wäldern nördlich von Gopher-Prairie zu hellem Sonnenschein erwachte, da hatte er das goldene Zeitalter entdeckt. Während er Meile um Meile über neue Hügel rumpelte, ohne sich darum kümmern zu müssen, ob er rechtzeitig in die Garage zurückkäme, um jemandes Wagen zu reparieren, da wurde es ihm klar, daß er sich die beiden letzten Jahre dazu gezwungen hatte, in dem Aufbau eines Geschäftes Befriedigung zu finden, das keine Zukunft hatte.

Jetzt lachte er und schrie; er fuhr mit einem Fuß höchst unelegant und bezaubernd über den Rand der Haube hinauf; er ließ Dame Vere de Vere vor erstaunten Bauern tiefe Verbeugungen machen; er ging jeden Abend ins Kino – in Fargo zweimal; und wenn der Streitwagen des jungen Prinzen den Kamm eines Hügels hinauffegte, dann murmelte er, nicht in der Art eines Karren-Treibers, sondern in schmerzlicher Angst: »Dieses ganze, weite Land! Für uns zu sehen, Mietzekatz! Eines Tages werden wir uns niederlassen und ehrsame Bürgersleute werden und Familien gründen und beim Gehen schnaufen, aber – all diese Hügel, um über sie hin zu segeln und – komm weiter! Laß uns segeln!« Milt besuchte jeden Abend das Kino und er sah es jetzt anders an. Noch vor einer Woche hatte er jene ernsten Schilderungen vorgezogen, in denen hartarbeitende, moralische Schauspieler einander niederschossen, oder auf den unbequemsten Pferden Berghänge hinaufritten. Aber nun, während er im Geiste jenem Propagandisten der Flachköpfigkeit, dem abwesenden Mac, Abbitte tat, jetzt wählte er Filme, in denen die Hauptdarsteller Abendkleider trugen und niemand jemals irgendetwas ohne Hilfe eines Kammerdieners tat. Neben dem Kino waren die Handelsreisenden Milts beste Lehrer. Obwohl er mit jedem Cent rechnete und für seine Mahlzeiten am Lagerfeuer bescheidene Fleischportionen kaufte, nahm er doch wenigstens eine Mahlzeit im Tag in einem Gasthaus ein, um die Reisenden zu beobachten.

Für Claire waren diese Handelsreisenden einfach kommerzielle Mittelspersonen in fertiggekauften Anzügen. Sie identifizierte sie mit dem Notieren von Ordre-Listen an langen, mit Papieren bedeckten Schreibtischen und mit Gasthäusern, welche die zarte Kunst des Speisens und Schlafens zu grauer und trüber Freudlosigkeit herabdrückten. Doch Milt kannte die Handelsreisenden. Er wußte, daß sie nicht nur die Missionäre des Geschäftslebens waren, und das einfache Ordre-Aufnehmen dadurch ergänzten, daß sie den Kaufleuten sagten, wie sie das Geschäft erweitern könnten, wie sie die Schaufenster herrichten sollten, und daß man Kunden wie menschliche Lebewesen behandeln müsse; sondern er wußte auch, daß sie – ebenso wie die ansässigen Ärzte und Geistlichen und Lehrer und Zeitungsleute – Agenten eines sich immer mehr ausbreitenden Wissens und Gerechtigkeitssinnes waren. Sie waren es, die junge Leute lehrten, sich zu frisieren, sich hinter den Ohren zu waschen und sich täglich zu rasieren; sie waren es, die manche Dorfbewohner von ihren Skandal- und Tratschgeschichten ablenkten und ihnen einige Begriffe beibrachten von der Großen Welt draußen, von Politik und Sport und der Bedeutung von Kunst und Wissenschaft.

Claire und eigentlich auch ihr Vater und ebenso Herr Jeff Saxton hatten voreilig geschlossen, daß diese Reiseagenten, weil man sie immer in schmierigen Gasthäusern sah und auf Strecken mit schlechten Eisenbahnverbindungen und in Kopfweh verursachenden Wartesälen, daß sie darum diese Orte liebten. Milt wußte, daß diese Agenten Märtyrer waren; daß sie auf monatelangen Reisen, auf denen sie sich immerwährend nach ihren Kindern und nach Hause sehnten, unter all diesen Wirtsleuten und Fahrplänen zu leiden hatten; daß sie Claires beste Verbündete waren im Kampf gegen die »Große amerikanische Bratpfanne«; daß sie die guten Dinge wohl kannten und gegen Faulheit und Betrügereien all der Leute kämpften, die Wirtshäuser unterhielten, weil sie als Bauern abgewirtschaftet hatten; und daß sie, fanden sie einmal einen tüchtigen und freundlichen Wirt, ihn auf allen ihren weiteren Fahrten wärmstens empfahlen und das Lob des herrlichen Mannes sangen. Die Handelsreisenden waren, wie er wußte, Pioniere, und sie kämpften mit Worten.

Und darum waren es die Handelsreisenden und nicht hochnäsige Reisende in Limousinen, an die sich Milt um Ratschläge wendete, wie er das Wunder vollbringen sollte, aus dem ehrgeizigen Burschen, der er war, das zu machen, was Claire als einen reizenden Menschen anerkennen würde. In Schoenstrom war er nicht genug mit Handelsreisenden zusammengetroffen. Sie schöpften das bißchen Geschäft ab, das zu machen war und entflohen vom Leipziger Haus um die Nacht in St. Cloud oder Sauk Centre zu verbringen. In größeren Städten wie Minnesota oder Dakota, nach beendeter Kinovorstellung und bevor er zu seinem Nachtlager im Freien hinausschlüpfte, mischte sich Milt in den Kreis der Handelsreisenden in den großen Lederklubfauteuils und versuchte es mit: »Hab heute einen Gomez-Dep. mit einer New-Yorker Nummer auf meiner Strecke begegnet.«

»Oh, Sie sind auf der Durchreise?«

»Ja. Fahr nach Seattle.«

Das unterschied Milt von dem gewöhnlichen Typus des jungen Mannes, der sich ein wenig auf der Straße herumtrieb; und er wurde aufgenommen in die Gemeinschaft der Männer, die reisten und Dinge zu sehen bekamen und sich über das seltsame Treiben der Menschen wunderten. Es waren gute Reden, die er hörte; zu viel über Gasthäuser und zu viele engherzige, banale, kleine Phrasen, in denen die Lösung aller ökonomischen Probleme im Aufhängen der »Agitatoren« lag, aber zusammen mit diesen, eine aufregende Fülle von Eindrücken aus Vancouver und San Diego, Florida und K. C.

»Das ist eine wunderbare Farm, die Sie da unten in Duluth haben«, sagte Einer, und der Andere: »Weil wir eben davon reden, ich war vorige Woche in Chicago und da hab ich ein Stück gesehen …«

Milt hatte in den zwei Jahren, die er auf der Mittelschule in St. Cloud verbracht hatte, und in seiner Knabenzeit unter dem genialen aber weltfremden Blick des »Alten Doktors« gelernt, daß es nicht für anständig galt, das Messer als Schaufel zu benützen, auf die man zerdrückte Kartoffel häuft, wie dies in Mac's »Altem Heim« in Schoenstrom Sitte war. Aber die Kunst, Austern, Salat oder Erbsen in formvollendeter Weise zu verzehren, war ihm fremd. Er studierte jetzt Gabeln, wie er einst Vergaser studiert hatte, und mit geistiger Hingabe lernte er eingelegte Krevetten hübsch zu essen – eine versprengte Legion von Krevetten, nun durch zweitausend Meilen und zwei Jahre von ihrem ozeanischen Heim getrennt.

Er schaute mit gleichem Ernst auf die Socken und Hemden der Handelsreisenden. Socken waren für ihn nicht ein Gegenstand des Glaubens gewesen sondern ein ökonomisches Detail. Seine Stellung zu Socken hatte der Ehrerbietung und des technischen Könnens ermangelt. Er hatte nicht erkannt, daß Socken ein ebenso gesundes Kultur-Symbol sein können wie das Cello oder sogar abmontierbare Felgen. Er war im Stande gewesen mit Schätzung an Kravatten und Piquekragen zu denken, die mit goldenen Sicherheitsnadeln verbunden waren; auch der Rehleder-Mantel mit Gürtel, den der Bankiersohn von St. Klopstock aus St. Paul nach Hause gebracht hatte, war der Gegenstand seines Neides gewesen. Aber jetzt war er so weit vorgeschritten, daß er auch Socken zu unterscheiden verstand.

An seinem Lagerfeuer seufzte er, neben der halbschlafenden Vere de Vere, schleuderte verächtlich seine extrastarken, weißgestreiften, gelben Baumwollsocken aus dem Reisekorb und sprach den Bannfluch:

»Hinweg mit euch, unwürdiger und dirnenhafter Tand! Ich kenne euch! Ihr wart um einen Spottpreis zu haben, zwei Paar für zwei Silbermünzen. Aber gleich einem Adolph Zolzac oder einem Agenten für Ford-Zubehör seid Ihr in meinen Augen geworden zu einem Geschlecht von Vipern, Ihr plumpen, fußbeutelartigen, Falten bildenden Sackleinen, Ihr!«

Am nächsten Morgen fand ein glücklicher Strolch im Walde, daß die Manna bringenden Raben ihm vier Paar gute Socken übrig gelassen hatten.

Milt erstand fünf Paar ziemlich kostspielige Socken, Seide und Wolle gemischt – alles was der Kaufmann in Jepp auf Lager hatte. Was ihnen an Strapazfähigkeit für Touren und an

Eignung zum Selbstwaschen am Bach fehlte, das gewannen sie wieder als Symbole. Milt fühlte sich weniger ausgeschlossen vom Leben des Müßigganges. Jetzt konnte er, in Seattle zum Beispiel, mit geringerer Angst vor den Angestellten in ein gutes Hotel gehen.

Er fügte noch einige hübsche Sporthemden, Kravatten, die weder zu langweilig-dunkel, noch zu auffallend rot waren, hinzu und eine grimme Nagelbürste, welche die ganze Schmiere, die in die Hautfalten seiner Hände hineingewaschen war, einfach herausriß. Auch ein Buch fügte er noch bei.

Das Buch war eine Rhetorik. Milt wußte ganz genau, daß es so eine Gemeinheit wie die Grammatik gäbe, aber er kümmerte sich niemals viel darum. Er wußte, daß viele Leute »haben Sie« einem »habt's« vorzogen und bei Gelegenheit von »net« statt »nicht« nervös wurden. Insbesondere ein Lehrer in St. Cloud hatte schrecklich viel über diese Lappalien geschwätzt. Aber Milt entdeckte, daß die Grammatik nur der Anfang des Übels war. Er lernte, daß es solche geistige Pfandverschreibungen gab wie Redefiguren und die Wahl von Synonymen. Er hatte es immer gewußt, ohne es jemals leidenschaftlich zu empfinden, daß ein beständiges Anwenden von »zum Teufel«, »famos« und »meiner Seel!« gewisse Subtilitäten unausgedrückt ließ. Jetzt fand er Subtilitäten, die er ausdrücken mußte.

Ebenso abenteuerlustig und vergnügt wie das immerwährende Weiterfahren einen Tag um den anderen, waren für ihn die Versuche, seine neuen Beobachtungen in Worte zu kleiden. Er tat es mit weit größerer Begeisterung als Claire Boltwood. Er deklamierte vor Vere de Vere – dem idealsten Publikum, da sie selbst nie etwas anderes als »Mrwr« sagte und auch nichts dagegen hatte, dabei unterbrochen zu werden – mit leidenschaftlicher Betonung: »Die Prärien sind das Meer. In der Entfernung sehen sie ein wenig wie Silber aus – nein – sie sind wie mattes Silber; und weit drüben am Horizont sind die Inseln der – der – Jetzt, zum Teufel, wie heißt das – wie hießen jene Inseln im Mythologie-Buch am Gymnasium? Von den – Heiligen? Drachen – du bist eine ungebildete Katze, Vere! Hesperydn? Nein! Hesperiden! Ja, oh! Nein, dieser Mann im Hotel: ›Darf ich Sie, bitte, um das Kursbuch bemühen? Dank Ihnen *sehr*!‹ Jetzt aber, wie viel ist eigentlich *sehr*?«

So wie Claires Tage zu innerer Freiheit gelangten durch das Bewußtwerden von Sonnenschein und brauner Erde, so zeigte sich Milt auf seiner Odyssee nur umso tapferer, je mehr er sich bemühte, das Leben kritisch zu beobachten. Er sah, daß Mac's Gastzimmer eigentlich kein durchaus befriedigendes Heim war; daß Mac's Gewohnheit, unzufriedenen Kunden zu sagen: »Wenn es Ihnen nicht paßt, geh'n Sie«, einigermaßen der Höflichkeit ermangelte. Wenn er unterwegs die Ortschaften betrachtete, sah Milt, daß die Häuser nicht einfach nur groß und bequem oder klein und schäbig waren, sondern, daß es noch so ein interessantes Ding gab, das, wie er sich erinnerte, sein Lehrer »guten Geschmack« genannt hatte.

Er war nicht mehr der in Gedanken versunkene Milt aus der Garage, sondern ein helläugiger Galant, an jenem Abend, da er die Lehrerin aufforderte, in seinen Wagen einzusteigen und sie von der Gemeindeschule aus zwischen wilden Rosen und Kornfeldern bis in die Nachbarstadt fuhr, in der sie wohnte. Sie war eine hübsche, muntere, schlanke, junge Lehrerin von neunzehn oder zwanzig Jahren.

»Sie fahren nach Seattle? Gott! Das ist eine herrliche Reise. Werden Sie da nicht müde?« fragte sie bewundernd. »Oh, nein. Und dann seh ich endlich einmal etwas. Ich hab immer geglaubt, daß alles Wichtige gleich neben meiner Heimatstadt zu finden war.«

»Sie sind so klug, daß Sie verschiedene Orte besuchen. Die meisten Burschen, die ich kenne, glauben, daß jenseits von Jimtown und Fargo die Welt aufhört.«

Sie sah ihn mit glühenden Blicken an. Milt sagte sich: »Ich bin ein Narr! Wahrscheinlich könnt ich dieses Mädel leicht in mich verliebt machen. Und sie ist was besseres als ich; so verteufelt nett und sauber und lieb. Wir könnten glücklich miteinander sein. Sie ist ein gutes, behagliches Feuer, und da renn ich wie ein Narr einem einsamen, kalten Stern nach, wie Fräulein Boltwood, und werde wahrscheinlich unterwegs in alle Fallen der Hölle stürzen. Aber – am behaglichen Feuer würd ich wohl schläfrig werden.«

»Denken Sie an etwas gar so Ernstes? Sie runzeln so sehr die Stirne?« fragte die Lehrerin.

»War nicht meine Absicht, 'tschuldigen!« Sie lachte. Er ließ mit einer Hand den Volant aus und nahm ihre Hand – eine frische, kühle, jungfräuliche Hand schmiegte sich in die seine, machte ihn etwas erregt. Er wollte sie fester fassen. Der betrübte Erzähler einer Pilgerfahrt der Liebe kann nicht umhin, die Tatsache zu berichten, daß der Pilger wenigstens eine Sekunde lang der himmlischen Spur der Göttin Claire vergaß und schnelle Berechnungen anstellte, daß er von Schoenstrom bis in die Stadt der Lehrerin zur Not in zwei Tagen und einer Nacht fahren könnte; daß darum eine Werbung nicht unmöglich wäre und diese süße, weiße Hand, die in der seinen ruhte, nicht etwas Unerreichbares sei. Milt wußte selbst nicht, was ihn dazu veranlaßte, die Hand wieder freizugeben und zu sagen, so sanft, daß es im Geratter des Motors kaum zu hören war:

»Ist das heute nicht ein feiner, ich wollt sagen: ein herrlicher Abend? Der Himmel ist rot und dann dieser merkwürdige Lavendelduft. Und der Vollmond – Ich muß immer – an das Mädchen denken, das ich liebe.«

»Sie sind verlobt?«

»Nicht eigentlich, aber – sagen Sie, haben Sie in der Lehrerbildungsanstalt Rhetorik gelernt? Ich hab ein Rhetorik-Buch, da sind eine Menge Auszüge aus Gedichten, wissen Sie, und Zitate und alles mögliche drin, von berühmten Schriftstellern, Stevenson und all die. Bin immer nur fürs Praktische gewesen, hab eine Garage zu einem rentabeln Unternehmen gemacht, hab mir nie viel den Kopf darüber zerbrochen, wie ich die Dinge sagen soll, so lange ich nur ›nein!‹ sagen konnte und zwar schnell genug. Ausgenommen vielleicht, wenn ich dort mit dem Prof. gesprochen habe. Aber es ist doch ein großes Vergnügen zu sehen, wie melodisch die Dinge manchmal klingen. Worte. Wie Shenandoah. Herrgott! Ist das nicht ein wunderbares Wort? Man stellt sich dabei alte, weiße Gebäude vor und Spottdrosseln – Denk oft drüber nach, ob einer ein großer Ingenieur sein kann, wissen Sie, Brücken bauen und so weiter, und doch über, oh, schöne Dinge sprechen kann? Was meinen Sie, liebes Kind?«

»Oh, ich bin ganz überzeugt, Sie könnten's!«

Ihre Bewunderung, die Nähe ihrer duftenden Zartheit war bezaubernd im Dämmerlicht, er drückte ihre Hand nicht wieder, nicht einmal, als sie flüsterte: »Gute Nacht, und ich danke Ihnen – oh, ich danke Ihnen.«

Wäre Milt in dem Tempo gefahren, in dem er gewöhnlich seine Springkäfer-Touren auf den Straßen um Schoenstrom machte, so wäre er schon durch ganz Dakota durch und in Montana gewesen. Aber er verringerte absichtlich die Geschwindigkeit. Hatte er sich durch eine ebene Strecke verlocken lassen, atemlos hinzusausen, so hielt er an, spielte mit Vere de Vere, kletterte aus dem Wagen, setzte sich auf eine Höhe, die Arme um die Knie geschlungen, und erfüllte seine Seele mit Traumbildern von bernsteinfarbenen Fernen. So versuchte er, sein Vorwärtskommen zu regulieren, damit er immer drei bis fünf Meilen hinter Claire bleibe – weit genug, um unbemerkt zu bleiben, nahe genug, um helfen zu können, falls es notwendig wäre. Denn hinter poetischen Ausdrucksmöglichkeiten und dem richtigen Gebrauch von Messer und Gabel lag die Tatsache, daß es sein Lebenswerk war, Claire kennen zu lernen.

Als er durchschaut wurde, als Claire ihm mitteilte, daß er sich nicht um sie kümmern brauche, als er langsam begriff, daß sie nicht kameradschaftlich sein wolle, da wollte er entfliehen, um sie nie wieder zu sehen.

Für die weiteren dreißig Meilen brannten seine Wangen wie Feuer. Er, einer der vorsichtigsten Fahrer, drängte eine Frau in einem Fordwagen zur Seite, und fuhr bei einer Straßensteigung mit solcher Plötzlichkeit an einem Lastwagen vorbei, daß der erschreckte Fahrer in einen Graben rannte. Er hatte sie eigentlich nicht gesehen. Er war nur rein mechanisch an ihnen vorbeigekommen. Er murmelte:

»Sie hat geglaubt, daß ich mich aufzudrängen versuche. Hat zurückgestochen. Wie ein Bub, der in seine Lehrerin verliebt ist. Und ich hab mich für so gescheit gehalten! Hab über Mac geschimpft – habe Mac getadelt – nein, verdammt all die feinen Worte – hab über Mac geschimpft, weil er der größte Saufbold des Dorfes ist. Saufen ist zehnmal gescheiter als was ich getan hab. Seh ein hübsch angezogenes Mädchen – mach mich auf nach Seattle! Zweitausend Meilen weit! Natürlich hat sie mich fortgejagt. Hat auch ganz recht gehabt. Tepp! Viechskerl! Esel!«

Er packte Vere de Vere, hob sie in die Höhe und rieb seine Wange an ihrem Fell, während er laut jammerte: »Oh, Mietzekatze, jetzt mußt du wirklich lieb zu mir sein. Ich hab geglaubt, daß ich was Großes vollbringen werde. Und dann ist der Wecker abgelaufen. Jetzt sitz ich wieder in Schoenstrom. Für immer, denk ich. Ich hab nie gewußt, daß mich etwas so verletzen könnte, wie das. Hab geglaubt, daß ich eine Rhinozeroshaut hab. Aber – ach, es ist nicht nur, weil ich mich schäm, so ein Narr gewesen zu sein. Es ist – Werde sie nun nie wieder sehen. Niemals. Hab sie damals, im Hotel, durchs Fenster gesehen, in dem blauen Seidenkleid – mit der komischen langen Reihe von Knöpfen, und ihren Hals – Werde niemals mehr mit ihr zusammen mittagmahlen – essen – an der Straße, unterwegs –«

In einer plötzlichen Anwandlung von Zorn fragte er Vere de Vere: »Was zum Teufel scher ich mich drum? Wenn sie so fad ist und einen närrischen Garagemann fortjagt, der übergeschnappt ist und umsonst arbeiten will, soll sie nur weiterfahren und auf irgendeine Schwindel-Garage stoßen und dort hängen bleiben für eine Generaldurchsicht. Was gehts mich an? Hab eine hübsche Tour gemacht: war schließlich alles, was ich wollte. Hab jedenfalls niemals wirklich ganz bis nach Seattle fahren wollen. Werde jetzt bis Buttle fahren und dann nach Hause umkehren. Schluß mit all der lächerlichen Wichtigtuerei mit Eßmanieren und Büchern, und vor Allem werd ich aufhören, ihrer Spur zu folgen! Nein, mein Herr! Nie – mehr wieder!«

Es war ein wenig unkonsequent, noch hinzuzufügen: »Da ist ein prächtiges Versteck – werde hineinschlüpfen und sie wieder vorbeilassen. Aber ein zweitesmal soll sie mich nicht erwischen!«

Er bemühte sich, seinen gerechten Zorn zu bewahren, während er in einen verlassenen Bauernhof einfuhr, wo er den Wagen hinter Pappelbäumen und verwilderten Stachelbeersträuchen, die ihn vor der Straße verbargen, einstellte.

Die Fenster des verödeten Hauses starrten ihn an; eine abgesplitterte Gattertüre schlug krachend bei jedem Windhauch zu. Moosflechten guckten neugierig aus allen Spalten der Haus-einfahrt. Der Hof war mit verstreut umherliegenden Zweigen und Ästen bedeckt, die Blumenbeete waren von dichtem Un-kraut überwuchert. In dem üppigen Gras, um den schlüpfrig feuchten Brunnenrand zirpten die Grillen laut und spottend. Das Scheunentor stand offen. Verschüttete Weizenkörner hat-ten zwischen den Radspeichen einer rostigen Garbenbindma-schine zu sprießen begonnen. Eine Ratte schlüpfte über den Rand des geborstenen Futtertroges. Mit einbrechender Däm-merung schienen graue Schatten über die oberen Fenster des Hauses zu gleiten und von irgendwo unter dem Dachstuhl her tönte ein leiser Klagelaut. Milt wußte bestimmt, daß es der Wind war, der durch ein Astloch blies. Er sagte sich, daß er dessen ganz sicher sei. Doch jedesmal, so oft er es hörte, strei-chelte er liebevoll Dame Vere de Vere und einmal, als das Kla-gen mit dem Zuschlagen der Gattertür endete, rief er »Herr-gott!«

Dieser Bursche von den ungeisterhaften Zylindern und Walzen und handgreiflichen Magneten hatte noch nie ein Haus gesehen, in dem es spukt. An die Plackereien des Erntefeldes und des Maschinenhauses und an das mühsame Sichfort-schleppen auf sonnendurchtränkten Straßen war er gewöhnt, aber niemals noch hatte er niedergedrückt die schleichenden Geister verlorener Hoffnung und unerfüllter Sehnsucht heim-lich belauscht; die schwachen Gestalten des ersten, eifervollen Bräutigams, der einst hierhergekommen und des von Hypothe-ken erdrückten, durch schlechte Ernten ruinierten Mannes, der von hier ausgezogen war. Er wollte in seinen Karren springen und fortjagen. Doch der Gespensterbann murmelnder Erinne-rungen übte einen veredelnden Einfluß auf sein Gefühl des Unglücklichseins. In dem stillen, baumdunkeln Hof inmitten trockener, flammender Ebenen, schien es unangemessen im-mer weiterzupoltern mit »Herrjeh« und »Hol's der Teufel!« Es war ein junger Dichter, ein stummer, verseloser Dichter, der hinter der Mauer wilder Stachelbeersträucher zusammengekau-ert saß und an das Mädchen dachte, das er nie wieder sehen sollte.

Er war hungrig, aber er aß nicht. Alle Glieder taten ihm weh vom Sitzen, aber er rührte sich nicht. Er nahm die Bücher zur Hand, die sie ihm gegeben hatte. Die etwas verstaubte Schönheit von »Jugendbegegnungen« riß ihn mit: die Vision von Lachen und Tanzen unter dem streifig-fahlen Schimmer einer Gaslaterne im Londoner Nebel; wirkliche Jugend und nicht »Wirtshausgelärme« und ein »Mordskerl-sein-wollen«, ließen ihn sich begeistern und erhoben fühlen an zarter Schönheit und schwachrotem Schimmer, wie er es in Schoenstrom nie gekannt hatte. Doch jede Seite sprach ihm von Claire und er legte das Buch weg.

In Vachel Lindsay's »Congo« fand er in einem Gedicht: »Die Fährte von Santa Fe« seine eigene moderne Pilgerfahrt wieder, von einem anderen Gesichtspunkt aus gesehen. Hier fühlte sich der Dichter von dem Huppen und Rattern der vorbeieilenden Wagen gestört und verwirrt. Aber Milt gehörte zu dem Huppen und Rattern, und es war nicht das Leben und Fühlen des sprießenden Grases, das er aus dem Gedicht las, sondern sein eigener sonnenglitzernder Flug:

Der eherne Wagen braust heran.
Er flammt im Osten wie Morgenrot,
Seine schwindende Spur ist von Blitzen umloht,
Durch Morgennebel bricht er sich Bahn.
Er kommt wie ein Blitz und schießt dröhnend davon,
Den Windmühlen ruft er schallenden Hohn.
Der Pflug zieht furchend durch die Erde;
Auf tausend Hügeln weidet die Herde.
Hoiho das Horn brüllt Wagemut, hoiho das Horn bellt
    wilde Wut,
Hoiho und Angst und Lustigkeit, hoiho und Zorn,
hoiho und Streit.

Milt überlegte nicht, daß der Dichter, hätte er den Teal-Karren vorbeifahren gesehen, wohl nicht von einem Horn gesprochen hätte, das Wagemut und wilde Wut brüllt oder überhaupt von irgend etwas Mächtigerem als einer Kindertrompete. Milt fühlte sich als Wettfahrer eines Weltrekords, der den ihn beneidenden Dichter hinter sich ließ – ein Pünktchen auf dem Hügel – seine siegreiche Fahrt besingend.

»Herrgott!« rief er, »ich wußte nicht, daß es solche Bücher gibt! Hab geglaubt, daß alle Gedichte so wie Longfellow und Byron wären. Alte Knaben. Europa. Und bis zum Überdruß von Mißgeschick und Liebesleid reimten. Aber diese Bücher – das ist ja ich.« Dann bedächtig: »Nein, das bin ja ich! Und sie hat sie mir gegeben! Ich will sie wiedersehen! Aber sie soll es nicht wissen. Jetzt sei einmal vernünftig, Söhnchen! Was erwartest du eigentlich? Oh – nichts. Ich werde nur einfach weiterfahren und verstohlen noch einmal ihren Anblick genießen, zum Andenken, ehe ich dahin zurückkehre, wohin ich gehöre.

Eine halbe Stunde nachdem Claire ahnungslos an seinem Hinterhalt vorbeigefahren war, folgte er langsam. Doch er war viele Tage hindurch nicht mehr unvorsichtig. Erblickte er sie am Horizont, so hielt er an, bis sie außer Sicht war. Damit er aber im Falle der Not bei der Hand sein könne, kaufte er einen lächerlich feuern Feldstecher und beobachtete sie, wenn sie auf der Strecke anhielt. Einmal, als sie sowohl am rechten Hinterrad als auch am Reserverad einen Pneudefekt hatte, bevor sie die nächste Stadt erreichen konnte, sah Milt von weitem, wie sie einen Schlauch pickte und das Rad auf der staubigen Straße aufpumpte. Er hatte ein schmerzliches Verlangen, ihr zu helfen – obwohl man nicht behaupten kann, daß Pumpen an Julinachmittagen seine Lieblingsbeschäftigung gewesen wäre.

Damit er ihr nicht in den Straßen begegne, schlug er immer östlich von der Stadt, in der sie die Nacht verbrachte, sein Lager auf. Nach Einbruch der Dunkelheit, wenn sie aller Voraussicht nach die Tagestour in dem besten Gasthaus, das eben aufzutreiben war, beendete, versteckte er seinen Karren irgendwo in ein Seitengäßchen, und gleich einem Spion, wie er im Buch steht, schlich er sich in eine Garage nach der anderen, um nachzusehen, ob ihr Wagen dort sei.

Er pflegte hineinzuspazieren, gedankenlos umherzugucken und dem mißtrauischen, Nachtdienst machenden Garagemann zuzupfeifen. »Haben Sie einen Mann durchfahren gesehen, der Smith heißt?« Gewöhnlich knurrte der Garagemann: »Nein, ich hab keinen gesehen, der was Smith geheißen hat. Wollen Sie sonst noch was?« Aber einmal hatte er das Pech, den langersehnten Herrn Smith zu finden!

Herr Smith war erstaunt und ließ nicht locker. Milt mußte schnell was zusammenlügen. Während dieser Unterredung wurde ihm der Zementboden unter den zappeligen Füßen heiß und es kam ihm so vor, als hörte er den Garagemann im Büro telefonieren: »Glaub, er kennt den Smith gar nicht. Hab so eine Ahnung, als wäre das der Autodieb, der vorigen Sommer hier durchgekommen ist.«

Als Claire einmal nicht in der ersten Stadt anhielt, die sie nach Einbruch der Dämmerung erreichte, sondern im Zwielicht weiterfuhr, mußte er ein gefährliches Tempo einschlagen, um sie einzuholen. Die Lampen eines Teal-Wagens sind sehr ornamental, aber Leuchten ist nicht ihre Sache. Sie sind von einem Dynamo abhängig, der wieder von gut Glück abhängig ist.

Als er einmal im Dunkel dahinsauste, bemerkte er, daß der stillstehende Wagen, den er eben überholt hatte, der Gomez war. Er glaubte, hinter sich rufen zu hören, doch in panischer Angst fuhr er weiter.

Dem surrenden Motor klagte er: »Jetzt werd ich sie wahrscheinlich nie wieder sehen. Abgesehen davon, daß sie noch glaubt, ich bin ein solcher Lümmel und laß sie's nicht wissen, wenn ich im selben Staat bin wie sie, bin ich doch wirklich ein erfolgreicher Liebhaber. Als Prinz Herzensdieb gewinn ich den Vanderbilt-Pokal. Ich mache so rapide Fortschritte nach hinten, daß ich wahrscheinlich über den nächsten Hügel in den Atlantischen Ozean purzeln werde.«

IX.
Der Mann mit den Achat-Augen

Als ihr Wagen den Missouri-Fluß auf der Seil-Fähre zwischen Bismarck und Mandan übersetzt hatte, war Claire von Middle-West nach Far-West gelangt. Sie kam auf ein Plateau jungfräulichen Prairielandes, so ganz ohne Haus und ohne Baum, so göttlich taufrisch, so voll üppigen Graswuchses, daß sie sich vorstellen konnte, wilde Büffel streiften dort umher. In einer Vertiefung stand ein echtes Prairie-Schiff, und die umherwandernden Heimstätten-Sucher lagerten dort und bereiteten im Freien ihr Mahl. Im Innern des Wagens, auf einer Decke im Heu, saß ein kleines Kind und guckte neugierig heraus; Claire hüpfte das Herz.

Dann schien es ihr, als könnte sie tiefer atmen, weiter sehen. Wieder kam sie aus noch nicht umgebrochenem Prairieland in Weizengegenden und große Städte.

Sie hatte von dem neuen Land nicht nur den Eindruck sonnenbeschienener Weiten. Manchesmal, an bewölkten Tagen, war das sumpfige Weizenland so braun und düster und geheimnisvoll wie ein englisches Moor im Nebel. Die weitabliegenden Häuser erschienen in diesem gigantischen Zauber zwerghaft klein; die brütenden Landstrecken verwandelten Claires flotte, benzinbetriebene Energie in eine Melancholie, die voll Erinnerungen war an vergangene, düstere Schönheit.

Sogar wenn die Sonne hervorkam und das Land strahlend und vielverheißend vor ihr lag, sah Claire mehr als bloße Fruchtbarkeit darin. In einem neuen Heim – Haus und Scheune und Windmühle, viereckig und prosaisch, eingestreut in Weizenfelder, die bis an die gänzlich schmucklose Eingangstüre heranreichten, ein unbeschatteter, unbeschützter, unbequemer Wohnsitz – fand Claire oft eine saubere Offenherzigkeit, als blickten die Bewohner geradeaus ins Leben hinein – unerschrocken. Sie hatte das Gefühl, als müßten schneidende Winde von solchen Prairie-Grenzposten der Zivilisation allen Meltau und alle Feigheit wegblasen, all den Mumienstaub veralteter Furcht und Ängstlichkeit.

Das waren keine Bauern, diese Farmer. Auch konnte sie nie mehr ohne Ärger die üblichen Witze über diese Leute anhören. Denn sie hatte sich einmal eine Stunde lang mit einem klugäugigen, gewandt sprechenden Farmer in Dakota unterhalten. Er hatte ihr erklärt, welche chemischen Veränderungen der Luzernenklee im Boden erzeugt; hatte von seiner Tochter erzählt, die auf einer Universität Nationalökonomie unterrichtete; und hatte Herrn Boltwood gefragt, wie Turbinen auf Schiffe verfrachtet werden.

Tatsächlich lernte Claire, daß es einen beinahe erträglichen Lebenszustand gäbe, ohne Gardenien und ohne die neuesten Nachrichten aus Paris.

Dann glitt sie plötzlich aus den unermeßlichen, sanftschwellenden, meilenweiten Strecken des Weizenlandes in das vergewaltigte Wunderreich der Bad-Lands, wo die Straßen sich durchwanden durch Schatten von Seilbahnpfeilern und unter den terrassenförmigen Grabmälern von Maharadjas. Während sie versuchte, zwischen einer wilden Viehherde ihren Weg zu finden, vergaß sie plötzlich zu lenken, aufgeschreckt durch das stechende Rot einer Steinsäule, die den Ort bezeichnete, wo seit Monaten tiefe Gruben voll Lignit brannten.

Claire hatte unterwegs wandernde Feldarbeiter oft ein Stückchen Weges im Wagen mitgenommen, hatte sich an dem Anblick ihrer Reisebündel gefreut, die zwischen Kotflügel und Motorhaube aufgepackt wurden und an dem Gespräch der Leute, wenn sie über Nachbarn und Ernte plauderten, während sie am Trittbrett hingen. An einer Strecke voll langer Hänge und Hügel, zwischen den Dakota Bad-Lands und Miles City, hielt sie an, um einen Mann anzurufen, dessen breiter, schwerarbeitender Rücken müde und abgerackert aussah: »Wollen Sie mitfahren?«

»Ja, sicherlich! Gerne!«

Gewöhnlich gingen ihre Gäste zu dem rechten Trittbrett hinüber neben Herrn Boltwood, und dieser Mann stand weit drüben auf der rechten Seite der Straße. Doch während sie wartete, lief er vorne am Wagen vorbei kam auf ihre Seite herüber und stieg neben ihr auf. Ehe der Wagen weiterfuhr, bereute sie, daß sie den Mann eingeladen hatte. Er sah sie grinsend von oben bis unten an, beinahe verächtlich. Seine unverschämten Augen waren hell und hart wie Achat. Die Nase darunter war ein wenig krumm, ein Mundwinkel frech in die Höhe gezogen und das eckige Kinn ganz stachelig.

Auch warteten gewöhnlich ihre Passagiere, bis sie mit der Unterhaltung begann und sprachen dann mehr zu Herrn Boltwood als direkt mit ihr. Aber dieser borstige Mann platzte sofort los, als der Wagen in Bewegung kam: »Fahren Sie weit?«

»Ja–a, ziemlich.«

»Teurer Wagen?«

»Ja —«

»Keine Angst, angehalten zu werden?«

»Daran hab ich noch nie gedacht.«

»Kanone aufgepackt, was?«

»Ich glaube, ich versteh nicht recht.«

»Kanone! Gewehr! Revolver! Haben natürlich einen Revolver bei sich?«

»N–nein!« Es war ihr ein wenig unbehaglich zu Mute. Sie bemerkte, daß seine blinzelnden Augen an ihrem Hals geheftet waren. Sein Blick beschmutzte sie. Sie versuchte, irgend eine Frage auszudenken, die das Gespräch auf das weniger heikle Thema von Getreide und Ernte lenken könnte. Sie befanden sich an einer Straßenbiegung zwischen Felswand und einem seichten Tal. Die hufeisenförmig gebogene Strecke der Straße war ungefähr zehn Meilen lang. Die ungeschützte Seite fiel steil zu den Feldern ab, vierzig oder fünfzig Fuß tief. »Der Weizen da unten steht gut«, sagte sie.

»Nein. Ganz und gar nicht!« Sein Blick schien noch hinzuzufügen: »Und Sie wissen es genau – oder Sie sind eine Närrin!«

»So, ich hab nicht —«

»Fahren heut noch bis Glendive?«

»Mindestens.«

»Sagen Sie, Fräulein, wie stehts mit der Chance, ein paar Dollars von Ihnen zu pumpen. Ich hab dort weiter unten für einen Finnski gearbeitet, und der hat mir übel mitgespielt – mir den Lohn bis Ende des Monats vorenthalten.«

»Ja – hem —«

Claire war verlegen – nicht der Mann.

Er kicherte: »Gehn Sie – nicht knauserig sein! Prachtwagen – armer Mann, hat nichts zu essen, nicht einmal einen Strohsack für die Nacht. Können Sie nicht herausrücken mit ein paar Knöpfen?«

Herr Boltwood versuchte einzugreifen. Es schien ihm ebenso unbehaglich zu Mute zu sein, wie seiner Tochter. »Wir wollen sehen. Es ist zwar gegen meine Prinzipien, einem gesunden, starken Menschen wie Ihnen Geld zu geben, obwohl es mir ein Vergnügen macht, Ihnen ein Stück Weg zu ersparen –«

»Das glaub ich! Kostet Sie keinen Cent!«

»Und ich könnte Ihnen auch vielleicht helfen, Arbeit zu finden, obwohl natürlich – da ich hier fremd bin – Kommt mir aber doch merkwürdig vor, daß ein starker Mensch wie Sie, vollkommen mittellos sein sollte, wenn ich seh, daß all die Bauern hier herum Autos haben –«

Der Gast vertauschte augenblicklich seine bittende Haltung gegen ein lärmendes Prahlen: »Mittellos? Wer zum Teufel sagt, daß ich mittellos bin, he?« schnauzte er Herrn Boltwood über Claire hinüber an. Sein feuchtes Gesicht war sechs Zoll weit von ihr entfernt. Sie beugte den Kopf, soweit sie konnte, zurück. Sie war davon überzeugt, daß der Mann ihren Ekel ganz richtig taxierte, denn seine Augen tanzten vor Vergnügen, ehe er losbrüllte:

»Ich hab reichlich genug Geld! Eben weil ich zu Fuß geh – Ich brauch keine Wohltaten, von niemandem! Ich könnte die halben Bauern da auskaufen! Ich brauch kein Geld, von keinem Menschen nicht!« Es gelang ihm, sich richtig in Wut zu reden. »Wen nennen Sie da mittellos? Ich wollt nichts anderes als einen kleinen Vorschuß! Erwarte den Eingang eines Schecks. Ihr aufgeblasenen, behandschuhten Reisenden aus dem Osten, gebts Acht, wen Ihr mittellos nennt. Ich wette, ich verdien mehr Geld, als eine Menge von Euern Freunden!«

Claire überlegte, ob sie jetzt den Wagen anhalten könnte und dem Mann sagen, daß er absteigen möge. Aber – diese bissigen Augen waren zu bösartig. Bevor er abstiege, würde er Dinge sagen – verletzende, schmutzige Dinge, die ihr nie mehr aus dem Kopf gehen würden. Ihr Vater flüsterte: »Lassen wir ihn absteigen«, aber sie log sanft: »Nein. Seine Frechheit amüsiert mich.«

Sie fuhr weiter und betete, daß er von selbst seine hartherzigen Gäste im nächsten Ort verlassen würde. Der Mann tobte weiter – mit einem recht erbärmlichen Schluß: »Ich sag's Ihnen! Ich kann überall Geld verdienen! Ich bin ein famoser Mechaniker ... Aber geben Sie mir doch zwei kleine Silbermünzen, auf jeden Fall.«

Herr Boltwood griff in seine Kleingeldtasche. Er hatte kein Hartgeld. Er zog eine dicke Brieftasche heraus. Ohne den Mann anzusehen, konnte sich Claire genau vorstellen, wie seine Augen glitzerten und sein Mund offen stand, als er auf den Schatz starrte. Herr Boltwood händigte ihm einen Dollarschein ein. »Da, nehmen Sie, und reden wir von was anderem«, sagte Herr Boltwood abschließend.

»Is recht, Herr. Sagen Sie, Sie haben nicht vielleicht was Hartes statt des Papierfetzens? Ich spür gern mein Geld in der Tasche.«

»Nein, ich hab's nicht.«

»Schon gut, Herr. Nichts für ungut!«

Damit ignorierte er Herrn Boltwood ganz und gar. Seine Augen waren auf Claires Gesicht gerichtet. Um nicht vom Trittbrett herunterzufallen, legte er die linke Hand auf die Seitenwand des Wagens, die rechte an die Rücklehne des Sitzes. Diese rechte Hand glitt hinter Claire. Sie konnte im Rücken die Wärme der körperlichen Berührung fühlen!

Wütend platzte sie heraus: »Bitte rühren Sie mich nicht an!«

»Herrjeh, hab ich Sie angerührt, Kindchen? Das war ja eine Unverschämtheit!« Er dehnte die Worte und verzog die breiten Lippen zu einem Grinsen.

Einen Augenblick später, als sie um eine Biegung der langen hoch angelegten Felsenstraße fuhren, gab er vor, auf dem Trittbrett mächtig zu schwanken und legte absichtlich seine schmutzige Hand auf ihre Schulter. Bevor sie etwas sagen konnte meckerte er höhnisch – bedauernd: »Heiliger Michael! 'tschuldigen, Fräulein. Ich bin beinahe heruntergefallen«.

Ruhig und ernst sagte Claire: »Nein, das war kein Zufall. Wenn Sie mich noch einmal anrühren, werde ich anhalten und Sie bitten, zu Fuß weiterzugehen«.

»Tu's lieber gleich, Mausi!« brummte Herr Boltwood. Der Mann hackte seinen linken Arm um die Seitenstütze der offenen Scheibe. Es war ein starker Arm, ein sicherer Griff. Mit der freien Hand packte er sie am linken Handgelenk. Obwohl seine Augen groteskerweise die ganze Zeit über ihr belustigtes Funkeln behielten und von kleinen Lachfältchen umrahmt waren, schrie der Mann grob und drohend: »Sie wollen anhalten, zum Teufel!« Seine Hand glitt von ihrem Handgelenk auf den Volant. »Ich kann den Wagen da ebenso gut lenken wie Sie. Sie brauchen nur eine Bewegung machen um zu stoppen und ich fahr ihn – Donnerwetter! Dort die Böschung hinunter!«

Er lenkte die Vorderräder beängstigend nahe an den äußeren Straßenrand. Herr Boltwood schielte nach der Hand am Volant. Claire blickte schnell atemholend den Hang hinunter. Wenn der Wagen durchginge, würde er vierzig Fuß tief hinabschießen – sich überschlagen. »S-Sie würden sich's nicht trauen, Sie f-fallen ja mit!« keuchte sie.

»Ja, meine Liebe, versuchen Sie's nur und machen Sie einen Unsinn! Sie werden schon sehen wie viel ich fffff–fallen werde! ich schmeiß Sie den lustigen Abhang hinunter und spring ab, rechtzeitig! Geben Sie den Fuß da weg von der Kuppelung.«

Sie gehorchte.

»Hübsche kleine Fußerln! Schuh kosten ungefähr zwölf Dollars, schätz ich. Während ein besserer Mann als Sie, oder Vater Schimmel-Gesicht dort, das Pflaster in elendem Drei-Dollar-Schuhzeug treten muß. Bleiben Sie sitzen, Sie Narr!«

Diese letzte Bemerkung galt Herrn Boltwood, der aufgestanden war – schwankend im schaukelnden Wagen – und nach ihm schlug. Mit mächtigem Arm fegte der Mann Herrn Boltwood auf seinen Sitz zurück, doch ohne ein Wort an den Vater, fuhr er zu Claire gewendet fort: »Und halten Sie ihre Hand dort, wo sie hingehört. Versuchen Sie nicht vielleicht den Schalter da anzurühren. Ach, sein Sie vernünftig! Was täten Sie dann, wenn der Wagen stehen blieb? Ich könnt Sie beide ausrauben noch bevor dieses Pracht-Vehikel den Schwung verliert. Ich will mein gutes Geld nicht auf Advokatenspesen ausgeben wegen einer – Mordanklage. Verstanden? Nehmen Sie's lieber leicht und machen Sie sich nichts daraus.« Seine Hand war ununterbrochen am Volant. Er hatte schon andere Wagen gelenkt. Er lenkte ebensoviel wie sie. »Wenn ich Sie ein Stückchen weiter auf der Straße hinaufgeführt haben werde, will ich alle kleinen Buben und Mädeln auf einen Seitenweg fahren und dem Papa alle seine Weiß-Gott-was-es-war aus der herzigen Brieftasche nehmen, und ich glaub wir werden dem Töchterchen einen Kuß geben und weiter fahren und freundlich mit der Hand winken und Euch Würzen schön zu Fuß in die nächste Stadt wandern lassen.«

»Sie würden's nicht wagen! Sie würden's nicht wagen!«

»Wagen? Huh! Das ist ja zum Lachen!«

»Man würde mir zu Hilfe kommen!«

»Tja. Sicherlich. Tatsache, da kommt uns ein Wagen entgegen. Ungefähr eine halbe Meile weiter, mach ich's, wollen Sie? Also Püppchen, wenn du einen Piepser machst – geht's dort den Abhang hinunter, alle beide tot wie ein Paar Stecknadeln. An den Felsen dort zermalmt. Verstanden? Und ich – es tat mir leid, daß der bedauernswerte Unfall so bös endete – und ich wäre eben noch rechtzeitig davongekommen. Und ich würde Papas Taschen ausleeren, während ich beim Bergen der Leichen mithelfen würde!«

Bis dahin hatte sie es nicht geglaubt. Aber sie wagte es nicht, nach dem näherkommenden Wagen zu sehen. Der seltsame Gast war es, der den Gomez an dem anderen Wagen vorbeilenkte; und er fuhr ein wenig zu nahe am Rand der Straße …, so daß sie hinunter sehen konnte, tief hinunter.

Strahlend fuhr er fort: »Ich werde den Rohstoff hier gewinnen, statt nur meine Zeit als Industriemagnat zu verschwenden und Euch da hinaufzuführen, damit Ihr Euch die Gegend anschaun könnt in dem reizenden kleinen Nebental dort an der Straße; aber hier kann man uns ringsherum von der ganzen Welt aus sehen – die Bauern im Tal und jeder der zufällig in einem Wagen hinter uns herschleicht, 's ist eine Schande, was diese Straße für Kurven macht – man sieht zu weit entlang.

Tatsache ist, Ihr macht mir einen Haufen Müh. Aber dafür schenkst du mir einen Kuß, nicht wahr Gwendolyn?«

Er beugte sich kichernd zu ihr herab. Sie fühlte sein borstiges Kinn an ihrer Wange. Sie sprang auf – und schlug nach ihm. Er hob die Hand vom Volant. Eine Sekunde lang fuhr der Wagen allein. Er drückte sie mit dem Ellbogen wieder auf ihren Sitz. »Machen Sie keinen solchen Unsinn mehr, wenn Sie wissen, was gut ist für Sie«, sagte er ganz friedfertig, als er die Wagenlenkung wieder übernahm.

Sie war wie benebelt und fühlte nur des Vaters Hand, die ihre streicheln. Sie hörte hinter sich ein schnelles pit-pit-pit-pit. Kommt ein Wagen vorbei? Sie würde ihn wieder vorbei lassen müssen. Sie wollte ihre Gedanken konzentrieren, etwas herausfinden was sie – Dann: »Halloh, Leutchen! Wollen wir zusammen ein Picknick halten? Was habt Ihr da für einen lustigen neuen Freund?« rief eine Stimme neben Ihnen. Es war Milt Daggett – – der Milt, der viele Meilen weit voraus sein mußte. Sein Karren war an ihren Wagen herangekommen und lief auf der breiten Straße neben ihnen her.

X.
Das seltsame Abenteuer auf der Straße am Hang

So unerwartet, so fröhlich klang es, daß Claire im Unklaren darüber war, ob er wußte, was hier vorging; Milt rief dem am Trittbrett hängenden Mann freundlich zu: »Wohin geht die Reise, Freund?«

Der unwillkommene Gast sah etwas verdutzt drein. Zum ersten Mal verschwand das verschmitzte Zwinkern aus seinen Chinesenaugen und er antwortete unsicher: »Bin ein Stückchen Wegs mitgenommen worden.« Er stellte den Handgashebel auf rasche Fahrt. Milt beschleunigte gleichfalls.

Claire erhob sich, sie wollte schreien. Sie hatte irrsinnige Angst, daß Milt sie verlassen könnte. Als sie ihn zuletzt gesehen hatte, war es ihr als Erleichterung erschienen, daß er sie verließ.

Ihr Gast brummte ihr zu – wobei die Worte knurrend wie durch einen Spalt aus einem Winkel seines gemein aussehenden Mundes kamen: »Bleiben Sie sitzen oder ich schmeiß den Wagen hinunter.«

Milt plauderte unschuldig weiter: »Kommen Sie lieber herüber und fahren Sie bei mir mit. Es ist mehr Platz in meinem netten kleinen Wägelchen.«

Da fühlte sich der fremde Fahrgast in seinem scheuen, zarten, kleinen Herzen erleichtert und befreit und seine Augen funkelten wieder, als er, ohne sich nach Milt umzusehen, zurückrief: »Danke, mein Herr, ich bleib meinen Freunden treu.«

»Aber nein; kann das Vergnügen Ihrer Gesellschaft nicht entbehren. Sie gefallen mir so gut. Sie sind wie eine blühende kleine Insel weit drüben im matten Silberschein des Horizontes.« Claire runzelte die Stirne. Sie hatte Milt's Rhetorikbuch nicht gesehen. »Sie sind eine Insel der Hesprydn oder Hesperiden. Oh ja, du Mondenzauber, ich glaub, du kommst lieber herüber. Bin noch nicht entschlossen« – Milts Stimme klang einschmeichelnd – »ob ich dich umbringen oder bloß einsperren lassen soll. Fräulein Boltwood! Nehmen Sie das Gas weg.«

»Wenn Sie's tut,« rief der Fremde: »so schmeiß ich sie den Abhang hinunter.«

»Nein, das wirst du nicht tun, mein süßes Herz, und warum? wegen dem, was ich sonst nachher mit dir tun werde.«

»Du wirst gar nichts tun, Freundchen, weil ich dir sonst mit den Händen die Augen herausquetsche.«

»Aber Schätzchen, glaubst du denn, daß ich so kampflustig zu einem großen, starken Mann, wie du bist, sprechen würde, wenn ich nicht ein Gewehr bei der Hand hätte?«

»Ja, das glaub ich schon, mein Sonnenschein. Aber bevor du schießen könntest, würde ich deinen Blechkasten an den Hang drängen und hineindrücken! Ich könnt dabei selbst ums Leben kommen, aber von dir blieb nicht einmal ein Fettfleck übrig!«

Er drehte den Gomez aus seiner geraden Richtung und drängte Milt gegen die hohe Erdmauer des Hanges, welche die Straße auf der linken Seite abgrenzte.

Claire war ganz krank vor Angst, bald aber noch mehr vor Verachtung, als sie Milt winseln hörte: »Hast gewonnen!« Und er zurückgeblieben war. Der Gomez fuhr allein weiter.

Jetzt blieb Claire nur noch eines übrig – abzuspringen. Und das bedeutete den sicheren Tod.

Der Mann am Trittbrett tobte: »Ihr Freund ist ein wunderbarer Schütze – mit dem Maul!«

Das dünne pit – pit – pit kam wieder. Claire blickte sich um. Sie sah Milts Wagen schnappend vorwärtsjagen, so schnell, daß bei einem Straßenbuckel die leichten Räder in der Luft standen. Sie sah Milt auf der rechten Seite seines Karrens stehen, eine Hand am Volant und die andere Hand – eine feste, grimmige breitknochige Hand – ausgestreckt nach dem fremden Mann, und dann nach seinem Kragen fassen.

Die Hände des Mannes wurden vom Volant weggerissen. Er selbst wurde vom Trittbrett heruntergezerrt und schlug auf den Boden auf.

Claire griff nach dem Volant. Sie fuhr sechzig Meilen pro Stunde. Sie war mindestens eine Meile weit gefahren, ehe sie Herr ihrer Angst wurde und anhielt. Sie sah, wie Milt seinen kleinen Wagen herumriß wie einen sich bäumenden Mustang.

Er schien mit seinen Vorderrädern auszuschlagen. Dann jagte Milt in Verfolgung des einstigen Gastes zurück. Der Mann lief hurtig hüpfend über die Straße. Auf diese Entfernung war er nicht mehr angsteinflößend, sondern eine komische, sich ruckweise fortbewegende, kaninchenähnliche Gestalt, die sich hinkend auf den Rückzug machte.

Als der Karren auf ihn lossauste, konnte man ihn mit hochgehobenen Händen über den Hang springen sehen. Milt drehte wieder um und kam langsam zu ihnen zurück; und als er sie erreicht und den Motor abgestellt hatte, riß er die imposante karrierte Kappe vom Kopf und sah aus, als wollte er sich entschuldigen,

»'s tut mir leid, daß ich ihn mit Scherzreden täuschen mußte. Ich hatte Angst, daß er Sie wirklich den Hang hinunterfährt. Er war ein schlechter Schauspieler. Und er hatte recht: er hätte mich unterkriegen können. Zuerst dacht ich, daß ich ihn verleiten könnte abzusteigen, um ihn in der nächsten Stadt einsperren zu lassen.«

»Aber Sie hatten doch eine Flinte – einen Revolver – nicht, junger Mann?« keuchte Herr Boltwood.

»Na jaaa – ich hab eine Schrotflinte. Es hätte mich kaum mehr als fünf oder zehn Minuten Zeit gekostet, sie auszugraben und zusammenzustellen. Es mögen auch irgendwo ein paar Patronen da sein. Vielleicht sind sie ganz in Ordnung. Hab sie nicht mehr angeschaut seit dem vergangenen Herbst. Damals waren sie nicht einmal gar so feucht.«

»Aber denken Sie nur, wenn er selbst einen Revolver gehabt hätte?« lamentierte Claire.

»Herrjeh! Wissen Sie, ich habe geglaubt, daß er bestimmt einen bei sich hat. Ich war grau vor Angst. Und doch hatte ich das unwiderstehliche Verlangen, ihn herunterzuwerfen«, gestand Milt.

»Woher wußten Sie, daß wir Sie brauchten?«

»Nun, dort hinten, ein paar Meilen weiter zurück, kam's mir vor, als sähe ich Ihren Vater aufstehen und versuchen, mit dem Mann zu raufen; da fürchtete ich gleich, daß irgendetwas nicht in Ordnung sei. Hören Sie, Fräulein Boltwood, wissen Sie, wie Sie mir dort gesagt haben – früher einmal, weiter zurück auf der Strecke – ich wollte mich wirklich nicht aufdrängen. Auf Ehre. Ich hab gedacht, vielleicht, weil wir doch denselben –«

»Oh, ich weiß!«

»– Weg haben, hätten Sie nichts dagegen, daß ich hinten nachfahre, wenn ich nur nicht zu oft zu Ihnen herankomme; und ich hab auch gedacht, daß ich Ihnen vielleicht helfen könnte, wenn –«

»Oh, ich weiß! Ich schäm mich ja so! Schäm mich so schrecklich! Ich wollte nur – bitte verzeihen Sie mir. Es war so lieb von Ihnen, daß Sie sich unser angenommen haben –«

»Ach, schon gut, schon gut!«

»Ich glaube, Sie können sich vorstellen, wie dankbar Vater und ich sind, daß Sie diesmal hinter uns waren. War das nicht ein Glück, daß wir irgendwo zufällig an Ihnen vorbeigeschlüpft sind?«

»Ja«, sehr trocken, »glücklicher Zufall. Nun, ich werd wieder voransegeln. Vielleicht stoß ich wieder auf Sie, bevor wir nach Seattle kommen. Nehmen Sie die Strecke durch den Yellowstone-Park?«

»Ja, aber –« fing Claire an. Ihr Vater unterbrach sie:

»Eh – Herr – eh – Daggett, nicht wahr? – Ich meine, ob Sie jetzt nicht ein bißchen näher bei uns bleiben wollen? Die Reise war für mich bisher eine angenehme Abwechslung, aber ich fürchte, daß sie jetzt – Ich möchte Ihnen – ohne Sie beleidigen zu wollen – den Vorschlag machen, gegen irgendeine Entschädigung – eh – verstehen Sie, oder eine Vergütung, bei uns zu bleiben, wenn Sie könnten –«

»Danke vielmals – eh – ich danke Ihnen, mein Herr, aber ich könnte es nicht tun. Es ist so eine Art Ferienurlaub, wissen Sie. Wenn ich etwas für Sie tun konnte, fühl ich mich nur geschmeichelt –«

»Aber vielleicht,« bat nun Herr Boltwood dringend den erst kürzlich abgrundtief unbedeutenden jungen Mann, »vielleicht würden Sie einwilligen, mein Gast zu sein, wenn es Ihnen paßt etwa – in den Hotels im Park sagen wir«.

»Tut mir leid, aber ich bin so ein allein laufender Wolf.«

»Bitte! bitte sehr schön!« bettelte Claire. Ihr Lächeln war flehend, ihr Blick hing an seinen Augen.

Milt biß sich in die Handknöchel. Er sah unglücklich aus. Aber er blieb standhaft: »Nein, Sie werden schon über dieses kleine Malheur mit unserem Freund hinwegkommen. Übrigens werde ich den Bürgermeister in der nächsten Stadt auf ihn hetzen. Er wird nicht mehr aus dem Bezirk herauskommen. Wenn Sie ihn erst einmal vergessen haben – Ach nein, Sie kommen wunderbar allein weiter. Sie fahren gut und sicher, und die Straße ist nicht ein bißchen gefährlich – Sie müssen sich die Leute nur zuerst einmal anschaun, bevor Sie sie aufsteigen lassen. Das war in New-York ebenso gefährlich wie hier. Tatsache ist, daß es in den Städten weit mehr solches Gesindel gibt als in den wildesten Landstrichen. Ich glaube nicht, daß es so besonders geschmackvoll wäre, den ›Schrecklichen Tim‹ geradewegs in den Salon zu bitten. Herrjeh! bitte tun Sie es nicht wieder! Bitte!«

»Nein,« ganz demütig: »Ich war ein Narr. Ich werde es nicht mehr tun, das nächste Mal. Aber wollen Sie nicht irgendwo in unserer Nähe bleiben?«

»Ich möchte gerne, aber ich muß weiterjagen. Bedaure, daß ich mich gleich wieder verabschieden muß, aber ich muß zu bestimmter Zeit in Seattle sein und – sagen Sie, Fräulein Boltwood.« Er sprang aus dem Karren heraus, kurbelte an, kletterte zurück und setzte ungeschickt fort: »Ich hab die Bücher gelesen, die Sie mir gegeben haben. Sie sind fein – ich wollt sagen, sehr interessant. Wie dieser junge Bursch in den ›Jugendbegegnungen‹ Bischof und Soldat und alles mögliche werden wollte – Genau so wie ich, außer, daß Schoenstrom in mancher Beziehung anders ist als London! Ich wollte immer ein Straßenräuber oder ein Buschmann werden. Aber ich habe für keines von beiden getaugt. Und dann bin ich eben nur ein Garagemann geworden. Und ich – Eines Tages werd ich auch aufhören, Dialekt zu sprechen. Aber es wird ein hartes Stück Arbeit sein!« Schnell fuhr er die Straße hinunter und Claire schluchzte.

»Oh, dieser gute, liebe Mensch! Kränkt sich, weil er Dialekt spricht, nachdem er sich von dieser entsetzlichen Nachtmahr gar nicht gefürchtet hat. Wenn wir nur irgendetwas für ihn tun könnten!«

»Brauchst dir um ihn keine Sorgen zu machen, Mausi. Das ist ein sehr energischer Bursche. Und – eh – Sollten wir nicht vielleicht ein Stückchen weiter fahren? Ich will gestehen, daß der Gedanke an unseren Gast von vorhin, der noch irgendwo in der Nähe –«

»Ja, und – Oh, ich schäm mich nicht. Wenn Mohammed Milton nicht bei unserem Wagen Berg bleiben will, so werden wir ihm eben nachlaufen.«

Doch als sie die Höhe des nächsten Hügels erreichte, von der aus man nach allen Seiten in die Ferne sehen konnte – da war weder Milt noch Teal-Karren auf der weiten Straße zu erspähen.

XI.
Busch-Wanderer der großen Land-
straße

Sie hatte sich zwei Tage lang in Miles City ausgeruht; hatte
den Pferdemarkt gesehen mit feilschenden Roßhändlern in Indianerhosen; hatte mit Soldaten zusammen gegessen im Fort
Keogh – einst das Bollwerk gegen die Sioux, jetzt nur noch
schläfrig über das trockene Gras auf den Paradeplatz blickend.

Beim Yellowstone-River war Claire über die große Landstraße nach Real-West gefahren. Die Rote Route und die Yel-
lowstone-Route hatten sich nun vereint, und sie war eine von
den neuen Canterbury Pilgrims. Sogar Herr Boltwood wurde
von der Manie ergriffen, nach den Nummerntafeln zu sehen
und rief: »Da ist ein Wagen aus Connecticut!«

Von den Bewohnern des Ostens wird eine Fahrt von New-
York bis zum Cape Cod, über Asphalt, als heroisch angesehen,
aber hier waren Wagen die gelegentlich für eine Tausendmei-
len-Ferienfahrt gestartet waren. Sie hielt nicht nur Schritt mit
großen Wagen, die von Sankt Louis oder Detroit nach Glacier-
Park und Yellowstone fuhren, sondern sie befand sich auch oft
in Gesellschaft von Arbeiterfamilien, die nach einer neuen
Stadt und neuer Arbeit auszogen, und die im Auto fuhren, weil
ein aus zweiter Hand gekaufter und bald wieder zu verkaufen-
der Fordwagen sich billiger stellte als mit der Eisenbahn zu reisen.

»Busch-Wanderer« nannte man diese kampierenden Abenteurer. Claire gewöhnte sich an den Anblick kleiner Wagen,
mit zerbrochenen, vorhangbedeckten Fenstern, mit an der
Rückseite des Wagens befestigten Waschkesseln und Eisküh-
lern, mit Reisekörben, die mit Stricken am Trittbrett angebun-
den waren und mit Bratpfannen und Segeltuch-Flaschen, die
an der Motorhaube baumelten. Und einmal sogar sah man in-
timste Kinderwäsche an einem Strick flattern, der um die Ka-
rosserie herumgespannt war.

Was in jedem dieser Wagen war, glich einer Menschenan-
sammlung bei großen Bauernhof-Auktionen: Großvater,

Vater, Mutter, einige Söhne und zwei oder drei Töchter, mindestens ein kleines Kind auf den Armen jedes Erwachsenen, alle zusammengepfercht auf zwei Sitzplätzen, die ohnehin schon mit Koffern und Kinderwagen angefüllt waren. Und sie sahen glücklich aus – unvergleichlich glücklicher als die eleganten Leute, die sich bequem befördern ließen und mit gelangweilten Gesichtern hinter ihren Chauffeuren saßen.

Die »Busch-Wanderer« schlugen ihr Lager auf: sie bedeckten die Motorhaube mit einer Steppdecke, aus der die Baumwolle hervorquoll; schleppten den Waschkessel herbei, wuschen und aßen und sangen rings um das Feuer; Großvater und das Jüngste hüpften zusammen herum, während die Limousinvaliden, die durch Spiegelscheiben vom Leben abgeschlossen waren, und durch ihr unentwegtes Vierzig-Meilen-Tempo von der Gewöhnlichkeit bewahrt blieben, irgendetwas längs der Straße zu sehen, eine Sekunde lang auf die dort Lagernden blickten, schnüffelten, weiter rollten und müde überlegten, ob sie abends wohl ein gutes Hotel finden würden – und warum sie nur, zum Teufel, nicht mit der Eisenbahn gefahren seien.

Wäre Claire Boltwood von Jeff Saxton oder einem Chauffeur beschützt worden, hätte wahrscheinlich auch sie sich über Wagen gewundert, die grau vor Staub waren, über unrasierte Männer in Leinenmänteln mit Schafpelzen, und über wettergebräunte Frauen mit Nachthäubchen, die sie statt Automützen trugen. Aber Claire wußte nun, daß Auffüllen der Schmierbüchsen nicht zur Zartheit der Hände beiträgt; daß man niemals die Flecken wegbekommt, wenn man sich mit einem hartgewordenen Stück rosafarbener Seife und einem halben Krug voll kalten Wassers wäscht – daß man nur durch die Staubschicht auf Laurentinische Schmiermittelbildung durchdringt und ärgerlich brummt: »eine gute, saubere Schmiere schadet dem Essen nicht,« und damit schläfrig zum Speisen hinuntergeht.

Sie sah Dutzende von Erfindungen zwecks Aufschlagens eines Lagers, die den Leuten des Ostens gänzlich unbekannt waren: Gestelle, die bei Tag hinter dem Wagen wie Särge auf zwei Rädern einherhüpften, sich aber zur Nachtzeit zu Zelten mit Betten, einem Eiskasten und einem Tisch öffneten; Zelte, die ein Bett überdachten, dessen Kopf auf dem Trittbrett ruhte; Betten, die im Wagen aufgeschlagen wurden, wobei die Sitzpolster als Matratzen dienten.

Die große, transkontinentale Landstraße war jedoch nicht nur von Autos belebt. Es ist wahr, daß der Alte Westen aus den Erzählungen beinahe nicht mehr zu sehen ist; aber man findet noch Zeichen aus den alten Tagen. Noch schleppen sich die alten Prairie-Schiffe hin; Cowboys in Indianerhosen stehen noch vor den Türen von Blockhäusern – wenn sie es satt bekommen haben, auf Musikautomaten zu spielen; und Indianer starren fünfstockhohe Häuser an – wenn sie nicht moderne Mähmaschinen auf ihren Farmen betreiben.

Sie alle winkten Claire zu. Telephon-Streckenarbeiter, behängt mit Röhren und Schläuchen, mit Steigeisen an den Füßen und weiten Hosen um die Beine, riefen sie freundlich an; Führer von Straßenlokomotiven schrien ihr lustig zu: und alle diese Leute gehörten, wie es ihr schien, zu ihr. Nur einmal empfand sie eine gewisse Unzufriedenheit: als sie auf der Aussichtsplattform eines nach Seattle fahrenden Zuges einen Engländer in Flanellanzug und mit Monocle sah, der vielleicht nach dem Orient fuhr. Als der Zug samtweich dahinglitt, kam ihr der Gomez langsam und plump vor und die Anstrengung des Fahrens unerträglich. Und dieser Engländer mußte entzückend sein. Dann winkte ihr eine einsame, glattgekämmte Frau aus der Türöffnung eines mit Dachpappe gedeckten Blockhäuschens zu, und aus dieser sehnsüchtigen Bewegung schöpfte Claire ein Gefühl der Freundschaft.

Und manchesmal, in der »Wüste« noch nicht umgebrochenen Landes, hielt sie auf der großen Landstraße an und vergaß die Leidenschaft des ewigen Weiterfahrens.

Sie saß auf einem Felsen an einem Bach, der so schlammig war, daß er wie gelbe Milch aussah. Die einzigen Bäume waren ein paar Pappeln und die einzige übrige Vegetation, die in dieser toten Welt zurückgeblieben war, das staubiggrüne Salbei-Buschwerk mit Klumpen grauer, doch fruchtbarer Erde dazwischen oder hie und da das auserlesene grüne und weiße Schimmern eines Krautes namens Bergschnee. Die Bewohner waren Kaninchen oder amerikanische Elstern in scharfgezeichneter schwarz und weißer Livree, die immer und ewig versuchten, ihre riesigen Schwänze gegen den Wind zu balancieren und gellend, in gewöhnlicher Elsternsprache, ihre Meinung über die Reisenden kundtaten.

Da hatte sie kein Verlangen nach Gärten und der Lieblichkeit terrassenförmiger Hügel. Sie war im Real-West und sie gehörte dahin, da sie durch eigene Mühe und Arbeit dahin gelangt war. Ihre Seele — wenn sie keine gehabt hätte, so wäre ihr im Augenblick, da sie dort saß, durch Spezialeinrichtung sofort eine verschafft worden — segelte mit den Falken hoch in die Lüfte, und als sie wieder herabgestiegen war, sang sie Hallelujahs, weil der Salbeiduft eine heilsamere Wirkung hat als Tannenwälder, weil die scharf gezackten, in der Ebene weithin sichtbaren Spitzen der einzelnstehenden Hügel, wie Korallen und Gold und Basalt und Türkis glitzerten und weil ein lebendiger Mensch, ein Milt Daggett, obwohl sie ihn nie wiedersehen würde, sie seiner Verehrung würdig gefunden hatte.

Sie dachte nicht oft an Milt. Sie wußte nicht, ob er vor ihr oder wieder zurückgeblieben war. Wenn sie sich seiner erinnerte, so geschah es mit einem Respekt, der sich gar wesentlich unterschied von dem Kitzel, den ihre Tänzer manchesmal in ihr erweckt hatten oder von dem Eindruck des manikürten angenehm- und am Platze-Seins, den Jeff Saxton mit sich brachte.

Den mythischen Milt rief sie in kritischen Augenblicken des Fahrens an. Fahren, eben nur das tatsächliche Vorwärtskommen, war ihr Lebenszweck; und der immer wiederkehrende Wechsel des Fahrens war die Tagesordnung: Morgenfrische, so viele Meilen als möglich vor dem Lunch zurücklegen, damit sie sich nachher Zeit lassen könnte. Die unvermeidliche zwei Uhr-Nachmittags-Entdeckung, daß ihre Augen brannten, und das Aufsetzen ungeheuerlicher gelber Schutzbrillen, die ihrer geschmeidigen Elegance einen Anstrich von Gelehrsamkeit gaben. Gegen Abend, die Viertelstunde des horizontal einfallenden Sonnenlichtes, das sie daran hinderte, die Straße zu übersehen. Dämmerung und die Entdeckung, wie licht es eigentlich noch sei, sobald sie sich nur erinnerte, die Brillen abzulegen. Die schlimmste Viertelstunde, wenn die Straßen, für den Maler vielleicht einem prunkvollen Amethyst glichen, den Fahrer aber auch durch ihre trübe Dunkelheit zur Verzweiflung brachten, und es doch noch zu hell war, um sich durch das Anzünden der Lampen Erlösung zu schaffen. Der geheimnisvolle Augenblick, wenn die Nacht richtig einfiel und die Lampen einen goldenen Strahlenfächer warfen und Claire mit ihrem Vater sich dem Gefühl schwererarbeiteter Beschaulichkeit hingaben – und sich nicht mehr die Mühe nehmen mußten, die Gegend zu bewundern!

An dem Morgen, da sie Billings verließ, wunderte sie sich, warum eine ganz niedrige Wolke so unveränderlich ihre Form bewahrte, bis sie erkannte, daß es ein ferner Berg sei, ihr erster Ausblick auf die Rockies. Freudig schrie sie auf und wünschte, Milt wäre da, um ihre Begeisterung zu teilen. Ziemlich ernst sagte sie zu Herrn Boltwood:

»Die Berge müssen für Herrn Daggett etwas ganz Wunderbares sein, nachdem er sein Leben in einem Kornfeld verbracht hat. Armer Milt! Ich hoffe – – –«

»Ich glaube du brauchst dir wegen dieses jungen Mannes keine Sorgen zu machen. Ich meine, er kann ganz gut und vergnügt allein durchkommen. Und – natürlich bin ich ihm unendlich dankbar, weil er uns wiederholt aus dem Rachen des Todes errettet hat, aber er hatte doch recht; wäre er bei uns geblieben, so wäre das mit der Zeit für ihn unbequem geworden. Er ist an die Komödie gesellschaftlicher Konventionen nicht gewöhnt – – –«

»Er sollte es aber sein. Würde ihm Spaß machen. Er ist der richtige Amerikaner. Er hat Phantasie und Anpassungsfähigkeit. Es ist ja eine Schande, all die *petits fours* und Bach-Aufführungen die man an Jeff Saxton verschwendet, während ein Milt Dag –«

»Ja, ja, ganz richtig!«

»Nein, wahrhaftig! So ein lieber sanfter Mensch, so erfinderisch und geschickt und wirklich, eigentlich hübsch. Aber so einsam und verlassen – wie ein kleines, artiges Hündchen, das einem zuläuft und will, daß man mit ihm spielt; und ich schlug nach ihm, als er das Pfötchen gab und lustige Sprünge machte – es war schrecklich. Das werde ich mir nie verzeihen. Daß ich ihn in dieser häßlichen, gönnerhaften Weise vorfahren hieß. –

Ich hab das Gefühl, daß wir ihm seine ganze Ferienreise verdorben haben. Ich möchte gerne wissen, ob er ursprünglich die Absicht hatte, diese Route durch den Yellowstone-Park zu nehmen? Er hat nicht —«

»Ja, ja. Wir wollen nicht mehr an den jungen Mann denken. Schau! Wie merkwürdig!«

Sie übersetzten eine hohe Brücke, die über ein Eisenbahngeleise führte, auf dem sich ein Zirkuszug hinwand. Herr Boltwood machte weise Bemerkungen über die nomadischen Gewohnheiten der Zirkusleute und die Vision des Galahad vom Teal-Karren wurde durch väterliche Betrachtungen gründlichst verscheucht, bis Claire aus ihrer jugendlichen Romantik in den Zustand einer vernünftigen Boltwood zurückkehrte und in ihrem Herzen entschied, daß Milt schließlich nicht der Herr der gen Himmel ragenden Berge war.

Ehe sie bei Livingston südwärts wendeten, fuhr Claire zum erstenmal über Bergstraßen und einmal mußte sie durch ein Flußbett fahren und sah, wie das Wasser im Bogen aufstieg als lieblicher Silberschleier. Sie spürte, daß sie nun die Hügel bezwang, wie früher die Prairien. Auf einem Plateau zog sie die Bremse an, um nach der Batterie zu sehen. Sie bemerkte, daß das Ende eines Bremsbandes hinter der Bremstrommel hervorguckte, ein zerfetzter Streifen von Gewebe und Kupferdraht. Da wußte sie, daß sie nicht genug wisse, um die Hügel zu bezwingen.

»Glaubst du, daß es gefährlich ist?« fragte sie ihren Vater, der eine Menge tröstlicher Dinge sagte, die gar nichts bedeuteten.

Sie dachte an Milt. Sie hielt einen vorbeifahrenden Wagen an. Der Fahrer »meinte«, daß das ganze Bremsband hin sei, und daß es gefährlich wäre, damit auf Bergstraßen weiter zu fahren. Trübselig rumpelte Claire zwei Meilen weiter zu einem Farmhaus und telephonierte an die nächste Garage in einer Stadt, namens Saddle Back.

Wann immer ein Automobilist im Fieberwahn spricht, murmelt er die kläglichen Worte: »An die nächste Garage telephonieren«.

Sie mußte eine endlos langweilige Stunde warten, bevor sie ein Wägelchen rattern sah, mit einem Garagemann, der überhaupt kein Mann war, sondern ein vierzehnjähriger Knabe. Er schnaubte: »Unsinn, Sie hätten mich gar nicht kommen lassen müssen. War ja ganz ungefährlich, einfach weiter zu fahren. Kommen Sie jetzt.«

Noch niemals hatte das größte Wunderkind solch scheue Ehrfurcht erweckt, wie sie Claire vor diesem alles verachtenden jungen Gott empfand, mit seinen verschmierten, rosenroten Backen. Sie fuhr weiter. Aber eigentlich hoffte sie, daß es doch sehr gefährlich sei. Es war beschämend wegen nichts und wieder nichts an eine Garage zu telephonieren. Als sie in der nach Benzin riechenden Garage in Saddle Back ankam, appellierte sie an den Meister dort, einen gesetzten, selbstbewußt-pustenden Mann von fünfundvierzig und fragte: »War es nicht gefährlich, mit einem solchen Bremsband herzufahren?«

»Ja. Ziemlich gefährlich. Nicht Michel?«

Der Michel, an den er sich als höchste Autorität wendete, war derselbe vierzehnjährige Knabe. Er warf nur kurz hin: »Eh? Das? Nein! Neues Bremsband auflegen. Schnell. Bring mir den Wagenheber. Tummel dich, Onkel.« Während der ältere Mann herumstand und vergebens versuchte, auf die Leute Eindruck zu machen, die hereinkamen und nach verschiedenen Dingen fragten, die doch jedesmal dem Werkstatt-Buben vorgelegt werden mußten, montierte der frühreife Experte soviel am Rad herunter, bis das ganze, in Claires Augen, einer leeren Milchkanne beängstigend ähnlich sah. Dann schien der Junge nicht mehr genau zu wissen, was er tun solle. Er kratzte sich ziemlich lange hinterm Ohr und dachte tief nach. Der ältere Mann konnte sich nur kratzen.

So durchlebten Claire und ihr Vater, zwei Stunden hindurch diese quälendste von allen üblen Erfahrungen des Automobilisten – das Warten; während der Nachmittag, der zum Fahren so gut gewesen wäre, langsam verstrich. Alle fünfzehn Minuten kamen sie in die Garage herein nachschauen, während sie die übrige Zeit vor der Türe auf dort abgelagerten Kisten mit Schnittwaren saßen, und jedesmal schien es, als wäre die Reparatur um nichts fortgeschritten. Der Bub schien seine ganze Zeit damit zu verbringen, daß er immer wieder den falschen Schraubschlüssel erwischte und damit, daß er den älteren Mann auszankte, weil er den richtigen verlegt hatte.

Als Claire Brooklyn Heights verlassen hatte, ahnte sie wohl nicht, welch gründliche Kenntnis sie einst von der »Kalifornia Kandy Kitchen« in Saddle Back, Montana gegenüber der Tubb's Garage haben würde, so daß sie im Stande war zu sagen, ob mehr Atharva Zigaretten oder mehr Polutropons verkauft würden. Sie durchwanderte die Garage bis sie jede Lache Tropfwasser in dem Eimer voll Seifenschaum unter dem Abflußgitter kannte. Eine zufällige aufgefangene Bemerkung des Wunderknaben beunruhigte sie sehr: »Teufel, jetzt haben wir nichts mehr von dem guten Bremsbelag. Muß diesen Fetzen da nehmen«. Aber als der Wagen wirklich fertig war, konnte ihr so eine Bagatelle, wie eine zweifelhafte Bremse etwa, nichts von der Seligkeit des Startens rauben. Die ersten Meilen schienen Wunder an Leichtigkeit und Geschwindigkeit.

Sie kam über das Gebirge nach Livingston.

Unweit der Stadt, mit den Absätzen gegen einen Zaun trommelnd und eine graue Katze krauend, saß Milt Daggett und bellte ihr mit Ernst und vielem Lärm entgegen.

XII.
Die Wunder der Natur mit allen modernen Verbesserungen

»Halloh!« sagte Milt.

»Halloh!« sagte Claire.

»Wie gehts«, sagte Herr Boltwood.

»Das ist wirklich nett! Wo ist Ihr Wagen? Es ist doch hoffentlich nichts passiert?« Claire glühte.

»Nein. Er steht dort ein Stückchen abseits von der Straße. Ich übernachte heute hier. Der Grund, warum ich angehalten habe … Es ist mir eingefallen, daß Sie noch nie über richtige Berge gefahren sind und im Park gibt es ein paar ganz ordentliche Steigungen. Gute Straße, aber wir kommen dort beinahe auf neuntausend Fuß Höhe. Und morgens ist es sehr kalt. Hab mir gedacht, ich könnt Ihnen manchen kleinen Wink geben, irgend einen Fahrertrick – wenn Sie wollen.«

»Oh, natürlich. Bin Ihnen so dankbar –«

»Dann werd ich also morgen hinter Ihnen herlaufen und mein Sprücherl sagen.«

»Ich freu mich so, daß Sie auch durch den Park fahren.«

»Ja hab mir gedacht, 's wär ganz schön. Wie's im Führer heißt: ›Wunder der Natur‹. Das einzige Naturwunder, das ich in Schoenstrom je gesehen habe, war mein Freund Mac, der sich einzureden versuchte, daß er nach dem Genuß einer Ladung alkoholfreien Bierersatzes betrunken sei. Nun – Seh Sie morgen.«

Er hatte nicht ein einziges Mal gelächelt. Sein Ton war ganz unpersönlich gewesen. Er sprang über den Zaun und stapfte von dannen.

Als sie am nächsten Morgen aus der Stadt fuhren, fanden sie Milt an der Straße auf sie warten und er fuhr ihnen bis gegen Mittag nach. Auf dringendes Ersuchen teilte er das Frühstück mit ihnen und dozierte über das Befahren langer Straßengefälle mit der ersten oder zweiten Geschwindigkeit, um die Bremsen zu schonen; über den Gebrauch der Nachzündung und das Schleifenlassen der Kuppelung beim Hinauffahren. Sein

Karren stand neben dem Gomez beim Anreihen vor dem Park-
gitter, wo die United States Army die Feuerwaffen versiegelte
und Erkundigungen einzog, auf welchem Berg man sich durch
Bremsdefekte zu erschlagen gedächte. Während der ganzen
Steigung nach Mammoth Hot Spring hinauf war er knapp hinter ihr.

Als sie anhielt, um in den kochenden Kühler Wasser nach-
zufüllen, kam der Karren angekeucht, und Milt rief vergnügt,
mit dem ersten Grinsen, daß sie seit Dakota an ihm sah: »Der
Teal ist ein großartiger Wagen für Bergstraßen. Abgesehen davon, daß er leicht heiß wird, abgesehen von seiner niederträch-
tigen Beleuchtung, dünnen Polsterung, mangelhaften Zün-
dung, den Bremsbändern aus Seidenpapier und diesem eigens
für eine Brumm-Biene gebauten Spezialflugmotor, ist er, wie
die Kataloge zu sagen pflegen, ein kräftiges Luder!«

Claire und ihr Vater hielten auf der Fahrt durch den Park
bei einem der vielen Hotels an. Milt war immer in ihrer Nähe,
nur nicht in den Hotels. Er wählte eines der vielen ständigen
Lager dort.

Die Boltwoods luden ihn ins Hotel zum Speisen ein, aber
er lehnte ab und –

Milt war in Claires Gegenwart, aus Angst, für zudringlich
gehalten zu werden, sehr gemessen. Er konnte weder ihre Begeisterung für Cañons und farbenprächtige Teiche teilen, noch
ihre Wut über die Reisenden, die, wie sie behauptete, seltsame
Ausstellungsstückchen einfacher Schönheit vorzogen; die niemals eine Aussicht bewunderten, wenn sie nicht durch eine Ta-
fel plakatiert war oder von einem Fremdenführer durch den
Lautsprecher als etwas zu Bewunderndes gepriesen wurde –
von dem man den Leuten zu Hause erzählen könnte. Wenn sie
versuchte, dieser Wut gegen die Gesellschaft Ausdruck zu geben, antwortete er nur verlegen: »Ja, ich glaube, es ist was Wah-
res dran«.

Sie war, überlegte er, so schrecklich eigenartig. Wie konnte
er jemals ausrechnen, was er tun sollte? Nein, danke vielmals;
sehr verbunden aber er meine, daß er ihre Einladung zum Speisen lieber nicht annehmen würde. Es täte ihm furchtbar leid,
daß er nicht kommen könne – er habe einem Freund

versprochen, daß sie im Lager unten miteinander ihr Essen kochen würden. Wenn Milt darin auch an der Wahrheit festhielt, so war er sonst doch etwas wankelmütig in Bezug auf seine neuentdeckten Freunde; denn während Claire ihr Abendessen beendete, stand ein junger Mann mit feierlichem Ernst vor dem Fenster und beobachtete sie.

Sie saß an einem Tisch für sechs Personen. Sie hörte einem etwa dreißigjährigen jungen Mann mit Breeches, einer Reitkravatte und einer spitzen Nase zu, der sich, jedesmal, wenn er zu ihr sprach, verbeugte, was sehr häufig und seltsam anzusehen war. Zu Hause in Schoenstrom, mit Mac und den Übrigen hinter sich im Gastzimmer des Alten Heimes, hätte Milt den Mann einen Laffen genannt und – vielleicht etwas weniger laut als die anderen – gekräht: »Was ist's mit Percy's Bierflaschenhose? Warum hat er denn den Hals bandagiert? Sicherlich hat er ein Furunkel«.

Aber jetzt schmachtete Milt: »Er schaut elegant aus. Wollt, ich könnt mit den Dingen fertig werden. Würd ich nicht wie ein Narr aussehen mit Knöpfen an den Knien! Und dort sind noch zwei Andere im Abendanzug. Das war nicht so arg. Herrjeh, es muß schrecklich sein, wenn man soviel sonderbare Anzüge hat und nicht weiß, welchen man anziehen soll.

Dieser Kerl spricht ganz geläufig mit Claire. Der braucht keine Kolbenringe, der Bursche. Möcht wirklich wissen, worüber sie reden? Über Musik wahrscheinlich und Bücher und Bilder und die Gegend. Er sagt, daß weder Wort noch Feder die Herrlichkeit des Parks beschreiben können und dann versucht er, sie zu beschreiben. Und vielleicht haben sie gemeinsame Bekannte in New-York. Herrgott, wie unwohl ich mich dabei fühlen würde. Ich wollt – –«

Milt machte sich aus einem Zündholz einen Zahnstocher, entschied dann, daß Zahnstocher in einer solch tragischen Situation unangebracht seien und fing dann neuerlich sehnsüchtig zu schwärmen an: »Hab sie bis jetzt noch nie unter ihresgleichen gesehen. Ich wollt, ich könnt über Musik schwatzen und all den übrigen Unsinn. Ich werds lernen. Ich wills! Ich kanns! In drei Monaten hab ich was von Autos verstanden. Ich – Milt, du bist ein Held. Ich möcht wissen, ob sie vielleicht französisch sprechen oder Dago oder sonst was? Ich könnte in gezierten Worten des Rokokostils mittun, solange es nur amerikanisch wäre.

Ich könnt wahrscheinlich affektiertes Zeug reden wie: ›Wirklich ein entzückendes Buch, so voll von entzückenden Menschen‹, wenn ich mich lang genug mit dem Rhetorikbuch befassen würde. Aber wenn sie einmal mit ihrem *parlez vous, oui, oui*, anfingen, bin ich ein verlorener Gänserich. Aber, zum Teufel, hab ich nicht auch Dütsch – Deutsch gelernt wie ein Papagei? Halt, mein Sohn! Nein, das hast du nicht getan! Du kannst ein wenig Plattdütsch reden, solang du die Haupt- und Zeitworte auf amerikanisch sagst. Du bist ein anständiger Mensch, Milt, aber zu reden verstehst du nicht.

Nein, schau sich einer diesen Percy an! Badet in einer Fingerschale. Ich könnte nie in einer solchen Fingerschale herumschwimmen. Legt die Ohren zurück und geht dieses Backhuhn an und dann taucht er in einen kleinen Napf unter, der weder kein – ein – Waschbecken noch wirklich gute Limonade ist. Er ist eine vollendete Dame, dieser Percy. Tupft sich den Mund mit der Serviette ab wie ein Uhrmacher, der den Vergaser in eine Armbanduhr hämmert.

Schau, wie er scharrt und sich bückt – sie was fragt – Teufel, jetzt geht er mit ihr in die Hall. Geht daher wie eine Katz auf einem nassen Aschenhaufen. Aber – oh Donnerwetter, ist eigentlich nichts auszusetzen an ihm – vollkommen adrett. Ich könnte mich nie unter diese Leute mischen. Ich kam mir vor, als hätte ich Schwimmhäute an den Füßen und Butter an den Händen. Und er scheint die ganze Bande da zu kennen – verbeugt sich vor jeder alten Jungfrau im Saal. Nun, wenn ich neben ihr ginge, so würd ich keinen Menschen sehen, nur sie; die übrigen Leute könnten von mir aus alle die Köpfe zusammenstecken, soviel sie wollten, ich würde doch nichts anderes sehen weit und breit, als dieses komische, kleine Fleckchen am Ende ihres Nackens. Nichts da, Freund Milt, du bist zu deiner Katze sehr lieb und gut, aber du bist nun einmal nicht dazu geboren, ein Salonmensch zu sein.«

Diesen selben, in tiefe Grübeleien versunkenen jungen Mann konnte man ein wenig später am Eingang des Hotels vorbeigehen sehen, die Hände tief in den Taschen, die Augen vermutlich auf die Sterne gerichtet – jedesfalls ließ er es sich nicht merken, daß er Claire und den Mann in Reitbreeches beobachtete, die an dem Geländer lehnend, nach den im Sternenlicht glitzernden Bergspitzen sahen, während die Breeches in einer zerstäubten Kölnerwasser-Stimmung zitierten:

Ah, 's ist gen Himmel, daß mein armes Herze flieht
Wenn es die stolzen Bergesgipfel sieht.

Milt konnte ihn noch kommentieren hören: »Gibt das nicht so recht das Gefühl der großen Weite wieder, Fräulein Boltwood?«

Ihre Antwort hörte Milt nicht mehr. Er selbst brummte: »Ich kann mich nie recht erhoben fühlen von dieser Poesie voller Ah's und 's 'ists.«

Claire mußte Milt erblickt haben, kurz nachdem er vorbeigeschlichen war. Sie rief: »Oh, Herr Daggett! Einen Augenblick, bitte!« Sie verließ die Breeches und lief zu Milt hinüber. Er erschrak. Sollte er nun zu hören bekommen, was er verdiente, wegen seines Horchens? Sie flüsterte beinahe: »Retten Sie mich vor meinem Freund dort vor dem Eingang,« bettelte sie:

Er konnte es kaum glauben. Aber er ergriff die Gelegenheit. »Wollen Sie nicht ein wenig spazieren gehen?« fragte er sehr laut.

»Sehr lieb von Ihnen – vielleicht ein ganz kleines Stückchen!« schrie sie zurück.

Dann schwiegen sie, bis er den Mut fand zu sagen: »Freu mich, daß Sie Bekannte im Hotel getroffen haben.«

»Aber ich nicht.«

»Oh, ich hab geglaubt, daß Ihr Freund in der Reithose ein netter Mensch sei.«

»Das hab ich auch geglaubt!« fuhr sie ihn beinahe an.

»Na, jedenfalls ist er ein hübscher Bursche. Ich hab seine Reithose bewundert. Ich könnte so etwas nie tragen.«

»Das will ich hoffen – zum Abendessen! Der verlogene Esel, ich glaub, er ist in seinem ganzen Leben noch auf keinem Pferd gesessen! Er glaubt, Reit-Breeches sind der –«

»Oh, das ist es. Breeches nicht Hosen.«

»— dernier cri der Eleganz. In der Kleidung ist ›zu viel‹ noch zehn Mal schlimmer als ›zu wenig‹.«

»Oh ich weiß nichts. Nehmen Sie einmal diesen schäbigen alten blauen Anzug da von mir —«

»Der ist ganz gut, einfach und ganz gut geschnitten. Sie haben wahrscheinlich einen geschickten Schneider.«

»Den hab ich. Er ist in Chicago oder New-York, glaub ich.«

»Wirklich? Wie kommt denn der nach Schoenstrom?«

»War nie dort. Dieser Schneider ist ein fleißiger Mensch. Der hat im vergangenen Jahr vielleicht elfzigtausend Leute ausstaffiert.«

»Ich versteh. Fertig gekauft. Trösten Sie sich. Von dort hat Henry B. Boltwood seine meisten Anzüge her. Herr Daggett, wenn ich Sie jemals in der Gemütsverfassung ›Was-bin-ich-für-ein-schöner-Mann‹ antreffe, wie unser Freund dort vorm Eingang, so geb ich meine Reise auf und werde um Ihre Seele kämpfen.«

»Der scheint ja genug Seele gehabt zu haben. Scheint auch ziemlich schmerzlos Konversation machen zu können. Hab mir irgendwie eingebildet, daß Sie mit ihm über Skulpturen gesprochen haben. Vielleicht von Rodin.«

»Was wissen Sie von Rodin?«

»Zeitschriftenartikel. Dieselbe Quelle, aus der wahrscheinlich auch Sie Ihr Wissen haben.« Aber es klang nicht verletzend. Milt sagte es lachend.

»Sie haben ganz recht. Wahrscheinlich haben wir sogar dieselben Artikel gelesen. Nun unser Freund dort hinten sagte mir beim Speisen: ›Es muß schrecklich für Sie sein, unterwegs mit so vielen gewöhnlichen Leuten zu tun zu haben‹. Ich sagte: ›Ja‹, in einem so beleidigenden Ton wie ich nur konnte, doch er rollte nur die Augen und hatte keine Ahnung, daß ich ihn meinte. Dann strich er sein Haar glatt und seufzte schwermütig: ›Ist's nicht wundervoll, all diese seltsamen Offenbarungen des geheimnisvollen Wirkens der Natur zu sehen!‹ und ich sagte: ›So?‹ und er fuhr fort: ›Man hat das Gefühl, als brauchte man nur einer gleichgestimmten jungen Dame hier zu begegnen, damit der Freudenbecher an der entfesselten Natur – – –‹

Auf Ehre Milt – Herr Daggett, wollt ich sagen, so hat er gere-
det. Hat wohl Bücher von optimistischen Schriftstellerinnen
gelesen. Und man sah mich an, ja wirklich, als wäre man gerne
bereit, meine Hand zu halten, wenn ich es nur gestatten wollte.
Er forderte mich auf, herauszukommen, vor das Hotel und die
Berge zu bewundern. Dann bestand er darauf, mich einer
Dame, die gleichfalls aus Brooklyn wäre, vorzustellen und die
mir kondolierte, weil ich beim Chauffieren mit Leuten aus dem
Westen sprechen mußte. Oh, du mein Gott, daß man solche
Leute leben … daß man der hochnäsigen, kleinen Claire einst
gestattete, so zu leben! … Und dann hab ich Sie erblickt!«

Während ihrer ganzen Tirade waren die Beiden nahe beiei-
nander gestanden; ihr Gesicht glühte vor Eifer im schwachen
Schein, der vom Hotel her auf sie fiel und Milt war größer geworden. Doch er erwiderte: »Ich fürchte, ich hätte mich auch
nicht gescheiter benommen. Ich habe in der Entwicklung noch
nicht einmal das Stadium der Reitbreeches erreicht. Vielleicht
werd ich es nie erreichen.«

»Nein, das werden Sie auch nie. Sie werden es einfach über-
springen. Mit der Zeit, wenn Sie so reich sein werden, daß Vater und ich nicht mehr in Ihrer Gesellschaft werden verkehren
dürfen, dann werden Sie Reitbreeches tragen – um zu reiten,
nicht als Zugabe zu den Schönheiten der Natur.«

»Oh, reich bin ich schon. Man merkt's. Die Kellnerin unten
im Lager hat mich gefragt, wessen Wagen ich fahre.«

»Ich weiß schon, was ich sagen wollte. Da Sie nicht unser
Gast sein wollen, möchten Sie vielleicht unser Gastgeber sein?
– Ich meine, wollen Sie uns einführen und willkommen heißen?
Ich glaube, es wäre für Vater und mich sehr lustig, einmal in
Ihrem Lager zu übernachten; vielleicht morgen, beim Canon
statt im Hotel. Wollen Sie mich in den Canon führen, wenn ich
Sie darum bitte?«

»Oh – schrecklich – gerne!«

XIII.
Abenteuer am Lagerfeuer

Keiner von den Boltwoods hatte den Großen Cañon am Colorado gesehen. Der Cañon im Yellowstone-Park war die erste Offenbarung für sie, an angsteinflößender Tiefe und verwirrender Farbenpracht. Als sie und Milt die Autos in dem von Wagen umzäunten Lager eingestellt hatten, wanderten die Drei plaudernd zusammen an den Eingang der Schlucht und blieben dort stumm stehen.

Herr Boltwood weigerte sich hinunterzusteigen. Er kehrte in das Lager zurück, um eine Zigarre zu rauchen. Der Bursche und das Mädchen krochen scheinbar meilenweit über feuchte Stufen hinunter, bis zu einem überhängenden Vorsprung, der noch Meilen von luftiger, tropfender Leere über dem Flußbett war. Claire hatte das quälende Gefühl, daß der Felsenvorsprung abrutschen würde. Sie streckte ihre Hand aus, faßte Milts Hand und deren fester, warmer Griff beruhigte sie. An diesem Gefühl der Sicherheit festhaltend, folgte sie ihm auf dem vielgewundenen Pfad zum Fluß hinab. Sie blickte auf zu Säulen glühenden Rotes, leuchtenden Safrans und brennenden Brauns; hinauf zu den matronenhaften Wasserfällen, hinauf zu hohen Tannen, die an hervorspringenden Felsblöcken hingen, die schon auf sie niederzustürzen drohten – und in der Pracht und Herrlichkeit empfand sie die panische Angst, welche das tiefste Erleben von Schönheit ist.

Milt schüttelte nur den Kopf, als er hinaufstarrte. Er hatte weder geschwatzt, noch schüchtern ihre Hand gedrückt, als er sie führte. Es kam ihr in den Sinn, daß sie diesen amerikanischen Burschen in dieser amerikanischen Landschaft einem gewandten Herren vorzöge, der die Alpen mit einem feschen, grünen, federgeschmückten Hut begrüßte.

Milt war es, der – nachdem sie wieder zurück bergauf geklettert waren und, müdegelaufen, lächelnd einander gegenübersaßen – versuchte, sie den Cañon nicht bloß als grandiose Laune der Natur sehen zu lassen, sondern als das gigantische Wunderwerk eines Stromes, der Millionen Jahre Sandkörner fortgeschwemmt hatte, bis er dieses Bildnis in die Erde geschnitten hatte, als hätte Zeus seine Kunst erprobt. Milt schien, ob nun in Büchern oder technischen Zeitschriften, eine Menge über Geologie gelesen zu haben. Es wurde alles lebendig und wirklich in seiner Darstellung. Nicht etwa, daß sie dem, was er tatsächlich sagte, viel Aufmerksamkeit schenkte! Sie war zu sehr damit beschäftigt, daß er es überhaupt sagte.

Nicht herablassend sondern sehr kameradschaftlich begleitete sie Milt zur Erforschung des Nachtlagers zurück: das große Speisezelt, die Stadt von Einzel-Schlafzelten mit Zeltblattwänden und Holzböden, jedes mit einem winzigen Öfchen für die kalten Morgen dieser Höhen. An jenem Abend wurde sie noch in Erstaunen gesetzt, als sie die Kellnerin eingehend über Romane von Ibañez sprechen hörte. Jeff Saxton kannte die Namen von wenigstens sechs russischen Romanschriftstellern, aber Jeff war in der spanischen Literatur nicht eben gut beschlagen.

»Sie wird wohl eine Lehrerin sein, die während der Ferien hier arbeitet,« flüsterte Claire Milt zu, der an dem langen, konventionell-gesellschaftlichen, von geschäftigen Menschen umgebenen Tisch saß.

»Unsere Kellnerin? Ja so etwas. Ich glaube gehört zu haben, daß sie Professor der Literatur an irgendeiner Universität ist,« sagte Milt mit größter Selbstverständlichkeit. Auch verstand er den Zusammenhang ganz und gar nicht, als Claire fortfuhr:

»Es gibt doch ein Amerika! Ich bin froh, daß ich es entdeckt habe!«

Das Lagerfeuer wurde aus Holzscheiten gemacht, die um einen eisernen Pfahl aufgeschlichtet waren. Als die Scheite Feuer fingen, begannen die Gäste, die im Kreis auf Bänken herumsaßen, alte Weisen zu summen und Claire summte mit. Sie hatte Angst gehabt, daß ihr Vater sich unbehaglich fühlen würde, aber sie sah, daß er, seine Zigarre bedächtig genießend, träumte. Sie überlegte, ob es je eine Zeit gegeben hatte, da auch er alte Weisen summte.

Das Feuer starb zu glühender Asche ab. Die Leute zogen sich in ihre Zelte zurück. Herr Boltwood folgte ihrem Beispiel mit einem sich entschuldigenden: »Gute Nacht. Bleib nicht zu lange auf.« Der große Kreis schien nun mit dem halben

Dutzend verstreut auf den Bänken umhersitzender Menschen ganz verlassen; und Claire und Milt, vorgebeugt, das Kinn auf die Hände gestützt, waren allein am eigenen Lagerfeuer inmitten der hohen Berge.

Die Sterne neigten sich den Hügeln zu; die Tannenbäume glichen einer schwarzen Mauer; ein Prairiewolf heulte durch die Stille und der mächtige Gluthaufen strömte eine wohlige Wärme aus in dem herankriechenden Gebirgsfrost.

Das Schweigen freier Plätze hat etwas Beängstigendes an sich und Claire dämpfte unwillkürlich die Stimme, als sie Milt bat: »Erzählen Sie mir etwas von sich, Herr Daggett. Ich weiß eigentlich gar nichts.«

»Ach, das würde Sie auch nicht interessieren. Nichts als Schoenstrom!«

»Aber gerade Schoenstrom kann doch ungeheuerlich interessant sein.«

»Aber wirklich, Sie würden glauben – ich will Sie mit meinen Angelegenheiten belästigen!«

»Ich weiß, was Sie meinen. Sie denken an damals, wie ich dort hinten in Dakota angedeutet habe, daß Sie sich ein bißchen mehr von uns entfernen sollten. Das haben Sie nie mehr verwunden. Ich habe mich bemüht, es gut zu machen – aber – Sie haben gewiß recht. Ich hab mich entsetzlich benommen. Ich verdien Schläge. Aber Sie hören nicht auf, mich zu strafen …«

»Strafen? Mein Gott, das wollt ich nicht! Nein! Auf Ehre! Es war ja gar nichts. Sie hatten ganz recht. Hat so ausgesehen, als wollt ich mich aufdrängen – Aber oh, bitttte, Fräulein Boltwood, glauben Sie doch nicht eine Sekunde lang, daß ich beleidigt tun wollte – – –«

»Dann erzählen Sie mir – Wer ist dieser Milt Daggett, den sie soviel besser kennen, als ich es jemals werde können?«

»Nun,« Milt kreuzte die Beine und legte das Kinn in die Hand, »ich weiß eigentlich gar nicht, ob ich ihn wirklich so gut kenne. Früher hab ich's geglaubt. Ich war an seine Art gewöhnt. Er war der Sohn eines Arztes, einer der Pioniere hier, stammte aus Maine.«

»Wirklich? Meine Mutter war aus Maine.«

Milt versuchte nicht herauszufinden, ob sie nicht miteinander verwandt wären. Er fuhr fort: »Dieser Junge, der Milt, ging in St. Cloud aufs Gymnasium – eine Stadt die zwanzigmal so groß wie Schoenstrom ist – aber es trieb ihn wieder zurück, weil sein Vater alt war und ihn brauchte, nachdem die Mutter gestorben war …«

»Sie haben keine Geschwister?«

»Nein. Niemand. Hab mir die Dame Vere de Vere gehalten – aber dieses Tier wird heute noch was abbekommen, wenn sie in der Nacht meinen Überzieher drüben im Zelt noch mehr zernagt als bisher! … Na, der Junge hat überall herumgebastelt, meistens mit Maschinen, und interessierte sich allmählich besonders für Automobile, und so richtete er sich eine Garage ein! … Ui, war das ein entsetzlicher Laden, der erste, den ich hatte! In Rauskukles Scheune. Sechs Schraubschlüssel, ein Schraubenzieher und eine Zwergpumpe! Und ich konnte ein Wellenlager von einer Dreipunkt-Aufhängung nicht unterscheiden! Aber – Na, irgendwie arbeitete er weiter und machte sich eine richtige Garage und zahlte tatsächlich die ganze Hypothek ab, die darauf stand …«

»Ich erinnere mich, in Schoenstrom in einer Garage angehalten zu haben, ich bin beinahe sicher, daß ich dort etwas habe machen lassen. Es kommt mir vor, als wäre sie sehr gut eingerichtet gewesen. Gehört die Ihnen? Wirklich?«

»Ja – a, was ist da dabei?«

»Aber da ist sehr viel dabei. Es ist ungemein tüchtig. Sie haben Ihre Arbeit getan. Das ist mehr als die meisten hochgeborenen Leute sagen können.«

»Wirklich? Nun – ich weiß nicht – – –«

»Mit wem haben Sie in Schoenstrom gespielt? Oh, ich *wollt*, ich hätt mir diese Stadt näher angeschaut. Aber damals hab ich nicht gewußt … Welches – eh – in welches Mädel haben Sie sich verliebt?«

»In keine! Auf Ehre! In keine! In keine Einzige! Hab mich noch nie verliebt …«

»Sie Armer. Ich hab mich schon sehr oft verliebt. Ich erinnere mich, daß es mir einmal ganz angenehm gewesen ist, als ich auf einem Ball geküßt wurde!«

Seine Stimme klang merkwürdig als er antwortete: »Ich nehme an, daß Sie mit jemandem verlobt sind.«

»Nein. Ich glaub auch nicht, daß ich mich verloben werde. Früher hab ich geglaubt, daß ich einen Mann ganz gern hätte. Er hat hübsche Augen und die tadelloseste Brille und er ist beim Frühstück gegen seine Mutter sehr zuvorkommend und er heißt Jeff und wird zweifellos eines Tages fünf oder sechstausend Dollars wert sein, und seine Ansichten über George Moore und das Kaufmännische Blatt sind gleich gesund und unoriginell – Oh, ich sollte nicht über ihn reden und sicherlich sollte ich nicht boshaft sein. Ich bin gar nicht diskret und damenhaft, nicht? Aber – irgendwie kann ich ihn mir hier draußen nicht vorstellen gegen diesen Hintergrund von zackigen Bergspitzen.«

»Nur werden Sie nicht immer hier draußen sein, den Bergen gegenüber. Eines Tages werden Sie zurückkommen nach – wo ist es im Staate New-York?«

»Ich gestehe, es ist Brooklyn – aber nicht das, was Sie sich unter Brooklyn vorstellen. Ihre Bemerkung zeigt, daß Sie Scharfsinn besitzen. Ich müßte das bedenken, nicht wahr? Ich werde nicht immer durch dieses weite Land fahren. Aber – wird mich dann wieder das alte, nichtssagende, bändergeschmückte Leben gefangen nehmen und beschäftigen, wenn ich zurückkomme?«

»Nein. Das wird es nicht. Sie fahren wie ein Mann.«

»Was hat das mit – – –«

»Das hat eine Menge damit zu tun. Ein Garagemann kann hinter einem anderen Wagen herfahren und sich ausrechnen – ausrechnen – ganz genau, was für ein Mensch der Fahrer vorne ist, nach der Art, wie er mit seinem Boot umgeht. Nun, Sie verstehen das Fach. Sie fahren beinahe – ordentlich. Sie reißen den Wagen nicht aus der Bahn, wenn Sie an einem anderen Wagen vorbeifahren und nehmen die Kurven nicht zu weit außen. Nein, Sie werden nicht geschäftig ein nichtssagendes Leben führen. Aber doch, glaub ich, werden Sie froh sein, wieder unter Ihresgleichen zu leben und Sie werden den ungebildeten Milt vergessen, der sich angehängt hat – – –«

»Milt – oder Herr Daggett – nein, Milt! Ich werde niemals, wenn ich noch so alt und noch so grau sein und mit einem Häubchen am Kamin sitzen werde, diese halbe Stunde vergessen, als Ihre Hand wie ein Blitz daherfuhr und diesen Mann am Trittbrett faßte. Aber es war nicht nur dieses Melodrama. Wenn das nicht geschehen wäre, wäre sonst etwas geschehen, das für Sie symbolisch ist. Es ist, daß Sie – oh, Sie haben mich aufgenommen, als Fremder, und über mich gewacht und mich die Sitten des Landes gelehrt und sind nie ungeduldig geworden. Nein, das werd ich nie vergessen; keiner von den beiden Boltwoods wird das je vergessen.« In dem rötlichen Schein des Feuers richtete er sich hoch auf und starrte sie an, aber allmählich überkam ihn wieder die alte Scheu, als sie hinzufügte:

»Vielleicht hätten auch andere dasselbe getan. Das weiß ich nicht. Wenn sie es getan hätten, würde ich ihrer ebenso gedenken. Aber zufällig waren Sie es und ich – eh – mein Vater und ich, wir werden Ihnen immer dankbar sein. Wir hoffen beide, daß wir Sie in Seattle wiedersehen werden. Was wollen Sie dort eigentlich machen? Was haben Sie für einen ehrgeizigen Plan? Oder ist es unhöflich zu fragen?«

»Warum – eh –?«

»Ich meine – ich meine, wie ist es Ihnen eingefallen, dort hinzugehen, wenn Sie zuhause eine Garage haben? Sie haben sie doch noch?«

»Oh ja. Habe sie einstweilen meinem Mechaniker übergeben. Ja, ich hab mich eigentlich ein wenig plötzlich entschlossen. Ich glaub, man nennt so etwas eine Inspiration. Hab schon immer eine große Reise machen wollen, irgendwohin, und da hab ich mir gedacht, daß ich in Seattle vielleicht auf etwas Gesalzeneres stoßen könnte als in Schoenstrom. Vielleicht etwas in Alaska. Wollte immer Maschinenbauer oder Zivilingenieur werden, so – – –«

»Warum wurden Sie es dann nicht? Sie sind jung – wie alt sind Sie?«

»Fünfundzwanzig.«

»Wir sind zwei Kinder im Vergleich zu Je – zu einigen meiner Bekannten. Sie sind noch jung genug, um auf die technische Hochschule zu gehen. Und nebstbei können Sie einige akademische Vorlesungen hören – Englisch oder dergleichen. Warum tun Sie das nicht? Haben Sie je daran gedacht?«

»N–nein, ich hab noch nie daran gedacht. Aber – gut. Ich werd es tun! In Seattle! Ich glaube, dort ist die Universität von Washington.«

»Meinen Sie das im Ernst?«

»Ja, gewiß. Sie sind der Kapitän.«

»Das – das ist sehr schmeichelhaft, aber – entschließen Sie sich immer so schnell?«

»Wenn der Kapitän befiehlt!«

Er lächelte und sie erwiderte das Lächeln, aber diesmal war sie verlegen. »Sie sind ein wenig überwältigend. Sie ändern Ihre ganze bisherige Lebensführung – wenn Sie es wirklich ernst meinen – weil eine *jeune fille* aus Brooklyn von der olympischen Höhe ihres vollendeten Schulstudiums die Impertinenz hat, es Ihnen vorzuschlagen.«

»Ich weiß nicht was eine *jeune fille* ist, aber ich weiß – –« Er sprang auf. Er sah sie nicht an. Er marschierte vor und zurück, drei Schritte nach rechts, drei nach links, die Hände in den Taschen; in sachlichem Ton: »Ich weiß, daß Sie der prächtigste Mensch sind, dem ich je begegnet bin. Sie sind so – ich wußte, daß es Leute gibt wie Sie sind, weil ich die Joneses kannte. Das sind die einzigen Freunde von mir, die das haben, was man eh, ich glaube Kultur nennt.« In einem langen, von Claire nicht unterbrochenen Monolog, erzählte er von seiner Zuneigung für den Schoenstromer »Prof.« und seine Frau. Der praktische Milt aus der Garage mit all seinem einfachen Dialekt verlor sich in enthusiastischer, knabenhafter Verehrung seines Lehrers, wie sie in Schoenstrom ebenso wie in jedem Salon auf der ganzen Welt gleich zu finden ist.

Dann brach er plötzlich in seinen Bekenntnissen ab, ließ sich auf die Bank neben sie niederfallen, schlug sich mit der Faust in die flache Hand und seufzte: »Gott, was ich zusammengeschwätzt habe! Fürchte, ich hab Sie gelangweilt!«

»Oh, bitte Milt, bitte! Ich seh alles so deutlich vor mir – das muß herrlich gewesen sein, diese Abende, wenn Frau Jones vorgelesen hat. Sagen Sie – viel früher – waren Sie nicht furchtbar einsam und verlassen als kleiner Bub?«

Nun war Milt eigentlich kein furchtbar verlassener kleiner Bub gewesen. Er war der Anführer einer begeisterten Kinderschar gewesen, die rauften, schwammen, Lanzen warfen, Rüben stahlen und sich von Lastwagen heimlich ein Stückchen mitnehmen ließen.

Aber er glaubte wirklich, daß er ein wahrheitsgetreues Bild aller seiner Kindertage gab, als er sinnend sagte: »Ja, ich glaube, ich war ziemlich verlassen. Ich erinnere mich, daß ich auf der Türschwelle vor Vaters Haus saß, die langen, schläfrigen Nachmittage hindurch und immer nur dachte, ›Au, herrrrjeh, ich wollt – ich – hätt – irgendjemand – zum Spielen!‹ Ich wollt immer Robin Hood spielen, aber keines von den anderen Kindern – die meisten waren Deutsche – die wußten nichts von Robin Hood; und so ging ich allein auskundschaften.«

»Wenn ich nur hätte dort sein können, um Ihre Maid Marian zu sein! Wir hätten zusammen Bogenschießen gelernt! Mein armer verlassener kleiner Junge auf der Türschwelle!« Ganz leise berührte sie mit dem Finger seinen Ärmel. Bei dieser Bewegung fiel der gelbliche Lichtschimmer auf das Glas ihrer Armbanduhr. Sie hielt inne, um darauf zu sehen und alles zärtliche Mitleid brach aus in ein aufgeregtes: »Himmel, ist es so spät? Schnell ins Bett! Gute Nacht, Milt.«

»Gute Nacht, Cl – Fräulein Boltwood.«

»Nein. ›Claire‹, natürlich. Ich hab nichts dafür übrig, einander gleich beim Vornamen zu nennen, aber es scheint, daß es mir schon ganz zur Gewohnheit geworden ist, ›Milt‹ zu sagen. Nacht!«

Während des Auskleidens in ihrem Zelt überlegte Claire: »Er wird es nicht ausnützen, daß ich so kameradschaftlich mit ihm war, nicht? Das Einzige ist nur – ich werde mich nicht trauen, Herrn Henry B. anzusehen, wenn Milt mich ›Claire‹ nennt in dieser gesetzten Brooklyn Heights-Umgebung. Der arme Teufel! Verlassen an Nachmittagen – – –!«

XIV.
Das Raubtier im Wagenpark

Sie begegneten einander im frostschimmernden Morgen der Berge auf dem Weg zum Wagen-Parkplatz, wo sie noch vor dem Frühstück ihre Autos fahrtbereit machen wollten. Sie waren verlegen und taten darum sehr ungezwungen, waren erfinderisch in der Vermeidung jeder Anspielung auf vertrauliche Mitteilungen am Lagerfeuer und ungeheuerlich beredt, was das destillierte Wasser zum Nachfüllen der Batterien betraf und den Preis des Benzins im Park. Vere de Vere ritt auf Milts Schulter und versuchte, in ihrer ursprünglichen Art eine eingetretene Pause durch ein »Mrwr« zu verkürzen.

Ehe einer der anderen Autoreisenden erschienen war, kamen sie durch das offene Tor in den Wagenpark – und blieben wie blöd stehen, um einen Bären, einen großen, schwarzen, fetten und unendlich unangeketteten Bären anzustarren, der durch die Wagenreihen stolzierte, schnupperte, die Ohren spitzte, als er beim Gomez angelangt war, sich schwerfällig auf das Trittbrett hinaufschob und auf dem Sitz zusammenrollte. Sein Hinterteil nahm den Platz zwischen Bordwand und Dachkante ein und man konnte ihn laut schnüffeln hören.

»Oh! Gott! Milt! Ich habe eine Schachtel Bonbons auf dem Sitz liegen lassen – Oh, bitte, jagen Sie ihn fort!«

»Ich? den – fortjagen?«

»Scheuchen Sie ihn auf. Fürchten sich Tiere nicht vor den Augen der Menschen –«

»Nicht in diesem Park. Schießwaffen verboten. Tiere stehen unter dem Schutze der U. S. Army. Aber ich will es versuchen – vorsichtig.«

»Wollen Sie nicht, daß ich Sie für einen Helden halte?«

»Ja-a, wenn ich nicht hingehen und wirklich einer sein muß.«

Sie schlichen sich an den Wagen heran. Der Bär wackelte ein wenig mit den Hinterbeinen, sah sich nach den zudringlichen Gästen um, sagte »Uffll!« und wendete sich wieder seinen Bonbons zu.

»Schuhh!« antwortete Milt höflich.

»Lluffll!«

Milt nahm aus seinem Karren, neben dem Gomez, ein Werkzeugkästchen heraus und schleuderte mit beachtenswerter Geschicklichkeit eine Reihe von Schraubschlüsseln gegen das hin und her wankende Hinterteil des Bären. Es war ein Vergehen gegen die polizeiliche Vorschrift. Der Bär machte mit der Verpackung der Bonbonsschachtel ein Ende und wendete sich Milt zu ... der sich eiligst Claire näherte ... die bereits am Tor angelangt war.

Dame Vere de Vere, Katze vieler tausend Schlachten, stieß einen entsetzlichen Schrei aus, schoß von Milts Schulter auf den Bären los, mit vorgestreckten Krallen und gesträubtem Fell. Der Bär tappte nachlässig einmal mit der Pranke und die Katze flog in die Luft. Der nunmehr befriedigte Bär schlenderte zum Zaun, kletterte hinauf und dann hinüber.

»Gute alte Vere! Dieser Fettklumpen muß sie ja beinahe betäubt haben, mit seinem Stoß!« Milt lachte Claire zu, als sie zusammen in den Wagenpark zurücktrabten. Die Katze rührte sich nicht, als sie zu ihr herankamen; gab kein einschmeichelndes »Mrwr« von sich, mit dem sie sonst Morgen um Morgen den einsamen Milt zu begrüßen pflegte, da er noch verlassen hinter dem Gomez einherfuhr. Er hob Vere auf.

»Sie ist – sie ist tot«, sagte er. Er weinte.

»Oh Milt – gestern Abend sagten Sie noch, daß Vere Ihre einzige Verwandte sei. Jetzt haben Sie nur noch die Boltwoods!«

Sie faßte nicht seine Hand, auch sprachen sie nicht miteinander, als sie ernst und feierlich bis an das Ende des Parks gingen und Dame Vere de Vere begruben. Beim Frühstück sprachen sie von der Route des kommenden Tages, vom Cañon außerhalb des Parks, mehr nördlich. Aber es geschah mit der eigentümlichen, schnellen Selbstverständlichkeit intimer Freunde.

Beim Frühstück war es, daß ihr Vater einen gewissen Milt Daggett die Tochter eines Boltwood mit »Claire« ansprechen hörte. Der Vater war so erstaunt, daß er sich räusperte und sich mit einem Eifer an seinen Haferbrei machte, der unnatürlich war bei einem Mann, für den das Frühstück mehr eine moralische als eine interessante Angelegenheit war.

Während er sich eine Zigarre anzündete und Claire die Rechnung bezahlte, schritt Herr Boltwood würdevoll auf Milt zu, räusperte sich noch einmal und sagte: »Schöner Morgen.«

Es war das erste Mal, daß die beiden Männer, unbeaufsichtigt von Claire miteinander sprachen.

»Ja. Werden eine schöne Fahrt haben. Könnten über den Mount Washburn fahren. Führt bis auf zehntausend Fuß Höhe.«

»Eh – Sie sagten – hat Fräulein Boltwood mir nicht gesagt, daß Sie auch nach Seattle fahren?«

»Ja.«

»Haben dort wohl Freunde?«

Milt grinste unwiderstehlich. »Nicht einen Einzigen. Aber ich werde mir schon Freunde machen. Ich will dort an der Hochschule Maschinenbau studieren und vielleicht auch ein wenig Französisch.«

»Ah, so. Wirklich?«

»Ja. Bin zu beschränkt gewesen in meinen Bestrebungen. Seh nicht ein, warum ich nicht darauf ausgehen sollte, Eisenbahnen und Kraftanlagen und Straßen zu bauen – Sibirien, Afrika und alle möglichen interessanten Plätze.«

»Ganz richtig. Ganz richtig. Eh – ja ich – oh, ich – Haben Sie Fräulein Boltwood gesehen?«

»Ja, ich hab Fräulein Boltwood im Büro gesehen.«

»Ja? Ganz richtig. Eh – oh, da kommt sie schon.«

Nachdem der Gomez gestartet war, eröffnete Herr Boltwood das Gefecht: »Dieser junge Mensch – glaubst du, daß es gut ist, wenn du dich von ihm beim Vornamen nennen läßt?«

»Warum denn nicht? Ich nenn ihn ›Milt‹. ›Herr Daggett‹ ist ein zu langer Titel für jemanden, der einen ununterbrochen aus Gefahren errettet, entweder aus der drohenden Tiefe oder vor Straßenräubern oder Bären oder sonst irgend etwas. Ach, ich hab dir noch gar nicht erzählt. Dem armen Milt ist seine Katze getötet worden …«

»Ja, ja Kindchen; du kannst mir davon zur rechten Zeit erzählen, aber wir wollen für den Augenblick bei diesem sozialen

Problem bleiben. Glaubst du, es ist gut, wenn du gar so intim mit ihm wirst?«

»Er hat nur zu viel Selbstachtung. Er würde niemals Vorteil ziehen – – –«

»Das seh ich selbst. Ich spreche nicht um deinetwillen, sondern um seinetwillen. Ich bin ganz überzeugt davon, daß er ein sehr lieber Kerl ist und ehrgeizig. Tatsächlich – hast du gewußt, daß er sich Geld erspart und zurückgelegt hat, um eine Hochschule zu besuchen?«

»Wann hat er dir das erzählt? Wie lange hat er diesen Plan schon … Ich habe geglaubt, daß …«

»Heut früh, jetzt eben.«

»Oh! Bin ich froh!«

»Ich weiß nicht, was du meinst, Kind, aber – Was hab ich gesagt? Siehst du denn nicht ein, was für ein verkappter Tyrann du bist? Wenn du mich von New-York bis zu den wilden Urmenschen schleppst – und dieser Haferbrei heute früh hat mir *gar nicht* geschmeckt – was wirst du erst mit diesem unschuldigen Lämmchen tun? Ich will ihn schützen!«

»Tätest gut daran! Denn ich will ihn schnitzen und anmalen und vielleicht verderben. Einen Mann zu schaffen – einen Mann, der mit dem Leben umzugehen weiß – ist so viel herrlicher, als dumme Bilder und Statuen und Bücher zu schaffen. Ich werde ihn sekkieren, bis er die Hochschule absolviert. Er soll inneren Stolz erlangen – oder vielleicht seine schlichte Einfachheit verlieren und zu Grunde gehen; und dann werde ich ihn an irgendein wohlerzogenes, rotbackiges Mädchen verheiraten, wie Jeff Saxtons Cousine zum Beispiel – die vielleicht einen gemeinen Geldjäger aus ihm machen wird; und ich spiel mit dem Schicksal und ich verdien Prügel und ich weiß es wohl und kann es doch nicht ändern und alle schlummernden weiblichen Instinkte in mir sind erwacht und – Herrgott, jetzt hätt es mich beinahe aus der Kurve getragen!«

XV.
Der Unglückstag

Dieses war der einzige schwarze Tag von der ganzen Reise
– schwarz mit rot gesprenkelt.

Es begann mit dem Überfall des Bären auf den Wagen, der
mit langen Spuren seiner Krallen auf der Polsterung endete,
dem Verlust besonders feiner Bonbons, die in einem der Hotels im Park gekauft worden waren und dem aufrichtigen Kummer, der nach der sentimentalen Tragödie von Vere de Vere's
Tod zurückblieb. Das Nächste war der sinnige Verlust ihrer
ganzen Motorkraft. Sie hatte vergessen, daß Milt vor dem
Frühstück ihren Ölbehälter aufgefüllt hatte. Als sie anhielt, um
Benzin zu fassen und der Verkäufer fragte: »Einen Liter Öl,
bitte?« nickte sie gedankenlos. So bekamen die Zylinder viel zu
viel Öl, die Zündkerzen verölten sich und der Motor kam auf
die Leistung einer Nähmaschine. Sie konnte den Mount Washburn nicht nehmen – sie konnte nicht einmal die Steigungen
der unteren Straße nehmen. Jetzt lernte sie die Agonie der
schwachen Wagen im Gebirge kennen, den beschämendsten
und beklemmendsten von allen Schmerzen eines Fahrers: das
Anfahren der Steigung mit Schwung; die Überzeugung, daß es
diesmal gehen wird; das Gefühl der Mattigkeit durch den ganzen Wagen; irrsinniges Schalten; das Gleiten der Kupplung und
mehr Gas, und weniger Gas, und das schreckliche Klopfen des
Motors, wenn man schließlich viel zu viel Gas gegeben hat; die
verspätete Erkenntnis, daß man längst hätte Nachzündung geben sollen; das glückliche Hinaufklettern bis zur letzten Steigung gerade noch fünfzehn Schritt vor dem Gipfel; das Steckenbleiben des Wagens; das Anbellen deines Fahrgastes:
»Spring aus und schieb an!«; die schmerzlichen nächsten fünfzehn Schritte; und das Absterben der letzten Kraft, wenn die
Vorderräder gerade über den höchsten Punkt wollen. Dann das
ängstliche Anziehen der Bremsen – das Halten des Wagens sowohl mit der Fuß- wie mit der Handbremse, damit der Wagen
nicht zurückfährt und die Straße hinuntergleitet. Deine Wadenmuskeln fangen von dem Halten der Fußbremse zu schmerzen
an und, mit einem mißglückten Versuch höflich zu bleiben,

brüllst du den Fahrgast, der neben dem Wagen steht und wie um Verzeihung bittend dreinschaut, an: »Willst du, bitte, die Hinterräder mit einem Stein sichern – schnell, ja!« Diesen ganzen Verlauf lernte Claire gründlich kennen. Immer wieder rumpelte Milt heran, sagte lustige Dinge und zog den Gomez entweder mit seinem Karren an einem Schlepptau den Berg hinauf oder stieg aus und schob an einem der hinteren Kotflügel an, bis sein Hals rot und angeschwollen wurde, und gab damit dem Gomez den notwendigen Schwung, um hinüberzukommen.

»Wär es Ihnen unangenehm, auf dieser Seite da ein ganz klein wenig anzuschieben?« schlug er Herrn Boltwood vor, der dann in seinem emsig-bedächtigen Zigarrenrauchen innehielt, sich die Hände abwischte und mit ernster Miene gehorchte, während Claire den Befehl des neuen Kapitäns abwartete, um mit der Motorkraft einzusetzen.

»Ich wollte, wir wären diesem jungen Mann nicht schon so sehr verpflichtet«, sagte Herr Boltwood nach einer dieser Krisen.

»Ich weiß, aber – was können wir machen?«

»Glaubst du nicht, daß wir ihm etwas bezahlen könnten?«

»Henry B. Boltwood, wenn du dergleichen versuchtest – ich weiß nicht. Es könnte dich vielleicht noch retten, daß du mein Vater bist, trotzdem glaub ich, daß er dich wahrscheinlich von der Straße wegjagen würde, geradewegs in diesen Abgrund hinunter.«

»Ich glaube auch. Werden wir ihn in Seattle einladen müssen?«

»Müssen? Mein lieber Vater, du wirst mich schwerlich daran hindern können! Jeder einzelne von den Freunden Gene Gilsons in Seattle, der diesen geraden, feinen, strebsamen Burschen nicht hochschätzt, mag sich zum – Will nicht übertreiben, verstehst du. Aber – ach, werden ihn ins Theater einladen. Ja, übrigens sollen wir versuchen, auf den Mount Rainier hinaufzukommen, bevor – – –«

»Schau, mein liebes Kind, hör auf, mich von meinen schwachen väterlichen Pflichten abzulenken. Willst du denn in der Schuld eines Menschen – – –«

»Bei Milt macht das nichts. Der wird keine Zinsen verlangen, wie Jeff Saxton etwa. Milt gehört, oh, gehört zum Volk!«

»Ganz richtig. Aber gehören wir dazu? Gehörst du dazu?«

»Werd es eben lernen müssen!«

Zwischen solchen Gesprächen und dem Nichtbewältigen von Hügeln putzte Claire die Kerzen, so oft sich an ihnen von dem Ölüberschuß Kohle angesammelt hatte – oder sie gab vor, Milt zu helfen, wenn er sie putzte. Die Kerzen waren innen sehr heiß und kaum waren die Kabelschuhe abgeschraubt, so verbrannte man sich die Hände und wollte gerne fluchen – – – und manchmal tat man es auch.

Nachmittags, als sie den Park verlassen hatten und nach Gardinier gekommen waren, kündigte Milt an: »Ich muß ein Weilchen zurückbleiben. Der Keil an meiner Lenkspindel scheint abgenützt zu sein. Muß vielleicht einen neuen einsetzen. Werde das Zeug wohl hier in einer Garage bekommen. Wenn Sie so freundlich sein wollten zu warten – ich war sehr froh, wenn ich wieder hinterher fahren und Ihnen gelegentlich behilflich sein dürfte, bis das Öl von selbst verbraucht sein wird.«

»Ich werde langsam vorausfahren«, sagte sie; aber sie fuhr so schnell sie nur konnte davon. Die Bedenken ihres Vaters wegen der vielfachen Verpflichtungen beunruhigten sie, auch wollte sie vor Milt nicht als ein zu beschwerlicher Amateur dastehen. Sie würde ihn in Livingston wiedersehen und ihm erzählen, wie gut sie gefahren war. Die Zündkerzen blieben ausreichend sauber, so daß sie über mehr Kraft verfügen konnte aber –

Zwischen dem Park und der Transkontinentalstraße gibt es viele kurze aber ungemein steile Bergstrecken, plötzlich in die Höhe schießend wie die Höcker einer Hochschaubahn. Diese mit ihrem unverläßlichen Motor anzugehen, war wie ein Angriff auf ein Maschinengewehrnest. Sie verschwendete ungeheuerlich viel Nervenkraft und nach jedem wilden Anrennen gegen einen dieser Berge mußte sie ausruhen, um sich den plötzlich schmerzenden Nacken zu reiben. Weil sie so müde war, nahm sie sich nicht die Mühe, ihre Bremsen zu schonen durch Bergabfahren mit eingeschalteter Geschwindigkeit. Sie ließ die Bremsen rauchen während der Fluß und die Eisenbahn unten zu ihr emporstiegen.

Jetzt kam ein langes Gefälle. Wie lange es hinunterging konnte sie nicht abschätzen, weil es hinter einer Bergkurve versteckt war. Es schien ihr, als glitte sie bis in alle Ewigkeit hinunter. Die Bremsen quietschten hinter ihr. Sie versuchte die Erste einzuschalten, aber das gab nur ein jämmerliches Gekreisch und sie konnte weder in die Erste gehen noch zurück in die Dritte. Sie fuhr mit Leerlauf weiter; der große Wagen begann bergab zu rasen, während sie versuchte, ihn dadurch aufzuhalten, daß sie mit aller Kraft die Fußbremse hinunterdrückte. Der Wagen blieb stehen – und fuhr gleich wieder an. Der Bremsbelag, den man ihr in Saddle Back aufgezogen hatte, war durchgebrannt.

Sie hatte das Gefühl, als entrisse sich der Wagen vollkommen ihrer Herrschaft – wäre auf dem Sprung, von der Straße weg in einen Sumpf zu sausen. Sie wollte hinausspringen. Sie mußte allen Mut zusammennehmen, um auf ihrem Platz zu bleiben. Sie holte so viel Druck aus dem Rest des Bremsbelages heraus als sie nur konnte. Mit einer Hand hielt sie den immer schneller fahrenden Wagen in der Mitte der Straße, mit der anderen versuchte sie, den Hebel der Handbremse stärker anzuziehen. Sie konnte es nicht. Sie war nicht stark genug. Schneller, immer schneller raste sie auf die nächste Kurve zu, so daß sie kaum herumkommen konnte – So ruhig wie nur möglich bat sie ihren Vater: »Zieh den Bremshebel an, so weit du kannst. Mit beiden Händen«.

»Ich versteh nicht –«

»Herrgott, brauchst nix verstehen! Zieh zurück! Zieh, sag ich!«

Wieder fuhr der Wagen etwas langsamer. Sie war nun im Stande, in den zweiten Gang hineinzukommen. Aber auch dieser Widerstand hinderte den Wagen nicht, immer noch mit dreißig Meilen pro Stunde hinunterzuschießen – welches Tempo für einen, der mit einem würdevollen Durchschnitt von achtzehn hinunterzuschlendern wünscht, gleichbedeutend ist mit einer Meilenzahl von siebzig pro Stunde auf ebener

Strecke, mit einem betrunkenen Chauffeur, an einem nebligen Abend, bei starkem Verkehr.

Sie kam mit dem Wagen irgendwie hinunter und inmitten eines stillen, abgeschiedenen Tales ließ sie den Kopf auf ihres Vaters Knie sinken und heulte.

»Ich trau mich nicht, noch einen Berg hinunterzufahren! Ich trau mich nicht!« schluchzte sie.

»Nein, Mausi. Du mußt ja nicht. Wir wollen lieber – Du hast ganz recht. Dieser junge Daggett ist ein ganz ausgezeichneter Kerl. Ich hielt seine Manieren bei Tisch – Aber wir wollen hier sitzen bleiben und uns die Fauna und Flora ansehen, bis er nachkommt. Er wird uns weiterhelfen.«

»Ja! Das wird er! Auf Ehre, Väterchen –« Sie sagte es mit der ersten Anwandlung von Heldenverehrung seitdem sie einen Aviatiker ein looping machen gesehen hatte. »Ist er nicht, oh, so tüchtig! Bist du nicht froh, daß er da ist, um uns zu helfen, statt irgendeines anderen, wie zum Beispiel Jeff Saxton?«

»Na ja, du darfst nicht vergessen, Geoffrey hätte niemals zugelassen, daß die Bremse ausgebrannt wäre. Er hätte es vorausgesehen und verhindert. Enthusiasmus ist eine schöne Sache, mein Kind, aber vergeude ihn nicht. Dieser Bursche, so vertrauenswürdig er auch sein mag, würde vielleicht für einen Mann wie Geoffrey Saxton kaum arbeiten dürfen. Es mag sein, daß später einmal, wenn er die Hochschulbildung …«

»Nein. Er würde zwei Stunden lang für Jeff arbeiten. Dann würde ihn Jeff mit seinem ›Du armer Teufel‹-Blick ansehen und Milt würde ihm ins Gesicht schlagen und hinausschlendern und zum Nordpol gehen oder sonst irgendwohin und eine Petroleumquelle entdecken und Jeff als seinen netten, tüchtigen Generaldirektor anstellen. Und – ach, ich wollte, Milt würde sich beeilen!«

Die Dämmerung war angebrochen, ehe sie das bekannte pit-pit-pit den Hügel herunterglucksen hörten. Milts nichtssagendes Grinsen verwandelte sich in erschreckte Schüchternheit, als Claire mitten auf die Straße lief, die Arme weit ausgestreckt zu einer lieblichen Gebärde innigen Flehens, und rief: »Wir warten schon so lange auf Sie! Einer meiner Bremsbeläge ist ausgebrannt und der andere greift nicht mehr recht.«

»So, so. Na, wollen etwas ausspekulieren, was man da machen kann.«

Ehrerbietig wartete sie, während der Ortsprophet in seinem Karren saß, auf die Räder des Gomez starrte und nachdachte. Das geebnete, mit Salbeibüschen gesprenkelte Tal war nun von den trüben Farben und geheimnisvollen Klängen der Dämmerung erfüllt. Die klar erkennbare Welt der gelben Lichter und unbedingten Sicherheit lag weit ab. Milt war das einzige Mittel, je wieder dahin zurückzugelangen.

»Wissen Sie, was wir versuchen könnten?« überlegte er. »Ich werde mich hinten an Sie anhängen und zurückhalten beim Bergabfahren.«

Sie versuchte nicht einmal, ihm zu helfen, während er abermals die Kerzen putzte, Bremsen, Öl, Benzin und Wasser nachsah. Sie saß am Trittbrett und es war angenehm, jeder Verantwortung enthoben zu sein. Er sagte gar nichts. Während der Arbeit pfiff er ein Liedchen. Sie fuhren unter zuversichtlichen Zurufen los und bei angedrehten Lichtern schienen alle Schwierigkeiten überwunden – sie hielten nach dem ersten Gefälle wieder an und Claires Augen schwammen in Tränen. Das Zurückhalten hatte gänzlich versagt. Der große Wagen mit seinem schnell anwachsenden Schwung hatte den Karren herumgerissen, als wäre er eine Sardinenbüchse. Das Schleppseil wurde angespannt, sang und tanzte, und wieder war Claire im funkensprühenden Delirium den Berg hinuntergeschwankt.

Er fuhr bis zu ihr heran, stieg aus und stellte sich an ihre Seite. Sein: »Ich bin ein erbärmlicher Erfinder. Wir müssen was anderes versuchen«, klang so unbekümmert, daß sie in ihrer an den Nerven zerrenden Erschöpfung aufjammerte: »Ach, seien Sie nicht so vergnügt, das ist ja gemein! Ihnen ist alles ganz egal!«

Sie konnte im Dämmerlicht sehen, wie er sich hoch aufrichtete und seine Stimme klang scharf, als er mit Hinwegsetzung über den stets anwesenden väterlichen Hintergrund erwiderte: »Jemand muß doch vergnügt sein. Tatsache ist, ich habe den richtigen Hemmschuh gefunden.«

Wie ein Mensch im Patientenstuhl beim Zahnarzt sich zwischen den einzelnen Behandlungen erholt, ignorierte sie wie im

Halbschlaf die Tatsache, daß sie sich in wenigen Minuten wieder zusammenraffen, ruhig und wachsam werden müsse und ganz unmögliche Fahrmanöver zu bewältigen haben werde. Milt hieb mit einem Beil aus seiner Wanderausrüstung eine große Zwergtanne nieder. Er schleppte sie zum Gomez und befestigte sie an der Hinterachse. Die Zweige würden sich in die Erde graben, das Geäste an jedem Stein festhalten.

»Da! Dieser Anker würde einen Lastwagen aufhalten!« rief er.

Er hielt fest. Sie fuhr die beiden nächsten Hügel ganz leicht hinunter. Aber sie war fertig. Arme und Kopf waren gleich stumpf. Sie flehte Milt an: »Ich glaub, ich kann nicht mehr weiter. Es ist so dunkel und ich bin so müde —«

»Gut also. Haus ist keins in der Nähe, da werden wir eben hier kampieren, wenn's Herrn Boltwood recht ist.«

Claire raffte sich zusammen, um ihm beim Bereiten des Essens behilflich zu sein. Es war nicht viel Essen zu bereiten. In beiden Wagen war der Proviant beinahe aufgebraucht. Sie hatten Speck und ein steinhart gewordenes Stückchen Brot und etwas ähnliches wie Kaffee – aber nicht sehr ähnlich.

Milt nahm, um Herrn Boltwood ein Bett zu bereiten, die federnden Sitzpolster von beiden Wagen heraus. Der Polster des Gomez war nur drei Zoll dicker als der des Karrens, was zusammen eine Matratze ergab, die vorne zwei Stock hoch war, unten eine Fußlehne hatte, und das ganze Gebäude war ungemein rutschig. Aber mit einer von Milts Decken genügte es. Claire bekam eine zweite Decke von Milt und eine Sammlung von alten Überziehern und guten Ratschlägen. Er redete noch unbestimmt von einer dritten Decke für sich. Und er hatte auch eine. Ihre Dimensionen waren dreizehn zu zwanzig Zoll, sie war aus weißer Wolle, er hatte sie in Dakota für Vere de Vere gekauft und gar oft hatte er sie in diesen letzten Tagen gestreichelt und geflüstert: »Arme, alte Katze«.

Herr Boltwood dachte unter seiner Decke an Klapperschlangen, Bären, Rheumatismus, Brooklyn, seine Schuld an Milt und die Tatsache, daß – obwohl er es Claire gegenüber nicht geäußert – er erwartet hatte, sich zu erschlagen, als die Bremse ausbrannte.

130

Claire war schläfrig und zufrieden. Sie war sich des leisen Raschelns der Büsche bewußt, des rauschenden Flusses, des weiten Himmels und der herrlichen Luft, einer tiefen Verachtung für alle Leute in dumpfen Stuben, und vor allem mit innigem Behagen unaufhörlich bewußt, daß Milt nur zehn Schritte weit von ihr entfernt war. Sie hatte das gleiche Interesse für ihn, das ein junger Arzt an einem neuen Röntgenapparat hätte, ein Buchdrucker an neuen Lettern, irgendein schöpferischer Mensch an einer neuen Ausdrucksmöglichkeit seiner Kraft. Sie wollte dafür sorgen, daß ihre Verwandten in Seattle, die Gilsons, ihm dazu verhelfen würden, die richtigen Leute kennen zu lernen während seiner Hochschulstudien. Sie selbst würde ja nach Brooklyn zurück müssen, aber vielleicht würde er ihr schreiben, schreiben – Briefe schreiben – Brooklyn – sie war in Brooklyn – nein, nein, wo war sie? – oh, ja, im Freien übernachten – schlechter Tag – Bremsen – nein, sie würde Jeff Saxton nicht heiraten! Brooklyn – Wellengeplätscher – Sterne –

Und wenn Milt nicht eben höchst unromantisch an seinen kalten Rücken dachte, so jauchzte er – triumphierend. »Bis Seattle jedenfalls wird sie nicht mit Leuten ihres Gesellschaftskreises zusammen sein. Dann wird sie mich ja wahrscheinlich vergessen. Kann's ihr nicht übelnehmen. Aber bis wir dahin kommen, wird sie mich in ihrem Garten spielen lassen. Herrjeh! In der Früh werd ich wieder mit ihr reden und jetzt ist sie doch ganz nahe!«

In der Früh waren sie alle ganz steif, freuten sich aber der Sonne, die hell auf das Buschwerk und den Fluß schien und der Bursche und das Mädchen sangen während des Frühstücks. Während Milt Brennmaterial zusammensuchte, sah er zu Claire hinüber, die gegen einen Hintergrund zackiger Berge stand, Rock und Schuhe tadellos wie immer, aber die Jacke hatte sie ausgezogen, die Bluse beim Hals eingeschlagen, das Haar war vom Wind zerzaust die Ärmel aufgerollt; eine Hand an der Hüfte stand sie aufrecht da, strotzend vor Kraft und Abenteuerlust.

Als ihre Bremse in Lingston frisch belegt worden war, fuhren sie gemächlich zusammen nach Butte weiter. Und Tags darauf, als Milt eine halbe Meile hinter dem Gomez zurück war, sah er einen rothaarigen Mann mit einem großen, glitzernden Revolver hinter einem Busch hervorschreiten, sich höflich verneigen – und an dieser Stelle mußte Milt anhalten.

XVI.
Die Brillen der Obrigkeit

Über die transkontinentale Grenze hinüber nach Butte, das glitzernd und funkelnd wie ein Diamant im Dunkeln auf den Hügeln lag; nach Missoula, wo es Bäume und eine Universität gibt und einen Berg in jedem Bauernhof; durch die Flathead Agency, wo Indianer in roten Decken aus den Wigwams hervortreten und die kleinen Kinder auf Mutters Rücken reiten wie in vergessenen Tagen, hinunter nach St. Ignatius, diesem italienischen Alpenstädtchen mit seinem alten Missionsgebäude am Fuße von Bergen, die wie Himmelsmauern emporstreben, war Claire erst westlich dann nördlich gefahren. Sie segelte an Flathead Lake vorbei, wo die Pracht von fünfzig Meilen herrlichster Berglandschaft sich im klaren Wasser spiegelt. Überall waren Flecken flacher Weizenfelder eingestreut, bebend im Lärm des Dreschens der klappernden Maschinen und im Aufblitzen des umherfliegenden Strohs. Doch diese Miniaturfelder waren eingeschlossen von steil abfallenden Bergen.

Herr Boltwood bemerkte: »Ich möchte lieber eins von diesen Gehöften besitzen und über meine Felder auf jene Berge dort sehen als König von England sein«. Nicht vielleicht, daß er eines dieser Gehöfte käuflich zu erwerben trachtete. Aber andererseits trachtete er auch nicht, so viel man sehen konnte, König von England zu werden.

Claire hatte Milt seit ein und einhalb Tagen nicht mehr gesehen; seit jenem Morgen nicht, da beide Wagen Butte verlassen hatten. Sie wunderte sich, war gekränkt und fühlte sich ein wenig verlassen. Gegen Abend, als sie eben überlegte, ob sie noch bis Kalispell kommen würde – beinahe schon an der Kanadischen Grenze – sah sie eine Frau, die aus einem Haus am Ufer des Flathead Lake kam, auf die Straße laufen. Die Frau hielt die Hand empor. Claire zog die Bremsen an.

»Sind Sie Fräulein Boltwood?«

Das war ebenso verblüffend wie diese selbe Frage in einem chinesischen Dorfe geklungen hätte.

»W – warum? Ja.«

»Jemand versucht, Sie interurban telephonisch zu sprechen.«

»Mich? Telephonisch?«

Sie zitterte. »Milt ist etwas zugestoßen. Er braucht mich!« Sie konnte kaum sprechen, als sich die Telephonzentrale meldete und krächzte: »Hat jemand Fräulein Boltwood sprechen wollen?«

»Ja. Ist dort Boltwood? Hotel in Kalispell versucht seit zwei Stunden, den Ort ausfindig zu machen, wo Sie zu erreichen sind. Hab die ganze Strecke abgesucht von Butte bis Somers.«

»G – gut, b – bitte wollen Sie mich verbinden?«

Es war nicht Milts ruhig-sanfte ein wenig singende Stimme sondern eine klarere, energischere, überraschend bekannte Stimme, die endlich ertönte: »Halloh! Halloh! Fräulein Boltwood! Ich höre nicht, Zentrale, bitte besser verbinden. Fräulein Boltwood?«

»Ja! Ja! hier ist Fräulein Boltwood!« Sie verhielt sich stillflehend während einer langen, heftigen Kontroverse zwischen dem Unbekannten und der klaren Stimme aus der Zentrale, die von der englischen Sprache nichts zu wissen schien mit Ausnahme von »Die andere Partei ist hier. Warum sprechen Sie nicht? Sprechen Sie lauter!« Dann kam ein deutliches: »Hören Sie mich jetzt?«

»Ja! Ja!«

»Oh, halloh! Claire. Hier ist Jeff.«

»Jess, wer?«

»Nicht Jess. Jeff. Geoffrey! J – e – ff! Jeff Saxton!«

»Oh!« Es klang wie ein Seufzer. »Ja – ja – aber Sie sind doch in New-York.«

»Nicht ganz, meine Liebe. Ich bin in Kalispell, Montana.«

»Aber das ist ja hier ganz in der Nähe.«

»Bin ich auch!«

»A – aber –«

»Mußte nach dem Westen in Kupferangelegenheit. Ich verfolge Ihre Spur seit dem Yellowstone-Park, aber ich hab Sie in Butte verfehlt. Hab geglaubt, ich erwisch Sie unterwegs. Sie sprechen von Barmberrys aus?«

Die Frau, die Claire auf der Straße angerufen hatte, verlor gewiß nicht ein einziges Wort eines Telephongespräches, das von Tod, Feuer, Entführung oder sonst allen hochdramatischen Ereignissen handeln mochte.

Claire fragte sie: »Von wo aus, in aller Welt, spreche ich denn hier?«

»Das ist Barmberry's Wirtshaus.«

»Ja«, antwortete Claire ins Telephon, »anscheinend bin ich da. Soll ich weiterfahren und – – –«

»Nein. Hab einen famosen Plan. Bleiben Sie, wo Sie sind. Habe selbst einen schnellen Wagen da warten. Werde gleich unten sein. Können zusammen abendessen. 'dieu!«

Ein Knacksen. Keine Antwort mehr auf Claires flehende Hallohs. Sie hing den Hörer auf, sehr, sehr bedächtig. Es war ihr ungemein peinlich, sich ihren Zuhörern zuzuwenden und Herrn Henry B. Boltwood, Herrn James Barmberry, Frau James Barmberry und vier kleinen Barmberrys, durchschnittlich fünfeinviertel Jahre alt, ins Antlitz zu sehen. Sie versuchte, die Barmberrys zu ignorieren, aber deren Schweigen war lärmend und anteilnehmend, während Claire ihrem Vater berichtete: »Es ist Jeff Saxton! Er ist hier, um Kupferminen zu besichtigen. Hat die Strecke per Telephon abgesucht, um uns zu erwischen. Sagt, wir sollen mit dem Abendessen auf ihn warten.«

»Jessas«, fiel Frau Barmberry ein, »er hat mir aufgetragen, wenn ich Sie erwisch, soll ich ein paar frischgeschlachtete Hühner braten und Schlagobers vorbereiten – Jim Barmberry, geh gleich hinaus und schlag das Obers und steh nicht hier und gaff und glotz herum, und ihr, Kinder, schiebt ab!«

Claire benützte den Augenblick, da Herr Boltwood sich, ungemein höflich zwar, aber ein wenig verwirrt, vor seiner Wirtin verneigte und schlüpfte zur Türe hinaus. Um das ursprüngliche Siedlungsblockhaus waren Reihen von Masten und Zelten zum Schlafen und in einem überdachten und geschützten Vorbau mit der Aussicht auf Flathead Lake war das Speisezimmer. Die wenigen übrigen Gäste hatten ihr Nachtmahl beendet und waren in ihre Zelte gegangen.

Sie schlenderte zum Seeufer hinunter und fühlte sich noch schwächer, noch mehr wie ein gescholtenes und fortgeschicktes kleines Mädchen, dem man gesagt hatte, es dürfe erst zurückkommen, bis es wieder brav sein wolle, noch schwächer, als vor drei Tagen, da Milt einen Wald an die Hinterachse ihres Wagens gehängt hatte. Eine bildliche Darstellung ihrer Gedanken über Jeff Saxton hätte ein Labyrinth ergeben. Bald brummte sie: »Der liebe Jeff! So aufmerksam! Klug von ihm, daß er uns gefunden hat! Sehr gut, ihn wieder einmal zu sehen!« Bald: »Es muß immerhin klar festgestellt bleiben, daß ich nicht verlobt bin mit ihm, und ich will mich auch beim Wiedersehen nicht überraschen und küssen lassen, wie wenn ein Wolf in den Schafstall kommt.« Bald: »Jeff Saxton, hier! Macht mir Heimweh nach den Heights. Und den schönen Geschäften in Manhattan und einer wirklich guten Theatervorstellung – Musik, bevor der Vorhang aufgeht.« Bald: »Ohhh, herrr-jeee psss! Ich bin neugierig, ob er uns wird weiterfahren lassen im Wagen? Er ist ein so unübertrefflicher Manager und Vater wird sich sicher auf seine Seite stellen. Er hat schon einmal mit diesem Telegramm in Fargo versucht, uns bange zu machen.« Bald: »Er wäre entsetzt, wenn er von der kaputten Bremse wüßte. Milt hat es gar nicht so arg gefunden. Milt hat es gerne, wenn seine Weiber mutig sind, Jeff wünscht einen bewundernden und sehr verläßlichen Harem.«

Zusammengekauert saß sie am Ufer, eine verlorene, hilflose Gestalt. Die Spitzen der Missionshäuser jenseits des im violetten Schatten spiegelnden Sees blitzten plötzlich leuchtend rot auf im Widerschein der untergehenden Sonne und wurden dann steingrau und häßlich. Über die Straße her konnte sie ihren Vater vor dem Barmberry-Haus sagen hören: »Ach!« und »Wirklich?«, während James Geschichten erzählte.

Weiter oben an der Straße lautes Hupen, helle Lichter, die jeden Augenblick blendender wurden, ein Rollen, Anfahren, das Halten eines Wagens, und aus dem undeutlich erkennbaren Rumpf sprang eine scharf umrissene Gestalt – Jeff Saxton – Heimat und alle Menschen, die sie liebte, und Art und Weise einer Umgebung, die sie am besten kannte.

»Ist Fräulein …« ehe sie zu ihm geeilt war, in das Geborgensein seiner Arme und ihn küßte.

Sie wich zurück und versuchte zu tun, als wäre es nicht geschehen, aber sie zitterte: »Ich kann es gar nicht glauben! Es ist lächerlich wunderbar, Sie wiederzusehen!« Sie zog sich in der Richtung des Barmberry-Hauses zurück, Jeff folgte mit ausgestreckten Armen. Sie kamen in das Bereich der Lichtstrahlen des Hauses und Herr Boltwood rief: »Ah! Geoffrey! Ist das eine Überraschung – und was für eine freudige Überraschung!«
»Herr Boltwood! Sie sehen herrlich aus! Ein neuer Mensch!«
Dann schüttelten sich die beiden Männer auf den lampenerhellten Eingangsstufen die Hände und suchten nach irgend einer anderen Äußerung ihres kameradschaftlich-frohen Gefühls. Sie dachten daran, einander Zigarren anzubieten. Sie lächelten, sahen weg, lächelten wieder, in dieser törichten, unbeholfenen Art, die Männer haben, durch ihre Unfähigkeit, es mit Küssen auszulösen. Herr Boltwood rettete die Situation durch ein gestammeltes: »Muß hineingehen, mich waschen. Seh Sie gleich wieder.« Herr James Barmberry und die Sippschaft der kleineren Barmberrys folgten bedauernd nach. Claire blieb mit Jeff allein zurück und hatte Angst. Aber sie mußte zugeben, daß Jeff in seiner englischen Kappe und dem weiten Londoner Überrock, mit seinem freundlichen Lächeln und seiner unübertroffenen Rasiertheit anziehender war als sie in Erinnerung hatte.

»Froh, mich zu sehen?« fragte er.

»Oh, ja.«

»Sie sehen …«

»Sie sind so …«

»Schöne Fahrt? Wissen Sie, daß Sie mir nur Ansichtskarten geschickt haben mit ›Hübsche Stadt‹ oder etwas ähnlich Sentimentalem.«

»Ja, aber es war wirklich fabelhaft. Diese Berge und weiten Ebenen berauschen mich«, sagte sie ein wenig herausfordernd.

»Natürlich! Malheur ist nur, wenn Sie fort sind, haben wir bei uns daheim nichts Berauschendes!«

»Brauchen Sie denn noch etwas außer Ihrem Büro und Ihrem Klub?

»Aber Claire!«

»Nicht böse sein. Das war häßlich von mir.«

»Ja, wirklich. Aber ich bin nicht böse. Ich bin überzeugt, daß wir alle ganz sanftmütig geworden sind vor Sehnsucht nach Ihnen. Ich bin gerne bereit, mich ausspotten zu lassen.«

Sie hatte es sich selbst eingebrockt, jetzt mußte sie ihm sagen, daß er gar nicht nichts als Geschäftsmann sei, sie wollte sagen, daß er immer so praktisch sei.

»Aber Jeff ist gar nicht mehr der Praktische«, erklärte er. »Ich denke an Claire, die über Berge und durch Wüsten fährt. Aber – Oh, es war so einsam für uns. Können Sie sich vorstellen, wie einsam? Zehnmal an einem Abend bin ich ans Telephon gegangen, um Sie anzurufen und zu bitten, ob ich hinaufkommen darf, Sie besuchen und hab mich immer erst dann erinnert, daß Sie gar nicht da sind und dann bin ich dagesessen und hab das Telephon angestarrt – ach, die anderen Leute sind so langweilig!«

»Sie haben mich wirklich vermißt ...«

»Ich wollt, ich wär ein Dichter, um es Ihnen entsprechend klar zu machen. Aber Sie, Claire, Sie haben nicht gesagt, daß Sie mich vermißt haben. Haben Sie mich nicht ein ganz klein wenig vermißt? Wäre es nicht erträglich gewesen, den armen alten Jeff mitzuhaben beim Hinuntersausen gefährlicher Bergstraßen ...«

»Und Schmiernippel füllen! Macht so schmutzige und stinkende Hände!«

»Ja, das hätt ich auch getan. Und ich hätte allerlei Überraschungen ausgedacht unterwegs. Das versteh ich nämlich sehr gut. Ich hab ein Motorboot herbestellt, so daß wir morgen den See hier auskundschaften können. Darum wollt ich, daß Sie hier auf mich warten, statt nach Kalispell weiterzufahren. Morgen muß ich zwar leider schon wieder weiterrattern, um noch einen Eisenbahnzug zu erreichen – bin nach Californien abberufen und muß dann wahrscheinlich nordwärts gehen. Aber inzwischen – Jetzt wird mein Chauffeur meine Überraschungen wohl schon in der Küche ausgepackt haben.«

»Was ist's denn?«

»Raten Sie.«

»Eßwaren. Wundervolle Eßwaren.«

»Kann schon sein.«

»Aber was denn? Bitte, bitte! Claire ist so hungrig.«

»Wir werden alles sehen, zu seiner Zeit, mein liebes Kind. Onkel Jeff läßt sich nicht drängen.«

»Ah – ich – will's – jetzt – sehen! Sonst schrei und heul und schlag ich!«

Jeff hatte aus New-York einen ungeheuerlichen Korb voll Delikatessen mitgebracht. Er fügte dem bestellten Brathuhn wunderbar verschlossene Dosen von Pasteten und gefüllten Artischocken hinzu, die vom Küchenchef seines Klubs bereitet worden waren; Kaviar und Anschovis; eine herrliche Schöpfung von Obstgateaux, die mit dem Schlagobers serviert werden sollten; zwei Flaschen eines berühmten Sherry; kandierte Früchte in Silberverpackung. Das Essen wurde nicht im Vorbau sondern vor dem Feuer im Wohnzimmer der Barmberrys aufgetragen. Claire sah die kandierten Früchte an, starrte seltsamen Blickes auf Jeff – obwohl sie eigentlich an jemand anderen dachte – und sagte sinnend:

»Ich wußte gar nicht, daß mir an diesen dummen Luxussachen so viel liegt. Heute wünschte ich mir ein richtiges Bad, ein ganz klein wenig parfümiert und einen richtigen Toilettetisch mit dreiteiligem Spiegel und französischem Talkumpuder und dann kam ich gerne in einem richtigen Abendkleid zum Essen – Oh, Jeff, die Fahrt war herrlich. Aber mein armer Körper ist so müde und staubig geworden und da kommen Sie verräterischer Weise mit diesen Dingen her, die Sie aus den Bergen hervorgezaubert haben – Ich bin doch keine Pioniersfrau. Und Henry B. ist kein Höhlenmensch. Schauen Sie nur, wie er sich mit abgöttischer Verehrung seiner Suppe hingibt.«

»Ich habe auch das Gefühl abgöttischer Verehrung. Ich hatte die ungemein wichtige ethische Bedeutung der Suppe vergessen. Ich will sie nie wieder vergessen«, sagte Herr Boltwood im Ton eines Menschen, der heimgefunden hatte.

Claire war Jeff dafür dankbar, daß er sie hinderte, weiter dankbar zu sein. Er lenkte das Gespräch auf Brooklyn. Er gab ihnen eine klare und ausführliche – ja beinahe lustige – Beschreibung einer Vorstellung des »Sommernachtstraumes«, in der eine hausbackene und intellektuelle Dame, die über 180 Pfund wog, den Puck gegeben hatte. Als sie nach dem Essen zusammensaßen und Claire unter einem kurzen Kälteschauer leise erbebte, brachte er sofort einen gestrickten Shawl, den er fürsorglich über ihre Schultern breitete, wobei er ihr sehnsüchtig und hungrig zulächelte. Sie ergriff seine Hand. »Lieb Jeff!« flüsterte sie.

»Oh, meine Liebe!« sagte er flehend. Er schüttelte mit ernster Miene – die großen Eindruck auf sie machte – den Kopf und ging sofort pflichtschuldigst zu Herrn Boltwood hinüber, um ihn über die wahre Marktlage zu informieren.

»Sprechen Sie auch mit Claire!« verlangte sie. Dann hielt sie inne und starrte. Von draußen hatte sie ein nervöses pit – pit – pit gehört, ein halbverwischtes Gespräch zwischen Herrn James Barmberry und einem anderen Mann. Ins Zimmer herein trat Milt Daggett im staubigen, verdrückten blauen Anzug, müden Blickes und nicht allzu sorgfältig rasiert und rief: »Hab schon geglaubt, daß ich Sie nie mehr einholen werde, Claire – Ja …«

»Oh! Oh – Milt – Herr Daggett – Oh, Jeff, das ist unser lieber Freund, Milt Daggett, der uns unterwegs so oft und gut geholfen hat.«

Jeffs klare, ungefaßte Brillen starrten auf Milts vom Wind gerötete Augen; sein eleganter Sportanzug schnüffelte an Milts Sweater; seine gleichmäßige Stimme folgte auf Milts Gebrumme des Erstaunens mit einem kurzen: »Ah! Herr Daggett!«

»Freut mich sehr«, stotterte Milt.

Jeff nickte, wendete Milt den Rücken und fuhr fort: »Tatsache ist, Herr Boltwood, der ganze Metallmarkt …«

Milt blickte von einem zum anderen. Claire hatte nun den ersten Schock eines Vergleiches zwischen kandierten Früchten und Motoröl überstanden. Sie erhob sich, ging auf Milt zu und murmelte: »Haben Sie schon gegessen?«

Wieder öffnete sich die Türe. Ein rothaariger, pausbäckiger Mann in einem vorsintflutlichen grünen Anzug mit Gürtel schlenderte herein, fegte mit seinem breiten Filzhut grüßend durch die Luft und deklamierte wie ein Schmierenschauspieler:

»Freunde meines Freundes Milt, seid uns gegrüßt, ehe wir ans Mahl gehen. Gestattet, daß ich mich vorstelle als Westlake

Parrott, unterm gemeinen Volke noch besser bekannt als Pinky Parrott, der rote Papagei; sportlicher Abenteurer, geboren in der Konjunktion von Mars und Venus und im Sternbild des aufsteigenden Saturns.«

Jeff hatte Milt ignoriert. Aber bei diesem lächerlich dummen zweiten Eindringen in seine entschieden ganz private Abendgesellschaft schritt er energisch in die Mitte des Zimmers und sagte: »Wie meinen Sie, bitte?« in einem so entschiedenen Bürochef-Ton, daß der rotgelockte Unbekannte in seinem Schwulst innehielt. Claire fühlte ihre Beine wanken. Sie hatte nicht die leiseste Vermutung darüber, wo Milt sich einen Hausnarren beigelegt haben mochte, noch darüber, was nun mit Milt geschehen würde – und vielleicht auch mit ihrer eigenen unvorsichtigen Person.

XVII.
Der Vagabund in Grün

Als Milt von Butte aus westlich gefahren war, friedlich die Straße entlang ratternd, sich des goldenen Nebels freute, der über dem weiten Land lag und des unerwarteten Auftauchens einer Prairie-Dreschmannschaft auf den geneigten Feldern der abfallenden Berghänge, da war plötzlich aus einem Gebüsch am Rande der Straße ein Mann hervorgetreten und hatte ihm einen 0.44er Marinerevolver entgegengehalten.

Der Mann war kein Bandit wie im Film. Er trug eine grüne Jacke aus einem imitierten englischen Stoff, hatte ein breites Lächeln und als er in weitem Bogen den Hut schwenkte, sah man das Haar in einem borstigen Schopf graugestreiften Rotes emporstehen, das beinahe Rosa zu nennen war. Er hielt eine Rede:

»Verzeih meinen exzentrischen Gruß, oh Bruder der freien Landstraße, doch ich wollte, daß du dein Ohr leihest meiner unterwürfigen Bitte, inwieweit du geneigt wärest, mich ein Stück Weges mitzunehmen. Ich habe erfahren, daß Unterwürfigkeit am besten geschätzt wird, wenn sie durch Gebete und Patronen unterstützt ist.«

»Was wollen Sie eigentlich? So viel ich verstehen kann, möchten Sie gerne ein Stück mitfahren. Springen Sie auf.«

»Sie haben für meinen ciceronischen Stil, scheint's, nicht dieselbe Vorliebe wie ich«, kicherte der Mann, während er in den Wagen kletterte.

Auf Milt machte diese sonderbare Art wenig Eindruck. Bei Claire wäre es vielleicht anders gewesen; doch Milt hatte zu oft alle politischen und religiösen Fragen um den Ofen in Rauskukles Stube erörtern hören, um sich über Vielsilbigkeitsmanie zu wundern. Er wußte, daß es meist nur ein Zeichen dafür war, daß die Leute zu oberflächlich und zu wenig angeleitet alles mögliche Zeug lesen. Er lachte. »Huh! Was treiben Sie: Zeitung, Politik, Rechtskunde, Predigen oder Spielen?«

»Na, ein klein wenig von all diesen interessanten Beschäftigungen. Und zehndreiundzwanzigstel Wandern, mit fahrendem Volk auftreten und Quacksalberzeug verkaufen. Wie weit fahren Sie?«

»Seattle.«

»Wirklich? Sag, Junge, ist das – Mein Sohn, wir werden das seltene Vergnügen haben, bis Blewett Paß gemeinsam alle Abenteuer zu bestehen, vier bis sechs Reisetage von da – einen Tag, von hier aus gerechnet, vor Seattle. Ich gehe dorthin zu meiner Goldmine. Das Essen wollen wir teilen – ich seh an deiner Ausrüstung, daß du nachts im Freien kampierst. Ganz recht so, mein Junge. Pinky Parrott ist nicht der Mann, der die Nachtluft scheut.«

Er klopfte Milt mit gönnerhafter Unverschämtheit auf die Schulter. Er stopfte seine Pfeife und obwohl der Wagen fünfundzwanzig Meilen machte, zündete er die Pfeife mit bemerkenswerter Leichtigkeit an und setzte sich dann bequem zurecht:

»Du glaubst natürlich in jugendlichem Stolz, daß du mich genau kategorisiert hast, insbesondere, seitdem ich bereit bin zuzugeben – obwohl ich reichlich genug von diesen klingenden Eisenknöpfen habe, um meinen Anteil am Futter zu bezahlen – daß mir in diesem wie auf Bleifüßen hinschleichenden Augenblick zufällig das Allerweltsmittel fehlt, um eine Eisenbahnkarte zurück nach Blewett zu kaufen; und die Puffer und Seitentüren des Argonauten-Pullmann lieben mich nicht. Sind auch verflucht schmutzig. Doch deine Analyse ist unsynthetisch, obwohl du meine paradoxe Metapher wohl kaum begreifen wirst.«

»Teufel noch einmal, nein. Obwohl ich Chemie und Rhetorik studiert habe«, brummte Milt, der seine ganze Aufmerksamkeit aufs Fahren konzentrierte und auf den Wunsch, diesen Parasiten loszuwerden.

»Oh! Oh! Ich verstehe. Nun, jedenfalls: ich bin nicht bloß ein gewandter Wortfechter, wie du vielleicht glaubst. In Wirklichkeit bin ich Herr schöner Landstriche in Arkadien.«

»Kenn den Ort nicht. In Montana oder Idaho?«

»Keines von beiden! Im Lande der Träume!«

»Ach so, dort. Huh!«

»Aber zufällig habe ich sie durch eine vollständig untraumhafte Goldmine verstärkt. Habe in einem Cañon in der Nähe von Blewett Paß darnach geschürft und hab's gefunden, bei Gott; meine gnädige Frau, einstmals die schönste unter den Lieblingen der Gesellschaft von Nord Yakima, bewacht sie nun vor der Rückkehr ihres Gemahls. Wunderbar gut. Habe Proben. War in Butte, um dafür Geld aufzunehmen, aber die grimmen Khediven des Kommerzes sind mißtrauisch. Sie wollten meinen Worten nicht lauschen. Herrjeh. So nehme ich meinen Weg zurück zur spröden Dolores, der ewig Schönen meines Herzens, und das nächste Mal werd ich die großen Kanonen in Seattle springen lassen. Und ich werde dich sicherlich belohnen für deinen Edelmut, mich bis Blewett mitzunehmen, all den langen, langen, langwierigen, langweiligen Weg …«

»Zu schade, daß ich mich ein paar Tage in Spokane aufhalten muß.«

»Nun, dann wirst du eben das Vergnügen haben, mich so weit zu führen.«

»Und ungefähr eine Woche in Kalispell!«

»Das wird eine Unbequemlichkeit sein für mich, aber, bei meiner Ehre, ich werde dich nicht im Stich lassen! Du weißt nicht, mein Bürschlein, welch klugen Kopf dein leichtes Wägelchen trägt. Wenn ich erst das Geld für die Mine habe, so werde ich meinen rechtmäßigen Platz unter der autofahrenden Gentry schon einnehmen. Nicht nur als Schauspieler und Gaukler, als Gründer, Erfinder, Soldat und wagemutiger Journalist habe ich in dieser Welt mon rôle gespielt sondern auch als Mystiker, als Eingeweihter, als Hellseher, Psychometrist, als Mitglied der Rosenkreuzer, ein tiefwissenschaftlicher Psychologe … tatsächlich, mein Meister ist Hermes Trismegistus selbst! Ich habe auch den Titel eines Doktors der Mentopraxis und meine Studien auf dem Gebiete der Astro-Biochemie …«

»Werde anhalten. Aussteigen! Ich koch ein bißchen Kaffee«, sagte Milt.

Er hatte eigentlich kein Verlangen nach Kaffee, auch wollte er gar nicht anhalten, aber er hatte den verzweifelten Wunsch, die Boltwoods vor Pinky Parrott zu bewahren. Es gehörte zu seinem Glaubensbekenntnis als Autoliebhaber, niemandem einen Platz in seinem Wagen zu verweigern, solange eben einer frei war. Er hoffte, um sein Glaubensbekenntnis durch List herumzukommen und versuchte es mit diesem Wink, daß er anhalten wolle. Pinkys Reagieren auf diesen Wink war nicht ermutigend: »Ja, sehen Sie, Sie haben etwas von dem Flair eines Psychologen! Ich könnte auch ein wenig Kaffee vertragen. Aber bemühen Sie sich nicht, ein Feuer zu machen. Das werde ich tun. Sie fahren – ich mach die Lager-Arbeit. Nicht, daß ich nicht wahrscheinlich besser fahren könnte als Sie, wenn ich so sagen darf. Ich pflegte mich ein wenig mit Rennfahren zu beschäftigen, bevor ich das Fliegen aufnahm.«

»Huh! Fliegen! Mit welcher Maschine sind Sie geflogen!«

»Ja nun – mit einem Zweidecker!«

»Huh! Was für Motor?«

»Ja, irgendein ausländischer. Der – der – Es war ein französischer Motor.«

»Huh! Auf welcher Rennbahn sind Sie gefahren?«

»Auf – Verzeiht, geduldet Euch, bis ich das Feuer angefacht für unseren *al fresco* Imbiß, dann will ich die Geschichte meiner Fahrertätigkeit vor Euch entfalten.« Aber er tat beides nicht. Nachdem er sieben Zweiglein, ein Büschel Gestrüpp und ein sechs Zoll dickes Brett gebracht hatte, überließ er es Milt, das Feuer fertig aufzuschlichten, während er, soviel er davon wußte, von dem geheimnisvollen Götzendienst der alten ägyptischen Priester erzählte.

Milt gab die Hoffnung auf, daß es Pinky zu langweilig werden würde, lange zu warten oder langsam vorwärtszukommen. Nach einer Stunde sintflutartig übersprudelnder Unterhaltung entschloß er sich, Pinky fahren zu lassen – ihn zu zwingen – zuzugeben, daß er nicht fahren könne. Er irrte. Pinky konnte fahren. Er konnte nicht gut fahren, er steuerte wackelig und der Motor starb ihm bei einer Steigung ab; aber er bewies auch beim Fahren etwas von derselben blendenden Idiotie, die seine Rede kennzeichnete. Milt war es, nicht Pinky, der Angst hatte, daß sie in den Straßengraben sausen würden, und der vorschlug, daß er selbst die Lenkung übernehmen wolle.

Sieben Mal versuchte Milt an diesem Tag ihn loszuwerden. Einmal blieb er ohne Entschuldigung stehen und starrte nur an den Felsen hinauf, die überhängend über die Straße ragten. Pinky war nicht verlegen. Er lehnte sich auf seinem Platz zurück und trällerte zwei spanische Liebeslieder. Einmal fuhr Milt absichtlich nach einer falschen Richtung eine Bergstraße hinauf. Sie verirrten sich und brauchten fünf Stunden, bis sie wieder die große Landstraße erreichten. Pinky liebte diese Spannungen und – mit einigen kurzen Worten, die kaum fünfzehn Minuten dauerten – sagte er es auch. Milt versuchte, ihn durch ein Tempo von sieben Meilen pro Stunde zu langweilen. Pinky nahm diese Gelegenheit, die Bergschichtungen zu studieren, mit Begeisterung auf. Als sie für diese Nacht ihr Lager bereiteten, liebte ihn Pinky wie einen Bruder und überlegte, ob er sich nicht vielleicht in Blewett Paß nur so lange aufhalten sollte, um seine Goldmine und Dolores, seine Herrin-Frau, flüchtig zu sehen und dann mit seinem Kameraden direkt bis nach Seattle weiter zu fahren.

Der abgespannte Gastgeber lag schlaflos still, als der erwachende Pinky ein paar wohlgewählte Worte über das Thema: Vogelgesang bei Morgendämmerung, von sich gab; Milt platzte heraus.

»Pinky, ich tu es ungern, aber – ich habe noch nie einem Menschen die Bitte abgeschlagen, mitzufahren, wenn ich Platz hatte; aber ich fürchte, Sie werden den Rest Ihres Weges zu Fuß gehen müssen.«

Pinky setzte sich auf unter seiner Decke.

»Angst vor mir, was? Hast recht! Ich bin ein gefährlicher Kerl. Hab den Mann der Dolores umgebracht und sie dann zu mir genommen, verstehst du? Ich ...«

»Willst mir wohl bange machen, du armer Prahlhans?« Milts rechte Hand entfaltete sich mit weit gebogenen Fingern und der freudigen Spannkraft eines Mannes, der seine Glieder streckt.

»Nein. Ich lese bloß in deinen Gedanken. Ich sage dir, du hast Angst vor mir! Du glaubst, daß ich, wenn ich weiter mitkomme, dir deinen Wagen stehlen könnte! Du fürchtest dich, weil ich so gewandt bin im Reden. Du bist an zahme Enten nicht gewöhnt. Du wagst es nicht, mich auch nur noch einen Tag länger bei dir zu lassen! Du fürchtest, ich könnte, ehe es

Abend wird, deinen elenden Karren gestohlen haben! Du wagst es einfach nicht«.

»Was, zum Teufel, wag ich nicht?« brüllte Milt. »Wenn du glaubst, ich fürchte mich – nur um dir zu zeigen, daß ich mich nicht fürchte, will ich dich heute noch mitfahren lassen!«

»Das ist vernünftig geredet, mein Junge, 's wär auch eine Schande, wenn zwei so recht für einander geschaffene Kameraden der großen Landstraße sich trennen sollten!« Pinky hatte sich unter seiner Decke erhoben und schüttelte Milt herzlich die Hand.

Milt wußte, daß er überlistet worden war, aber er war hilflos. War es überhaupt möglich, Pinky zu beleidigen? Er versuchte es noch einmal:

»Ich will offen mit dir reden. Du bist der ärgste Windbeutel von einem Lügner, dem ich je begegnet bin. Brauchst nicht nach deiner Waffe zu greifen. Ich hab hier einen schweren Stein gleich bei der Hand«.

»Aber mein lieber, guter Junge, ich beabsichtige gar nicht, nach einem rohen, tödlichen Rauchwerkzeug zu greifen. Außerdem ist gar nichts drin. Hab die Munition in Butte versetzt. Ich bin nicht böse, ich bin nur betrübt. Wir wollen es miteinander während des Frühstückes und im Weiterfahren besprechen. Ich kann dir beweisen, daß ich – obzwar ich meiner Phantasie manchmal gestatte, gewöhnliche, nackte Tatsachen zu färben und zu beleben mit den Farbstoffen eines Robert J. Ingersoll – nebstbei gesagt, kennst du sein Lied über den Whisky?«

»Bleiben Sie beim Thema. Wir wollen die Sache jetzt zu Ende besprechen, und ich werde das Frühstück bereiten und dann werden wir traurig von einander scheiden«.

»Nur weil ich leichteren Sinnes bin als diese düstere, alte Welt? Nein! Ich muß es ablehnen, abgesetzt zu werden. Ich werde dir verzeihen und mit dir weiterfahren. Vergiß nicht, ich bin empfindsam. Ich will mich dort nicht aufdrängen, wo ich nicht willkommen bin. Nur mußt du, um mich abzuschütteln, mir gesündere und bessere Gründe sagen, als meine unterhaltlichen rednerischen Fähigkeiten. Meine Logik ist noch stärker als meine hedonistische Verachtung fürs Arbeiten.«

»Nun, verflucht, wenn du's wissen willst – ich sag es schrecklich ungern, aber ich täte beinahe alles, um dich los zu werden. Tatsache ist, daß ich mit einer Dame und ihrem Vater zusammen die gleiche Tour mache und du mir dabei im Wege wärest!«

»Aaaaaah! Siehst du, mein Junge! Na für dich will ich mehr tun, als bloß zu dir halten, ich will den gewandten John Aldon spielen und die Dame deines Herzens gewinnen. So will ich deine männlichen, wenn auch etwas stark praktischen Vorzüge schmücken. – Ja, Frauen sind mein spezieller Fall. Sie fliegen mit …«

»Tut, tut, tut! Du bist ein Narr. Sie ist eine wirkliche Dame.«

»Wie blind du bist, grausamer Freund. Du siehst nicht einmal, daß – was auch immer meine Fehler sein mögen – meine soziale Stellung …«

»Oh – halt's Maul! Siehst du denn nicht, daß ich mich nur bemühe, freundlich zu dir zu sein? Muß ich denn erst auf dich losgehen, bevor du zu verstehen anfängst, daß du hier nicht willkommen bist? Deine soziale Stellung ist wahrscheinlich nicht einmal im Telephonbuch zu finden. Muß ich dich durchprügeln …«

»Gut also. Du hast recht. Reich mir die Hand, mein Junge, und nichts für ungut.«

»Abgemacht. Ich kann also ruhig und allein weiterfahren, ohne dir ins Gesicht schlagen zu müssen?«

»Sicherlich. Das heißt – wir wollen ein Kompromiß schließen. Du nimmst mich noch ein paar Meilen mit, eben nur so weit bis das Land bewohnter ist und dann verlaß ich dich.«

So geschah es, daß Milt noch immer ständig und unentrinnbar von Herrn Pinky Parrott begleitet war, als er an diesem Abend Claires Gomez im Hof der Barmberry stehen sah und anhielt.

Pinky hatte gerne eingewilligt, seine Beredsamkeit vor Claire nicht zu zeigen und zu versuchen, von Herrn Boltwood kein Geld zu borgen. Er war geblieben, ohne auch nur je die Erlaubnis dazu bekommen zu haben. Er hatte auch sein Versprechen eingelöst, die Hälfte vom Proviant zu kaufen, dadurch, daß er Milts Vorrat an Speck und Brot, für fünf Cent Zitronenplätzchen hinzufügte.

Als sie angehalten hatten, warnte Milt: »Hier ist also ihr Wagen. Scheint dort so eine Art Gasthaus zu sein. Ich will hineingehen und guten Tag sagen. Leb wohl, Pink. Freue mich, daß ich dich getroffen habe, aber ich hoffe, du wirst fort sein, wenn ich zurückkomme. Wenn nicht – Willst du den Grabstein aus Granit oder Marmor haben? Ich mein's im Ernst, diesmal!«

»Ich verstehe vollkommen, mein Junge. Ich bewundere deine ritterliche Feinfühligkeit. Leb wohl, alter *compagnon de voyage.*«

Milt erkundigte sich bei Frau Barmberry, ob die Boltwoods drinnen wären und platzte in die Wohnzimmer-Salon-Bibliothek hinein. Als er Claire am Kaminfeuer zurief: »Hab schon geglaubt, daß ich Sie nie mehr einholen werde«, bemerkte er, daß ein ältlicher junger Mann, sehr korrekt und mit sehr unfreundlichen Augen, im Gespräch neben Herrn Boltwood stand. Er hatte einen grauen englischen Anzug an, tadellose Korduanleder-Schuhe und eine kühne, unverschämt gut gebundene, blaue Kravatte. Als er Jeff Saxton brummen hörte: »Ah, Herr Daggett!« fühlte Milt plötzlich den Hauch von Luxus, der über dem Raume schwebte: der wollige Shawl um Claires Schultern, die in Stanniol verpackten Süßigkeiten neben ihrem Arm, der Geruch teurer Zigarren und das stattliche Behagen des Herrn Boltwood.

»Haben Sie schon gegessen?« fragte Claire, als eine Stimme schmetterte: »Gestattet, daß ich mich vorstelle als Westlake Parrott.«

Jeff griff plötzlich ein. Er trat Pinky gerade gegenüber und fragte: »Wie meinen Sie?«

Claires Augen erbaten von Milt Aufklärungen.

»Das ist ein Mensch, den ich ein Stückchen Wegs habe mitfahren lassen. Mime – ich meine, Schauspieler – na, Art spiritualistisches Medium …«

Herr Boltwood, mit der Heiterkeit eines Mannes, der gut gegessen hat und eine gute Zigarre raucht, sagte einlenkend: »Jeff – e – Daggett hier hat uns tatsächlich zweimal das Leben gerettet und sonst stets viel geholfen. Er ist

149

Automobilfachmann. Er hat es immer abgelehnt, von uns irgendeine Gefälligkeit anzunehmen, aber – ich habe gesehen, daß beinahe ein ganzes Brathuhn übriggeblieben ist. Vielleicht könnte er es mit – e – mit seinem Bekannten zusammen verspeisen, bevor – bevor sie sich ihr Lager für die Nacht bereiten?«

Jeff begann in höflichem und hinterhältigem Ton: »Werde immer froh sein, mich gegen jemand erkenntlich zu zeigen, der sich so große Verdienste erworben hat, um …«

Doch seine Worte wurden ertränkt in Pinkys hervorsprudelndem Wortschwall: »Wahre Gastfreundschaft ist eine ebenso auserlesene wie seltene Tugend. Wir nehmen Ihre Einladung an. Ehrlich gesagt, ich würde mich freuen, eine jener Cigarros elegantos zu bekommen, die mein Geruchs …«

Milt schnitt ihm kurz die Rede ab: »Pink! Sei still! Dank Euch allen, aber wir gehen weiter. Wollte nur nachsehen, ob Sie gut angekommen sind. Sehe Sie vielleicht morgen wieder anderswo.«

Claire stand dicht neben Milt und berührte mit der Hand leise seinen Ärmel. »Bitte, Milt! Vater! Du hast nicht fertig vorgestellt. Du hast Herrn Daggett nicht gesagt, daß dies Herr Saxton, ein Freund von uns aus Brooklyn, ist. Bitte, Milt, bleiben Sie bei uns zum Essen. Ich will Sie nicht hungrig fortgehen lassen. Und ich möchte gerne, daß Sie Jeff – Herrn Saxton kennen lernen … Jeff, Herr Daggett ist Ingenieur, das heißt, so gewissermaßen. Er will auf der technischen Hochschule in Washington studieren. Eines Tages werde ich Euch aufgeblasene Kupfermagnaten noch für ihn zu interessieren wissen … Frau Barmberry. Frauuu Baarmberrry! Oh! Oh, Frau Barmberry, wollen Sie bitte dieses zweite Huhn noch wärmen für …«

»Ach nein, das ist zu dumm. Ich und Jim, wir haben's ganz aufgegessen!« jammerte die Wirtin in der Türöffnung.

»Ich fahr gleich weiter«, stammelte Milt.

Jeff sah ihn ausdruckslos an.

»Sie werden nicht gleich weiterfahren!« sagte Claire beharrlich. »Frau Barmberry, wollen Sie uns, bitte, ein paar Eier kochen oder ein Stück Fleisch abbraten oder sonst etwas für die jungen Leute hier kochen?«

»Vielleicht«, schlug Jeff vor, »wollen sie sich ihr Essen lieber selbst am Lagerfeuer bereiten. Muß sehr lustig sein, derlei Sachen.«

»Jeff, entschuldigen Sie bitte, aber das sind augenblicklich meine Gäste!«

»Ganz richtig. Verzeihung!«

»Milt, kommen Sie, setzen Sie sich hier ans Feuer und wärmen Sie sich. Ich will mir das egoistische Vergnügen der Gastfreundlichkeit nicht nehmen lassen. Sind jetzt alle zufrieden, bitte?«

Auf ihren Wunsch hatten nun alle Platz genommen – alle, bis auf Pinky. Er hatte sich schon lange vorher niedergesetzt, ganz nahe am Feuer, in Claires Stuhl und er rauchte eine Zigarre aus der Schachtel, die Jeff für Herrn Boltwood mitgebracht hatte.

Milt saß am weitesten weg vom Feuer, am Eßtisch. Er quälte sich:»Dieser Jeff-Mensch, das ist der Richtige. Das ist kein Percy in Reitbreeches. Der ist an Gesellschaft und Abscheulichkeiten gewöhnt. Wenn er mich noch einmal anschaut – dann: junger Garagemann wurde steif gefroren aufgefunden in der Nähe von Flathead Lake, verstörter Blick, glaubte, daß er einem Graubären begegnet sei, keine Zeichen von Gewalt zu bemerken. Und ich glaubte, daß ich lernen könnte, mich in Claires Gesellschaftskreise zu mischen! Ich wollt, ich säß draußen in meinem Karren! Ob ich nicht doch entwischen könnte?«

XVIII.
Trügerische Romantik

Milt beobachtete während des Essens Jeff Saxtons Manieren und sein Benehmen. Der heiße Tag hatte nun einer kalten Nacht Platz gemacht. Jeff wickelte Claire in den gestrickten Shawl, sobald sie wieder an den Kamin trat. Er bewegte sich leicht, ruhig und sicher. Er schürte das Feuer an, auch während er Claire lächelnd ansah. Er schien ohne Schwierigkeiten zu gleicher Zeit zweierlei Gespräche zu führen: eines mit Herrn Boltwood über die Finanzen und eines mit Claire über geheimnisvolle Leute, die man Fannie und Alden und Chub und Bobbie und Dot nannte, und die Erwähnung dieser Namen allein brachte es Milt so recht zum Bewußtsein, was für ein Fremdling er hier war. Einmal, als er an Claire vorbeiging, sagte Jeff freundlich: »Wie reizend Sie sind, Claire!« Nur das und dabei blickte er sie gar nicht an. Aber Milt sah, wie Claire errötete und ihre Augen trübe wurden.

Pinky schwieg, bis er ungefähr zwei Drittel von dem ganzen Vorrat an Eiern, kaltem Fleisch und Pasteten gegessen hatte. Als Claire herüberkam, um zu sehen, wie es ihnen ginge, zog sich Pinky mit grinsender Unterwürfigkeit zurück und gesellte sich dann entschlossen zu Jeff und Herrn Boltwood. Er griff das Thema über die finanzielle Lage auf und während Claire sich neben Milt in einen Stuhl niederließ, hielt Pinky den beiden Männern aus New-York einen Vortrag.

»Ach, diese Finanzen! Königin des soziologischen Pantheons! Ich weiß nicht, wie ich dazu komme, von Fortuna der Gnade wert befunden worden zu sein, in dieser Wildnis zwei solchen Herren zu begegnen, die so offenkundig beschlagen sind in der Kriegskunst des großen, goldenen Spieles, doch will ich die Gelegenheit ergreifen, Euch Herren einige statistische Daten zu geben über die Goldbestände, die noch in den Kaskaden und anderen Landstrecken ruhen, was vielleicht von Vorteil, jedenfalls aber von Interesse für Sie sein dürfte und Sie nicht wenig in Erstaunen setzen wird. Zufällig besitze ich in diesem Augenblick selbst eine Mine …«

Claire flüsterte Milt zu: »Wenn wir Ihren entsetzlichen Fahrgast los werden könnten, möchte ich gerne, daß Sie ein wenig näher mit Herrn Saxton bekannt werden. Er kann Ihnen eines Tages sehr nützlich sein. Er ist entsetzlich tüchtig und wirklich ganz nett. Denken Sie nur! Er kam zufällig in diese Gegend und hat mich per Telephon auf der Strecke ausfindig gemacht – oh, dem ist ein interurbanes Telephongespräch ungefähr dasselbe wie mir eine Haarnadel. Er brachte die verschwenderischesten Geschenke mit – erlesene Delikatessen, diesen gestrickten Shawl und ein echtes René Bleuzet-Parfüm – ich habe gar keines mehr – Und nach all dem Schmutz von der Straße …«

»Liegt Ihnen wirklich viel an diesen Dingen, an all diesen entsetzlich teuern Luxusgegenständen?« bettelte Milt.

»Ja, natürlich. Insbesondere nach diesen vielen kleinen Wirtshäusern.«

»Dann lieben Sie also eigentlich die Abenteuerfahrten nicht wirklich?«

»Oh, ja – zu Zeiten! Vor allem lehren sie einen, ein vernünftiges Abendessen durch die Kontrastwirkung erst so richtig schätzen.«

»Nun – fürchte, daß ich von vernünftigem Abendessen nicht sehr viel verstehe«, seufzte Milt, als er bemerkte, daß Jeff Saxton ihm sein erlauchtes Antlitz zuwendete, mit der Frage:

»Daggett, könnten Sie nicht versuchen, Ihrem Freund mitzuteilen, daß weder Herr Boltwood noch ich uns an seiner Goldmine zu beteiligen wünschen? Wir können ihm das augenscheinlich nicht klar machen. Es liegt mir nichts daran, belästigt zu werden, aber ich habe hier wirklich das Gefühl, daß ich Herrn Boltwood davor bewahren muß.«

»Was kann ich machen?«

»Mein lieber Herr, da Sie ihn hergebracht haben – »Der Tonfall »mein lieber Herr« war schuld an allem. Milt fand sich plötzlich auf den Beinen stehend und schreiend: »Ich bin nicht Ihr lieber Herr! Pinky ist mein Gast und – Herrjeh, tut mir leid, Claire, daß ich mich habe hinreißen lassen, wirklich schrecklich leid. Seh Sie noch auf der Strecke. Gute Nacht. Pinky! Nehmen Sie Ihren Hut! Vorwärts!«

Milt ging hinter Pinky zur Türe hinaus und schnaubte: »Vorwärts, in den Wagen und zwar schnell. Ich fahre Sie direkt nach Blewett Paß. Wir fahren die Nacht durch.« Pinky benahm sich schweigsam und taktvoll. Milt sprang neben ihn in den Wagen. Aber er startete nicht für die ganze Nacht. Er wollte zurückkriechen, auf den Knien, Claire um Verzeihung bitten – und sich von Jeff Saxton schlagen lassen. Er schloß ein Kompromiß und fuhr langsam eine Viertelmeile die Straße entlang und schlug dann dort sein Nachtlager auf.

Pinky versuchte Worte des Trostes und der tiefen Philosophie verlauten zu lassen – aber er versuchte es nur ein einziges Mal.

Stundenlang quälte sich Milt bei einem kleinen Feuer damit ab, daß sein ganzer Stolz dahin sei und nur Schwäche zurückgeblieben war und Sehnsucht, Claire wiederzusehen. In der Früh sah er sie wieder – sie fuhr mit Jeff und Herrn Barmberry in einem Motorboot auf den See hinaus. Er sah das Boot zurückkommen, sah Jeff in den Wagen steigen, der ihn von Kalispell hergebracht hatte, sah den Abschied, den langen Händedruck, sah, wie Jeff den Kopf neigte und Claire schnell einen Schritt zurücktrat, ehe Jeff sie küssen konnte. Aber sie winkte Jeff noch lange, nachdem der Wagen weggefahren war.

*

Als Claire mit ihrem Vater im Gomez herankam, stand Milt am Rand der Straße. Sie hielt an. Sie lächelte. »Nacht der Trauer und Reue? Sie waren hübsch grob, Milt. Herr Saxton übrigens auch, aber ich habe ihm die Leviten gelesen und er läßt sich entschuldigen.«

»Ich mich auch – wirklich wahr,« sagte Milt ernst.

»Dann ist alles in Ordnung. Ich bin überzeugt, wir waren alle sehr müde. Wir wollen es vergessen.«

»Guten Morgen, Daggett,« warf Herr Boltwood ein. »Hoffe, Sie haben diesen entsetzlichen, rothaarigen Menschen abgesetzt.«

»Nein, ich kann nicht, Herr Boltwood. Als Herr Saxton sich an mich wandte, hab ich geschworen, daß ich Pinky direkt bis Blewett Paß bringen werde ... wenn auch nicht bis Seattle, bei Gott!«

»Närrische Eide sollen gebrochen werden«, brachte Claire vor.

»Claire – schauen Sie – es liegt Ihnen doch nicht so entsetzlich viel an diesem kleinen Luxuskram, Essen und Kleider und Hotels, zu sechs Dollars täglich, nicht wahr?«

»Oh ja«, sehr stolz, »es liegt mir daran«.

»Aber nicht im Vergleich zu Bergen und …«

»Ach, es ist ganz schön drüber zu reden und überlegen zu tun mit all der guten alten ›Erhabenheit der Natur‹ und dem Heroismus der Pioniere und ich bin froh, daß ich einen Schimmer davon bekommen habe. Aber die Annehmlichkeiten des Lebens bedeuten etwas und selbst wenn es ein Zeichen von Schwäche und Abhängigkeit ist, so werde ich sie doch immer vergöttern!«

»All diese Dinge sind so eine Art Verweichlichung.« Und er meinte, daß Claire verweichlicht sei.

»Zumindest sind sie nicht ungeschlacht!« Und sie meinte, daß Milt ungeschlacht sei.

»Sie sind vollkommen trivial. Sie schließen aus …«

»Sie schließen den Regen und Schnee und Schmutz aus und ich kann immer noch nichts Malerisches am Schmutz sehen! Adieu!«

Sie war fortgefahren, ohne zurückzuschauen. Sie wollte nun nach Seattle und zum Pazifischen Ozean mit vierzig Meilen pro Stunde – und sie hatten keinerlei Verabredung getroffen, um einander in Seattle oder im Pazifischen Ozean zu begegnen.

Ehe Milt weiterfuhr, erfüllte er eine Aufgabe, die er sich am Abend zuvor gestellt hatte, während er über die wohlsitzende Unverschämtheit von Jeff Saxton's grauem Anzug nachgedacht hatte. Die Aufgabe war, den »besten Anzug« wegzugeben, diese dumme, so sehr schwarze Hülle, die in Schoenstrom für alle feierlichen Anlässe geeignet erschienen war. Der Empfänger war Herr Pinky Parrott, der als Gegengeschenk eine Geschichte der Wohltätigkeit und der edlen Seelen zum Besten gab.

Milt hörte nicht zu. Er überlegte nun, da sie losgefahren waren, wohin sie eigentlich fuhren. Sicherlich nicht nach

Seattle! Warum nicht unterwegs anhalten, und Pinkys Goldmine besichtigen? Vielleicht hatte er wirklich eine. Sogar Pinky
mußte manchesmal die Wahrheit sprechen. Im Besitze einer
guten, landläufigen Goldmine konnte Milt eine Unmenge Kleider kaufen, wie die von Jeff Saxton und …

»Und«, überlegte er, »ich könnte auch in einer Stunde so
gute Manieren lernen wie die seinen sind mit noch einer Tanzstunde mit in den Kauf. Wenn nicht, würd ich den Professor
klagen!«

XIX.
Die Nacht der endlosen Fichten

Claire war, mehr in dem Gefühl ein Luftschiffer als ein Automobilist zu sein, am Rande des Kootenai Cañon entlanggefahren und in der Nähe von Idaho kam sie in einen großen Wald. Sie verbrachte Stunden mit dem Versuch, einen geplatzten Schlauch auszuwechseln, da das Reserverad einen Pneudefekt hatte. Sie sehnte sich nach Milt. Sie würde ihn nun nie wiedersehen. Es tat ihr leid. Er wollte sie wahrscheinlich gar nicht …

Aber, zum Teufel, schnaubte sie, wenn er sie überhaupt verehrte, wäre er jetzt hier und würde diesen ab-so-lut gemeinen Schlauch einlegen, mit dem sie sich nun schon jahrelang abrackerte; und es war geradezu lächerlich, wie müde sie war; und gab es denn gar keine respektvolle Art um Henry B. daran zu hindern, diese wohlwollende, strahlend-freundliche Miene zu bewahren, während sie sich zu Tode schindete; und diese Fingernägel; und – oh, zum Henker! dieser Schlauch!

Um nach dieser Verzögerung noch die nächste Stadt zu erreichen, mußte sie stundenlang in der Nacht durch die im Dunkeln unförmigen Gestalten der Bäume des Fichtenwaldes fahren. Es war ihre erste lange Nachtfahrt. Ein paar junge Siedlungen mit Blockhütten von neuen Ansiedlern, ein oder zweimal das Häuschen eines Försters, ein Telephonkasten an der Straße oder ein roh gezimmerter R. F. D. Briefkasten an einem Fichtenbaum festgenagelt, als Zeichen, daß es noch eine Zivilisation gäbe, aber es waren nur melancholische Spuren. Sie befand sich in einem Zustand verzauberter Erstarrung. Alles in ihr war tot, bis auf die Fähigkeit weiterzufahren – bis in alle Ewigkeit, ohne Hoffnung auf das langweilige Ende. Sie war auch ganz verwirrt. Sie fuhr sechsmal durch anscheinend genau dieselbe Waldlichtung; immer führte die Straße über einen winzigen Sattel links von der Lichtung, immer lag ein im Finstern stilles Haus an dem einen Ende, und immer stand auf der Wiese am anderen Ende ein Pferd, das wieherte. Sie war wie in einem Bühnenszenen-Panorama; die Dinge bewegten sich gleichmäßig unaufhaltsam an ihr vorbei, sie hörte das Geräusch eines

Motors, hatte die Empfindung zu lenken, aber sie blieb immer an derselben Stelle unter denselben Fichten mit derselben düsteren Schwärze zwischen den nackten, erhellten Stämmen. Nur die Straße vor ihr war klar und deutlich: eine eingleisige Strecke, die fußhohe Erdbank und daneben die Baumwurzeln, zwei deutliche Furchen und das angehäufte Gewirr von abgefallenen braunen Baumrinden und Fichtennadeln, das in dem dahinstreichenden Licht der Wagenlampen die sandige Straße fleckig und holperig erscheinen ließ durch das unaufhörliche Flackern winziger Schatten.

Sie hatte niemals etwas anderes gekannt als dieses angespannte Weiterfahren. Jeff und Milt waren alte, unwahr gewordene Sagen. War es zehn Stunden vorher gewesen, daß sie am Rande der Straße Essen gekocht hatte? Einerlei. Sie war nicht mehr hungrig. Sie würde niemehr die nächste Stadt erreichen und es war ihr auch gleichgiltig. Es war nicht mehr sie sondern ein grimmer Geist, der in ihren toten Körper gefahren war, der weiter lenkte, weiter Gas gab, weiter aufpaßte auf den Weg.

In der Dunkelheit draußen wurde der Lichtschimmer ihrer Lampen zu tanzenden Schatten und grauen Händen, hastig zurückgezogen und hinter den Baumstämmen versteckt, sobald sie nahe herankam; es waren da Dinge, die ihr nachschlichen und verborgene Männer, die darauf lauerten, daß sie anhielte.

Wie Fahrer zu tun pflegen, versuchte sie, die Gespenster der schleichenden Angst durch Singen zu verscheuchen. Sie stellte sich etwas zusammen, was sie ihr Fahrerlied nannte. Es sollte das Widerhallen der aufschlagenden Hufe eines fetten, alten Pferdes auf einer harten Straße wiedergeben:

> Der alte Gaul trottet traps traps traps,
> und die alte Straße macht klaps klaps klaps,
> nach Westen klaps klaps, nach Norden klaps klaps,
> und der Bauer, der Bauer trinkt Schnaps Schnaps
>   Schnaps,
> aus dem Tropfekrug Schnaps, aus dem Klopfekrug
>   Schnaps,
> bis Feuer sein Herz erfüllt japs japs japs,
> und er hüpft mit dem Krug umher haps haps haps.

Das Lied war anfangs eine Erleichterung – dann eine Plage. Sie fuhr darnach und sie lenkte darnach und wenn sie es zu vergessen suchte, sang es sich von selbst weiter in ihrem überanstrengten Kopf: »Traps, traps, traps – ach *verflucht!*«

Ihr Vater hatte einen leichten Schüttelfrost gehabt. Elend, schwach und klein wie ein Bub, hatte er sich auf den Boden des Wagens zusammengekauert, den Kopf auf den Sitz gelegt und war eingeschlafen. Sie war allein. Die Meilensteine zogen langsam vorbei. Sie sagten, daß da vorne eine Stadt sei, Pellago genannt, aber sie kam nie –

Und als sie endlich kam, war Claire zu müde, als daß ihr noch etwas daran gelegen wäre. Tief im Traum fuhr sie durch die mitternächtlichen Straßen der Stadt. Stumpf und gelähmt klopfte sie an die Türe der mit verzinktem Eisenblech überdachten Garage. Keine Antwort. Sie gab es auf. Sie fuhr die Straße hinunter und in den Hof eines Gasthauses. Sie nahm die Handtaschen heraus, weckte ihren Vater, und führte ihn zum Toreingang hinauf.

Die »Pellago-Taverne« war ein umgebautes Wohnhaus. Das Stiegengeländer war gebrochen und die vom Regen geworfene Diele knarrte unter ihren Füßen. Sie öffnete zögernd die Türe. Der Hausflur war finster und muffig. Ein Geräusch, gleich einem Ächzen, zog über die unbeleuchtete Stiege hinab.

In dem Zimmer rechts schien noch Licht zu sein. Mit dem schwachen Versuch, sich vorzutäuschen, daß ihr Vater ein Schutz sei, stieß sie die Türe auf. Sie blickte in einen luftlosen Raum, in dem Gummischuhe, widerwärtige Lederkappen und zerrissene Zeitschriften umherlagen. Am Ofen schlummerte mit verzogenem Mund ein dickes, altes Weib und ein großer, im landläufigen Sinn nicht unhübscher Mann von ungefähr Vierzig. Sein steifes, kragenloses Hemd war voll von Flecken. Seine Hände waren weiß und unerhört groß.

Die alte Frau fuhr in die Höhe: »Ja?«

»Ich möchte zwei Zimmer für die Nacht, bitte.«

Der Mann grinste sie an. Die Frau kreischte: »Ja, ich weiß nicht. Von wo kommen Sie, he?«

»Wir fahren mit dem Auto durch.«

»Heh? Wer ist der Mann?«

»Das ist mein Vater, liebe Frau.«

»Brauchen sich darauf nichts einzubilden: ›das ist mein Vater, liebe Frau!‹ Was das anbelangt, ist der dort mein Mann!«

Der Mann hatte seinen schäbigen Rock ein wenig abgestaubt, strich sich den Schnurrbart und lächelte mit armseliger Beflissenheit. Er sagte näselnd: »Sei still, Teenie. An der Dame ist gar nichts auszusetzen. Gib ihr ein Zimmer. Nummer 2 ist leer und ich glaube, in Nummer 7 ist auch schon wieder aufgeräumt worden, seit Bill fort ist – wenn nicht, das Bett ist nur eine Nacht benützt worden.«

»Von wo kommen Sie …?«

»Jetzt fang nicht mit der Fragerei an, Teenie. Ich werde der Dame die Zimmer zeigen.«

Die Frau wendete sich nun gegen ihren Mann. Er war vielleicht um fünfundzwanzig Jahre jünger; um ein Vierteljahrhundert weniger vollgesogen mit Abscheulichkeit. Ihre gelben, ausgehöhlten Zähne lagen bloß, als sich ihr Mund auf einer Seite über das Zahnfleisch emporzog. »Pete, wenn ich noch ein Wort von dir höre, gehst du hinaus. Dame! Huh! Von wo kommen Sie, junge Frau?«

Claire war zu schwach, um Einspruch zu erheben. Sie lehnte an einer Türe. Ihr Vater versuchte zu sprechen, aber die Frau brüllte:

»Von wo kommen Sie her!«

»Von New-York. Gibt's noch ein anderes Gasthaus …«

»Na, da is kan anderes Gasthaus! Oh! Sie kommen also von New-York, was? Eingebildete Menschen sind diese N'-Yorker. Ich werd Ihnen Zimmer zeigen. Kosten jedes zwei Dollars und Frühstück extra fünfzig Cent«. Die Frau führte sie die Treppe hinauf. Claire wollte entfliehen, aber – oh, sie konnte nicht mehr weiterfahren! Sie konnte nicht.

Der Fußboden des Zimmers erschien noch nackter durch den Kontrast eines zwei Fuß im Quadrat großen, sandfarbenen Teppichs vor dem nach hinten geneigten Bette. Auf dem Bett war eine rote Decke, die unbeschreiblich schmutzig war. Der gelbliche, irdene Wasserkrug war gesprungen. Der Wandspiegel blind. Claire war verwöhnt. Sie hatte seit Yellowstone Park zwei ausgezeichnete Hotels gefunden. Sie hatte vergessen, wie schlecht menschliche Wesen wohnen können. Sie protestierte:

»Mir scheint zwei Dollars sehr viel für so etwas!«

»Ich hab nicht gesagt zwei Dollars. Ich hab gesagt drei! Jedes drei; drei für Sie und drei für den Herrn Papa. Wenn Sie's nicht wollen, können Sie ja weiterfahren bis zur nächsten Stadt. Is nur sechzehn Meilen weit!«

»Wofür denn noch extra einen Dollar – oder zwei?«

»Sehen Sie nicht den Bettvorleger? Das ist unser bestes Zimmer. Und drei Dollars – ich kenn Euch New-Yorker. Ich hab einmal von einem gehört, dem haben sie fünf Dollars aufgerechnet – fünf Dol–lars! – für ein Zimmer in New-York, und ein Bub hat seinen Handkoffer weggeschnappt und wollte noch ein Trinkgeld und …«

»Ach – gut – also! Können wir was zu essen haben?«

»Jetzt?«

»Wir haben seit Mittag nichts gegessen.«

»Das ist nicht meine Schuld! Manche Leute können im Automobil herumfahren und andere wieder müssen zu Haus bleiben. Wenn Sie glauben, daß ich die ganze Nacht aufsitzen werde, um für Leute zu kochen, die zu Gott weiß was für einer Tages- oder Nachtstunde dahergejagt kommen –! Unten an der Straße ist eine Frühstückstube, die hat die ganze Nacht offen.«

Als sie allein waren, weinte sich Claire ordentlich aus. Ihr Vater hatte abgelehnt, noch in die Frühstückstube zu gehen. Er fror noch von der langen Nachtfahrt; er kroch durch seine Zimmertüre; ihn fröstelte; er wollte gleich zu Bett gehen.

»Ja, tu das, mein Lieber. Ich bring Dir ein Sandwich mit.«

»Ist es ratsam für dich, allein fort zu gehen? Nicht sicher vielleicht.«

»Jetzt ist alles sicher, nach der Begegnung mit dieser entsetzlichen – jetzt glaub ich an Hexen. Hör, mein Lieber; ich werde dir einen Krug mit warmem Wasser bringen.«

Sie nahm den Krug mit hinunter. Die Wirtin zog die Uhr auf während ihr Mann gähnte. Sie warf Claire einen durchdringenden Blick zu.

»Kann ich vielleicht ein bißchen warmes Wasser für meinen Vater haben? Er hat einen Schüttelfrost.«

»Kein Feuer mehr. Gibt kein warmes Wasser.«

»Könnten Sie mir nicht eines wärmen?«

»Schaun Sie, Fräulein. Sie kommen her und verlangen Essen und Zimmer um Mitternacht und alles wollen Sie billig haben, und ich tu eh, was ich kann, aber was zuviel ist, ist zuviel.«

Die Frau ging hinaus. Ihr Mann sprang auf. »Müssen's der Alten nicht übelnehmen, Gnädige. Hat die Gicht. Na, man kann's ihr einerseits auch nicht verargen; als Bill sich davon machte, hat er sie um vier Silbermünzen geprellt. Aber ich sag Ihnen was!« Er lauerte. »Überlassen Sie mir die Geschichte mit dem heißen Wasser, ich will's Ihnen selbst wärmen!«

»Danke schön, aber ich will Sie nicht bemühen. Gute Nacht.«

Claire war angenehm überrascht, eine warme, ganz hübsche Frühstücksstube namens »Alaska-Café« zu finden, mit einem helläugigen Mann von ungefähr fünfunddreißig Jahren, der dort die Aufsicht führte. Er nickte freundlich und beeilte sich, ihrer Bestellung von zwei Brötchen mit Schinken und Ei nachzukommen. Sie hatte wieder ein angenehm abenteuerlustiges Gefühl. Sie reinigte ihr Besteck an der Serviette, wie sie dies unterwegs andere Gäste in ähnlichen Lokalen hatte tun sehen. Drei Leute – eine Menschenmenge – klebten ihre Nasen an das Fenster, um das fremde Mädchen anzustarren, aber sie ignorierte sie und da zogen sie wieder ab.

Der Bedienstete fragte freundlich: »Sind hier in einem Gasthaus, Fräulein? Welchem denn? Herrjeh, doch nicht die Taverne?«

»Ja, warum? Gibt's denn ein anderes?«

»Sicherlich. Ein erstklassiges, zwei Häuser weiter.«

»Die Frau sagte, daß die Taverne das einzige Gasthaus sei.«

»Ach, das ist ein alter Brummbär. Der dürfen Sie nichts glauben. Was rechnet sie Ihnen denn für's Zimmer?«

»Drei Dollars.«

»Für jedes? Herrjeh! Nun, sie vermietet's an Touristen von einer Silbermünze an bis zu drei. Einheimische kriegen's um fünfzig Cent. Sie treibt's ziemlich arg, aber sie ist noch lange nicht mit ihrem Mann zu vergleichen. Der kommt aus Spokane – niemand weiß warum – wahrscheinlich ist er durchgebrannt.

Er ist, glaub ich, Morphinist und betrügt beim Rumeinschenken.«

»Aber warum läßt man die beiden in der Stadt? Warum erlauben Sie, daß sie unschuldige Leute quälen? Warum sperren Sie sie nicht ins Irrenhaus, wo sie hingehören?«

»Das wär lustig!« kicherte ihr Freund. Aber er sah es nur als Scherz an.

Sie dachte daran, ihren Vater in das gute Gasthaus zu übersiedeln, aber sie hatte nicht die Kraft.

Claire Boltwood von Brooklyn Heights ging durch die Dorfstraßen von Pellago Montana, um 1 Uhr nachts; sie trug ein belegtes Brötchen in einem Papiersäckchen, das zuletzt für Salzmandeln gebraucht worden war und einen roten Gummisack mit heißem Wasser, das sie sich im »Alaska-Café« hatte einfüllen lassen. In der Taverne beeilte sie sich, möglichst schnell an der unteren Türe vorbeizukommen. Sie überredete ihren Vater, das belegte Brötchen zu essen; sie sekkierte ihn und lachte ihn solange aus, bis der heiße Wasserbeutel seine rheumatischen Rückenschmerzen gelindert hatte; sie küßte ihn überschwänglich und machte sich dann auf, um in ihr Zimmer am äußersten Ende des Korridors zu gelangen. Die Lichter waren schon abgedreht. Sie mußte tastend ihren Weg suchen und zögerte vor der Türe ihres Zimmers, ob sie eintreten sollte. Sie bildete sich ein, Stimmen und heranschleichende Tritte zu hören und Leute zu sehen, die sie von weitem beobachteten. Sie stürzte in ihr Zimmer und als die angezündete Lampe ihren Schein auf den wohlbekannten Koffer warf, fühlte sie sich sicherer. Doch als sie endlich im Bett war – das Leintuch so weit als möglich über die widerwärtige, rote Decke hinabgezogen, raschelte und knarrte es in der Stille um sie her und sie konnte ihre Nerven nicht entspannen. In Schlaf zu sinken, schien gleichbedeutend mit Sich-in-Gefahr-begeben und Dutzende von Malen fuhr sie aus dem Halbschlaf auf, um sich wach zu halten. Doch nur langsam gestand sie sich ein, daß sie tatsächlich ein leises Tappen hörte und die Schnalle ihrer Türe niedergedrückt wurde.

»W-wer ist da?«

»Ich bin es, Fräulein. Der Wirt. Hab Ihnen das heiße Wasser gebracht.«

»Danke vielmals, aber ich brauche es jetzt nicht mehr.«

»Ich habe noch etwas für Sie. Kommen Sie bitte zur Türe. Ich will nicht so schreien und alle Leute aufwecken.«

An der Türe sagte sie schüchtern: »Ich brauche auch sonst nichts, danke schön. B-bitte, lassen Sie mich jetzt in Ruh.«

»Ja, warum, ich hab Ihnen ein belegtes Brötchen gebracht, Fräuleinchen, ganz frisch und einen Schluck, um sich warm zu machen.«

»Ich brauche nichts, sag ich Ihnen!«

»Sind Sie keine Spielverderberin! Wenn Sie zu Pete lieb sind, wird er lieb zu Ihnen sein. Wär' ja eine Schande, wenn eine Dame wie Sie, hier nicht ordentlich bedient werden könnte. Machen Sie die Türe auf. Feines, belegtes Brötchen!« Wieder wurde an der Schnalle gerüttelt. Sie sagte nichts. Sie preßte ihre Hand gegen die Türe, bis sich die Rillen der Verschalung im Fleisch abdrückten. Der Mann schnaubte:

»Ich werd mir doch nicht die ganze Mühe umsonst gemacht haben und dann hingehen und ein gutes, belegtes Brötchen wegwerfen. Sie haben mich gebeten ...«

»M-muß ich sch-reien?«

»Sch-schreien Sie, so viel Sie wollen, Sie Närrin!«

Er stieß gegen die Türe. »An diesem Ende des Ganges sind lauter gute Freunde von mir. Autsch – hören Sie, ich will Sie ja nur sekkieren. Ich will Ihnen nichts stehlen, kleiner Liebling. Sie könnten eine Million Dollars haben, und der alte Pete würde keine Silbermünze davon nehmen. Es wird mir in diesem verfluchten Städtchen hier nur zu langweilig. Will bissl plaudern und was von der großen Welt hören. Bin selbst ein Großstadtmensch – Spokane und Cheyenne und so weiter.«

Claire rannte barfuß durchs Zimmer, schaute verzweifelt zum Fenster hinaus. Ob sie wohl hinunterklettern könnte, ihren Freund aus dem Alaska-Café erreichen? Wenn sie ...

Frohes Lachen erhellte ihr Gesicht. Die Welt war wieder rosenrot und hing voll klingender Silberglöckchen. »Ich liebe sogar diesen Pinky-Menschen!« sagte sie. Im Hof des

Wirtshauses, neben ihrem Gomez, stand ein Teal-Karren und zwei Männer lagen darin und schliefen, in ihre Decken gehüllt.

Sie schritt zur Türe hinüber. Sie riß die Türe weit auf. Der Mann fuhr zurück. Er hielt eine elektrische Taschenlampe in der Hand. Sie konnte ihn nicht sehen doch zu dem tanzenden Lichtball bemerkte sie: »Zwei mir befreundete Männer sind unten in ihrem Wagen. Sie verschwinden jetzt hier sofort oder ich rufe die Beiden herauf. Wenn Sie glauben, daß ich Sie bluffen will, gehen Sie hinunter und schauen Sie selbst nach. Gute Nacht!«

XX.
Das freie Weib

Vor dem Frühstück sprang Claire in den Hof hinunter. Strahlend ging sie auf Milt zu, der ein Rohhautpflaster auf den Reifen schnürte, bevor sie sich erinnerte, daß sie nicht auf Sprechfuß mit einander standen. Beide sahen unendlich blöd und jung aus. Es war Pinky Parrot, der den gesellschaftlich-gewandten Vermittler spielte. Pinky stand immer und mit jedem auf Sprechfuß. »Ach, hier ist sie! Die junge Dame mit den aufrührerischen Augen! Unser Kommandant von den Fordwagen-Husaren!« Aber er erntete keinen Dank. Milt richtete sich auf und rief: »Hal – loh!«

Sie blickte ihn schüchtern an und flüsterte: »Hal – loh!«

»Hören Sie, ach bitte Claire – ich hab's nicht bös gemeint ...«

»Ach, ich weiß! Kommen Sie – kommen Sie zum Frühstück.«

»Hab schreckliche Angst gehabt, daß Sie uns für frech halten werden, aber als wir gestern nachts ankamen und Ihren Wagen hier stehen sahen – das Wirtshaus hat mir nicht sehr vertrauenerweckend ausgesehen und da hab ich gedacht, wir bleiben in der Nähe.«

»Ich bin ja so froh. Oh, Milt – ja und auch Sie, Herr Parrott – wollen Sie jemanden für mich züchtigen – durchprügeln – verbleuen – wie immer Sie es nennen wollen?«

Mit einem frohen, gemeinsamen Lächeln bogen Milt und Pinky ihre Handgelenke und machten Miene, die Ärmel hinaufzurollen.

»Aber nicht bevor ich's sage. Bis jetzt war ich brav und artig, aber ...«

»Zeigen Sie ihn mir!« und »Kommts, Burschen, los auf ihn!« antwortete ihre Truppe.

»Erst nach dem Frühstück.«

Das Frühstück war reichlich schlecht in der Taverne. Es bestand der Form nach aus seltsamen Kuchen, deren Inneres ein roher, klebriger Teig war. Ein Dutzend Handwerker saßen an demselben langen Tisch mit Claire, Milt, Pinky und Herrn

Boltwood – welche beiden Letzten äußerst höflich mit einander waren aber ungemein diskret bezüglich des Themas »Goldminen«. Die Wirtin und eine Magd bedienten bei Tisch; den Wirt konnte man in der Küche herumlungern sehen. Gegen Ende der Mahlzeit winkte Claire die Wirtin mit beleidigender Fingergebärde zu sich und sagte: »Kommen Sie her, Frau.«

Die Wirtin starrte sie erst an und ignorierte sie dann.

»Gut also. Dann werde ich es öffentlich sagen!«

Claire streifte die Handwerker mit einem warmen Lächeln. »Meine Herren aus Pellago, ich möchte gerne, daß Sie von einem der armen Reisenden erfahren, die hier in diesem abscheulichen Ort betrogen worden sind, daß wir von Ihnen und Ihrer Hilfe abhängig sind. Diese Frau und ihr Mann hier sind Verbrecher in ihrer Art, nach den Preisen, die sie für dieses widerliche Essen einheben –«

Die Wirtin war erst versteinert. Jetzt fuhr sie los. Hinter ihr kam der Gatte. Milt erhob sich. Der Gatte blieb stehen. Doch Pinky war es, welcher der Wirtin entgegentrat, ihr auf die Schulter klopfte und loslegte:

»Und was noch mehr ist, du Hexe, wenn unsere neuen Freunde hier einigen gesunden Menschenverstand haben, so jagen sie Euch aus der Stadt«.

Das war nur der Anfang von Pinkys Vorlesung über Verbesserungen und Wohltaten. Er lebte sich aus. Noch ehe er geendet hatte, weinte die Wirtin … sie versprach gerne, ihren Kostgängern Waffeln zu geben – gelegentlich einmal, sobald sie nur das Waffeleisen werde finden können.

Von ihrer Garde umringt bezahlte Claire am Pult einen Dollar für jedes Zimmer und es gab keine weitere Diskussion darüber.

Ehe sie starteten, fand Milt Gelegenheit, Claire zu sagen: »Ich kann Pinky jetzt schon ganz gut behandeln. Ich muß es auch. Will mir seine Goldmine einmal ansehen. Ich werfe ihm nur einen Blick zu, so wie es Ihr Freund, Herr Saxton, mit mir gemacht hat, und dann wird er gleich so schwach …«

»Nicht, bitte, Milt, verstehen Sie mich doch; ich bewundere Herrn Saxton; er ist ein feiner Kerl und sehr tüchtig und wirklich großmütig; nur … – Er kann manchesmal wirklich hochmütig sein, während Sie – Sie sind ein guter Kamerad – von Vater und von mir – und – hab ich es dieser Wirtin nicht ordentlich gezeigt, nicht wahr? Ich bin nicht so sanft und unbedeutend, nicht? Heil!«

*

Sie war über den schmalen Landstreifen von Idaho nach Washington gefahren, durch Spokane, durch die vielgewundenen Lava-Ablagerungen des Moses Coulee, wo die Obstbäume auf vulkanischer Asche wachsen. Hinter Wenatchee, mit seinen Reihen von Äpfelbäumen, welche die ansteigenden Felder wie faltiges Leder streifen, war sie auf die berühmte Höhe von Blewett Paß gelangt. Einmal, jenseits des Passes und von Sunoqualmie, würde sie sausend nach Seattle einfahren.

Es tat ihr leid, daß sie Milt nicht näher kennen gelernt hatte, vielleicht würde sie ihn in Seattle noch sehen.

Sie fand nicht nur durch bisher ungekannte Abenteuer Befriedigung, sondern auch hohe intellektuelle Erbauung in dem Studium der Städtenamen des Staates Washington. Weder Kaukakee noch Kalamazoo noch Oshkosh können mit der malerischen Phantasie von Washington rivalisieren, und Claire stellte die Städtenamen in einem lyrischen Gedicht zusammen, das so hinreißend-leidenschaftlich klang, daß es vielleicht würdig wäre, zur Nationalhymne gemacht zu werden. Es lautete:

> Humptulips, Tum Tum, Moclips, Yelm,
> Satsop, Bucuoda, Omak, Enumclaw,
> Tillicum, Bossburg, Chettlo, Chattaroy,
> Zillah, Selah, Cowiche, Keechelus,
> Bluestem, Bluelight, Onion Creek, Sockeye,
> Antwine, Chopaka, Startup, Kapowsin,
> Shamokawa, Sixprong, Pysht!

> Klickitat, Kittitas, Spangle, Cedonia,
> Pe Ell, Cle Elum, Sallal, Chimacum,
> Index, Taholah, Synarep, Puyallup,
> Wallula, Wawawai, Wauconda, Washougal,
> Walla, Walla, Washtucna, Wahluke,
> Solkulk, Newaukum, Wahkiakus,
> Penawawa, Ohop, Ladd!

Harrah, Olalla, Umtanum, Chuckanut,
Soap Lake, Loon Lake, Addy, Ace, Usk,
Chillowist, Moxee City, Yellepit, Chashup,
Moonax, Mabton, Tolt, Mukiltoo,
Poulsbo, Toppenish, Whetstone, Inchelium,
Fishtrap, Carnation, Shine, Monte Cristo,
Conconully, Roza, Maud!

China Bend, Zumwalt, Sapolil, Riffle,
Touchet, Chesaw, Chew, Klum, Bly,
Humorist, Hammer, Nooksack, Oso,
Samamish, Dusty, Tiger, Turk, Dot,
Scenic, Tekoa, Nellita, Attalia,
Steilacoom, Tweedle, Ruff, Lisabeula,
Latah, Peola, Towal, Eltopia,
Steptoe, Pluvius, Sol Duc, Twisp!

»Und dann,« jammerte Claire, »reden sie über Anny Lowell!
Ich überlaß es dir, Henry B, zu entscheiden, ob irgend ein ame-
rikanischer Dichter jemals einen so lustigen Refrain geschrieben hat wie ›Ohop Ladd‹« Sie machte nicht nur geistreiche
Witze. Sie war bemüht, sich vor Langeweile zu bewahren. Den
ganzen Weg über hatte sie vom Blewett-Paß gehört; die vier-
zehn Meilen Steigung und die letzte halbe Meile grausamer
Kletterei. An dieser östlichen Seite des Passes war die neue
Straße noch nicht eröffnet; es gab nur einen vielgewundenen,
kieselbestreuten Weg, zu eng an den meisten Stellen, um einem
anderen Wagen ausweichen zu können. Claire war froh, daß
Milt und Pinky in ihrer Nähe waren.

Wenn nicht so viele von der Sorte der freundlichen Ratge-
ber von Reisenden sie davor gewarnt hätten, wäre sie sicherlich
ohne Schwierigkeit über den Paß gekommen. Aber das freiwil-
lige Unken hatte Claire und ihren Vater nervös gemacht. Er
lamentierte in einem fort: »Glaubst du, sollen wir es versuchen?« Als sie am Fuße des Berges in einem Farmhaus anhielten, um zu übernachten, schien er ungewöhnlich müde. Er
klagte über Schüttelfrost. Er aß nichts zum Frühstück. Sie starteten schweigsam und niedergedrückt.

Er kauerte sich in einer Ecke des Wagens zusammen. Sie sah ihn an und wurde besorgt. Sie hielt an der ersten ebenen Stelle auf der Strecke an und weinte: »Du bist ja ganz elend. Ich fürchte – ich glaube, wir sollten einen Arzt aufsuchen.«

»Oh, es wird schon gehen.«

Aber sie wartete, bis Milt die Steigung herangeklappert kam. »Vater fühlt sich ziemlich unwohl. Was sollen wir machen? Umkehren und zum nächsten Arzt fahren – in Cashmere, denk ich?«

»Da oben auf dem Paß gibt es einen großartigen Arzt«, unterbrach Pinky Parrott. »Ein junger Kerl, aber man sagt, daß er in Harvard seinen Doktor gemacht hat. Er ist hier heraußen, weil er Waldland angekauft hat. Schaun Sie, Milt von den Daggetts, warum fahren Sie nicht Fräulein Boltwoods Wagen – kämen schneller vorwärts und brächten den alten Herrn rasch zum Dok. und ich komm mit Ihrer Maschine nach.«

»Wozu denn?« wendete Claire ein, »ich will nicht …«

Ein neuer Milt, der Herr, kurz und bündig, beinahe grob, schoß aus dem Karren: »Gute Idee. Springen Sie herein, Claire. Ich werde Ihren Vater hinaufführen. Heh, wodas, Pink? Ja, ich versteh: zweite Ecke nach dem Kaufmann. Rechts. Vorwärts. Heh? Oh, wir werden später noch über die Goldmine reden, Pink.«

So fuhren sie, alle drei auf den zwei Plätzen des Gomez zusammengepfercht, und Pinky unbekümmert mit dem Karren hinterherstolpernd, wieder bergauf – und halt! es gab keine Steigung mehr! Unbewußt hatte Claire jedesmal gezögert, bevor sie eine scharfe, steigende Biegung anging, hatte Schwung verloren, während sie überlegte: »Wenn nun der Wagen vielleicht hier aus der Kurve fährt?« Milt gab nie Gas, aber er verlangsamte auch nie. Sein Fahren war rhythmische Musik. Sie saßen so gedrängt, daß er kaum den Schalthebel und die Bremse erreichen konnte. Er hielt an einer ebenen Strecke an und fragte kurz: »Diese Klapptüre hinten im Wagen – umklappbarer Extrasitz?«

»Ja, aber wir benützen ihn beinahe nie und er ist festgeklemmt. Kann ihn nicht aufbringen.«

»Ich werd ihn gleich aufklappen! Haben Sie einen großen Schraubenzieher? Wollen Sie, bitte, hinten sitzen. Brauche Spielraum für die Ellbogen.«

»Vielleicht ist es gescheiter, wenn ich mit Herrn Pinky fahre?«

»Nein, 's nicht gescheiter.«

Mit einem Ruck öffnete er die Klapptüre; worauf ein Klappsitz sichtbar wurde, den sie willenlos einnahm. Dort hinten überlegte sie: »Wie stark sein Rücken aussieht. Komisch, wie ihm der Flaum in den Nacken wächst.«

Sie gelangten zu einer Siedlung und dem roten Zedern-Bungalow des Dr. Hooker Beach. Im selben Augenblick, da Claire das schmale, fragende Gesicht des Arztes sah, vertraute sie ihm auch schon. Er sagte zu Herrn Boltwood mit großer Bestimmtheit: »Alles, was Sie brauchen, ist ein wenig Ruhe, auch ist Ihre Verdauung etwas in Unordnung. Haben Sie Schweinefleisch gegessen? Könnten ein oder zwei Tage hier bleiben. Wir sind froh, wenn wir einmal Leute aus dem Osten zu sehen bekommen.«

Herr Boltwood legte sich im Gastzimmer der Beaches zu Bett. Frau Beach gab Claire und Milt ein Gabelfrühstück, es gab dünnen Toast und dünnes Porzellangeschirr auf einer Veranda, vor der das Wasser hundert Fuß tief herabschoß. Die Luft roch nach Tannenwäldern und ein Grammophon spielte dieselbe russische Musik, die in dem gleichen Augenblick in New-York modern war. Und die Beaches kannten Leute, die auch Claire kannte. Claire überlegte. Diese Leute waren wirkliche Aristokraten, während Jeff Saxton trotz all seiner Familie und Lebensauffassung ein ewiger Emporkömmling war. Milt, der sich in Jeffs Gegenwart unbehaglich gefühlt hatte, war heiter und unbefangen mit den Beaches und der Doktor holte dankbar seinen Rat ein, bezüglich seines stationären Gasmotors.

»Er gleicht den Beaches in seiner Einfachheit – ja und in seiner Fähigkeit und Geschicklichkeit, all das zu tun, was er der Mühe wert hält,« entschied sie.

Nach dem Frühstück, als der Arzt mit seiner Frau zu einem Patienten gehen mußten, schlug Claire vor: »Gehen wir dort hinauf zu diesem Felsgrat und schauen wir uns die Aussicht an, Milt«!

»Ja! Und wir wollen die Straße im Auge behalten wegen Pinky. Der arme Teufel ist immer noch nicht aufgetaucht. Er ist so unvorsichtig; ich hoffe, er hat den Teal nicht über eine Straßenböschung hinuntergefahren.«

Sie kauerte sich am Rande eines Felsens zusammen, vor dem sie einen Monat zuvor noch zurückgeschreckt wäre und sah über die Landstraße zu einem Bach in einer tannenumrandeten Rinne hinab. Er saß neben ihr, die Ellbogen auf die Knie gestützt.

»Diese Beaches – ihre Verwandten sind Richter und Senatoren und Hochschulprofessoren im ganzen Land«, sagte sie. »Und dieser Doktor muß der Enkel des Gesandten sein, glaub ich.«

»Wirklich? Ich hab geglaubt, sie sind gewöhnliche Leute. War ich nett?«

»Ja, natürlich.«

»Hab ich – hab ich schön meine Pfoten gewaschen und hübsch aufgewartet?«

»Nein, Sie sind kein kleines Hündchen. Sie sind der große Kettenhund, der das Haus bewacht, während ich herumlaufe und kläffe.« Sie lächelte ihm zu. Ihre Hand lag neben der seinen. Er berührte ihren Handrücken mit dem Zeigefinger, als hätte er Angst, sie zu beschmutzen. Es schien kein Grund vorhanden zu sein, aber er zitterte, während er stammelte: »Ich – ich – ich bin ver – flucht froh, daß ich nicht wußte, wer die Leute sind, oder ich hätt mich so schlecht benommen, wie ein Fordwagenlenker, wenn er das erste Mal einen Zwölf-Zylinder probiert. Herr – jeh, haben Sie eine kleine Hand.« Sie zog sie zurück und betrachtete sie genau: »Ja, ich glaube. Und ziemlich wenig nütze«.

»N – nein, das nicht, aber Ihre Schuhe. Warum tragen Sie keine hohen Stiefel auf solchen Touren?« Ein leiser Nachklang seiner früheren Entschiedenheit tönte wieder mit in seiner Stimme. Das nahm sie übel:

»Meine Schuhe sind vollkommen zweckmäßig! Ich will keine solchen entsetzlichen Vegetarier-Gehsäcke an meinen Füßen tragen!«

»Ihre Schuhe mögen für New-York ganz gut sein, aber Sie werden noch hübsch lange nicht nach New-York kommen. Sie müssen einfach ein Stück von diesem Land hier sehen, wenn Sie schon einmal hier sind – Britisch Columbia und Alaska.«

»Wär ganz schön, aber ich hab genug von der Schinderei, jetzt … –«

»Gelegenheit, die höchsten Berge der Welt zu sehen, beinahe, und da wollen Sie zurückgehen zu Teegesellschaften und all dem Unsinn!«

»Hören Sie auf zu versuchen, mich einzuschüchtern! Sie schaffen herum, beinahe die ganze Zeit, seitdem wir angefangen haben, heraufzufahren …«

»So? Das wollt ich nicht. Obwohl ich glaube, daß ich immer herumschaff. Zumindest bin ich gewohnt, die Dinge zu leiten. Es gibt zwei Arten von Menschen: solche, die Befehle erteilen und solche, die sie selbstverständlicher Weise nehmen; und ich gehöre zu den ersten und …«

»Aber mein lieber Milt, ich auch und wirklich …«

»Und meistens nehme ich sie auch von Ihnen. Aber, zum Teufel, bis nach Seattle ist's nur noch ein Tag und dann werden Sie mich vergessen. Ich wollt, ich könnte Sie entführen. Bin auch halb entschlossen, es zu tun. Sie ein Stück in die Berge hinaufnehmen und wenn Sie an das rauhe Leben in vollkommener Wildnis gewöhnt sind – könnten Sie mir zum Beispiel helfen, Holz schleppen für ein Blockhaus – dann wären wir wirkliche Kameraden. Sie haben das Zeug dazu in sich, aber Sie brauchen noch ein wenig Abhärtung bevor …«

»Hören Sie, Milt. Sie haben Romane gelesen und da ist immer ein Mann vorgekommen – manchmal war es ein Holzknecht und manchmal ein Steinklopfer oder Bergarbeiter, aber immer war er schrecklich behaart – und der hat in der Stadt eine reizende Frau gesehen und entführt sie und sperrt sie ein in irgend einer unmöglichen Hütte und gibt ihr schöne kalte Kartoffel zu essen und – so ganz selbstverständlicherweise vergöttert sie ihn! Hunderte von Männern haben diese Geschichte geschrieben und es ist ein Beweis ihrer ungesunden maskulinen Selbsttäuschung, die ich ihnen, als Frau, natürlich übelnehme, Shakespeare mag wohl damit angefangen haben mit seiner dummen »Der Widerspenstigen Zähmung«. Shakespeares Puppen, dazu geschaffen, irgendeiner Majestät zu gefallen. Sie wissen es vielleicht nicht, aber es gibt heute Frauen, die nicht nur dazu da sind, dem Traumbild irgendeiner Majestät gefallen zu wollen. Wenn eine Frau wie ich entführt würde, würde sie fortfahren, die Bestie zu hassen, oder wenn sie nachgeben möchte, wäre der Mann auch nicht besser dran, denn dann wäre sie eben degeneriert; sie wäre zu einer Sklavin geworden und hätte eben die Dinge verloren, die ihm an ihr gefallen hatten. Oh, Ihr Höhlenmenschen! Mit Eurem Glauben, daß Ihr Frauen zwingen könnt, Euch zu lieben! Ich besitze mehr Mut, als jeder einzelne von Euch!«

»Ich bewundere Ihren Mut, aber Sie wären noch mutiger, wenn Sie die Wildnis nicht scheuten.«

»Unsinn! In New-York darf ich mich nicht scheuen, jeden Tag hundert komplizierten Problemen entgegenzutreten, von denen Sie nicht einmal wissen, daß ich je von ihnen gehört habe!«

»Gestatten Sie mir, Sie daran zu erinnern, daß Julius Caesar sagte, daß er lieber in einer kleinen spanischen Stadt Bürgermeister wäre, als Polizeikommissär in Rom. Ich bin in Schoenstrom König, während Sie eben nur eine von vielen hunderttausend vornehmen Leuten in New-York sind.«

»So, wirklich? Oh, mindestens von einer Million. Danke!«

»Oh – herrjeh – Claire, ich wollte nicht persönlich werden und zu streiten anfangen und all das, aber – verstehen Sie denn nicht – irgendwie ein verzweifelter Versuch – Seattle ist so nahe …«

Sie hatte ihr Gesicht von ihm abgewendet; das schmale Profil war scharf wie ein Silberdraht. Er stammelte – schwieg – und sie fingen neuerlich damit an.

»Ich wollte Sie nicht böse machen«, würgte er hervor.

»Nun, Sie haben es aber doch getan! Poltern und einschüchtern wollen, ja – Sie mit Ihren Männern aus Granit in Indianerbooten und mit höchst mangelhaft rasierten Wangen wollen eine wohlerzogene Dame locken mit der Aussicht auf nichts als Felsen und Baumstümpfe und Socken auf der Wäscheleine! Und, daß all diese ungebildeten, wilden Männer ...«

»Schauen Sie! Ich weiß nicht, ob all diese Adjektiva auf mich abgezielt sind, aber ich weiß nicht, ob ich soviel ungebildeter bin – Sie haben davon erzählt, daß man in Ihrer Schule französisch gesprochen hat. Na, und in meiner hat man amerikanisch gelernt!«

»Man hätte es sollen!«

Jetzt wurde er zornig. »Ja, und Chemie und Physik und Griechisch und Latein und Geschichte und Mathematik und Nationalökonomie und ich hab mehr oder weniger von all dem profitiert, während Sie mit Bändern und Seiden herumgespielt haben; und dann mußte ich Mechanik studieren und ein Geschäft führen lernen.«

»Ich hab auch damit ›herumgespielt‹, gute Manieren zu erlernen – ein unglückseliges Versäumnis in Ihrem Curriculum, soviel ich sehe! Sie waren ordentlich grob –«

»Sie auch!«

»Ich mußte es sein. Aber ich nehme an, daß Sie anfangen einzusehen, daß sogar Ihre starke Hand den Geschmack einer Frau nicht zu zwingen vermochte. Entführen! Ein so kluger Bursche wie Sie will diese dummen Kinostücke ...«

»Nicht im geringsten dümmer, als Ihre elegante Gesellschaft, mit Champagner und Orgien in Klublokalen ...«

»Sie wissen wohl gar so viel davon, nicht wahr! Die schlimmste Orgie, die ich je miterlebt habe, war eine Vorlesung des Golfchampions über das Verschönerungswesen im › Boudoir‹. Wollen Sie bitte vielleicht Tatsachen anführen, für Ihre Feststellung der Laster von mir und meinen Freunden.«

»Oh, Sie – oh, ich hab nicht Sie gemeint ...«

»Warum haben Sie dann ...«

»Jetzt wollen wieder Sie mich nur überschreien und Sie wissen selbst, daß, wenn die elegante Gesellschaft nicht lasterhaft ist, so ist sie zumindest so versnobt, daß sie nicht einsehen kann ...«

»Dann ist sie eben klug, versnobt zu sein, denn würde man sich herablassen ...«

»Ich lass mir nicht sagen, daß man sich herabläßt …«

»Wollen Sie bitte nicht so schreien?«

»Gut also, ich werde überhaupt nichts mehr sagen.«

Wieder Schweigen, während Beide unglücklich dreinsahen und herauszubekommen suchten, worüber sie sich eigentlich gestritten hatten. Sie bemerkten anfangs einen kleinen, roten Wagen gar nicht, der lustig auf der Straße unterhalb der Felswand hin und her geschmissen wurde, obwohl der Fahrer ein rothaariger Mann in einem grünen Rock war. Er war beinahe vorbei, bevor Milt, wie nach Luft schnappend, hervorstieß:

»'s ist Pinky!«

»Pinky! Pinky!« brüllte er.

Pinky sah sich um, doch statt stehen zu bleiben, gab er Gas und fuhr weiter.

XXI.
Die Goldmine verlorener Seelen

»Das konnte doch nicht Pinky gewesen sein! Ja! Ja, der Wagen, den er hatte, war doch rot«, rief Claire.

»Sicherlich. Der Tepp hat sich irgendwo eine Anstreicherfarbe, für eine Scheune vielleicht, verschafft und versucht, den Wagen zu übertünchen. Er will damit durchbrennen!«

»Wir wollen ihm nachjagen. In meinem Wagen.«

»Macht es Ihnen nichts?«

»Natürlich nicht. Ich geb darum meine Einwände gegen die Philosophie des Lebens in der Wildnis nicht auf, aber – mit diesen Schuhen haben Sie recht gehabt – Oh, bitte lassen Sie mich nicht zurück! Ich will mitkommen!«

Diese Worte stammelte sie, einzeln hervorgestoßen und vollständig verloren, während sie ihm über die Felsen hinunter nachkletterte. Er blieb stehen. Seine Lippen bebten. Er hob sie auf, trug sie hinunter, zögerte einen Augenblick, während sein Gesicht – seltsam verkürzt wie sie es von seinen starken Armen aus sah – vor Aufregung zuckte. Er ließ sie sanft hinunter und sie kletterte in den Gomez.

Es schien ihr, daß er beinahe zu vorsichtig, zu langsam fahre. Er nahm die Kurven und Ecken leicht. Sein Gesicht war so ausdruckslos, so undramatisch bewegt, wie das eines Omnibuschauffeurs. Dann sah sie auf den Geschwindigkeitsmesser. Er machte bergab achtundvierzig Meilen die Stunde und dreißig bis vierzig bergauf.

Pinky war zwei Meilen vor ihnen in Sicht. Pinky blickte zurück; augenblicklich sah man ihn, sich den Hut in die Stirne drücken, sich vorbeugen: der dämonische Fahrer. Milt saß nur noch etwas aufrechter da, sah nur noch freundlicher, ruhiger und entschlossener aus.

Der Karren floh vor ihnen auf der gewundenen Bergstraße. Er puffte eine Kurve hinauf und fuhr dann immer langsamer. »Hat's zu schnell nehmen wollen. Armer Pink!« sagte Milt.

Sie kamen ihm bei dieser Steigung näher, doch als die Straße bergab ging, rannte der Karren verzweifelt hinunter. Ein anderer Wagen kam ihnen entgegen und wich an einer der breiteren Stellen an den Straßenrand aus. Pinky fuhr so unvorsichtig an ihm vorbei, daß Claire – es lief ihr dabei kalt über den Rücken – sah, wie die äußeren Räder des Karrens gerade an der Kante des Straßenrandes fuhren – der Kante eines fünfzig Fuß tiefen Abgrundes. Milt fuhr leicht an dem stehenden Wagen vorbei – ja, winkte sogar noch mit der Hand dem wartenden Fahrer zu.

Die ganze Geschichte kam Claire gar nicht wie die Jagd auf einen Dieb vor. Sie sah gelegentlich nach Pinky hin, als er um eine S-Kurve an einem bergab führenden Teil der Straße wirbelte, dann – es war zu schnell, als daß man sehen konnte, was eigentlich geschah: der Karren fuhr geradewegs auf den Rand der Straße zu, schoß darüber hinaus und stürzte, sich überschlagend, den Abhang hinunter. Er lag ganz unsinnig, das Unterste zu oberst gekehrt, da, den Auspufftopf und das Bremsgestänge sichtbar in der Luft, an Stelle des Sitzes und der Haube.

Milt hielt ganz vorsichtig den Gomez an. Der Tag war ganz still – bis auf das leise Rieseln eines kleinen Wassers in einer Rille. Der umgedrehte Wagen unter ihnen lag auch still; von Pinky nichts zu sehen und nichts zu hören.

Milt, von dem der schmollende Knabe nun gänzlich gewichen war, nahm Claires Hand und drückte sie an seine Wange. »Claire! Sie sind hier! Sie wollten mit ihm fahren, um Platz zu machen – oh, ich habe mit Ihnen herumgeschafft, weil ich mit mir herumschaffen wollte! Wollte mich dazu bringen, Ihnen zu sagen – aber oh, Sie wissen ja, Sie wissen ja! Können Sie es aushalten, da hinunterzugehen? Es ist mir schrecklich, daß Sie's tun müssen, aber vielleicht könnten Sie helfen.«

»Ja. Ich komme«, flüsterte sie.

Es schien verzweifelt langsam zu gehen, diesen Abhang hinunterzuklettern, wo alle Steine ins Rollen gerieten. »Warten Sie hier«, befahl Milt, als sie unten angelangt waren.

Sie blickte weg von dem grotesk aussehenden Wagen. Sie hatte bemerkt, daß die eine Seite wie ein von ungeduldiger Hand zusammengeknülltes Papier aussah. Milt beugte sich nieder und sah unter den Wagen; er schien etwas zu sagen. Als er zurückkam, sprach er nichts. Er wischte sich die Stirne ab.

»Kommen Sie. Wir wollen zurück hinaufklettern. Es ist jetzt nichts mehr zu tun. Glaube, Sie versuchen doch nicht mitzuhelfen. Sie könnten vielleicht nicht schlafen.«

Er half ihr den Abhang hinauf, fuhr zum nächsten Haus und telephonierte an Dr. Beach. Später wartete sie oben, während Milt, der Doktor und zwei andere Männer den Wagen aufhoben. Während sie wartend stand, dachte sie an den Teal-Karren wie an ein lebendiges Wesen – einen alten Freund, an den sie sich oft in der Not gewendet hatte.

Milt kehrte zu ihr zurück. »Es bleibt noch etwas für Sie zu tun. Bevor Pinky starb, bat er mich, seine Frau zu holen – Dolores ist es, glaub ich. Sie wohnt dort in einem Seitental, nur ein paar Meilen weit. Sie könnte jetzt vielleicht eine Frau um sich brauchen. Beach wird hier alles veranlassen. Können Sie kommen?«

»Natürlich. Oh, Milt, ich hab nicht …«

»Ich hab nicht …«

»… ernstlich gemeint, daß Sie ein Höhlenmensch sind! Sie sind mein großer Bruder!«

»… ernstlich gemeint, daß Sie ein Snob sind!«

Sie fuhren noch fünf Meilen auf der Landstraße weiter, dann einen Seitenpfad hinauf, wo der Gomez an beiden Seiten an Gehölz streifte, während er sich verzweifelt in Moos und in regenausgehöhlte Furchen und in loses Gestein grub, was alles, in einer tückischen Böschung zusammengehäuft, den Wagen wieder zurückzustoßen drohte. Neben ihnen lagen die Gebirgswälder in heiliger Stille, voll Farnkräuter und Maiglöckchen und hellgrüner Moose. Sie kamen vor Einbruch der Dunkelheit an eine Lichtung. Vor der Lichtung war ein Bach mit einem einfachen Schwingtrog – das Zeichen eines nicht allzu erfolgreichen Goldminen-Arbeiters. Vor einem Blockhaus, in einem schiefen Schaukelstuhl, saß eine große, weiße, schlaffe Frauengestalt. Sie mochte einmal wirklich schön gewesen sein. Sie erhob sich und zog das Umhängtuch über die Brust zusammen, als die Beiden in die Lichtung fuhren und dann zu Fuß ihren Weg über Baumstümpfe und Gestrüpp suchten.

»Wo wollt Ihr hin, Leute?« wimmerte sie.

»Ja, ja eben …«

»Ich bin ja sicherlich froh, jemanden zu sehen! Ich bin zu Tod erschrocken. Bin jetzt seit zwei Wochen hier allein. Hab wohl ein Gewehr, aber wenn jemand käme, würde er mir's einfach wegnehmen, denk ich. Ich bin das nicht gewöhnt, diese Wildnis, oh – sagen Sie, sind Sie vielleicht hergekommen, um die Goldmine zu besichtigen?«

»M–mine?« stammelte Milt.

»Natürlich nicht. Pinky hat gesagt, ich sollte sie zeigen, aber ich bin jetzt so wütend auf diesen gemeinen Hund, ich schwör, ich nehm mir nicht einmal mehr die Mühe, für ihn zu lügen. Es ist nicht mehr Gold in dem Fluß als in meinen Augen. Oder genau so wenig, wie Mehl oder Fleisch im Haus ist!«

Die Stimme der Frau wurde kreischend. Ihre Gebärden wütend. Claire und Milt standen nahe zusammen und ihre Hände glitten, wie Hilfe suchend, ineinander.

»Was würden Sie von einem Mann halten, der davongeht und eine Dame zurückläßt mit nicht einmal halb genug Proviant, um zu leben, während er herumscharwenzelte und versuchte, durch Spielen Geld zusammenzubringen, wenn man ihm hier doch eine ordentliche Arbeit geboten hatte? Er ist ein Spieler – hat mir erzählt, daß er ein reicher Minenbesitzer wäre – hat in seinem ganzen Leben noch keine Mine gesehen. Der verlogene Hund – schlimmste Schwätzer von zehn Ländern! Hat auch die Hände und das ganze Gehaben eines Spielers an sich – ich hätt es gleich sehen sollen! Oh, wenn ich den erwisch; na wart!« Claire dachte an die stille Hand – so still – die sie unter dem Rand des umgedrehten Wagens hervorstehen gesehen hatte. Sie wollte sprechen, aber die Frau wütete weiter, während der Zorn immer neuen Zorn in ihr entfachte:

»Gott sei Dank, daß ich nicht wirklich seine Frau bin! Mein Mann ist ein ordentlicher Mensch – Herr Kloh – Dlorus Kloh ist mein Name. Herr Kloh hat eine ordentliche Beschäftigung in einer Fabrik in North Yakima. Oh, ich war eine Närrin. Dieser Spieler, Pinky Parrott, kommt mit seinen eleganten Allüren daher, und nimmt den Mund recht voll mit allen möglichen Geschichten, die er mir erzählt und ich geh hin und verlaß den armen Kloh und das Kind, das schönste Kind – sagen Sie bitte, könnten Sie mich nicht mitnehmen, wohin immer Sie auch gehen? Vielleicht kann ich auch wieder Arbeit finden – war früher einmal eine gute Kellnerin und ich will hier nicht länger warten auf diesen verlogenen, betrügerischen, so gemein sprechenden – – –«

»Oh, Frau Kloh, bitte nicht! Er ist tot!« jammerte Claire.

»Tot? Pinky? Oh – mein – Gott! Und ich soll ihn nie wiedersehen, und er war so lustig und …«

Sie warf sich auf den Boden; sie strampfte mit den Füßen; sie raufte sich das lose gebundene, fahle, blonde Haar.

Claire kniete neben ihr nieder. »Sie dürfen nicht – Sie dürfen nicht – schaun Sie …«

»Gehn Sie zum Teufel mit Ihrem geschniegelten Herrn Gemahl da und Ihrem feinen Auto und allem, mischen sich da in die Angelegenheiten armer Leute!« kreischte Dlorus.

Claire erhob sich und führte die geballte rechte Hand an ihre zitternden Lippen, während ihre Linke nervös daran zerrte. Ihre Schultern hingen mutlos herab. Milt flehte: »Wir wollen uns davon machen. Ich hab nichts gegen anständigen, ehrlichen Schmutz, aber dieser Ort hier – schauen Sie hinein, auf den Tisch! Schmutziges Geschirr – Und Schnapsflaschen auf dem Boden!«

»Sie jetzt verlassen! Wenn sie mich so notwendig braucht?« Claire machte einen Schritt vorwärts, aber Milt hielt sie am Ärmel zurück; bewundernd sagte er:

»Sie haben recht! Sie haben stärkere Nerven als ich!«

»Nein. Ich würde mich nicht trauen, wenn … Ich bin froh, daß Sie hier bei mir sind!«

Claire beruhigte die Frau; steckte ihr das Haar auf; wusch ihr Gesicht – was sehr notwendig war; und saß dann auf der Türschwelle des Blockhauses, den Kopf der Frau Dlorus in ihrem Schoß, während Dlorus schluchzte:

»Pinky – tot! Er, der so lebendig war! Er war ein so süßer Liebhaber, oh, so süß. Er war ein prächtiger Bursche; herrjeh, er konnte einen weinen und lachen machen, wenn er redete; er war auch so gebildet und hat Vi'lin gespielt – er hat alles gekonnt – und stark war er – er hätte mich reich gemacht. Ach, lassen Sie mich. Ich will nur allein sein und an ihn denken. Mit Kloh war's so langweilig und keine hübschen Kleider und nichts, und – ich hab das Kind lieb gehabt, aber es hat so geschrien, immerfort, und da ist Pinky gekommen, und er war so lustig – Oh, lassen Sie mich, lassen Sie mich allein!«

Claire erschauerte leicht und die Kraft schien aus ihren starken Armen, die Dlorus' Kopf gestützt hatten, zu schwinden. Die Dämmerung war über sie herangeschlichen; die Lichtung war von wogendem Grau erfüllt und in das Weinen der Frau mischte sich das Knistern des Waldes. Jedesmal, wenn Dlorus sprach, klang es wie das Aufkreischen eines Tieres im Wald und ringsherum krochen düstere Widerhalle, daß Milt immerfort über die Schulter zurücksehen wollte.

»Ja,« seufzte Claire zuletzt, »vielleicht gehen wir jetzt doch.«

»Wenn Sie fortgehen, bring ich mich um! Führen Sie mich zu Herrn Kloh! Oh, er war – mein Gatte, Herr Kloh! Oh, so gut. Nur hat er nicht verstanden, daß eine Dame es auch zu Zeiten gut haben will, und Pink hat so gut getanzt – – –«

Dlorus sprang auf, stürzte ins Haus und stand im Zwielicht des Türeinganges mit einem großen Küchenmesser in der Hand und schrie: »Ich tus! Ich bring mich um, wenn Sie fortgehen! Führen Sie mich noch heute nachts zu Herrn Kloh, nach North-Yakima!«

Milt sprang auf sie zu.

»Nur nicht stürmisch, junger Mann! Ich mein es im Ernst! Und ich werde Sie umbringen ...«

Ganz ungalant und gar nicht im Rahmen des Bildes von düsterem Grauen und Schmerz schrie Milt sie an: »Jetzt ist's aber genug damit! Hier! Geben Sie mir das Messer!«

Sie ließ schluchzend das Messer fallen. »Oh Gott, immer schreit jemand mit mir herum! Und ich wollte doch nichts anderes, als mich ein bißchen unterhalten!«

Claire führte sie ins Haus. »Wir werden Sie zu Ihrem Mann bringen – heute nachts. Kommen Sie, wir werden das Geschirr zusammen abwaschen und dann helf ich Ihnen, Ihre hübschesten Kleider anziehen.«

»Wirklich, wollen Sie das?« rief die Frau ganz vergnügt und allen Schmerz vergessend. »Ich hab ein feines Shantungseidenkleid und neue weiße Glacélederschuhe! Oh, mein Kloh wird mich kaum erkennen. Er wird mich schon zurücknehmen.

Ich versteh ihn gut zu behandeln. Das wird fein sein, im Automobil zurückkommen. Und ich hab einen neuen Haarkamm mit echt peruvianischen Steinen. Sagen Sie, Sie wollen mich doch nicht zum Besten halten?«

Im Schein der Lampe, die Milt angezündet hatte, sah ihn Claire fragend an. Beide zuckten die Achseln. Claire versprach: »Ja. Heute Nacht. Wenn wir's machen können.«

»Und wollen Sie ein gutes Wort für mich bei Kloh einlegen? Herrjeh, ich hab eine Riesenangst vor ihm. Ich schwör, ich will immer ordentlich das Geschirr für ihn abwaschen und alles. Er ist ein guter Mann. Er – Hören Sie, er hat auch meinen neuen Sonnenschirm noch gar nicht gesehen!«

XXII.
Über das Dach der Welt hinaus

Claire half Dlorus beim Anziehen, bereitete das Abendessen aus grünem Bete-Salat, Kartoffeln und einer Forelle, und sie hinderte Dlorus, teils durch Strenge, teils durch Freundlichkeit, allzuhäufig zur Schnapsflasche zu greifen. Milt hatte die Forelle gefangen, Holz geholt und Pinkys verlassene Bergmanns-Werkzeuge in einem Schuppen verwahrt. Sie starteten um acht Uhr abends nach Nord-Yakima. Dlorus schluchzte am Notsitz des Wagens, und abwechselnd flüsterte sie, nur für aufmerksame Ohren vernehmbar, vor sich hin, was sie den ›alten Hennen‹ wohl alles erzählen würde.

Milt widmete sich vollständig der Aufgabe, die Riesenkatze von einem Wagen dazu zu bewegen, vorsichtig die schlüpfrigen Regenfurchen des Weges hinunterzutrippeln und Claire fuhr im Geiste mit ihm. Jedesmal, wenn er die Fußbremse berührte, fühlte sie die Anspannung im eigenen Fußknöchel.

Eine Meile weiter unten auf der Landstraße hielten sie bei einem Postamt an, um Herrn Boltwood und Dr. Beach zu telephonieren. An der Türschwelle stand ein Mann in Overalls und hohen Schnürschuhen. Er war schlank und hatte kurze, schnelle Bewegungen. Als er den Kopf hob und seine Augengläser aufleuchteten, packte Claire Milts Arm und keuchte: »Du lieber Gott, meine Nerven sind in einer feinen Verfassung! Jetzt hab ich einen Augenblick lang geglaubt, daß dies Jeff Saxton ist. Ich wette, es ist sein Astralleib.«

»Und Sie haben geglaubt, daß er Ihnen verbieten wird, auf diese verrückte Expedition davonzulaufen, und da haben Sie Angst gehabt«, kicherte Milt, während sie im Wagen saßen.

»Natürlich, ja! Und eigentlich hab ich noch immer Angst! Ich weiß, was er nachher alles sagen wird! Er *ist* hier und bringt immerfort Vernunftgründe vor. Sollte ich nicht vernünftig sein? Sollte ich Sie nicht bitten, mich erst bei den Beaches abzugeben, bevor Sie weiterfahren – hübscher Ausflug, eine fremde Frau zu ihrem vermutlichen Ehegatten zu bringen! Warum fehlt es mir denn an allem gesunden Menschenverstand? So hören Sie doch nur, was Jeff sagt!«

»Natürlich sollten Sie zurückgehen und mich allein weiterfahren lassen. Vollkommen verrückt, Sie …«

»Aber Sie möchten gerne, daß ich mit Ihnen komme, nicht wahr?«

»Ich möchte gerne? Es ist unsere letzte gemeinsame Fahrt und dieser verdammte alte Dichter Browning hat niemals an eine gemeinsame Mitternachtsfahrt über die Dächer der Welt hinaus gedacht. Nein, es ist eigentlich unsere erste gemeinsame Fahrt und morgen sind Sie fort.«

»Nein, ich werde nicht fort sein, aber –« und sich plötzlich dem erstaunten Mann in Overalls auf der Türschwelle zuwendend, erklärte sie: »Sie haben ganz recht, Jeff. Und Milt hat unrecht. Verrücktes Abenteuer! Nur ist es wunderbar, für verrückte Abenteuer noch genug jung zu sein. Über Abgründe hinsausen, ist viel interessanter, als über Brücken zu fahren. Ich gehe – gehe – gehe! … Milt, telephonieren Sie.«

»Glauben Sie nicht, daß es besser wäre, wenn Sie es täten?«

»Nein, mein Herrchen! Vater würd es verbieten. Versuchen Sie nicht, mit ihm zu sprechen … sagen Sie Herrn Dr. Beach eben nur, wohin wir gehen, und hängen Sie auf und laufen Sie!«

Sie fuhren die ganze Nacht; die andere Seite des Blewett-Passes hinunter, dem Pazifischen Ozean zu; die weiten Spiralen hinab ins Tal. Dlorus schlummerte auf ihrem Notsitz. Claires schlaftrunkener Kopf schaukelte in phantastischer Weise hin und her. Sie wurde aufgeschreckt durch ein nahendes Brausen und, als säße sie im Kino, sah sie einen großen Rennwagen auf sie zukommen und vorbeisausen, zwei Räder im Straßengraben. Sie hatte nur den Eindruck eines gewitterartigen Aufblitzens der unwahrscheinlichen Gestalt des Fahrers: eine dunkle, romantische Figur in einer Haube, wie ein Matrose am Steuer in einem Sturm.

Milt schrie: »Mein Gott! Ein transkontinentaler Rennfahrer, wahrscheinlich! Wird in fünf Tagen in New-York sein – fährt Tag und Nacht durch – mit fünfzig pro Stunde durch den Kot – bester Mechaniker von der ganzen Fabrik – wechselt ein Rad in drei Minuten aus – Leute bleiben die ganze Nacht auf und warten, um ihm Benzin und ein Sandwich zu geben! Das ist meine Traumvorstellung von einem Riesenspaß!«

Claire beobachtete Milts beschattetes Gesicht und überlegte: »Er könnte es auch. Am Volant sitzen, Gefahren und
gute Straßen mit demselben Gleichmut hinnehmen. Oh, er
ist … na, jedenfalls ist er ein lieber Kerl.«

Aber, was sie laut sagte, war:

»Für Sie, Milt, wird das Leben jetzt weniger dramatisch werden. Trigonometrie wird von nun an Ihre Traumvorstellung
von einem Riesenspaß sein; Blaupausen und technische Lehr-
bücher.«

»Ja, ich weiß und ich werd es auch machen. Werde die Arbeit von vier Jahren in drei – oder in zwei machen. Ich werde
mir Tabellen und Formeln an die Wand meines elenden Stu-
dierzimmerchens hängen und werde beim Rasieren lernen. Oh,
ich werd mir's schon einpauken! Aber ich werde auch Fox-trot
tanzen lernen! Wenn Amerika in den Krieg eintritt, geh ich zum
Ingenieurkorps und komme nachher wieder auf die Schule zurück.«

»Werden Ihre finanziellen Mittel …«

»Ich werde schreiben, daß man meine Garage verkaufen
soll. Rauskukle wird sie nehmen. Er wird den Preis drücken
und mich höchstens um tausend Dollars betrügen – nicht viel
mehr.«

»Sie werden gern in Seattle sein. Und wir Beide werden ein
paar schöne Ausflüge zusammen machen, solange ich dort
bin.«

»Wirklich? Werden Sie mit mir kommen wollen?«

»Glauben Sie auch nur einen Augenblick lang, daß ich
meine Liebe für Freiluft und Abenteuer aufgeben werde?
Wenn Sie mich nicht holen kommen werden, werde ich Sie aufsuchen und zwingen mitzukommen!«

»Warne Sie, werde wahrscheinlich in irgendeiner schlechten
Bude wohnen.«

»Wahrscheinlich. Und man wird über schmutzige Stiegen
hinaufsteigen müssen. Ich werde die Stiegen kehren. Ich werde
Ihnen das Abendessen kochen. Ich kann doch mancherlei machen, nicht? Ich bin auch mit Dlorus fertig geworden, nicht?«

Er flüsterte: »Claire, Liebste!« Da wechselte sie plötzlich
den Ton, und Widerklänge von Brooklyn Heights wurden

vernehmbar, als sie schnell hinzufügte: »Sie verstehen doch, nicht wahr? Wir wollen – eh – gute Freunde sein.«

»Ja.« Er fuhr sehr schnell und schweigsam.

Obwohl sie die dunkle Straße zu verschlingen schienen, obwohl die Felsen am Straßenrand, aufblitzend im huschenden Schein der Lampen, auf sie einstürzen wollten, obwohl sie bis in alle Ewigkeit weiterfuhren, wie gejagt von einer Nachtmahr, fühlte sich Claire geborgen, schmiegte sich behaglich in die sie umgebende Sicherheit. Ihr Kopf fiel auf Milts Schulter. Er legte seinen Arm um sie, seine Hand um ihre Taille. Halb im Schlaf überlegte sie, ob sie es gestatten sollte. Sie hörte sich noch leise murmeln: »Tut mir leid, daß ich so grob war, wie Sie so grob waren«, und ihre kalte Wange entdeckte, daß die glattgewetzte Schulter seines alten, blauen Rockes angenehm warm war und sie überlegte noch ein bißchen die Frage von Hand und Taille und – sie war eingeschlafen.

Sie erwachte verwirrt und sah, daß die Dämmerung langsam herangekrochen war. Während sie geschlafen hatte, schien Milt seinen Arm von ihr weggezogen zu haben; er hatte von irgendwo eine Reisedecke für sie hervorgezerrt. Hinter ihnen schlummerte Dlorus, den weichen Mund weit offen. Claire fühlte das Behagen der aufgestapelten Wärme unter der Decke; sie streckte wohlig die Beine und stellte sich Milt vor, der die ganze Nacht durchgefahren war, steif, unermüdlich, unpersönlich wie der Lokomotivführer eines Nachtexpreßzuges.

Sie kamen um die Frühstückszeit nach North-Yakima und fanden das Haus des Herrn Kloh, ein sauberes, nacktes, mausgraues Häuschen, mit einem netten, schmalen Vordergärtchen und einem Hinterhof. Dlorus war wach und wenn sie nicht gähnte, gab sie sich mit Vergnügen hysterischen Übertreibungen hin.

»Fräulein Boltwood«, jammerte sie kläglich, »Sie werden dort hineingehen, ihn vorbereiten und gute Stimmung machen?«

Milt bat: »Lassen Sie mich das lieber tun, Claire.«

Sie sahen einander gerade ins Gesicht. »Nein, ich glaube, ich mach's selber«, entschied sie.

»Recht so, Claire, aber – ich wollt, ich könnte mehr für Sie tun.«

»Ich weiß!«

Er hob ihren steifen, kalten, kleinen Körper vom Wagen. Seine Hände unter ihren Armen, hielt er sie einen Augenblick lang am Trittbrett, ihre Augen in gleicher Höhe mit den seinen. »Kleine Schwester – mutiges, tollkühnes, kleines Schwesterchen!« seufzte er. Er ließ sie langsam auf den Boden nieder.

Claire klopfte an der Hintertüre. Ein kahler, müder Mann mit einer Schürze, die in der Kniegegend sehr naß war, kam öffnen. Der Küchenboden war eingeseift und eine Reibbürste schwamm inmitten großer Wasserlachen. Ein ziemlich schmutziges Kind hing an seiner Hand. »Bin eben beim Saubermachen, Madam. Bin nicht sehr geschickt dabei. Ich hoffe, Sie sind nicht die Dame von der Kinderfürsorgeinspektion. Willy schaut so unordentlich aus, aber ich kann wirklich keine Zeit finden, die Kleider zu waschen, doch der Bub ist mein Alles in der Welt. Um was handelt es sich? Wollen Sie hereinkommen, bitte?«

Claire knöpfte dem Knaben die Hosenträger an, bevor sie sprach. Dann:

»Herr Kloh, ich will ganz aufrichtig mit Ihnen sein. Ich habe Nachricht von Ihrer Frau. Sie ist unglücklich und sie liebt und bewundert Sie mehr als irgend einen anderen Menschen auf der ganzen Welt; und ich glaube, sie möchte zurückkommen – sie sehnt sich so nach dem Kind.«

Der Mann wischte sich seine roten Hände ab. »Ich weiß nicht – ich wünsch ihr nichts Schlechtes. Das Malheur war, ich bin ein bißchen langweilig. Ich glaub, ich hab's nicht verstanden, für ihre Unterhaltung zu sorgen. Ich hab versucht, mit ihr auf Tanzereien zu gehen; aber wenn ich lang arbeite, werd ich so schläfrig und – Sie ist eine schöne Frau, fesch, wie eine Gerte, und ich glaub, ich war zu langsam für sie. Nein, die kommt nie mehr zu mir zurück.«

»Sie ist jetzt draußen vor dem Haus – und wartet.«

»Du lieber, großer Caesar und der Boden ist nicht aufgerieben!« Mit einem Jammerschrei sprang er auf die Reibbürste zu und als Milt und Dlorus in der Türöffnung erschienen, wischten Herr Kloh und Fräulein Claire Boltwood zusammen den Küchenboden auf.

Dlorus sah sie mit verschränkten Armen an und seufzte: »Halloh, Johnny, ach mei, ist es nicht schön, wieder daheim zu sein, oh, du hast den Ausguß ausmalen lassen, oh, verzeih mir, Johnny, ich war ein undankbares Weib, es liegt mir nichts mehr dran, wenn du mich nie mehr auf gar keine Tanzereien führst, kaum auf eine einzige. Willy, komm her, mein Liebling, oh, er ist so ein süßer Junge, mei, sein Mund ist so schmutzig, willst du mir verzeihen, Johnny, ist mein Mantel in der Mottenkammer?«

Als Herr Kloh in die Fabrik gegangen war – drei Mal war er vom Gartenzaun wieder zurückgekommen, um Dlorus noch einmal zu küssen und ihren Rettern zu danken – setzte sich Claire nieder und gähnend begann sie jeden Zoll von Dlorus' schöner, weißer Haut, strenge zu bekritteln:

»Sie sind schon wieder mitten drin; machen sich die Vergebung dieses guten Mannes zu nutze und gefallen sich schon in der Rolle der Sünderin. Sie sind eine faule, unwissende, nicht sehr saubere Frau und wenn es Ihnen gelingen soll, Herrn Kloh und Willy glücklich zu machen, so ist das eine beinahe zu schwere Aufgabe für Sie. Wenn ich aber von Seattle zurückkomme und finde, daß Sie sich wieder schlecht aufgeführt haben …«

Dlorus brach zusammen. »Nein, Fräulein, sicherlich nicht! Und ich will Hühner züchten, wie er's wollte, wirklich wahr!«

»Dann können Sie mir, bitte, ein Zimmer geben, damit ich mich ein wenig ausschlafen kann, und vielleicht könnte Herr Daggett hier drinnen auf dem Sofa schlafen, damit wir uns ausruhen können, eh wir zurückfahren.«

Milt und Dlorus folgten willenlos der Herrin.

Es war Mittag, bevor Milt und Claire aufwachten und entdeckten, daß Dlorus ihnen Rühreier und Selleriesalat vorbereitet und auf einem beinahe sauberen Tischtuch serviert hatte. Herr Kloh kam zum Essen heim, und während Dlorus später im Wohnzimmer auf seinem Schoß saß und wiederholte, daß sie ein ungezogenes kleines Mädi war – was sagten denn die Leute in der Fabrik dazu? – saßen Milt und Claire schwermütig und stumpfsinnig vor der Türe und sahen sich die Umgebung an, die aus sieben Blechkannen, einer zerbrochenen Waschmaschine und einem rheumatischen Birnbaum bestand.

»Ich glaube, wir sollten aufbrechen«, seufzte Claire.

»Ich habe ungefähr die Nervenstärke eines Kaninchens und die Widerstandskraft eines Strohhalms«, gestand Milt.

»Wir sind wie zwei Kinder, die zu lange gespielt haben.«

»Und doch nicht nach Hause wollen!«

»Ganz richtig! Obwohl ich nicht viel von Ihrer Vorstellung von einem Spielereihaus halte – diese Blechkannen da – Aber es ist immerhin besser, als erwachsen sein müssen.«

Und mitten in dieser Unterhaltung bemerkten sie, daß Herr Henry B. Boltwood und Dr. Hooker Beach um die Ecke des Hauses gekommen waren und sie anstarrten.

XXIII.
Der Hof in Yakima

»Ich muß gestehen, daß Ihr Beide euch eine schöne, ländliche Szenerie gewählt habt!« bemerkte Herr Boltwood.

»Wwwie bist du hergekommen?« stammelte Claire.

»Autobus über Blewett-Pass, Zug geht hier von Ellensburg weiter. Diese Frau – alles in Ordnung?«

»Ja, alles wunderbar. Wir wollten eben aufbrechen und zurückfahren, Herr Boltwood«, flehte Milt.

»Hm!«

»Tut mir schrecklich leid, Herr Boltwood, daß ich Claire auf so eine Tour mitnehmen mußte …«

»Ich will Sie nicht sonderlich tadeln. Wenn dieses junge Frauenzimmer sich irgendetwas in den Kopf gesetzt hat, sind wir Übrigen die reinsten Marionetten. Ja, sogar ich – sie hat mich über die ganzen Rocky Mountains geschleppt. Und ich will zugeben Claire, daß es mir gut getan hat. Aber jetzt fang ich wieder an, menschlich zu fühlen, und ich glaube, es ist auch Zeit, daß ich das Regiment übernehme. Wir werden noch den Nachmittagszug nach Seattle erreichen, Claire. Die Fahrt war außerordentlich interessant, aber ich glaube, wir machen jetzt vielleicht Schluß. Daggett, bitte, wollen Sie den Gomez nach Seattle fahren? Beach sagt mir, Ihr Wagen ist total zertrümmert. Verlieren Sie daran Geld?«

»Nein, Herr Boltwood. Der Karren hatte ausgedient. Ich muß aber doch noch zu ihm zurückgehen, weil ich meine Kleider drin habe.«

»Nun gut, wollen Sie also meinen Wagen in die Stadt fahren, bis zu fünfzig Dollars können Sie mir aufrechnen, so viel Sie wollen …«

»Ich möchte lieber nicht …«

»Das ist ein vollkommen ehrliches Geschäft – Ich würde es nur gar zu gern schnell abschließen! Oder, wenn Ihr verfluchter Stolz Sie hindert, irgendetwas zu rechnen, bringen Sie mir den Wagen so hin. Komm, Mädi, der ›Bus‹ wartet – bitte, beachte meine anpassungsfähige Art mich auszudrücken, ich sage ganz selbstverständlich ›Bus‹ für Autobus – und die Koffer hab ich auch. Jetzt wollen wir zur Station weiterrattern. Nein! Keine Einwände, Kind!«

Auf dem Eisenbahnperron waren Claire und Milt unter ständiger Bewachung des Herrn Boltwood, der ungemein nervös war, weil alle zwei Minuten berichtet wurde, daß der Zug weitere zwei Minuten Verspätung habe. Sie gingen auf und ab, sprachen leise, sehr eingeschüchtert, aber durch gemeinsame Schuld verbunden, sehr intim miteinander.

»Das war ein hübscher Ort, um eine transkontinentale Fahrt zu beenden – im Hof des Herrn Johnny Kloh mit ungetrübter Aussicht auf Blechkannen!« lamentierte Claire.

»Na, Ihre Fahrt hat nicht beim Kloh geendet, sondern weit oben in den Bergen.«

Herr Boltwood zankte auf sie los: »Wieder eine Minute Verspätung! Möcht wissen, was da los ist!«

»Ja, Vater.«

Als Herr Boltwood ihnen seinen ungeduldig wartenden Rücken zuwendete, faßte Claire Milts Hand und flüsterte ihm zu: »Sie sehen, ich bin befangen! Ich hab geglaubt, daß ich Vaters Herr und Chauffeur bin, aber er spürt, woher der Wind bläst. In seinem Herzen ist er wieder daheim im Büro und erteilt Befehle. Er wird mich wahrscheinlich Jeff zur Züchtigung übergeben! Sie werden es nicht erlauben, daß man wieder eine Zierpuppe aus mir macht, nicht wahr? Kommen Sie, so bald Sie können, zu Gilsons zum Tee. Gleich, wenn Sie nach Seattle kommen.«

»Tee – Jetzt, da wir Ihren Gilsons so nahe sind, bekomm ich Angst. Wüßte nicht, wie ich mich benehmen soll. Herrjeh, ich hab gehört, man muß eine Teetasse und ein Sandwich und ein Stück Kuchen und eine ellenlange Konversation auf einmal balancieren! Ich würde den Tee ausgießen und den Kuchen fallen lassen und mich wahrscheinlich vom Diener hinauswerfen lassen müssen.«

»Nein, das werden Sie nicht! Und wenn – verstehen Sie denn nicht? – es würde eben nichts machen! Es würde gar nichts machen!«

»Wirklich, Claire, Liebste, wissen Sie, warum ich diese ganze Tour unternommen habe? In Schoenstrom habe ich Sie sagen hören, daß Sie nach Seattle gehen. In diesem Augenblick entschloß ich mich, auch hinzugehen und Sie kennen zu lernen und wenn es durch einen Mord sein müßte. Aber, oh, ich bin so ungeschickt.«

»Sie haben gesehen, wie ungeschickt ich beim Fahren bin. Sie haben mich gelehrt, darüber hinwegzukommen. Vielleicht kann ich Sie auch einiges lehren. Und wir wollen studieren – abends – zusammen! Ich bin ein gründlich unwissendes Parasiten-Frauenzimmer. Sie werden mich wirklich und lebendig machen! Eine wirkliche Frau!«

»Liebste – liebste …«

Herr Boltwood steuerte auf sie zu. »Der Zug kommt endlich. Jetzt werden wir einmal wieder ordentlich schlafen, bei den Gilsons. Ich habe telegraphiert, daß sie uns erwarten sollen.« Er ging wieder.

»Bin schrecklich froh, daß Ihr Vater immer wieder dazwischen kommt, denn ich hab so eine Angst, daß ich schon verzweifle«, sagte Milt. »Gott, ich glaube, ich hör den Zug kommen. Ich – eh – Claire, liebste Claire …«

»Milt, wollen Sie um mich anhalten? Bitte schnell, denn das ist der Zug. Ist es nicht zu dumm – eines Tages werden Sie ganz von Neuem anfangen müssen, formell um mich anzuhalten, um der Leute willen, wie Vater zum Beispiel, wenn Sie und ich schon wissen werden, daß wir einig sind! Wir haben manche Dinge zusammen getan, wenn auch nicht gerade zusammen getanzt. Wenn Sie Ingenieur sind, werden Sie mich rufen und ich werde gerannt kommen bis nach Alaska. Und manchesmal werden Sie mit mir nach Brooklyn Heights kommen – Da ist der Zug. Oh, mein Kamerad, mach schnell mit deinem Ingenieurtitel! Schnell, schnell, schnell! Denn wenn es getan ist, dann: wohin du gehest, gehe auch ich! Und du hast mich sekkiert und überschrieen, ja, ja, ja, und ich habs ganz gern gehabt, und – ja, Vater, die Koffer sind alle hier. Telephonier mir, in derselben Minute, wenn du nach Seattle kommst, Liebling, und wir werden eine Privatlektion im Teeschalen balancieren haben – Ja, Vater, ich hab die Karten. Bin so froh, Liebster, daß die Tour plötzlich abgebrochen wurde – hat mich mit einem Ruck in die Wirklichkeit versetzt – hat mich erkennen lassen, daß ich mit dir zusammen war, jede Minute, seitdem ich dich dort hinten in Dakota fortgeschickt habe und du mich mit den großen, kummervollen Augen angesehen hast, wie ein Kind, und – ja, Vater, Pullmann ist hinten. Ja, ich komm schon!«

»W – wart! H – hast du gewußt, daß ich um dich anhalten werde?«

»Ja. Die ganze Zeit seit dem Yellowstone-Park. Hab immer an eine nette Art gedacht, dich abzuweisen. Aber es gibt keine. Du bist wie Pinky – kann dich nicht los werden – muß dich annehmen. Außerdem hab ich herausgefunden …«

»Daß du mich lieb hast?«

»Ich weiß nicht? Wie kann ich das sagen? Aber ich fahre gern im Auto, meinen Kopf auf deiner Schulter und – jaaaa, Vater, komm schon!«

XXIV.
Die Leute ihrer Gesellschaftsklasse

Herr Henry B. Boltwood saß und schlief wunderbar in einem Stuhl des Aussichtswagens, während Claire auf der großen hinteren Plattform unbeweglich still saß, anscheinend vollständig vertieft in die Schönheit der Gebirgslandschaft und der bebauten Felder ringsum. Doch man hätte auch bemerken können, daß eine ihrer Hände krampfhaft die Holzstütze ihres Feldsesselchens umschlungen hielt, und daß ihr gebeugter Rücken sich nicht regte.

Als sie sich umgedreht hatte, um ihrem Vater in den Zug zu folgen, hatte Milt sie bei den Schultern gepackt und geküßt.

Eine halbe Stunde lang war dieser Kuß ein wahrnehmbarer warmer Druck auf ihren Lippen geblieben. Und eine halbe Stunde lang hatte sie das erleichternde Gefühl, ohne selbst lenken zu müssen, an Bergen vorbei gleiten zu können, das wohlige Behagen, den unsichtbaren, geheimnisvollen Lokomotivführer vorne automatisch für sie fahren zu lassen. Sie hatte ihrem Vater gegenüber jubiliert, daß sie sich nun dem Pazifischen Ozean näherten. Ihre Nervosität hatte sich in ausgelassener Fröhlichkeit Luft gemacht.

Doch als er sich für ein Schläfchen zurückgezogen hatte und Claire sich durch den Vorwand leeren Geschnatters nicht mehr länger verbergen konnte, welch großen Entschluß sie auf dem Eisenbahnperron gefaßt hatte, fühlte sie sich einsam und verängstigt – und hätte gar zu gerne den Entschluß wieder unentschieden gemacht. Sie konnte nicht klar denken. Sie konnte Milt Daggett nur als einen feierlichen jungen Mann in einem billigen Sweater sehen, der am Geleise stand im trübselig nachmittägigen Lichte, der ihr bei Ausfahrt des Zuges winkte, bis er in grauer Dunkelheit verschwand, unbedeutender und nichtssagender als das Stationsgebäude selbst oder die vorbeiziehenden Telegraphenstangen oder der Portier, der – an nur ihm allein bekannten geheimnisvollen Verstecken – ihr Gepäck verstaute. Sie konnte nur in immer wachsendem Schrecken flüstern: »Ich bin verrückt. Ver – rückt! Mich an diesen Burschen zu binden, bevor ich weiß, was aus ihm werden wird. Wird er überhaupt etwas lernen außer Maschinenbau? Ich weiß – ich möchte gerne seine Wangen streicheln und – sein Kuß hat mich erschreckt, aber – Werd ich ihn nicht verachten, wenn ich ihn unter ordentlichen Leuten sehe? Kann ich ihn bei Gilsons vorstellen? Oh, ich war verrückt; war so aufgeregt und verwirrt durch diese idiotische Jagd nach Dlorus und so überzeugt davon, daß ich eine romantische Heldin bin und – Und ich bin einfach ein unentschlossenes Mädel in einer höchst realistischen Patsche!«

Geängstigt durch die einbrechende Dunkelheit und den düsteren, kalten Gebirgsabend, während der Zug nicht mehr lustig den felsigen Bergrücken hinaufkletterte sondern ratternd und schnaubend durch einen Engpaß fuhr und sie durch angeregtes Vorwärtshüpfen erschreckte, als ob die Bremsen ausgelassen hätten, konnte es Claire auf der trüben Plattform nicht länger aushalten und noch weniger das Sitzen im Wagen mit all den Sitzplätzen und von den geschniegelten Reisenden beäugt – Leute, ebenso leer von aller Romantik, die sie erfüllte, wie sie unfähig waren, so tiefe Tragik zu erfassen. Sie wankte zum Vestibüle weiter. Sie stand in diesem kalten, schwankenden, dunklen Raum, der nach Gummi und Metall und Schmiere roch und von dem Klappern aufeinanderschlagender Stahlbestandteile erfüllt war; sie versuchte, in die fliehende Finsternis hinauszusehen, sie versuchte, sich vorzustellen, daß der Zug sie dem verfolgenden Feinde entführe – ihrem eigenen, schwachen Ich. Ihr Vater erschien, vergnügt und strahlend und wohligangeregt, um sie zum Essen zu führen. Herr Boltwood war nicht von quälenden Überlegungen geplagt: er war von einem gesunden Interesse für eine gute Suppe erfüllt. Doch er warf verstohlen einen Blick auf sie, über den sauberen kleinen Eßtisch; er schien sie zu beobachten; und plötzlich entdeckte Claire, daß er ein sehr kluger Mann war. Sein Blick besagte: »Du bist betrübt, meine Liebe«, aber seine Stimme äußerte nichts ähnliches nur behagliche, nichtssagende Bemerkungen, zu denen sie, aus der Tiefe ihres düsteren Grübelns, nur mechanisch nicken brauchte.

Das Beobachten zweier Handelsreisender brachte ihr nach dem Essen ein gut Stück Befriedigung und verursachte ihr nicht geringen Schrecken. Milt hatte diese Menschenklasse gepriesen und einer von den Beiden dort, ein schlanker junger Mann mit hellem sauberen Gesicht, glich Milt ein wenig, trotz seinem angepickten Haar, einer Uhrkette, die diagonal über seine Weste gespannt war, maronbrauner Seidensocken, und Schuhe mit Perlmutterknöpfen, grauem Einsatz und Lacklederfuß. Der andere Handelsagent war ein Butterklümpchen. Beide hatten rauhe, dröhnende Stimmen – die arrogant ungebildeten Stimmen des Raucher-Abteils. Der schlanke Mann brüllte:

»Ja, mein Herr, er hat dort ein feines Angebot – er bekommt dort eine hübsche, kleine Fabrik, lassen Sie sich das von mir gesagt sein. Er kann dort Zahnstocher erzeugen, die sich mit Michigan messen können. Er stapelt dort einfach sein Geld auf – ja, was sagen Sie dazu, er hat ein Haus mit achtzehn Zimmern – jedes Zimmer in einem anderen Stil eingerichtet.«

Claire überlegte, ob Milt, wenn jugendlicher Ehrgeiz und romantischer Glaube erloschen sein würden, auch feine Angebote annehmen würde und um Ranganerkennung seiner – Zahnstocher kämpfen würde. Würden seine Schöpfungen in den besten Frühstückstuben Anerkennung finden? Würde er Geld aufstapeln?

Dann wurde ihr Gedankengang unterbrochen von der Aufregung, sich Seattle zu nähern und ihren Gastfreunden – Claires Cousin, Eugene Gilson, einem aufreizend erfolgreichen Besitzer von Schindelfabriken. Er stammte aus einer alten Familie von Broocklyn Heights. Er hatte Eva Goutz von Englewood geheiratet. Er liebte Musik und schrieb lustige kleine Briefe und kannte die Adressen aller besten New-Yorker Geschäfte. Er war einer der »Ihren« und sie fühlte sich nun der Sicherheit seiner Freundschaft nahe, am Ende der langen Reise. Immer mehr und mehr Lichter – eine von Bogenlampen erleuchtete Fabrik – das Gepäck – der Portier – der hastende Zug von Menschen im Korridor – Hinunterklettern auf den Perron – rote Kappen – an der paffenden Lokomotive vorbei, die sie hergebracht hatte – die Prozession vor dem Ausgang – Gesichter hinter einem Gitter – Eugene Gilson und Eva, die winkten – Küsse, Rufe: »Wie war die Tour?« und »Oh, wir hatten eine wundervolle Fahrt!« – das riesige Stationsgebäude und neugierig wartende Passagiere, japanische Kulis in Rotten, Holzfäller in Tropenhelmen – der elegante Wagen der Gilsons und der Chauffeur, der das Gepäck versorgte, statt daß sie es mit müden Händen selbst tun mußten – Straßen, seltsam still nach dem Tumult des Bahnhofs – Seattle und Küste des Sonnenuntergangs endlich erreicht.

Claire hatte vergessen, wie viele köstliche, höchst begehrenswerte Dinge es auf der Welt gab. Die Gilsons fuhren den Queen Anne Hill hinauf, zu einem Haus mit buchtförmig gewölbter Fassade auf einem luftigen Hügel – ein Haus in georgischer Bauart, von einer Stechpalmenhecke umgeben, mit französischen Flügeltüren und bis zum Boden reichenden Fenstern, einer Terrasse, die zum Tee einlud und einer großen Halle aus Mahagoni und weißem Email, mit fernem Rosenduft und einem Kaminfeuer im holzverkleideten Salon, in den man von der Halle aus sehen konnte. Wärme und Weichheit und die vertrauensvolle Herzlichkeit der Gilsons schmiegten sich wohlig um Claire; und in zufriedener Müdigkeit stieg sie zu ihrem Schlafzimmer hinauf, mit einem Himmelbett, einem Nachtkästchen mit schwarz- und orangefarbener, elektrischer Stehlampe und einer Sammlung von Arthur Symons Essays. Sie sank auf das Bett nieder, rieb ihre Wange in mitleiderregender Weise an der Seidendecke, die am Fußende des Bettes, jungfräulich ihrer Befehle harrte und rief: »Oh, Himmelbetten *sind* notwendig! Ich kann sie nicht aufgeben! Ich will nicht! Sie – Niemand hat ein Recht, das von mir zu verlangen!« Sie strampfte im Geiste mit den Füßen. »Ich will einfach nicht in einem Blockhaus leben und Wäsche waschen. Es lohnt nicht die Mühe.« Ein schwach parfümiertes Bad in einer im Boden eingebauten Wanne, in einem eigenen, gekachelten Badezimmer. Ein unsinnig und wunderbar großes türkisches Frottiertuch. Eines von Eva Gilsons schleierartigen Negligées. Langsames, erlesenes Ankleiden – nicht kratzendes Hüpfen über eingewachsenen Schmutz und eingewachsene üble Gerüche eines schmierigen, billigen Hotelzimmers; sondern schwelgerisches Dahinwandern über Teppiche, die sich sammetweich unter den bloßen Füßen anfühlten. Müßig beschauliches

Betrachten der frivolen Farben und Linien der die Wände schmückenden Zeichnungen von Bakst und George Plank und Helen Dryden. Ein Blick auf den reichen Luxus des Toilette-Tisches und die Samtvorhänge, welche sie von der gemeinen Welt abschlossen.

Hingegeben dem Behagen, wie eine Orchidee der überladenen Tropenluft, zog sie ihre zarteste Wäsche an, ihre allerfrivolsten Seidenstrümpfe. In träumerischer, überreizter Freude sah sie, wie glatt und weich ihre Arme und Beine waren; schläfrig bedauerte sie, daß ihre Handgelenke so rot waren und ihre Handflächen schwielig und lederfarben vom Halten des Volants.

Ja, sie war froh, daß sie die Probe bestanden hatte – aber noch mehr froh darüber, daß sie gesund zurück war von der langen, staubweißen Straße, wieder daheim in ihrer Welt von Schönheit und Behagen; und sie konnte sich nicht vorstellen, daß sie es je wieder versuchen würde.

An einen Milt Daggett dachte sie überhaupt nicht.

Wundervoll schläfrig – und in dem wundervollen Bewußtsein, daß sie nach und nach – nicht vielleicht in einem stinkenden Hotelbett, mit einer Meute von Rippen, die in ihren müden Rücken bissen, sondern – in einem federweichen Bett in Schlummer sinken würde, in diesem süßen Bewußtsein stieg sie hinab in den Salon und saß in einem bequemen Fauteuil am Feuer, feinste Schokoladebonbons neben sich, und weiche Polster hinter ihren Schultern, und plauderte von den Abenteuern und fragte um Neuigkeiten über ihre Freunde und Verwandten drüben im Osten.

Eugene und Eva Gilson fragten mit raketenartiger Munterkeit nach den »komischen Leuten, denen sie unterwegs begegnet sein mußte.« Mit unterdrückter, versteckter Bekümmernis fand Claire, daß sie Milt's nicht erwähnen konnte – daß sie Angst hatte, ihr Vater würde seiner erwähnen – diesen Leuten gegenüber, die es für selbstverständlich hielten, daß alle Menschen, die nicht in großen Häusern wohnten und gut Bridge spielen konnten, entweder »merkwürdig« oder »gewöhnlich« seien; die glaubten, daß ihr Westen in dem Maße allem Wünschenswerten näherkam, als er dem Osten ähnlicher wurde;

und daß sie, obwohl Leute des Westens, den Arbeitern mit schwieligen Händen ebenso überlegen wären wie Brooklyn Heights selbst.

Claire versuchte, sich dem Gedanken an Milt zu entwinden, während sie, die Gilsons als vollendetes Auditorium, über das Thema des Wanderns zu improvisieren anfing. Mit einigen unbeabsichtigten Übertreibungen und gewissen, nicht ganz wahrheitsgetreuen Umgruppierungen der Ereignisse, beschrieb sie die Bauern und Cowboys, die unglaublichen Hotels und Garagen. Ja, wirklich, sie waren schon für sie selbst unglaubhaft geworden. Offenbar konnte dieses seidegekleidete Mädchen eine Dlorus Kloh doch unmöglich ernst nehmen – oder einen jungen Garagemann, der »net« statt »nicht« sagte.

Eva Gilson war in diesem selben Monat in Brooklyn gewesen und in leidenschaftlicher Erinnerung an zuhause rief Claire: »oh, erzähl mir doch von allen Leuten!«

»Ich hab ein paar so nette Tage mit Amy Dorrance verlebt,« sagte Frau Gilson. »Natürlich ist Amy ein bißchen fad, aber sie ist so ein guter Kerl und – wir hatten einmal die lustigste Nachmittagsgesellschaft bei ihr. Dann haben wir bei Ritz Lunch gegessen und waren bei einer Matinee und da haben wir einen so interessanten Menschen gesehen – Gene wird furchtbar eifersüchtig, wenn ich von ihm zu schwärmen anfange – ich bin überzeugt, er ist ein Violinkünstler – er ist einfach ein Prachtmensch – ich hätt ihn am liebsten geküßt. Jetzt wird Gene gleich sagen: ›Warum hast du's nicht getan?‹«

Und Gene sagte: »Na, warum *hast* du's denn nicht getan?« und Claire lachte und ihre Füße waren angenehm warm und behaglich und sie war vollkommen glücklich und murmelte: »Es war schön, wieder einmal gut Violine spielen zu hören. Oh, was hat George Worlicht gemacht, wie Ihr daheim wart?«

»Findest du nicht auch, daß Georgie ein herrlicher Mensch ist?« sprudelte Frau Gilson los. »In seiner Gegenwart werde ich mir meiner sechsunddreißig Jahre immer noch trauriger bewußt. Ich glaub, ich werd ihn adoptieren. Du weißt, daß er beinahe den Tennispreis in Long Branch gewonnen hat?«

Georgie hatte einen kleinen Schnurrbart und ein Einkommen – eben groß genug, um den kleinen Schnurrbart zu

erhalten, und er sang erträglich und gewann immer Tennis-
preise – beinahe – und er sagte immer, mindestens einmal in
jeder Gesellschaft: »Die Grundlage des *savoir faire* ist zu wissen,
zu welchen Leuten man grob sein muß«. Feuerumstrahlt und
in einen duftenden Nebel süßer Schläfrigkeit sinkend erschien
Georgie der glücklichen Claire ebenso heroisch wie klug. Aber
das flackernde Licht des Feuers blendete ihre Augen und ihre
Lider wollten nicht mehr offen bleiben und in ihren Ohren
klang ein sanftes Brummen wie von Millionen Bienen auf einer
fernen, goldgesprenkelten Wiese – und Gene half ihr die
Treppe hinauf; Schläfrigkeit umgab sie wie das süß-warme
Wasser eines Bades; sie tastete nach Knöpfen und Häckchen
und Bändern, ließ die Dinge liegen, wohin sie eben fielen – und
an all dem sie umgebenden Luxus war nichts so angenehm als
das Bewußtsein, daß sie keine Vorsichtsmaßregeln ergreifen
müsse gegen Ratten und Mäuse und Schwaben und all deren
obszöne kleine Brüder, die sie – auf irgendeiner weit zurücklie-
genden, phantastischen Reise, als sie noch jung und närrisch
gewesen war – wie sie sich dunkel entsann, in ihrem Zimmer
gefunden hatte. Dann sank sie in ein Bett, gleich einer Flut re-
genbogenfarbenen Schaumes, sank tief, tief, tief –

Und als es Morgen wurde, entdeckte sie, daß der Zweck des
Morgenlichtes eigentlich war, die Formen und Farben von Ma-
hagonimöbel und Glasgegenständen und rotgelbem Samt deutlich zu beleuchten, und daß nur ein Narr solchen Ort jemals
verlassen könnte, um herumzugehen und schmutzige Garage-
männer zu bitten, daß sie den Wagen mit stinkendem Benzin
und Öl versorgen sollten.

Nach dem Frühstück ging sie auf die Terrasse hinaus, um
die Aussicht zu besehen.

Unter Claire lag der Hafen mit weit in das Meer hinausra-
genden Docks und Dampfschiffen, die vor Rauch lebendig
schienen. Frau Gilson sagte, daß sie Ladung nach Wladi-Wos-
tok und Japan aufnähmen. Diese Namen, eben nur die Namen,
erweckten in Claires Herz einen sehnsüchtigen, unausgespro-
chenen Wunsch, der irgendwie unklar mit einem Milt Daggett
zusammenhing, der sich weit hinten im Kot und Regen von
Middle-West, nach Purpurbergen und Kirschenblüten und

dem Meer gesehnt hatte. Aber sie unterdrückte den Wunsch und erhob ihre Augen zu den Bergen über dem Sund – nicht Purpurberge sondern blankes Silber schwarz gestreift, wie die gefrorene Oberfläche einer öden Küste des Nordens – die Olympics, vierzig Meilen weit weg. Dort oben könnte man kampieren mit einem Burschen – in einem über alle Maßen schlechten Sweater – der beim Kaffeekochen fröhliche Lieder sang …

Hastig blickte sie nach links, über die Stadt hin, mit ihren hellen, neuen Wolkenkratzern, die viel lustiger aussah als ihr graues Brooklyn. Hinter der Stadt war eine trübe Wolke, doch als sie scharf hinsah, kroch weit oben aus dem Gewölke etwas hervor und hing dort wie ein trüber Vollmond, unabsehbar ferne, majestätisch, überwältigend, und sie erkannte, daß sie die Spitze des Mount Rainier anstarrte, zu seinen Füßen die Stadt, wie weiße Quarzsteinchen unter einem Turm. Eine Landungsstelle für Engel, überlegte sie.

Es erschien größer und wichtiger als Toilettetische und Samtvorhänge und parfümierte Bäder.

Aber sie entriß sich dem verführerischen Gang dieses Gedankens und seufzte verquält: »Oh ja, er verstünde Rainier zu schätzen, aber wie – wie würde er mit einer Traube bei Tisch fertig werden? Ich darf kein Narr sein! Ich darf nicht!« Sie bemerkte, daß Frau Gilson sie von der Seite ansah und sie zwang sich, angemessene Dinge zu sagen über die Aussicht, bevor sie ins Haus flüchtete – vor den hervordrängenden Fragen ihres eigenen Ichs.

Nachmittags fuhren sie nach Capitol Hill; sie sprachen in verschiedenen, hübschen Häusern vor und kamen mit Leuten zusammen, die von derselben Art waren, wie Claires Bekannte daheim. Mit all den Leuten zusammen besahen sie verschiedene Aussichten; und das vernünftige Fräulein Boltwood machte eine philosophische Entdeckung und sagte sich: »Schließlich hab ich von dieser Limousine aus ebensoviel gesehen wie von einem knochendurchbeutelnden Teal Karren aus. Unsinn, sich darum unglücklich zu machen, weil man etwas sehen will. Oh ja, ich will noch mehr herumwandern, aber nicht wie ein Landstreicher. Aber – Was soll ich ihm nur sagen? Du lieber Gott, er kann jetzt jeden Augenblick hier sein mit unserem Wagen. Oh, warum – warum – warum bin ich nur damals auf dem Eisenbahnperron verrückt geworden?«

XXV.
Der abessinische Prinz

Snoqualmie Pass liegt inmitten von Bergen, die mit Felsen und verwitterten Baumstümpfen übersät sind, doch die Straße läuft sammetweich in sanft geschwungenen Kurven hin. Für Milt war es reinste Freude und Schönheit, es war die Erlösung von aller Erdenschwere, in dem starken Wagen Steigungen hinaufzufliegen und Gefälle hinabzugleiten. »Für mich gibt's keinen Teal mehr«, rief er in der Verzückung, eine Maschine handhaben zu dürfen, die langsam bis auf ein leises Flüstern hinstarb, um dann, bei einer bloßen Berührung des Akzelerators nur, eine Steigung hinaufzusausen, schwebend, freudig, mühelos, und summend das berauschende Lied der Freude an der Geschwindigkeit sang. Er haßte plötzlich die stoßende Schwerfälligkeit des Teals. Der Gomez-Dep. symbolisierte sein eigenes neues Leben.

So kam er zu Lake Washington, und gerade gegenüber lag die Stadt seiner langjährigen Träume, die Stadt des Pazifischen Ozeans und Claires Aufenthaltsort. Es war keine Überfuhr in Sicht und er fuhr um den See herum, kam auf ein Steinpflaster, rollte durch kleine Wäldchen, an Vorstadtvillen vorbei und durch unbedeutende Geschäftsstraßen, dann durch ein Fabriksviertel, hinter dem die Rauchfänge der Schiffe hervorragten.

Und mit jeder Minute fuhr er langsamer und fühlte sich unbehaglicher.

Das Pflaster – Meilen und Meilen weit! Die unbarmherzigen Sägewerke mit ihren tausenden von Arbeitern – ganz ähnliche Leute wie er selbst; die Aufregung bei der Erkenntnis, daß er alle drei Minuten an einer Siedlung vorbeikam, die größer war als Schoenstrom; die Fremdheit der Schiffe und des Meeres – alles deprimierte ihn durch den Eindruck, wie wenig er von der Welt wußte, wie groß sie sein müsse und wie sehr diese Welt den Milt Daggett wohl verachtete.

»Huh!« brummte er. »Hier müssen hübsch paar Leute wohnen! Glaub nicht, daß sie so besonders viel Zeit darauf verwenden, um über Milt Daggett und Bill McGolwey und Prof. Jones nachzudenken. Ich glaube, die meisten dieser Leute würden Heinie Rauskukles Laden eigentlich gar nicht für gar so ungeheuerlich halten. Minneapolis hat mir nicht bange gemacht – nicht sehr – aber dort haben sie einen nicht mit Bergen und dem Ozean umringt. Und ich mußte nicht auf den Hügel hinaufgehen und mit Leuten, wie Claires Verwandte es sind, zusammenkommen. Seh einer sich einmal diesen Fabrikschlot in der Säge dort an – ist das nicht nett von den Leuten, daß sie das Fliegengitter drüber gegeben haben, damit die Fliegen nicht in die Flammen hineinfallen. Nein, sie haben nicht viel mehr als eine Million Fuß Bauholz aufgeschlichtet auf diesem einen Haufen. Und da ist ein armseliger kleiner Möbelladen – es dürfte wohl nicht mehr kosten als ungefähr zehn Mal so viel als ich überhaupt besitze, um einen dieser Stühle zu kaufen. Oh Gotttt, hören denn diese Häuser niemals auf? Sag einer, das muß wohl ein Omnibus sein. Der Chauffeur grinst. Die ganze Stadt wird mich wohl auslachen? Milt, du bist ein freundlicher junger Mann, aber hier braucht man dich nicht. Es gibt scheints ein paar Leute hier, die das Geschäft allein und ohne dich weiterführen können. Herrgott, schau dort das Gebäude vor dir – neun Stock hoch!«

Er hatte vorgehabt, in einem Hotel abzusteigen, sich schnell zu waschen und zu Claire zu fliegen. Aber – nun – wäre es nicht vielleicht besser, den Wagen in einer öffentlichen Garage einzustellen, so daß die Boltwoods ihn holen konnten, wann es ihnen beliebte? Er wollte sich lieber noch vorher ein »wenig umsehen, bevor er den Wachthund anginge«.

Die öffentliche Garage war es, die ihm schließlich den letzten Stoß gab. Die Garage hatte Wände aus emaillierten Kacheln und farbigen Ziegelsteinen; der Büroraum war durch Spiegelscheiben abgetrennt, und darin arbeiteten junge Männer, die wie Engel gekleidet waren. Einer von ihnen trug, wie Milt bemerkte, eine rote Nelke. »Huh! Ich will Ben Sittka nach Hause schreiben, daß er von jetzt an seinen besten Sonntagnachmittagsausgeh-Anzug mit einer Löwenzahnblüte im Knopfloch tragen muß, wenn er in die Garage zur Roten Fährte zur Arbeit hinunterkommt!«

Milt fuhr die gepflasterte Steigung zu einem tausende von Meilen langen Raum empor, in dem Millionen von kürzlich lackierten Wagen in Reihen standen, die so gerade wie ein Trittbrett liefen. Er bat einen hochnäsigen farbigen Angestellten – nicht in Khaki-Overalls, sondern in maronbrauner Livrée:

»Wo soll ich den Wagen da hinstellen?«

Der abessynische Prinz gab ihm eine Marke und warf im Ton unendlichen Mangels an persönlichem Interesse hin: »Führen Sie ihn den Gang hier hinunter zum Aufzug.« Milt war in der Stadt den natürlichen Richtlinien des größten Verkehrs gefolgt; er hatte hier noch mit niemand gesprochen, die kurze und abweisende Antwort des Prinzen war sein Willkommgruß in Seattle.

Gedrückt fuhr er an all den Wagen entlang, die so ebenholzschwarz und silbern, so stark und schmuck aussahen, daß ein Teal-Karren daneben wohl einen beleidigenden Eindruck gemacht hätte. Ein anderer Angestellter winkte ihn in den Aufzug hinein und Milt bemühte sich, nicht überrascht dreinzuschauen, als der Wagen sich nicht vorwärts, sondern aufwärts zu bewegen anfing, als wäre er zu einem Aeroplan geworden.

Nachdem dieses Abenteuer überstanden war, nachdem er selbst rasiert war und sich die Hände gewaschen hatte, sich ein Schaufenster angesehen hatte, in dem zehn Billionen Ellen Seide gegen einen Hintergrund von spiegelblank poliertem Holz drapiert waren, nachdem ihn ein Kinolokal unglücklich gemacht hatte, weil es groß genug gewesen wäre – um zehn Mal mehr Leute zu fassen, als die gesamte Bevölkerung von Schoenstrom ausmachte, nachdem ihn ein Polizeimann beschimpft hatte, weil er auf der Straße nach der falschen Seite ging, nachdem er an einem Hotel vorbeigekommen war, das gänzlich von Diplomaten, Marmor und Kaviar angefüllt war – da konnte er es nicht länger hinausschieben, Claire zu telephonieren und demütig schlich er in eine Zelle, die wohl ursprünglich als Schirmständer gedacht war, fand die Telephonnummer von Eugene Gilsons Haus und zu einem Mädchen, das: »Ja?« fragte, in einem Ton, als meinte sie: »Nein!« sagte er schüchtern: »Bitte, kann ich mit Fräulein Boltwood sprechen?« Fräulein Boltwood war anscheinend nicht zu Hause. Er war nicht traurig darüber. Er fühlte sich befreit. Er drückte sich aus der Telephonzelle mit dem Gefühl, entwischt zu sein.

Milt war in Claire verliebt; sie war sein Lebenszweck; er dachte viel und zärtlich und sehnsüchtig an sie. Den ganzen Weg über bis nach Seattle hatte er nur über sie gegrübelt; erinnerte sich jedes ihrer Worte, jeder Bewegung von ihr; rief sich die schöne Linie ihres Kinns ins Gedächtnis und die frische Empfindung ihres Händedruckes. Aber Claire war plötzlich zu groß geworden. In ihr waren alle die Geschäfte, diese Büros für gelehrte Advokaten und Ärzte, diese von Verachtung erfüllten Trambahnen, diese sorglosen Leute in schönen Kleidern. Es war zu viel für ihn. Verzweifelt stieß er es zurück – zurück – nach Atem ringend. Und sie gehörte dazu. Er schickte ihr die Lagermarke des Wagens per Post mit ein paar Zeilen – die er stehend vor einem an der Wand hängenden Schreibpult in einem Postamt schrieb – und in denen nur stand: »Hier ist die Marke für den Wagen. Hab nicht gewußt, ob Sie ihn im Haus unterbringen würden. Hab versucht, Sie telephonisch zu erreichen und werde nochmals anrufen, sobald ich ein Zimmer etc. gefunden habe, hoffe, daß es Ihnen gut geht. M. D.«

Er ging auf die Universität. In der Trambahn ließ seine Spannung etwas nach. Aber er hatte nicht das berauschende Gefühl, daß er nun endlich den Pazifischen Ozean erreicht hatte; er konnte Seattle jetzt nicht mehr als eine Zauberstadt ansehen, das Bagdad moderner Karawanen, mit Alaska und dem Orient auf einer Seite, den Wäldern im Norden und westlich das weit umfassende Innere des Reiches, das Land des Weizens. Er sah darin nur noch einen Ort, an dem man hart arbeiten mußte, um leben zu können; wo geschäftige Polizeileute einen verachteten, weil man nicht wußte, welchen Wagen man nehmen mußte, um an ein bestimmtes Ziel zu gelangen; wo es unglaublich schwer war, sich auch nur die Namen der nie endenwollenden Straßen zu merken; wo der Kondukteur sagte: »Schnell einsteigen!« und wo es keinen Ort gab, um pfeifen zu können, keine Zeit, um mit einem Bill McGolwey an einem Büffet des alten Heimes Geschichten auszutauschen.

Er fand die Universität; er sprach mit dem Dekan über seine Aufnahme in die technische Fakultät; man gab ihm eine

Zimmerliste; und weil es billig war, mietete er ein Loch in einer möblierten Wohnung über einer Zuckerbäckerei – ein niedriges Zimmer, in dem man wahrscheinlich vor Regen geschützt sein dürfte, das aber sonst keinerlei Tugenden besaß. Es stand ein Bett darin, ein Tisch, ein arg mitgenommener Schreibtisch, zwei gerade, nackte Stühle und eine schätzungswürdige Lithographie, die ein gelocktes Mädchen darstellte, das mit dem Zeigefinger eine ehrbare Katze neckte.

Die Hausfrau willigte ein, daß Milt einen Petroleumofen zum Kochen mitbrächte. Er kaufte den Ofen und eine Schachtel Hafermehl, eine Dose Speck und ein halbes Dutzend Eier. Er kaufte ein einfaches und gutes Geometrie-Lehrbuch und eine Algebra. Während des Essens legte er die Algebra neben seinen Teller mit dem etwas bleichsüchtigen Speck und den ausgelaufenen Eiern. Die Eier wurden kalt. Er rührte sich nicht. Er frischte seine Algebrakenntnisse aus der Mittelschule auf. Er ging die Seiten durch, Wort um Wort, schnell, gleichmäßig, vollständig konzentriert – ebenso konzentriert, wie er vor Kurzem noch an ein neues Problem einer verdorbenen Transmission gegangen wäre. Nicht ein einziges Mal hörte er auf, um zu überlegen, wie herrlich es wäre, Claire zu heiraten – oder wie entsetzlich es wäre, Fräulein Boltwood zu heiraten.

Drei Stunden vergingen, ehe er innehielt, ganz verwirrt seine Augen rieb, an dem eiskalten Speck und den widerlichen Eiern herumstocherte und auf die Straße hinausstürzte.

Wieder riskierte er es, sich die Verachtung von Kondukteuren und Omnibuschauffeuren zuzuziehen. Er fand Queen Anne Hill, fand die Residenz von Herrn Eugene Gilson. Er schlich um sie her, schlüpfte zum Eingang hinein und schlenderte auf das Haus zu. Ermattet von der Anstrengung des intensiven Studierens, sehnte er sich nach Claires aufmunterndem Lächeln. Doch als er zu den großen Vierecken der blanken Fenster hinaufstarrte, nach den weißen Säulen, die im Schein der Portallampen schimmerten, schien dieses Lächeln unerreichbar weit. Er fühlte sich wie ein Bauer bei Hofe. Aus dem Schatten der stacheligen Stechpalmen hervor beobachtete er das Haus. Es gab dort »eine Art Gesellschaft – oder wie würden solche Leute eine Gesellschaft nennen?« Limousinen kamen

an; er sah flüchtig seidene Fußknöchel, hauchartige Unterrö-
cke; hörte fröhliches Lachen, sah Leute sich in einem großen
blauen und silberigen Raume bewegen; fing einige vorüberzie-
hende Klänge der Musik auf.

Schließlich erblickte er Claire. Sie tanzte mit einem jungen
Mann, der beinahe ebenso dekorativ aussah wie jener »verfluchte Saxton-Mensch«, dem er in Flathead-Lake begegnet
war, aber der jünger war als Saxton, ein lachender junger Mann
mit schwarzem, lockigen Haar. Zum ersten Mal in seinem Leben wollte Milt einen Mord begehen. Er brummte: »Verdammt
– verdammt – *verdammt!*« als er sah, wie der junge Mann Claire
sorglos mit den Armen umschlang.

Es zuckte ihm in den Fingern, durch seinen ganzen Körper
ging ein schmerzliches Sehnen, bis jeder Nerv nur mehr einem
pochenden Hammer glich; Milt verzehrte sich in dem Verlangen, nur ein einziges Mal seine Hand um Claires Taille zu legen
wie dieser Mann dort. Er vermeinte, die Schmiegsamkeit und
Wärme ihres Körpers fühlen zu können.

Dann wieder schien es ihm, als Claire abermals am Fenster
vorbeitanzte, daß er sie gar nicht kenne. Er hatte einst mit einem Mädchen gesprochen, das ihr ähnlich sah, aber das war
schon lange her. Er konnte einen Gomez-Dep. verstehen und
wußte ein gutes Sportkostüm zu schätzen; aber dieses Mädchen
gehörte einer ihm gänzlich unverständlichen Welt an. Auch ihr
Haar, dieses schwere, vielgewundene Haar, war ihm ein Rätsel.
»Wie konnte sie es nur so aufstecken?« Ihr dekolletiertes
Abendkleid – »aus was war es gemacht – irgendein weißer
Stoff, aber war es Seide oder Musselin oder was?« Ihre Schultern waren überraschend in ihrer entblößten, puderigen Feinheit – »wie konnte dieser junge Mann es nur wagen, mit ihr zu
tanzen?« Und ihr Gesicht, das so vergnügt und freundlich ausgesehen hatte, glitt am Fenster vorbei, so blaß und illusorisch
wie ein Nebelstreif. Sein banges Sehnen nach ihr wurde zu
plumper Angst. Er erinnerte sich ohne Zorn, daß sie ihm einst,
auf der Spitze eines Hügels in Dakota, kühl verboten hatte, ihr
weiter zu folgen.

Mit aller Freude am Martyrium – um nur ganz sicher zu
sein, daß er voll erkannt hatte, was für ein Riesennarr er

gewesen war, sich Fräulein Boltwood aufdrängen zu wollen – studierte er die übrigen Gäste. Er umgab sie mit einem Glorienschein, der ihnen vielleicht nicht zukam. Da waren Mädchen, so fein wie Elfenbein. Da war ein schmächtiger, etwas gebeugter Mann, so unendlich vornehm. Da war ein kräftiger Mann im Frack mit einem halbkreisförmigen Schnurrbart und Augen, die sogar auf diese Entfernung hin ungeduldige Befehle zu erteilen schienen. Er war wohl ein großer Bankier oder Sägewerksbesitzer.

Doch vor allem war es die ungezwungene, leichte Freundlichkeit von all den Leuten, die Milt das Gefühl gab, ein Außenstehender zu sein. Wenn ein Diener herausgekommen wäre und ihn weggeschickt hätte, so wäre er bescheiden fortgeschlichen – bildete er sich ein.

Er entfernte sich, zu ehrlich unglücklich, als daß er darüber nachgedacht hätte, wie unglücklich er war. In seinem feuchtkalten Zimmer nahm er wieder das Algebrabuch zur Hand; eine Viertelstunde lang fand er nicht die Kraft, es zu öffnen. In seiner Erschöpfung fühlten sich seine Ellenbogen schwach an, seine Finger bereit, herabzufallen. Langsam schlug er das Buch auf –

Um ein Uhr nachts saß er und las in der Algebra, sein Gesicht war ruhig und streng. Aber schon schien es von seiner gesunden, ziegelroten Farbe eingebüßt zu haben. In der Früh telephonierte er Claire in unbekümmertem, gleichgültigem Ton.

»Halloh? Oh! Fräulein Boltwood? Hier Milt Daggett.«

»Oh! Oh, wie geht es Ihnen?«

»Ja, ja, ich – ich hab schon alle meine Angelegenheiten hier geordnet. Ich kann gleich auf die technische Hochschule gehen.«

»Das freut mich.«

»Eh – gefällt es Ihnen in Seattle?«

»Oh! Oh ja. Die Berge – gefallen sie Ihnen?«

»Oh! Oh ja. Das Meer und alles – Große Stadt.«

»Eh – w–wann werden wir Sie sehen? Vater mußte wieder nach dem Osten zurück, er hat Grüße für Sie hinterlassen. W–wann –?«

»Ja – ja, ich nehme an, daß Sie schrecklich – schrecklich in Anspruch genommen sind von so vielen Leuten und allem möglichen –«

»Ja, das ist schon wahr, aber –« ihr unsicherer, zurückhaltender Ton schlug plötzlich in einen Schrei der Verzweiflung um. »Milt! Ich muß Sie sprechen. Kommen Sie heute um vier Uhr Nachmittag!«

»Ja!«

Er rannte in einen kleinen Schneiderladen für Schnellreparaturen. Er keuchte: »Bügeln Sie, bitte, meinen Anzug. Kann ich warten?« Man lieh ihm für die Wartezeit ein Paar Hosen, eine nicht sehr wünschenswerte Hose, die einem kleinen, dicken Mann mit nicht sehr gutem Geschmack zu gehören schien; und während sie um seine schlanken Beine schlotterte, saß er hinter einem Kattunvorhang und las »Der Kriegsschrei« und sah ein Modebild an, auf dem neun Herren in Yachtanzug, jeder neun Fuß groß, zu sehen waren, während der dienstmachende Jugoslave gefühllos seinen Anzug einspritzte und bügelte und preßte.

Er verbrachte zehn Minuten in seinem Zimmer damit, seine Schuhe zu putzen – und zwanzig Minuten damit, die Schuhpaste wieder von seinen Händen herunterzubekommen.

Eine Minute vor vier schritt er durch das Tor in der Hecke bei Gilsons.

Aber er war schon um drei am Queen Anne Hill angelangt gewesen. Eine Stunde lang war er oben auf der Straße herumgewandert, hatte auf die Dampfschiffe hinuntergestarrt, hatte abwechselnd im Verlangen nach Claire die Hände verkrampft und abwechselnd wieder sich endgültig entschlossen, nicht zu ihr hinzugehen – wollte sie nie wieder sehen.

Er trat zitternd in die Halle ein, in der Erwartung irgend eines großen Ereignisses, einer herzzerbrechenden Szene, doch Claire begegnete ihm mit einem kühlen: »Oh, das ist nett. Eva hat uns ein paar gute, weiße Kuchen machen lassen«. Er hatte die Empfindung eines Mannes, der um einen Trunk frischen, kalten Wassers gebeten hatte und ein warmes, abgestandenes vorfand.

»Wie – feines Haus«, murmelte er und schüttelte schlaff ihre schlaffe Hand.

»Ja, nicht wahr, es ist reizend. Man wohnt hier wunderbar schön. Ich fürchte, Ihre vielgepriesenen einfachen, demokratisch gesinnten Leute des Westens sind ein Schwindel. Ich höre hier viel mehr von der ›Gesellschaft‹ reden als jemals im Osten. Die Kreise scheinen schrecklich verwickelt zu sein und in komplizierten Beziehungen zueinander zu stehen«. Sie steuerte auf den Salon zu und nahm in einem Fauteuil Platz, während Milt ungeschickt und würdevoll in einem Sessel mit breiten Armlehnen saß. Claire machte Konversation. Ein Mädchen kam mit einem merkwürdigen Gegenstand herein: einem kleinen, roten Etagerentischchen auf Rädern, beladen mit Silbergeschirr, Kuchen und Sandwiches, die erstaunlich klein und dünn waren.

Das Mädchen war so gestärkt, daß es knarrte. Es warf einen flüchtigen Blick auf Milt – Claire hatte ihn nicht so sehr nervös gemacht, daß er an seine Kleidung denken mußte, aber das Mädchen tat es. Er war vollkommen überzeugt davon, daß es wußte, er habe seine Schuhe selbst geputzt, wußte, wie alt sein Anzug war. Er drängte in Gedanken selbst: »Muß mir morgen neue Kleider kaufen.« Er hatte das Bedürfnis, sich bei dem Mädchen für seine Existenz zu entschuldigen … Und er hätte den Mann umgebracht, der zu sagen gewagt hätte, er wäre Narr genug gewesen, sich in Fräulein Boltwood zu verlieben.

Er schlürfte seinen Tee und ließ Sandwich-Krümchen zu Boden fallen und stöhnte und keuchte und guckte auf die erdrückende Menge von Bildern und Leuchtern und Tischchen und Stühlen im Zimmer und wunderte sich, wozu sie dies alles hätten, während Claire weiterplauderte:

»Ja, wir beide waren nicht ›exklusiv‹, draußen auf der großen Landstraße. Und sind wir nicht drolligen Leuten begegnet? Oh, irgendwie klingt ›drollige Leute‹ so wohlbekannt. Aber – war das nicht drollig an jenem Morgen in Pellago, nicht? Himmel, ich vergesse schon diese dummen, kleinen Städtenamen – dieser Ort, an dem wir die arme Wirtin zerpflückten, die mich übervorteilen wollte?«

»Ja.« Er überlegte, wieviel Claire jetzt noch vergessen würde. »Ja. Wir haben es ihr jedenfalls ordentlich heimgezahlt. Eh – haben Sie die Lagermarke Ihres Wagens bekommen?«

»Oh ja, danke. Es war so lieb von Ihnen, sich darum zu kümmern.«

»Oh bitte, es war ja gar nichts – gar nichts. Eh – sind Sie gerne in Seattle?«

»Oh ja. Die herrliche Aussicht – die Berge – gefällt es Ihnen?«

»Oh ja. Wollte ja immer schon einmal das Meer sehen.«

»Ja, und – die Stadt ist so hübsch gebaut.«

»Ja, und – die Leute müssen hier eine Menge Geld verdienen.«

»Ja, sie – oh ja, mir gefällt Seattle sehr gut.«

Er war von seinem Stuhl aufgesprungen, fuhr an dem Teewagen vorbei, ignorierte dessen Geratter und das gefährlich klingende Geklirre der Teetassen. Er legte seine Hand auf Claires Schulter und rief: »Schauen Sie. Wir reden beide leeres Zeug, um die Zeit tot zu schlagen. Schluß damit. Es – es ist schon gut, Claire. Ich möchte ja gewiß, daß Sie mich gern haben – aber – Gott, ich weiß so genau, wie Sie denken! Sie denken, daß ich nicht auf der Höhe der Leute bin, mit denen Sie in den letzten Tagen beisammen waren – jedesfalls, jetzt noch nicht auf der Höhe. Gut also – gut, wir wollen Freunde bleiben.«

Mutig, jetzt, da seine Angst in Zärtlichkeit übergegangen war, hob er sachte ihr Kinn empor, sah ihr gerade in die Augen und lächelte. Aber sein Mut schwand dahin. Er hatte Lust davonzulaufen und sich zu verstecken.

Er wendete sich unvermittelt ab und murmelte: »Na, werd wohl jetzt lieber an meine Arbeit zurückgehen, denk ich.«

Ihr Schrei klang hungrig: »Oh, bitte, gehen Sie nicht.« Sie stand an seiner Seite und zupfte scheu an seinem Ärmel. »Ich weiß schon, was Sie meinen. Ich bin froh und dankbar für Ihr Verständnis und Ihre Einsicht. Aber – ich hab Sie gern. Sie waren der beste Kamerad. Wollen wir – oh, gehen wir zusammen spazieren – und versuchen wir, wieder miteinander zu lachen wie ehedem.«

Er wollte entschieden nicht bleiben. In diesem Augenblick liebte er sie nicht. Er sah in ihr eine ehrenwerte junge Dame, die, für eine so idiotisch auferzogene Person, draußen auf der Landstraße wirklich viel Mut und Geschick bewiesen hatte – und er wäre gerne draußen gewesen auf der großen Landstraße. Er stand in der Halle und haßte seine alte Mütze, während sie hinauflief, um einen Mantel anzuziehen.

Stumm und gleichgültig schritten sie zusammen aus dem Haus und den Hügel hinunter in den Bereich schäbiger, brauner Häuser, die wie Blasen auf dem Abhang des Hügels aussahen. Sie wußten einander wenig zu sagen und dieses Wenige waren höfliche Erinnerungen kleiner Ereignisse, die keinen von Beiden interessierten.

Als sie wieder an der Hecke der Gilsons angelangt waren, blieb er vor dem Eingang stehen und nahm mit erschreckend respektvoller Gebärde seine Mütze ab.

»Gute Nacht«, sagte sie munter. »Rufen Sie mich bald wieder an, bitte.«

Er antwortete nicht: »Gute Nacht.« Er sagte »Adieu« und er meinte, es wäre sein letztes Lebewohl. Er ergriff ihre Hand, ließ sie schnell wieder fahren und floh den Hügel hinunter.

Er wollte, wie er sich selbst sagte, noch am selben Abend Seattle verlassen.

Dies war zweifellos der Grund, weshalb er zur Trambahn lief, um noch vor Geschäftsschluß ein Modegeschäft zu erreichen und weshalb er sich auf einen erschreckten Commis stürzte, einen neuen blauen Kammgarn-Anzug kaufte, ein Paar neue Stiefel (erstaunlich ähnlich einem anderen Paar, das er am selben Tag auf der Universität gesehen hatte) und einen neuen Hut, der so grau und konservativ und filzig war, daß er ebensogut von Woodrow Wilson hätte getragen werden können.

Er verbrachte den Abend mit seiner Algebra und Geometrie und damit, daß er sich einredete, wie ganz und gar nicht er an Claire denke.

Mitten in dieser Beschäftigung ertappte er sich plötzlich selbst und lachte: »Was du da tust, mein Freund, ist ein leeres Vorgeben, daß du Claire nicht liebst, damit du vor deinem dummen Ich die Tatsache verbergen kannst, daß du bei der ersten Gelegenheit, die sich dir bieten wird, zu ihr zurückschleichen wirst – sobald der Wachthund nur schläft. Ernstlich nun, mein Junge, Claire ist für dich unerreichbar. Kann man nichts machen. Jetzt, da du einmal so ungeschickt warst, von zu Hause fortzugehen – Oh Gott, ich wollt, ich hätte das Zimmer nicht für den ganzen Winter genommen. Ich wollt, ich hätt nicht auf der U. inskribiert. Aber jetzt bin ich nun einmal hier und ich werde mich durchfressen. Ich werde jedesfalls ein Jahr lang hierbleiben und dann nach Hause zurückgehen. Oh! Und zu – Herrgott! Sie hat mich doch gern gehabt!«

Er dachte an die Heckenrosen-Lehrerin, die er hinten in Dakota ein Stück Wegs im Wagen mitgenommen hatte. Er erinnerte sich ihrer Zartheit und ihrer Bewunderung.

»Nun, das ist doch jemand, um dessentwillen ich mich bemühen werde, in die Höhe zu kommen. Wenn ich im nächsten Frühjahr zurückfahren muß, könnte ich sie wohl finden und aufsuchen –«

XXVI.
Maschinenbau und Omelettes als Lehrgegenstände

Nur eine Sache gab es, die für Milt Daggett unbedingt feststand, nämlich, daß er, da er es nun einmal so weit gebracht hatte, auf der Technischen Hochschule zu inskribieren, sich auch sein Ingenieurdiplom verschaffen müsse. Er war älter als die meisten seiner Studiengenossen. Er mußte sich beeilen. Er mußte die Arbeit von vier Jahren in zweien bewältigen.

Milt hatte brieflich seine Garage an Ben Sittka und Heinie Rauskukle verkauft. Er besaß nun genug Geld, um, wenn er sparsam lebte, zwei Jahre lang auszukommen. Sein Leben war ebenso einfach und langweilig wie es in Schoenstrom gewesen war. Er studierte, während er seine fragmentarischen Mahlzeiten kochte; er heftete mathematische Formeln und Diagramme aus der Mechanik an die Wand und büffelte daran, während er sich ankleidete.

Er hatte Französisch und Englisch als Nebenfächer zu seinem technischen Studium gewählt. Wenn er nicht arbeitete oder wütend Leichtathletik betrieb, besuchte er Konzerte und Vorlesungen.

Er hatte, seine Umgebung studierend, herausgefunden, daß die beste Methode, Zeit zu sparen, in der Vermeidung müßigen, kameradschaftlichen Verkehrs mit den Studenten lag; dieses mit Pfeifenrauchen und Gähnen verbundene, bequeme, etwas schwerfällige, im ganzen nicht unangenehme Erwägen: »was wollen wir jetzt machen?« nimmt wenigstens vier Stunden täglich des durchschnittlichen Studenten in Anspruch. Er hätte Vergnügen daran gefunden wie an den langen nichtssagenden Unterhaltungen mit Bill McGolwey im Alten Heim. Aber er konnte es sich nicht leisten. Er mußte fertig werden, um –

Das war der Punkt, bei dem seine Betrachtung jedesmal mit einem Ruck abbrach. Er war sich vollkommen klar über die Methode, wie er fertig werden sollte, aber er hatte nicht die leiseste Ahnung davon, wozu er fertig werden sollte. In dem Augenblick, da er sich wieder entschlossen hatte, Claire zu heiraten, sah er die einzige Möglichkeit für seine Zukunft in der Junggesellentätigkeit, in Alaska Maschinen zu bauen; und in dem Augenblick, da er sich mit dieser Aussicht auf ein Ingenieurszelt in der Wildnis von Alaska zufrieden gab, fingen seine Gedanken an, wie wahnsinnig um Claire zu kreisen.

Trotz seiner Abgeschlossenheit war Milt unter den Studenten nicht unbeliebt. Von den Ingenieuren hatten nur wenige an Tanzereien, Athletik und Studentenunterhaltung Interesse, die den Akademiker sonst von anderen Leuten unterscheiden. Sie waren meist älter und mehr darauf bedacht, bald einen Lebensunterhalt zu finden. Und Milts freundliche Art den Leuten einen Gruß zuzuwerfen oder mit der Hand zu winken – wie einem guten Kunden, der die Garage zur Roten Fähre endlich doch mit einem gebändigten Generator verließ – zeigte, daß er ein »lieber Kerl« und ein »guter Kamerad« war.

Nur eine Gruppe von Kollegen suchte Milt auf. Es ist wahr, daß seine Verachtung für soziale Emporkömmlinge echt war. Aber es ist auch wahr, daß die Leute, die er kennen zu lernen suchte, die fashionable Gesellschaft der Universität war. Ihre Befriedigung über seine Ergebenheit wäre jedoch stark verringert worden, hätten sie gewußt, wie wenig ihm daran lag, was sie von ihm dachten und mit welch grausam-reiner Zweckdienlichkeit er sie ausschließlich als Modell benützte, um Fräulein Claire Boltwood zu gefallen.

Die amerikanischen Staats-Universitäten geben gerne zu, daß, obwohl Yale und Harvard und Princeton als versnobt bekannt sind, die Staats-Universitäten doch die Zuflucht jenes Mythos sind, der »Hochschul-Demokratie« genannt wird. Aber es gibt keine Universität in der Nähe einer einigermaßen bemerkenswerten Stadt, in welche die Erben des Reichtums jener Städte nicht alle lokalen Sozialunterschiede mitbrächten. Ihren Familienrang, ihre Stellung in dem nirgends aufgezeichneten Adelsstand entscheidet, in welche Bruderschaft sie aufgenommen werden würden und die Bruderschaft entscheidet, mit wem sie – ob Mann oder Mädchen – befreundet sein werden. Die Töchter und Söhne von Seattle und Tacoma, die Sprößlinge der alten Familien, die in ununterbrochener, reiner Linie bis 1880 zurückverfolgt werden konnten, waren gegen arme

Außenstehende aus Yakima oder Idaho gewiß sehr freundlich, aber sie luden sie nicht oft zu sich ein, in ihre Häuser auf den beiden Hügeln und auf dem Boulevard.

Doch diese Plutokraten waren es, denen sich Milt anschloß; sie waren es, deren Schuhzeug und Eßmanieren, Zigaretten und Mangel an theologischem Interesse er studierte. Er begegnete ihnen in seinen englischen Vorlesungen. Er sagte: »Halloh, Smith!« und »Morgen, Jones!« als hätte er sie wirklich gerne und kümmere sich nicht im geringsten darum, ob sie ihn gern hätten. Und nach und nach gelangte er in ihre Bruderschafts-Wohnhäuser, einmal mit dieser, einmal mit jener Frage, und lernte sie und ihre Freunde dort näher kennen. Er saß still und vergnügt, die Pfeife im Mund, unter ihnen und sie schienen ihn zu dulden. Wann immer einer das Gefühl hatte, Milt dränge sich auf, und eine unverschämte Frage an ihn richtete, sah ihn Milt mit einem eigentümlichen Blick an, der die Eigenschaft besaß, Höflichkeit selbst bei Nachkommen von Dollarmillionären hervorzurufen. Man fand, daß er von Automobilen mehr als sonst irgendeiner verstand, und da Automobile zu ihren größten Götzen gehörten, galt er als weise. Er war verhältnismäßig einfach und anspruchslos; man empfand seine Gegenwart als angenehm.

*

Während all der ersten drei Wochen seines Aufenthalts in Seattle hatte er Claire nur das eine Mal bei seinem ersten Besuch gesehen. Zweimal hatte er ihr telephoniert. Bei einer dieser festlichen Gelegenheiten hatte sie ihn eingeladen, zusammen mit der Familie ins Theater zu gehen – was eigentlich bedeutete ins Kino – und er hatte, tief unglücklich zwar, aber standhaft abgelehnt; das andere Mal hatte sie gesagt, daß sie vielleicht den ganzen Winter über in Seattle bleiben würde, vielleicht auch schon in den allernächsten Tagen wieder abreisen werde und sie »bestimmt noch den besprochenen langen Spaziergang zusammen machen müßten«; und er sagte: »Oh, ja«, vielleicht zehn oder zwölf unglückselige Male und hatte das Gefühl einer schrecklichen Leere, als er den Hörer aufhing.

Dann schickte sie ihm eine Einladung zu einem späten Frühstück bei Gilsons. Die Zeit war mit zehn Uhr dreißig angegeben; die meisten Leute kamen gegen Mittag; aber Milt kam um zehn Uhr einunddreißig und fand nur einen verschlafenen Diener vor.

Er wartete fünf Minuten lang im Salon und kam sich wie ein Billeteur vor. Ins Zimmer herein spazierte ein durchschnittlich großer, durchschnittlich aussehender, liebenswürdiger Mann, Eugene Gilson, der gleich losschnatterte: »Oh, wirklich wahr, tut mir so leid, daß man Sie hat warten lassen, Herr Daggett. Wahrhaftig, eine Schande, kommen Sie, nehmen Sie einen Kuchen, oder sonst etwas –« »Danke vielmals«, sagte Milt.

Der Wirt führte ihn mit übersprudelnder Zuvorkommenheit in ein Speisezimmer, wo – nach englischer Mode, oder ähnlich wie nach englischer Mode, oder jedenfalls in genauer Anlehnung daran, was man sich unter englischer Mode vorstellt – Leberpasteten und Würste und Omelettes auf Schüsseln am Büfett der Gäste warteten. Herr Gilson schenkte Kaffee ein und plapperte: »Kosten Sie, bitte, diese Leberpastete. Sie ist für gewöhnlich sehr gut. Fräulein Boltwood hat mir erzählt, daß Sie so gut zu ihr auf der Tour waren. Muß eine schöne Tour gewesen sein. Sie bleiben einige Zeit hier, nicht? Oh ja, Claire hat erzählt, daß Sie auf der Hochschule sind, Maschinenbau, glaub ich; haben Sie schon unsere Sägewerke gesehen? Kommen Sie, bitte, doch einmal hin – kosten Sie eine Omelette, bevor das dumme Zeug kalt wird, wir kriegen gleich wieder frische – ins Werk, ich werde Ihnen jederzeit gerne alles zeigen lassen. Wie waren denn die Straßen unterwegs?«

»Ja, ganz gut«, sagte Milt.

Ins Zimmer herein stürzte Frau Gilson in einem strahlenden Lächeln, einem Wolljäckchen und einem Sportrock, der unter jeder heftigeren Art einer sportlichen Betätigung als Kartenspiel, bestimmt gelitten hätte, und sie wehklagte im Kommen:

»Ach, Gene, welche Schande für uns! Ist das Herr Daggett? Guten Tag, wie geht es Ihnen? Es ist sehr lieb, daß Sie gekommen sind, kosten Sie doch, bitte, die Leberpastete, sie ist für gewöhnlich ganz erträglich, sind die Omelettes warm, bitte läute, Gene, damit man frische bringt, gib mir, um Gotteswillen, ein wenig Kaffee, Fräulein Boltwood wird gleich herunterkommen, Herr Daggett, sie hat uns erzählt, was für ein Glück es für sie war, daß sie Ihnen unterwegs begegnet ist, hat Ihnen die Tour gefallen, wie waren die Straßen?«

»Ja, ziemlich gut«, sagte Milt.

Claire kam, frisch und heiter, in einem weißen Taftkleid und rief vergnügt aus: »Das hätte ich eigentlich wissen sollen, daß Sie pünktlich sein würden, selbst wenn es sonst niemand auf der ganzen Welt ist; ich freu mich sehr, daß Sie gekommen sind, haben Sie schon die Leberpastete gekostet und bitte nehmen Sie eine – oh, ich sehe, Sie haben die Omelettes schon gekostet, wie geht's mit der Arbeit auf der Universität vorwärts?«

»Ja, sehr fein«, sagte Milt.

Er aß unsinnig viel und schaute vergnügt drein und guckte verstohlen auf seine neuen (noch immer etwas engen und noch immer etwas quietschenden) braunen Schuhe, um sich davon zu überzeugen, daß sie noch ebensogut glänzten, wie es zu Hause den Anschein hatte.

Von irgendwoher tauchte eine dicke Dame auf, die sich durch ein schnarrendes: »Halloh, halloh, halloh,« bemerkbar machte, »ja, ist es denn möglich, daß Ihr alle – oh, Herr Daggett. Ja, bitte führen Sie mich nur gleich zu der Leberpastete«.

Und ein Herr mit grauem Haar wie ein Großvater und fröhlichem Gekicher wie eine kleine Kassierin sprang herein mit lautem: »Morgen – habt wohl geglaubt, daß Ihr alles allein essen werdet – wird es eine Bridgepartie geben? Oh, guten Morgen, Herr Daggett, wie gefällt es Ihnen in Seattle? Ach, danke vielmals, ja, bitte nur zwei«.

Dann verlor Milt den Faden der Konversation, die um Omelettes brodelte und um Leberpasteten siedete und um Kaffee schäumte und um einen eilends aufgestellten Bridgetisch klapperte und insgesamt erstaunliche Ähnlichkeit hatte mit dem Geräusch von vier Wagen, von denen jeder einen anderen Defekt hatte, und die alle vier zu gleicher Zeit in einer kleinen Garage ausprobiert werden. Leute strömten herein und nickten, als ob sie einander zu gut kannten, um sich noch weiter darum zu kümmern. Sie verbeugten sich vor ihm in der liebenswürdigsten Weise und vergaßen ihn im selben Augenblick wieder um der Leberpastete und der Würste willen. Er saß da und sah höchst achtbar aus und fühlte sich bei einer Tasse Kaffee sehr einsam, als Claire – das in höchstem Grad unecht aussehende Lächeln fallen ließ, das sie während einer Erzählung des ältlichen Beau zur Schau getragen hatte – in einen Stuhl neben ihn glitt und bat: »Schaut man auf Sie, Milt?«

»Oh ja, danke.«

»Sie haben mich so lange nicht besucht.«

»Oh nein, ich – arbeit so verflucht viel.«

»Was für ein fabelhaft origineller Grund! Aber haben Sie das auch wirklich getan?«

»Auf Ehre!«

Plötzlich hatte er Lust – du ewig gleicher Mann, der allezeit den vertrauensseligen, kleinen Jungen spielt vor der Geliebten – ihr von seinen Vorlesungen und Kollegen zu erzählen; wollte sich bemitleiden lassen, wegen seines kahlen Zimmers und den selbstbereiteten Mahlzeiten. Doch um sie tobte das alberne Interesse für Leberpastete und als Claire einem neuen Ankömmling ein strahlendes Lächeln zuwarf, verlor Milt den Schwung und fand, daß es absolut nichts auf der weiten Welt gäbe, was er ihr sagen könnte.

Er verabschiedete sich dankbar von den Omelettes und der Leberpastete und entschlüpfte.

Er wanderte an diesem Tage viele Meilen weit und versuchte, sich Claires Bild ins Gedächtnis zu rufen.

XXVII.
Die Tücke hübscher Dinge

»Was hältst du von meinem netten Jungen Milt Daggett?«
fragte Claire Eva Gilson, sobald der Frühstücksempfang vorbei
war.

»Welcher war denn – Oh, der Junge, den du unterwegs kennen gelernt hast? Ja, ehrlich gesagt, er ist mir nicht besonders
aufgefallen. Ich hätte mir, nach der Art wie du ihn geschildert
hast, eher vorgestellt, daß er furchtbar lustig und auffallend
stark und etwas ungeschliffen sei. Aber er ist mir überhaupt
nicht aufgefallen. Er scheint vollkommen wohlerzogen, nur ein
bißchen schwerfällig zu sein.«

»Nein, das ist er eigentlich nicht – Er ist ...« überlegte
Claire.

»Ich glaube, wir hätten die Belle Torrens einladen sollen,«
sagte Frau Gilson bekümmert. »Wir müssen sie einfach nächs-
tens einladen.«

Herr Gilson dachte tief nach: »Aber sie ist die langweiligste
Person von der Welt und ihr Mann verbringt seine ganze Mu-
ßezeit damit, sich den Kopf zu zerbrechen, wie er mir im Geschäft Ungelegenheiten machen kann. Ja, übrigens hast du den
Wasserhahn im blauen Zimmer richten lassen? Er tropft die
ganze Zeit.«

»Nein, ich hab vergessen.«

»So, aber ich möchte *sehr* gerne, daß du bald dafür sorgst.
Er tropft ununterbrochen.«

»Ich weiß. Ich wollte dem Installateur telephonieren –
Kannst du ihm nicht morgen vom Büro aus telephonieren?«

»Nein, ich hab keine Zeit, mich darum zu kümmern. Aber
bitte, tu du es. Es tropft in einem fort ...«

»Ich weiß, es schaut aus, als wollt es überhaupt nicht mehr
aufhören. Bitte erinner mich morgen früh noch einmal.«

»Ich fürcht, ich werde vergessen. Schreib dir's lieber auf.
Wenn es so weiter tropft, kann noch ein Schaden entstehen.
Und bitte sag dem Koch, daß er nicht so viel Petersilie in die
Omelettes geben soll. Und hör mal, wie wär's denn, wenn man
braune Butter über die Omelettes gießen würde?«

»Oh nein, nicht gut, glaub ich. Ein Omelette soll schön glatt und trocken sein. Butter macht sie so fett – und Butter ist außerdem jetzt so teuer …«

»Aber Butter macht sich gut … Schreib dir das auf, wegen des Wasserhahns im blauen Zimmer, lieber gleich, sonst vergißt du's wieder. Oh, warum, um Himmels willen, haben wir nur Johnny Martin einladen müssen? Er ist so langweilig wie abgestandenes Wasser …«

»Ich weiß, aber – es ist so hübsch in seiner Villa draußen. Oh, Gene, wenn du nur versuchen wolltest, daran zu denken, nicht immer so viel vom Geschäft zu reden. Du und Herr Martin habt mindestens eine halbe Stunde lang über Holzpreise gesprochen …«

»Gar nicht wahr. Nur ganz flüchtig erwähnt. Oh, welchen Wagen willst du Nachmittag nehmen? Wenn wir zu den Barnetts gehen, können wir, hab ich gedacht, die Limousine nehmen – oder nein, du wirst wahrscheinlich vor mir fortgehen, ich muß noch einige Listen nachschauen, kannst du nicht das Elektro nehmen, vielleicht willst du selbst fahren, nein, ich hab vergessen, der Hebel ist ja nicht ganz in Ordnung, na du kannst ja ausfahren und mir den Wagen zurückschicken – aber das wird wieder mit der Zeit nicht ausgehen …«

Claire hörte zu, wie bei einem Theaterstück und hatte plötzlich das Verlangen aufzuschreien: »Oh, um Gottes willen, hört doch auf mit dem unnützen Getue! Ich will selbst hinaufgehen und mich beim Wasserhahn im blauen Zimmer ertränken. Was liegt denn dran! Geht zu Fuß! Fahrt mit der Tramway! Aber macht nicht so ein Getue!« Sie war zornig, weil sie sich schuldig fühlte. Ja, Milt hatte sich wie jeder beliebige Durchschnittsmensch benommen. Hatte sie das aus ihm gemacht? Hatte sie seine fröhliche Unwissenheit in wohlbedachte Stumpfheit verwandelt? Und sie selbst war verdrießlich, fühlte sich benommen und glaubte zu viel gegessen zu haben. Sie sehnte sich darnach, draußen zu sein, auf der Landstraße, mit klarem Kopf ihren eigenen Weg suchen zu müssen, ein unabhängiges, lebendiges Geschöpf – und Milt nicht allzuweit hinter sich zu haben.

Frau Gilson summte: »Ich finde Mattie Vincent so nett.«

»Ich würde eher meinen, etwas langweilig«, gähnte Herr Gilson.

Mattie war die siebente von den heutigen Gästen, die er bisher als langweilig bezeichnet hatte.

»Ganz und gar nicht – oh, natürlich tanzt sie nicht auf Tischen und zitiert nicht Maeterlinck, aber sie hat einen Instinkt für alles Hübsche und Angenehme – ihr kleines Haus ist reizend – alles ganz so wie es sein soll – es mag nur eine einzige Rose sein, aber sie ist immer sorgfältigst gewählt, um zu allem anderen zu passen; und das wunderbare Porzellan – ich vergehe einfach vor Neid, jedesmal wenn ich die Teller sehe. Sie hat auch so eine feine Art, jede kleine Geschmacklosigkeit taktvoll auszusetzen – damals wie der verrückte Universitätsprofessor hier heraußen war und von der radikalen Arbeiterbewegung gesprochen hat, da lächelte Mattie ihm nur freundlich zu und sagte: ›Verzeihen Sie, aber wir wollen doch schmutzige Holzknechte nicht in die Salons zerren – es wäre ihnen ebenso unangenehm wie uns, glauben Sie nicht auch, eigentlich?‹«

»Ach, *verdammt* alles feine Porzellan! Oh, zum Teufel mit allen alten Jungfrauen, die freundlich auszusetzen verstehen«, tobte Claire innerlich. »Und insbesondere und am meisten verflucht, alle verlogene Verfeinerung des Lebens!«

Sie versuchte den Lauf des leeren Gilson-Geplappers zu unterbrechen. Heimtückisch überfiel sie Herrn Gilson mit der einschmeichelnden Frage:

»Geht nicht etwas wirklich Aufregendes bei Euch im Werk vor, Gene?«

»Aufregendes?« fragte Herr Gilson ungläubig. »Nein, was meinst du?«

»Ist das Geschäft nicht an und für sich etwas Aufregendes? Wozu treibst du's sonst?«

»Oh, jaaa – natürlich – doch – aufregend in seiner Art. Aber die Einzelheiten würden dich langweilen.«

»Ja«, sagte Claire, aber bei sich dachte sie: Oh, ewiger, geistiger Todeskampf um blaue-Zimmer-Wasserhähne, ist ein zu hoher Preis sogar für Himmelbetten. Ich will fahren! Wandern! Leben!

An diesem Nachmittag, nachdem sie sich darüber geeinigt hatten, daß Herr Johnny Martin unerträglich langweilig sei, entschlossen sich Herr und Frau Gilson, zu Herrn Johnny Martin auf Besuch zu fahren. Sie nahmen die willenlose Claire mit.

Herr Martin war ein wenig-unterhaltlicher Junggeselle, der eine Unterhaltung gab; als die Gilsons ankamen, waren schon etwa ein Dutzend anmaßende junge Ehepaare in seiner Villa an der Bucht anwesend. Unter anderen waren auch zwei junge Matronen mit hochgezogenen Augenbrauen, die Claire noch nicht kennen gelernt hatte – Frau Corey und Frau Betz.

»Wir haben schon so viel von Ihnen gehört, Fräulein Boltwood«, sagte Frau Betz. »Sie kommen aus dem Osten, nicht wahr?«

»Ja«, warf Claire schnell hin und bemühte sich, einen herzlichen Ton anzuschlagen.

»Aus New-York?«

»Nein. Brooklyn.« Claire bemühte sich, die Antwort nicht allzu kurz klingen zu lassen.

»Oh.« Frau Corey sagte freundlich – viel zu freundlich – »Ich bin in New-York geboren. Ich möchte gerne wissen, kennen Sie die Dudenants?«

Nun kannte Claire zwar die Dudenants. Sie hatte mit dem jungen Esel, dem Don Dudenant Dutzende Male getanzt. Aber der Teufel ritt sie, und zu Eva Gilsons Entsetzen sagte Claire einfältig: »N–nein, aber ich glaube, ich habe den Namen schon gehört.«

»Ich hab gehört, Sie haben so interessante Sachen gemacht – chauffiert und Abenteuer aller Art bestanden – Sie müssen ja entsetzlichen Leuten unterwegs begegnet sein«, versucht Frau Betz herauszuholen.

»Ja, jeder scheint das hier zu glauben. Aber ich muß gestehen, mir haben die Leute wunderbar gut gefallen«, brauste Claire auf.

»Ich sage immer, daß gewöhnliche Leute oft erstaunlich angenehm sein können,« sagte Frau Corey gönnerhaft. Ehe Claire sie umbringen konnte – es war eben keine häusliche Waffe zur Hand, ausgenommen ein silberner Teeseiher, wirbelte Frau Corey weiter: »Obwohl ich eigentlich glaube, daß wir viel zu gut zu den Arbeitern und all den Leuten sind – ihre Stellung hier im Westen wird langsam unerträglich und, mein Wort darauf, wenn man sich heute ein Mädchen halten will, muß man sie wie eine Gräfin behandeln.«

»Warum sollten Mädchen nicht wie Gräfinnen sein? Sie sind eigentlich viel wichtiger«, sagte Claire zuckersüß. Es kann nicht behauptet werden, daß Claire einen großen Teil ihrer Zeit auf die Lektüre von Karl Marx verwendet hätte oder Demonstrationsversammlungen von Arbeitersyndikaten geführt hätte oder rote internationale Fahnen genäht – doch in diesem Augenblick war sie absolut revolutionär. Sie hätte Frau Corey und die hübsche Frau Betz sofort hinrichten lassen können; sie haßte die ganze Bourgeoisie; sie sah sich nach einem japanischen Diener um, den sie hätte »Kamerad« nennen können und wieder dachte sie an die Möglichkeit, den Teeseiher als Mordwerkzeug zu gebrauchen.

»Sie haben vorhin von den Dudenants gesprochen, Frau Corey, nicht wahr?« Ich erinnere mich ihrer jetzt. Der arme Don Dudenant, ist es nicht schade, daß er so ein Narr ist? Sein Vater ist wirklich ein ganz anständiger, alter Fadian.«

»Ich«, bemerkte Frau Corey in ehrlichem Entsetzen, »halte die Dudenants für außerordentlich liebe Leute. Ich kann mir nur vorstellen, daß wir von verschiedenen Familien sprechen. Ich meine die Dudenants aus Manhattan, nicht die Familie in Brooklyn.«

»Ach ja, ich meinte auch die Familie in Manhattan – die ihr Vermögen gemacht hat durch den Verkauf schlechter Wollwaren während des Bürgerkriegs«, schmeichelte Claire. Die Gilsons hatten über das Thema eines taktvollen Benehmens ihre eigene Meinung, die sie Claire auf dem Heimweg mitteilen wollten. Aber sie, die immer gelächelt hatte, die stets ein folgsamer, nachgiebiger Gast gewesen war, zuckte nur die Achseln und rief: »Das sind Idioten! Diese jungen Frauenzimmer sind unverschämte Ladenmädchen in guten Kleidern. Euer Seattle gefällt mir. Die Stadt ist herrlich. Und ich mag all die feinen, einfachen, richtigen Menschen, die ich hier kennen gelernt habe. Ich bewundere Euren Fortschritt. Ich weiß, wie wunderbar es ist, was Ihr aus dieser Bergwerksstadt alles gemacht habt.

Aber, um Himmels willen, vergeßt doch nicht die gute, gewöhnliche Kraft und Derbheit eines Bergarbeiters. Soziale Londoner Unterschiede scheinen in amerikanischen Städten, die vor zwanzig Jahren noch nicht viel mehr als Bretter-Gehsteige und Kneipen hatten, irgendwie lächerlich. Es ist mir einerlei, ob es nun Seattle oder Minneapolis oder Omaha oder Denver ist, ich will mir über die Fürstin von Corey und die Baronin Betz und all die anderen Imitations-Vergoldungen nicht den Kopf zerbrechen. Wenn ein paar Schlager-Leute, die eben ihre Schule absolviert haben, Eindruck auf mich machen wollen mit ihrer Überlegenheit den Arbeitern gegenüber und ihrem betonten Aristokratismus und ihrer Östlichkeit, so langweilen sie mich nur. Ich *bin* der Osten!«

Abends schloß sie mit den Gilsons wieder Frieden und zeigte sich ihren Gastgebern gegenüber reuig, aber in ihrem Herzen wärmte sie sich an einem lieben Gedanken. Sie entsann sich eines lustigen Versprechens, das sie Milt einmal draußen auf der Landstraße gegeben hatte, daß sie ihn in seinem Zimmer besuchen kommen und für ihn kochen wollte. Sie dachte voll sehnsüchtigen Verlangens daran. Sein Zimmer würde wohl nicht besonders repräsentabel sein und sie zweifelte daran, daß er einen elektrischen Kochherd besäße; aber es wäre lustig, wieder einmal Eier zu braten, ihn wieder einmal beim Geschirrabwaschen zu sehen, zu plaudern und goldene Zukunftspläne zu schmieden und sich nicht um die Meinung einer Frau Corey und Frau Betz zu kümmern. Am nächsten Nachmittag war die Limousine frei und Claire entlieh sie samt dem hübschen griechischen Chauffeur. Sie gab ihm Milts Adresse, unweit der Universität.

Er widersprach: »Verzeihung, Fräulein, ich glaube, das stimmt nicht. Diese Nummer gehört zu einem Häuserblock in einem ganz billigen Stadtviertel«.

»Schon möglich! Aber die Adresse ist richtig!«

Er zog seine athenischen Augenbrauen hoch und sie erkannte, was für ein Mißgriff es gewesen war, den todbringenden Teeseiher nicht mitzunehmen. Als sie vor einem kleinen Zuckerbäckerladen anhielten, öffnete der Chauffeur die Wagentüre mit so kühler Reserviertheit, daß sie ernstlich daran dachte, ihm ins Gesicht zu schlagen. Sie kletterte die übelriechende, wackelige Treppe hinauf und klopfte an die erste Türe im oberen Stockwerk. Eine große Schürze öffnete, zu der als unwichtige Beigabe eine schläfrige Frau gehörte, und aus dieser Masse von Schürze und Frau kam ein gähnendes: »Herrn Daggetts Zimmer ist unten am Korridor rechts«. Claire klopfte an einer Türe, die in verschiedenen Zeitläuften blau, gelb, rosa und jetzt alles drei war. Keine Antwort. Sie probierte die Klinke und trat ein.

Sie wußte nicht, ob es die Nacktheit des Zimmers oder Milts Sorgfalt war, die ihr auffiel. Der teppichlose Boden war sauber gefegt. Er besaß nur einen Teller, einen Löffel, aber sie waren abgewaschen und auf eine kleine Stellage geräumt, die mit Zeitungspapier bedeckt und aus einer Seifenschachtel hergestellt war. Hinter einem Kattunvorhang war sein neuer Anzug auffallend sorgsam aufgehängt. Am Rande der eisernen Abwaschvorrichtung war ein kürzlich gewaschener und zum Trocknen ausgebreiteter alter Fetzen.

Bei diesem Anblick, bei der Vorstellung wie Milt feierlichernst sein Geschirr wusch, stiegen ihr die Tränen langsam in die Augen.

Sie stürzte ins Zimmer, warf sich auf das krachende Bett und heulte:

»Oh, ich war ein Vieh – ein Vieh – ein Vieh! All die hübschen Sachen – Limousinen und Steinbadewannen – mich so viel damit zu beschäftigen und sie nicht für *ihn* zu wünschen! Und er hat so wenig, beinahe nichts – er, der schöne Sachen so gut zu schätzen verstünde – hier in dieser Höhle, und macht sie noch so erträglich wie möglich – und ich schämte mich seiner beinahe, statt für ihn zu kämpfen – ich paß zu Frau Corey und Frau Betz. Ach, ich schäm mich so, schäm mich entsetzlich!«

Sie strich das Bett wieder glatt mit zitternden Händen.

Sie war noch kaum fünf Minuten wieder zu Hause, hatte sie ihm schon eine Einladung geschrieben, in der sie ihn für den nächsten Tag zum Tee bat.

XXVIII.
Das Jackett des Herrn Hudson B. Riggs

Herr Hudson B. Riggs tritt nun in die Erzählung ein – etwas spät zwar und nur ganz vorübergehend – in einem Jackett, das über den Schultern ein wenig spannt, und einem strahlenden Lächeln, unter dem sich seine Lippen ein wenig zu sehr spannen.

Herr Riggs hatte sich eine glänzende Stellung im Bergbau von Alaska errungen auf dem Weg über Pachtgut, Staatsland-kolonist, Meßkette und Schürfen; und seine groben Hände waren ein Zeichen und Beweis seiner Entwicklung. Der Zweck seines Lebens war, Frau Riggs zu gefallen und zufrieden zu stellen, und er erreichte niemals den Zweck seines Lebens. Sie trug Spangen, und ihr Korsett knackste, und sie hatte ein nervöses Lächeln und konnte auf den ersten Blick, schneller als ein Hundertstel-Sekunden-Kodakverschluß, sagen, ob eine neue Bekanntschaft der Mühe wert sei, »weiter kultiviert« zu werden oder nicht. Es war ihr gelungen, daß Herr Riggs sich in Gesellschaft vollkommen ungefährlich benahm und vollkommen unbehaglich fühlte. Er stand herum und enthielt sich, alles das zu tun, was er gern hätte tun wollen und war überschwänglich höflich mit jungen Bengeln, die er für sein Leben gerne einmal bei sich im Büro gehabt hätte – um mit ihnen fertig zu werden.

Bei der dritten großen Teegesellschaft, welche die Gilsons für Fräulein Claire Boltwood gaben, hätte sich Herr Riggs am liebsten hinausgeschlichen, aber nach seinen letzten Erfahrungen in diesem Punkte mit Frau Riggs hatte er die Methode als unklug verworfen und stand nun am Kamin – also wenigstens von einer Seite gedeckt – und aß Salat-Sandwiches, die er insgeheim »Kuhfutter« nannte und hörte einer zum größten Teil weiblichen Menge zu, die unverständliche Epigramme mit unglaublicher Schnelligkeit vorbrachte, aus denen er nur einzelne Worte auffing, wie: »Famose Hand – gelernte Nurse – Whipcord – wirklich sehenswert – knapp vor dem Loch den

Ball verspielt – albernste Person – neues Stubenmädchen – danke verbindlichst«.

Was Herr Riggs nicht wußte, war, daß ein junger Mann, der wie ein guter Tennisspieler aussah und einen unauffälligen blauen Anzug trug, ihn beobachtete. Der junge Mann kam auf ihn zu und sagte:

»Ich höre, daß Sie Bergwerksbesitzer in Alaska sind, Herr Riggs.«

»Ja, ja.«

»Ist jetzt viel zu tun, dort?«

»Nein, nicht sehr viel.«

»Ich hoffe auch, eines Tages nach Alaska verschlagen zu werden – Ich studiere jetzt Maschinenbau auf der U.«

»Wirklich? Schlankweg?« Herr Riggs setzte heftig seine Teetasse auf den Tisch nieder – Frau Riggs würde ihm wohl nachher sagen, er hätte sie an einen falschen Platz niedergestellt, aber das machte nichts. Er beugte sich zu Milt hinüber und schnaubte: »Bieten Sie mir, bitte, eine Zigarette an. Ich weiß nicht, ob man hier raucht und ich wag es nicht, der Erste zu sein. Sagen Sie einmal – Alaska – ich wollt, ich wär jetzt dort. Hören Sie, es ist zu blöd, wie gut Tee in einer Blechschale schmecken kann und wie wässerig aus einer Porzellantasse. Mein lieber Junge, ich weiß nichts von Ihnen, aber Sie schauen ganz gut aus, und wenn Sie fertig sind, um nach Alaska zu gehen, dann kommen Sie zu mir und ich will sehen, ob ich Ihnen nicht helfen kann, dort vorwärtszukommen. Aber kommen Sie nur ja niemals zurück!« Als die Menschenmenge anfing, sich zu zerstreuen und aufzubrechen, wollte auch Milt gehen. Da kam Claire, die während der ganzen Gesellschaft nichts mit ihm gesprochen hatte, außer: »Freu mich so, daß Sie gekommen sind. Kennen Sie Dolly Ransome? Dolly, das ist mein lieber Herr Daggett«; sie schlich sich jetzt an seine Seite, leise wie ein Schatten und flüsterte: »Bitte, gehen Sie noch nicht. Ich möchte mit Ihnen sprechen. *Bitte!*« Es lag ein bebender Ernst in ihrer Stimme, der jedoch gleich wieder verschwand, als sie, zur Türe eilend, jemandem versicherte, wie gut es ihr in Seattle gefiele.

Milt sah sich in der Halle um. Er studierte eine Konsole mit einer merkwürdigen weiß-schwarzen Vase, in der eine einzige Pfauenfeder war und einen Goldspiegel an einer grauen Wand.

»Schöne Sachen. Der Spiegel gefällt mir. Aber nicht wert, dafür sein Leben lang ein Sklave zu sein. Ich will kein Herr Riggs werden. Armer Teufel, der Kerl tut mir leid. Hat noch die eine leise Chance, sich hinsetzen zu dürfen, den Rock auszuziehen, um eine Zigarre zu rauchen – wenn sie einmal tot ist!«

Die Gäste waren fort; die Gilsons hinaufgegangen. Claire kam dahergerannt, packte Milt am Ärmel und zog ihn zu einem Fauteuil in den Salon – dann seufzte sie, rieb sich die Stirne und sah so müde aus, daß er nichts anderes sagen konnte, als: »Ich hoffe, Sie haben sich nicht überanstrengt.«

»Nein, nur – nur ein bißchen zu viel geredet.«

Er zwang sich zu sagen: »Fräulein Ransome ist sehr nett.«

»Ja?«

»Ja – wirklich – Was hören Sie von Ihrem Vater?«

»Oh, der ist wieder zurück, bei seiner Arbeit.«

»Hat ihm die Tour gut getan?«

»Oh ja, sehr.«

»Hat er – –«

»Milt, erzählen Sie mir von sich. Was machen Sie, was studieren Sie? Wie leben Sie? Kochen Sie sich wirklich das Essen selbst? Geht's vorwärts auf der Universität? Oh, erzählen Sie mir alles. Ich will so vieles wissen!«

»Es gibt nicht so viel zu erzählen. Ich arbeit hauptsächlich Mathematik. Bin ganz herausgekommen. Von Motoren versteh ich mehr als die meisten Anderen. Das hilft mir. Und was das Leben anbelangt – da bin ich konservativ geblieben. Haben Sie gewußt, daß ich meine Garage verkauft hab?«

»Oh nein, das hab ich nicht gewußt!«

Er wußte nicht, warum sie es so bestürzt und beschämt sagte, aber er fuhr sanft fort: »Nun, ich hab sie ganz gut verkauft, aber natürlich will ich nicht riskieren, daß mir das Geld ausgeht und darum geb ich nicht viel aus. – Und« – Er sah auf seine Fingernägel, drehte den Kopf zur Seite und dann wieder zurück mit einem scheuen: »Und ich lerne Bridge spielen und Tennis!«

»Oh Gott!« Es klang wie ein Schmerzensschrei. Sie preßte einen Augenblick lang die Hände krampfhaft aneinander, bevor sie murmelte: »Wann werden wir zusammen unsere erste Tanzstunde haben – – – –?«

»Ich weiß nicht«, parierte er. Dann blickte er sie ehrlich an und gestand: »Ich glaube, niemals, Claire, ich kann es nicht. Ich tauge zu diesem Gesellschaftsspiel nicht. Sie wissen, wie ungeschickt ich wieder war. Oh, ich fürchte mich nicht mehr vor den Leuten; jetzt, wo ich sie näher kennen gelernt habe, kommen sie mir ziemlich genau so vor, wie alle anderen Menschen. Aber ich kann ihr Benehmen nicht lernen. Ich kann nicht genug Aufmerksamkeit aufbringen für den Gedanken, wie man eine Teetasse halten soll.«

»Ach, an diesen Dingen liegt doch nicht so viel – es liegt doch gar *nichts* daran! Außerdem gefallen Sie allen Leuten – nur sind Sie so vorsichtig, daß Sie niemals zeigen, wieviel Kraft und Mut in Ihnen steckt und wie viel herrliche, liebenswerte Güte. Und was Ihr Benehmen anbelangt – Gott weiß, ich bin keine Tanzmeisterin, aber ich will Sie alles lehren, was ich weiß.«

»Claire, ich weiß es unsäglich zu schätzen, aber – ich bin nicht sicher, ob ich es lernen will. Ich fang an, Angst zu bekommen. Ich hab den Vogel, Riggs heißt er, glaube ich, heute hier beobachtet. Er ist ein Prachtkerl oder war es einmal, aber jetzt ist er einfach untergegangen in dem Treiben. Ich will nicht einer von den Millionen Schatten und Geistern einer Großstadt sein. Seattle ist arg genug, aber New-York wäre noch viel ärger. Ich will kein Herr Riggs werden.«

»Ja, aber – ich bin doch keine Frau Riggs!«

»Was wollen Sie – –«

Er beendete die Frage nicht, was sie damit meinte. Sie war in seinen Armen, sie flüsterte: »Ich fühl mich ja so einsam!« und das Zimmer lag ganz still. Die untergehende Sonne strömte zum Fenster ein und glitzerte um den Spiegel in der Halle, aber sie achteten nicht darauf und sahen nicht die goldene Pracht.

Erst beim Ton eines nahenden Schrittes sprang sie aus seiner Umarmung zur Seite, besah sich im Glas eines Bildes, dann murmelte sie beschämt:

»Mein Haar – oh … schreckliches Sich-gehenlassen – –«

Er wollte seinen Arm um ihre Schultern legen aber sie bat:

»Nein. Bitte nicht. Kommen Sie – oh, wir wollen zusammen spazieren gehen, ehe Sie nach Hause wandern.«

»Hören Sie! Wir wollen davonlaufen und die Stadt auskundschaften und erst spät abends heimkommen.«

»Ja. Gehen wir!«

So wanderten sie von Queen Anne Hill durch die Stadt bis zu den Docks. Sie schritten über einen hohen Damm, von dem aus man die Werft der Stadt überblickte. Sie sahen ein Schiff, das Eisenschienen und Eßwaren lud für den staatlichen Bahnbau in Alaska. Sie freuten sich laut über eine Schaar kleiner teeriger Fischerboote. Sie sahen Leuten zu, die bis spät am Abend arbeiteten beim Ausladen von Lachs aus Alaska.

Sie durchkreuzten die Straßen bis zur Japaner-Stadt mit den verschlungenen Gäßchen, den dunklen Wegen und Stiegen, die verloren den Hügel hinaufzogen. Sie lächelten schwarzäugigen Kindern zu, fanden ein japanisches Restaurant und versuchten, dort eine Mahlzeit zu halten von rohen Fischen und ungeheuerlichen Krebsen und Wurzeln, die in hohem Grade von leichtem Motoröl durchtränkt waren.

Mit Milt als Führer lernte sie, in den Straßen der Japaner-Stadt, in billigen Kinos und in Gasthäusern für fremde Arbeiter, ein drängendes, eiliges, leichtes, vielfarbiges Leben kennen; und es schien ihr, daß dort hinten im Hause der Himmelbetten und der Wände feinabgetönten Graus, das Leben mit den herrlichsten rosafarbenen, wattierten Steppdecken erstickt würde. Milts Entzücken über jeden malerischen Winkel und die Beredsamkeit der täglichen Umgangssprache der Straßenredner ergötzte und begeisterte sie.

Doch schüchtern standen sie vor der Hecke der Gilsons und als Milt frohlockte: »Herrlicher Spaziergang, das wollen wir wieder einmal machen!« da sagte sie nur: »Oh ja, es hat mir sehr gut gefallen«.

Er hatte plötzlich seinen schönen, neuen Filzhut fallen lassen. Er hielt sie an beiden Armen fest und fragte: »Können Sie mich wirklich lieb haben? Oh, mein Gott, Claire, ich kann mit diesen Dingen nicht spielen. Ich bin verrückt – ich lebe ja nur mehr in Ihnen. Sie sind mein Blut und meine Seele. Kann ich jemals – der Mann werden, den Sie wollen?«

»Mein Lieber!« Sie wendete sich wütend nicht nur an ihn, sondern an alle Betzes und Coreys und Gilsons und Jeff Saxtons. »Man darf doch nicht einen Augenblick lang vergessen, daß alle diese Leute, – hier und auch in Brooklyn – die so exklusiv und vergnügt und zufrieden zu sein scheinen, innerlich eigentlich nur lauter gewöhnliche Menschen sind, außen ein wenig emailliert, und Sie …«

»Gib mir einen Kuß!«

»Nein! Bitte nicht! Ich – ich versteh uns beide nicht mehr. Können wir nicht noch eine Zeit lang einfach Spielkameraden bleiben? Aber – ich hab dich lieb!«

Sie entfloh. Als sie in die Halle trat, waren ihre Augen naß.

Es war am folgenden Nachmittag.

Claire lag zusammengekauert auf der gestickten Decke ihres Sofas und dachte an Schokolade und Brooklyn und die Fahrt durch den Yellowstone-Park und Maiskuchen und Crêpe-de-Chine-Wäsche und Mount Rainier und Milt und Spiritismus und Maniküren, als Frau Gilson zufällig bei ihr eintrat und in *so* gleichgültigem Ton fragte: »Beschäftigt?« daß Claire sofort mißtrauisch wurde.

»Nein. Nicht sehr. Ist was los?«

»Nette Leute sind gekommen. Ein interessanter Mann aus Alaska; komm dann hinunter.«

Claire beeilte sich nicht, während sie sich die Nase puderte und schlenderte dann gemächlich die Treppe hinunter in den Salon um dort …

Jeff Saxton, Herrn Geoffrey Saxton zu finden, die Spitze von Brooklyn Heights, an den Kamin gelehnt und ihr zulächelnd.

XXIX.
Feindliche Liebe

Aber auf einen zweiten Blick hin – war das Jeff?

Dieser Mann war von der Sonne gleichmäßig dunkelbraun gebrannt, so daß seine Augen erstaunlich weiß hervorstachen. Seine Hände waren rot; eine große Schramme lief quer über eine von ihnen; er hatte die Arme keck auf die Hüften gestützt und war dem glatten, lärmend-stillen Jeff von Brooklyn ganz unähnlich. Er trug eine Lederhose und eine Lederjacke mit Gürtel und ein khakifarbenes Flanellhemd.

Aber dieses ruhige, befehlende Lächeln war Jeffs Lächeln, auch seine schlanke Grazie; und Jeffs wohlbekannte, stets heitere Stimme begrüßte sie, die vor Bestürzung beinahe erstarrt war, mit einem:

»Halloh! Verzeihn, hab ich Sie nicht schon einmal wo in Montana gesehen?«

»Ja – wo – in – aller –«

»Bin eben aus Alaska angekommen. Mußte von Kalifornien aus dort hinauf. Wie geht's, kleine Prinzessin?«

Er streckte ihr die Hand entgegen – dann beide Hände, flehend, aber sie lief ihm nicht entgegen, wie sie es in Flathead Lake getan hatte. Sie schritt würdevoll auf ihn zu, schüttelte ihm die Hand – viel zu herzlich. Sie suchte in einem Fauteuil Deckung und – viel zu einladend – interessiert bat sie:

»Erzählen Sie mir doch, bitte, alles.«

Er beobachtete sie. Schon fingen seine alte, verfolgende Entschlossenheit, seine beständig-sichere Haltung an, sie zu beunruhigen. Aber er ließ sich ruhig in einen Stuhl fallen und sagte verbindlich:

»Es war wirklich eine ganz wunderschöne Reise. Hab gar nicht gewußt, daß ich das wilde Leben so genießen könnte. Aber es war ein hübsch wildes Leben. Oh, garnicht gefährlich, aber ziemlich anstrengend. Ich mußte dreihundert Meilen in einem seichten Fluß mit dem Kanoe hinaufrudern und hatte nur einen Indianer zum Führer, der alle zehn Meilen ungefähr den Kahn ein Stückchen tragen mußte; und in den Stromschnellen hat es uns von Zeit zu Zeit umgeschmissen – der

Große Häuptling ist einmal beinahe selbst ertrunken – und wir haben des Nachts an der Stelle übernachtet, wo ursprünglich die Mosquitos erfunden worden sind – und eines Morgens hab ich einen schwarzen Bären geschossen, ich kam eben noch zurecht, um ihn daran zu hindern, meine Schuhe aufzufressen.«

»Oh!« seufzte sie voll Bewunderung und wieder »Oh!« etwas befangen.

Es wurde nichts weiter darüber gesagt; Jeff war gewiß der letzte Mensch auf der ganzen Welt, der seinen Triumph schmälern würde, durch lange Erläuterungen; aber beide wußten es, daß sie vollständig die Rollen gewechselt hatten; daß nun sie die zahme Haushockerin geworden war, und er der muntere Umherstreifer; daß sie nun ihn zu bewundern hätte, wie er sie in Flathead Lake bewundert hatte, während er nun der heitere Held war.

Es fehlte nicht viel zu unterwürfiger Verehrung, als sie seufzend fragte: »Wo haben Sie die Schramme her?«

»Ach das? Das ist nichts.«

»Bitte erzählen Sie mir.«

»Nein wirklich und wahrhaftig. Es ist gar nichts. Ein betrunkener Kerl mit einem Messer. Ich mußte ihn nicht einmal anrühren – er hätte mich natürlich furchtbar unterkriegen können. Der Große Häuptling hat ihn erledigt.«

»Er – hat Sie geschnitten? Mit einem Messsssser? Ohhhhh!«

Sie lief zu ihm hinüber, strich streichelnd über die Schramme und sah mit trüben Augen auf ihn hinab. Dann versuchte sie einen Rückzug aber er hielt ihre Hand und blickte zu ihr empor, als könnte er jeden Gedanken in ihrem Kopfe lesen. Sie fühlte sich schwach werden. Wie konnte sie ihm entfliehen? »Bitte,« sagte sie flehend.

Sie zitterte, daß wenn er ihre Hand noch einen Augenblick länger hielte, sie auf seinem Schoß sitzen, in seinen Armen liegen würde – verloren. Und er hielt ihre Hand. Er war –

Oh, er war zu alt für sie. Ja, und zu väterlich. Aber doch – Das Leben mit Jeff wäre ein behütetes, freundliches, ehrenwertes.

Doch während der ganzen Zeit wollte sie – und wußte, daß sie es unbezwinglich wollte – zu Milt dem Spielkameraden fliehen, mit ihm davonlaufen, Hand in Hand, die lustige, bunte Welt entdecken, ob des Lebens lachen ohne zu fürchten, dadurch an Würde einzubüßen. Aus Angst eben vor Jeffs Güte und Ehrenhaftigkeit riß sie ihre Hand los. Dann versuchte sie, wie ein geschickter Fechter zu lächeln.

Während sie sich zu ihrem Stuhl zurückzog, stammelte sie: »Haben Sie – war es interessant in Alaska?«

Aber diesmal ließ er sie nicht so leicht laufen. Gewandt, wie eine Katze, trotz all seiner trockenen Feierlichkeit, sprang er ihr nach und führte seine Sache mit höchstem Ernst:

»Liebe Claire, diese wenigen Wochen des Kampfes wider die wilde Natur waren eine Offenbarung für mich. Jetzt will ich noch weit mehr davon haben. Zufällig braucht man mich auch dort. Es gibt eine Menge Kupfer da, aber auch große Transport- und Verwendungs-Schwierigkeiten – die ich anscheinend besser zu bewältigen verstehe, als andere Leute – obwohl ich natürlich ein Stümper bin, wenn es sich um technische Probleme handelt. Aber ich habe eine gewisse Übung und – ich werde die Dinge so einrichten, daß ich wenigstens ein Mal im Jahr dort hinaufgehe. Nächsten Sommer werde ich eine viel größere Tour machen – werde die Berge sehen – oh, herrliche Berge – und komische, halbrussische Städte, werde fischen – wandern. All die wirklich großen Dinge. Sogar noch schöner als Ihre herrliche, tollkühne Fahrt durch – – –«

»War gar nicht tollkühn! Ich bin nichts als eine kleine Heulliese«, sagte sie wie ein ungezogenes Kind, das nur widersprechen will.

Er bestritt es nicht. Er lächelte und sagte: »Ta, ta, ta!« Und überlegen katalogisierte er sie mit: »Sie sind das tollkühnste Mädchen, das ich je gesehen habe und das ist umso verwunderlicher, als Sie nicht irgendein Wildfang aus dem Film sind, sondern von erlesener Vollkommenheit …«

»Ich bin ein kleiner Schmierfink.«

»Gut also. Sie sind ein kleiner Schmierfink. Ich auch. Und es gefällt mir so. Und wenn ich nächstes Jahr die große Alaska-Reise mache, so will ich, daß Sie mitkommen! Claire! Wissen Sie denn nicht, wie nahe meine Gedanken in all diesen letzten

Wochen bei Ihnen gewesen sind? Sie haben mich durch die Wildnis geleitet ...«

»Das ist – ich freu mich sehr.« Sie sprang wie flehend auf. »Jeff, mein Lieber, Sie bleiben doch zum Tee? Ich muß hinauflaufen, meine Nase pudern.«

»Nicht bevor Sie gesagt haben, daß Sie froh sind, mich wiederzusehen. Kind, liebes, wir springen und tänzeln umeinander herum – Nein. Sie sind kein Kind mehr. Sie sind eine Frau. Und wenn ich nie ein richtiger Mann gewesen bin, sondern nur eine staubige Büromaschine, so ist das nun vorbei. Meine Lungen sind jetzt mit dem Wind der Wildnis vollgesogen. Mann und Weib! Mein Weib! Mehr will ich jetzt nicht sagen, aber – Oh mein Gott, Claire, ich brauche Sie so!«

Er drückte ihren Kopf an seine Schulter und einen Augenblick ließ sie ihn dort ruhen. Doch als sie aufblickte, sah sie das herannahende Alter an der körnigen Haut seines Halses.

»Er braucht mich – aber er wird der Herr sein. Ich werde noch mit fünfzig sein Schlauköpfchen-Weib sein«, ängstigte sie sich ab, und »zum Teufel, das sieht ihm auch gleich, mit seiner dummen Überlegenheit, den armen Milt noch auch auf Abenteuerfahrten zu schlagen – und dann noch den verfluchten, bescheidenen christlichen Herrn' dabei zu spielen!«

»Sie sind so schrecklich tüchtig – Sie wollen immer alles dirigieren«, seufzte sie laut.

Zum ersten Mal seit der ganzen Zeit ihrer Bekanntschaft mit Jeff brach sein Stolz zusammen. Mit zitternden Lippen fragte er betrübt: »Warum versuchen Sie immer, mich zu verletzen?«

»Oh, nein, lieber Jeff, das will ich gar nicht.«

»Ist es, weil Sie es mir übelnehmen, daß ich die Dinge, die ich mache, ordentlich mache?«

»Ich versteh nicht.«

»Wenn ich eine glückliche Idee hatte, um eine Gesellschaft zu amüsieren, sagen Sie, daß ich immer alles ›dirigieren‹ will. Wenn ich die Dinge ernst bis zu Ende denke, sagen Sie, ich bin langweilig.«

»Nein, das sind Sie nicht. Das hab ich nicht gemeint.«

»Was sind Sie, Claire? Sind Sie eine wirkliche Frau oder sind Sie so ein kleines, flirtendes Mädel, das einen Mann darum sekkieren will, weil er närrisch genug ist, sich aufrichtig zu verlieben?«

»Nein ... wirk-lich, Jeff, das bin ich nicht. Es ist ... Sie können mich nur nicht ... Es ist nur, weil ich nicht in Sie verliebt bin. Ich habe Sie gern und ich achte Sie ungeheuerlich, aber —«

»Und Sie sollen mich noch lieben lernen, Claire.« Er hielt sie so fest an den Armen, daß es ihr weh tat, aber sie war seltsamerweise nicht böse darüber. »Aber ich will es nicht jetzt versuchen. Denken Sie, bitte, nicht daran, daß ich das Wort ›Liebe‹ auch nur erwähnt habe. Ich habe eben nur von den Fjorden geplaudert und dergleichen, aber einer dieser Tage – Nein. Ich will es nicht tun. Ich will ein paar Tage hier in Seattle bleiben und einige lustige Ausflüge mit Ihnen machen, oder – möchten Sie lieber, daß ich auch das nicht tue? Ich bin ...« Er ließ ihre Arme sinken und drückte die Hände an die Schläfen. »Ich kann es nicht ertragen, als lästige Puppe angesehen zu werden. Ich kann es nicht ertragen! Kann nicht!«

»Bitte, bleiben Sie, Jeff! Wir werden ein paar herrliche Fahrten zusammen machen und alles Mögliche. Wir wollen, so weit es nur geht, den Rainier besteigen.«

Er blieb. Er war am selben Nachmittag während des Tees ungemein unterhaltend. Claire bemerkte, wie die Gilsons und zwei Mädchen, die zufällig auf Besuch gekommen waren, ihn bewunderten. Das war ihr peinlich. Und als Frau Gilson ihn bat, das Hotel zu verlassen und zu ihnen zu Gast zu kommen, lehnte er mit einem schnellen Blick auf Claire ab, der ihr weh tat.

»Er will, daß ich frei bin. Er ist wirklich soviel rücksichtsvoller als Milt. Und ich tu ihm weh. Sogar sein Stolz ist zusammengebrochen. Und ich habe Milts Leben ruiniert, weil ich mich eingemischt habe. Und ich verletze die Gilsons durch mein Benehmen. Und dem Vater mach ich's auch nicht so recht angenehm. Ach, ich bin absolut zu nichts nütze«, quälte sie sich innerlich ab.

XXX.
Die tugendhaften Verschwörer

Herr Geoffrey Saxton, sonnverbrannt und im Abendanzug, plauderte mit den Eugene Gilsons, während Claire Toilette machte für's Theater.

Frau Gilson bemerkte: »Sie ist ein reizendes Ding. Wir haben sie schrecklich gern. Aber ich glaube, sie weiß nicht, was sie will im Leben. Hat keine regelmäßige Beschäftigung, kein bestimmtes Interesse. Sie sucht herum und ist zerfahren. Wer ist dieser Daggett-Bursche … irgend ein Student – den sie gern zu haben scheint?«

»Nun, da Sie davon zu sprechen angefangen haben – ich wollte nicht der erste sein damit. Ich will ihm nicht unrecht tun. Was hat sie Ihnen von ihm erzählt?« fragte Jeff vertrauensselig.

»Nichts, nur daß er Maschinenbau studiert und schrecklich tapfer ist und lauter solche unbequeme Tugenden besitzt, und daß sie ihm im Yellowstone-Park oder sonstwo begegnet ist und er sie vor einem Bären – oder war es ein Strolch? – jedenfalls aus irgend einer überflüssigen Gefahr gerettet hat.«

»Ich will nicht anmaßend sein, Eva, aber die Wahrheit ist, daß dieser junge Daggett ein unmöglicher Mensch ist. Er war wohl hier auf Besuch, nicht? Was ist Ihnen an ihm aufgefallen?«

»Nichts. Er ist schweigsam und so fad wie lauwarmer Tee, aber vollkommen unauffällig.«

»Dann ist er klüger, als ich gedacht habe! Daggett ist alles eher als fad und unauffällig, und wenn er diese ehrenwerte Rolle spielen kann –! Er scheint der Sohn irgend eines gewöhnlichen Arbeiters in Middle-West zu sein; er ist gar kein Ingenieur, er ist in Wirklichkeit Taxi-Chauffeur oder dergleichen; und er ist auf der Straße auf Claire und Henry B. gestoßen, hat sich aufgedrängt und hat es verstanden, sich die Leute irgendwie zu verpflichten – weit entfernt davon, schweigsam und unbedeutend zu sein, scheint er irgend einen geheimen Charme zu besitzen, der« – Jeff seufzte – »Ich begreife es überhaupt nicht. Ich kann es einfach nicht begreifen! Ich bin ihm in Montana begegnet; da war er mit dem größten Aufschneider, dem entsetzlichsten Menschen, den ich in meinem ganzen Leben jemals gesehen habe – irgend ein Pinky Westlake, oder irgend so ein Name – einfach ein Betrüger! Er versuchte, Herrn Boltwood und mich für den gewöhnlichsten und offenkundigsten Minen-Schwindel zu interessieren. Und dieser Daggett war sein Partner – sie reisten tatsächlich zusammen. Doch ich will mich bemühen, nicht ungerecht zu sein. Ich bin nicht ganz *sicher*, daß Daggett von der Unehrenhaftigkeit seines Partners wußte. Das ist es nicht, was mich an dem Burschen stört. Aber er ist sonst ganz unmöglich. Wenn er sich in Acht nimmt, kann er es vielleicht verbergen, aber wenn er Gelegenheit dazu hat – wirklich ich glaube nicht zu übertreiben, wenn ich sage, daß er mit fünfunddreißig in Hemdärmeln essen wird und wenn er die Zeitung wird lesen wollen, sich die Schuhe auszieht und die Füße auf den Tisch legen wird. Doch Claire – Sie wissen, was für ein gutes Herz sie hat und wie sie voll Don Quichoterien steckt – sie bildet sich ein, weil dieser Kerl einen Pneudefekt oder etwas ähnliches unterwegs für sie repariert hat, daß sie ihm verpflichtet sei, und je ärger er ist, umso mehr glaubt sie, muß sie ihm helfen. Und Sachen dieser Art – Ach, es ist einfach zu schrecklich, aber es hat Fälle gegeben, wissen Sie, in denen ebenso prachtvolle und wohlerzogene und feine Mädchen wie Claire, zu Heiraten weit unter ihrem Stande verleitet worden sind, einfach durch ihre Anständigkeit und durch geschickte Abenteurer!«

»Oh!« stöhnte Frau Gilson; und »Du lieber Gott!« jammerte Herr Gilson, und »Wirklich, ich übertreibe nicht«, sagte Jeff begeistert.

»Was sollen wir machen?« fragte Frau Gilson; während Herr Gilson, der ein schneller und findiger Kopf war, ausrief: »Bei Zeus, Jeff, Sie sollten sie selbst entführen und heiraten!«

»Ich möchte gerne. Aber ich bin zu alt.«

Sie versicherten ihm, voll Überzeugung, daß er ein blühend junger Kerl sei; und mit gewisser Befriedigung schlug Jeff vor: »Ich will Ihnen sagen, was wir machen könnten. Es ist natürlich ein alter Trick, aber er ist gut. Ich schätze, daß Daggett nicht oft auf Besuch hier gewesen ist. Warum sollte man ihn nicht so oft hier haben, daß Claire seine Ungehobeltheit bemerkt und seiner überdrüssig wird?«

»Ja, das wollen wir tun«, rief Frau Gilson angeregt aus. »Wir wollen ihn zu allen möglichen und unmöglichen Gelegenheiten hier haben. Wenn Claire ihn nicht einlädt, will ich es tun.«

XXXI.
Die Küchen-Genossen

Der Salon der Gilsons war nun für Milt nichts Ungewöhnliches mehr. Es war nicht der Salon sondern die Küche, die ihn in Bestürzung versetzte.

In Schoenstrom hatte er gewußt, daß es irgendwo wunderbare »Wohnzimmer« geben müsse, aber auf seine Erfahrung in Küchen hatte er sich verlassen. Küchen waren, nach seiner Philosophie, kleine, übelriechende Räume mit nacktem Boden, einem Tisch, der mit Wachstuch bedeckt war, einem Herd, einer Stellage und einem Stoß schmutzigen Geschirrs.

Aber die Küche der Gilsons war so zweckmäßig wie ein Laboratorium und so anspruchsvoll wie ein Friseur-Salon eingerichtet. Voll Schreck und Staunen erblickte Milt Wände aus weißen Kacheln, einen mit Kork belegten Fußboden, einen Gasherd, so groß wie in einem Hotel, einen beinahe bis zur Decke reichenden Eisschrank aus emaillierten Kacheln und Nickel, mit Blech bedeckte Tische und einen Werkzeugvorrat, gleich dem Instrumentenkasten eines Chirurgen. Das erschreckte ihn; er rückte den alexandrinischen Luxus der großen Gilsons in noch hoffnungslos unerreichbarere Ferne … Die Vanderbilts mußten solche Küchen haben oder vielleicht König Georg.

Er sah die Küche bei Gelegenheit eines ganz intimen Abendessens, zu dem ihn Frau Gilson dringendst eingeladen hatte. Die Mädchen hatten Ausgang. Die Gilsons und Claire, Milt und Jeff Saxton mußten unter viel Aufhebens allein für ihr Abendbrot sorgen. Während Frau Gilson Rühreier bereitete und Kaffee kochte, deckten die anderen den Tisch und holten kalten Schinken und eine Salatschüssel aus dem Eisschrank.

Milt hatte sich vorgenommen, den schweigsamen und geschickten Diener zu spielen. Als er hörte, daß er mit dem eben zurückgekommenen Herrn Geoffrey Saxton zum Abendessen geladen sei, hatte ihn erst ein panischer Schrecken erfaßt und dann hatte er sich entschlossen, den »grimmen Saxton« hochnasig und überlegen dreinschauen zu lassen. Er mochte ruhig herumstehen und seine Kleider zeigen, wie in Flathead Lake;

aber er, Milt, würde bei der Arbeit bleiben, beim Bereiten des Abendessens helfen und Jeffs Ungezogenheit einfach ruhig ignorieren.

Nur – Jeff war nicht ungezogen. Er begrüßte Milt mit einem: »Ah, Daggett! Das ist aber nett!« Und Milt konnte nichts dagegen tun. Es war Jeff, der ihm zuvorkam mit einem: »Bitte, lassen Sie mich das machen – ich bin Küchen-Expert«, und den Schinken und Salat davontrug. Jeff war es, der die Teller fand, während Milt verblüfft darüber nachdachte, wie eine einzige Familie eine ganze »Geschirrhandlung voll verschiedenartigsten Porzellans« im Gebrauch haben könnte. Jeff war es, der Claire zu Hilfe sprang, um den Teetisch hineinzufahren und so die Gelegenheit erfaßte, mit ihr zu sprechen, um die sich Milt in den letzten fünf Minuten vergebens bemüht hatte.

Als sie endlich alle bei Tisch saßen, sagte Jeff höflich zu Milt: »Ich habe kürzlich viel an Sie gedacht, Daggett. Sie hätten uns oft helfen können.«

»Wobei denn?« fragte Milt mißtrauisch, still überlegend, und wartend, um zu sehen, ob man kalten Schinken mit den Fingern essen dürfe.

»Oh, in Alaska.«

»In – Alaska?« Milt war entsetzt.

»Ja, war auf einer Geschäftsreise dort. Ich wollte da über etwas Ihren Rat einholen.«

Er war ganz bescheiden und Milt fühlte sich unbehaglich. Er murmelte: »Was war es denn?«

»Ich habe darüber nachgedacht, ob es nicht möglich wäre, in Alaska drahtlose Telegraphie zu verwenden. Wissen Sie – was könnte das kosten, einen Sender für drahtlose Telegraphie für einen Umkreis von hundert Meilen zu errichten?«

»Herrjeh! Das weiß ich nicht!«

»Oh, schade. Können Sie mir überhaupt etwas über drahtlose Telegraphie sagen, ich bin so ein Ignorant in technischen Dingen?«

»Nein, ich weiß auch nichts davon.«

Milt hatte sich verzweifelt bemüht, seine Antwort höflich klingen zu lassen. Die Unterwürfigkeit dieses Menschen war ihm noch mehr zuwider als seine Arroganz in Flathead Lake.

Er hatte die Empfindung, als stießen sich die Gilsons heimlich belustigt unterm Tisch an, und als wäre Claire, trotz ihrem unveränderlichem Lächeln unglücklich … Und sie war so weit weg.

»Das macht ja gar nichts, wirklich nicht. Aber ich hab nicht gewußt – So haben Sie also Maschinenbau inskribiert auf der Universität von Washington«, bohrte Saxton weiter.

Claire schien sprechen zu wollen. Sie machte einen zarten, weiblichen – clairehaften Versuch, sich zu räuspern, aber Jeff ignorierte sie und fuhr fort:

»Sagen Sie mir doch, bitte, ob ich nicht etwas tun kann, um Ihnen behilflich zu sein. Wir stehen im Büro mit einigen Leuten Ihrer Fakultät in Korrespondenz. Kennen Sie vielleicht zufällig den Dr. Philgren?«

»Oh, ja. Hören Sie, das ist ein wunderbarer Mensch!« ließ sich Milt hinreißen, auszurufen.

»Ja. Tüchtiger Kerl, glaub ich. Er will mit uns ein Geschäft machen. Wir könnten mit ihm arbeiten. Sagen Sie ihm, bitte, einfach, daß Sie ein Freund von mir sind, und daß er Ihnen, so weit als möglich, behilflich sein soll.«

Milt stotterte ein »Danke«.

»Und jetzt – da wir doch ganz unter uns sind – wie stehts mit den Finanzen? Kann ich Ihnen irgendwie nützlich sein und Sie mit einigen technischen Firmen bekannt machen, von denen Sie nebstbei ein wenig Arbeit bekommen könnten; damit kann man ganz schön Geld verdienen …«

So verflucht herzlich und väterlich –

Milt sagte gereizt: »Danke, aber ich brauche keine Arbeit. Ich habe reichlich genug Geld«.

»Das ist angenehm!« Saxtons Stimme klang weich und einschmeichelnd. »Sie haben's gut. Ich hatte alle möglichen Schwierigkeiten, um durch meine Studienjahre in Princeton durchzukommen.«

Schien Frau Gilson nicht Saxtons Seidenhemd mit Milts elendem Baumwollzeug zu vergleichen und, im Lichte dieses Kontrastes besehen, sich über Milts Prahlerei und Saxtons Bescheidenheit zu amüsieren? Milt bekam einen roten Kopf. Als Saxton sich Claire zuwendete: »Noch Schinken, meine Liebe?«

raste Milt gegen sich selbst. Er befand sich in einer ähnlich dramatischen und wenig wünschenswerten Situation, wie einer, der plötzlich in Pyjamas – in nicht sehr eleganten Pyjamas – auf dem Hotelkorridor ausgesperrt ist, weil seine Zimmertüre zugeschlagen ist. Er hatte eine schwache böse Ahnung von Saxtons Spiel. Aber was konnte er machen?

Er fühlte sich noch weniger am Platz, als man ihn später vergaß und über Leute redete, von denen er niemals gehört hatte.

Er saß allein auf einer unendlich weit entfernten, verlassenen Insel und aß kalten Schinken und wünschte, daß er in Schoenstrom wäre.

Claire hatte nun ihre Sprache wiedergefunden. Sie schien sich zu bemühen, ihn ins Gespräch zu ziehen, damit man ihn richtig würdigen könne.

Sie zögerte, überlegte und brachte mit hochgezogenen Augenbrauen hervor: »Eh – oh – Milt, sagen Sie, was kostet jetzt Benzin?« – – –

*

Milt verließ diese reizende und intime Abendgesellschaft um neun. Er sagte: »Muß nach Hause gehen – analytische Geometrie studieren,« als ob es eine Lüge wäre, warf Saxton ein »Gute Nacht« hin und alles, was er vorbringen konnte, um Frau Gilson eine Höflichkeit zu sagen, war: »Danke für die Einladung«. Sie begleiteten ihn überschwänglich bis an die Türe und eben, als er glaubte entronnen zu sein, fragte Saxton:

»Oh, Daggett, ich hab unlängst mit jemand darüber gestritten – Welche Farbe haben Holstein-Friesische Kühe? Rot?«

»Schwarz und weiß,« sagte Milt eifrig.

Er hörte Frau Gilson kichern.

Er stand auf der Steinterrasse und wischte sich die Stirne ab; dann ohne den geringsten Kampf, endgültig und unabänderlich sah er ein, daß er Claire Boltwood und ihre Freunde nie mehr sehen würde. Nein – niemals!

*

Er hatte von Frau Gilson eine Einladung in eine Loge in die Oper bekommen. Er hatte einen halben Tag damit verbracht, eine höflich-grobe Absage auszudenken.

Ein kleines Mädchen kam von unten aus der Zuckerbäckerei in sein Zimmer hinauf und fragte: »Sagen Sie, sind Sie Herr Daggett? Hören Sie, eine Frau will Sie telephonisch sprechen. Hören Sie, sagen Sie ihr, wir sind kein Nachrichten-Büro. Wir brauchen die Leute nicht zum Telephon herunterzuholen, aus dem Haus. Wir können nicht vom Geschäft weglaufen und in der ganzen Stadt herumrennen, um – Herrjeh, ein Nickel, herrjeh, danke, machen Sie sich nichts draus, was die Mutter sagt, sie schimpft immer.«

Am Telephon hörte er Claires aufgeregte Stimme: »Milt! Kommen Sie in die Stadt ins Imperial-Kino. Jetzt gleich, ich muß Ihnen etwas sagen. Ich werde im Vestibüle auf Sie warten. Schnell, beeilen Sie sich.«

Als er hineinsprang, war sie schon dort und wartete. Sie lief ihm entgegen und sprudelte los! »Sie haben Sie in die Oper eingeladen? Ich will, daß Sie kommen. Ich bin beinahe sicher, daß sie sich verschworen haben. Sie wollen mir zeigen, daß Sie solche Dinge noch nie gesehen haben. Schlagen Sie sie! Schlagen Sie sie! Kommen Sie in die Oper und seien Sie schrecklich reserviert und anmaßend. Sie können's! Ja, Sie können's! Und seien Sie zuversichtlich – Kommen Sie im Abendanzug. Jetzt muß ich laufen.«

»A – aber – – –«

»Enttäuschen Sie mich, bitte, nicht. Ich verlaß mich auf Sie. Oh, sagen Sie ja!«

»Ja, gut!«

Sie sprang in Gilsons Limousine. Er hatte noch nie einen Abendanzug getragen. Er nannte es Frack und für Milt und für Schoenstrom – für Bill McGolwey, sogar für den Prof. Jones und den fetten, erfolgreich aufstrebenden Heinie Rauskukle – war der Frack das Symbol und der Beweis, das Zeichen und Gehaben trügerischen Reichtums. In Schoenstrom tragen nicht einmal Kellner einen Frack; vor allem darum, weil es in Schoenstrom keinen Kellner gibt sondern nur eine Kellnerin im Leipziger Haus, Fräulein Annie Schweigenblatt.

Nein, ein Frack war das, was der Held im Film trug; und der Held im Film hatte, wenn er nicht ein Cowboy war, einen Kammerdiener und viele Gemächer. Man konnte ihn von einem Kammerdiener unterscheiden, weil er nicht so kahl war. Es ist wahr, daß Milt gehört hatte, daß es in St. Cloud Leute gäbe, die zu Gesellschaften im Frack kämen; aber dann war ja St. Cloud eine Stadt mit fünfzehn- oder sechzehntausend Einwohnern.

Wie konnte er mit einem Frack fertig werden? Er müßte sich ja verrückt vorkommen in einer tief ausgeschnittenen Weste und was, zum Teufel, sollte er mit den Schößeln machen? Rollte man sie ein oder teilte man sie auseinander, wenn man sich niedersetzte? Und würde ihm nicht jeder ansehen, daß er nicht hineingehöre in diesen Frack?

Denn natürlich würde er sich ihn nur ausleihen. Niemand kaufte einen Frack – ausgenommen vielleicht Oberbonzen, wie Henry B. Boltwood.

Er lief aufgeregt eine Stunde lang durch die Straßen und guckte in alle Modewarengeschäfte, um einen freundlich aussehenden Kommis zu erspähen. Er fand einen in »Ye Pall Mall; Kleider- und Schuh-Geschäft«; ein offenherzig aussehender junger Mann, der so strahlend aus dem Fenster sah, als dächte er daran, als Missionär nach Indien zu gehen – und als esse er gerne Pasteten. Milt bemühte sich, sein sorgenvolles Gesicht zu glätten, trat ein und fragte kameradschaftlich: »Sagen Sie, alter Freund, haben Sie in diesen Modegeschäften nicht so eine Art Katalog, wo alles drin steht, was man zum Frack trägt?«

»Ja, sicherlich«, sagte der freundliche junge Mann.

Er brachte aus einem Ladentisch eine schöne Broschüre, die mit Photographien von Phoebus Apollo illustriert war und die bezeichnet waren mit: »Amerikanische, schöne Kleider – neu, nett, nobel.« Die mittleren Seiten katalogisierten Kravatten, Manschettenknöpfe, Hemden, Perlmutterknöpfe, Schuhe, Hüte, die man zu Abendanzügen oder zu Straßenanzügen trägt, zum Reisen, Tennisspielen oder in Trauerfällen.

Bei Durchsicht fand Milt, daß seine Garderobe all diese Notwendigkeiten zur Vollendung der Toilette eines Herren schon enthielt. Doch mit Hilfe des Kommis und des Kataloges erstand er ein Hemd, dessen Brust so steif wie ein Harnisch und so gewölbt wie das Flußbett des Missouri war; eine weiße Kravatte, die in seinen kräftigen, roten Händen so dumm wie ein toter Fisch aussah; eine Weste, Brustknöpfe und Kragenknöpfe. Zum ersten Mal, mit Ausnahme von Irrsinnsanwandlungen während zwei oder drei Besuchen in Autozugehörgeschäften in Minneapolis, ergriff ihn das Kauffieber. Er kaufte noch einen zusammenklappbaren Kravattenstrecker und suchte dann seinen Weg zur Türe.

Er kaufte Pumps – die genau doppelt so viel kosteten als er sich vorgenommen hatte. Dann kaufte er eine Zeitung und fand eine Anzeige:

Silberfarb;
Schneider für Gesellschafts-Toilette.
Frackanzüge werden ausgeliehen.

Milt fand den Laden und trat ein.

»Ich will einen Frackanzug für einen Abend«, sagte er.

»Habe gerade was Passendes für Sie!«

Der kleine Mann sprang an der Reihe aufgehängter Anzüge entlang, packte irgend einen, kam zurück und legte ihn Milt an, während er murmelte: »Fein, Herr, sehr fein.«

Milt besah das spiegel-glänzende, an den Knopflöchern abgewetzte, unelegante Kleidungsstück mit Abscheu.

»Das ist ja ganz abgetragen«, brummte er.

Bei dieser Gotteslästerung warf Herr Silberfarb die Arme in die Luft, so daß der schmutzige Anzug in seinen Händen wie eine aus dem Fenster gebeutelte Bettdecke hin- und herschlug. Er warf Milt einen kalten Blick zu. Seine roten aber glänzenden Augen besagten, daß Milt ein Bauerntölpel und kein ehrlicher Träger eines Abendanzuges sei. Milt fühlte sich beschämt aber er schnauzte: »Taugt nichts. Will was Ordentliches.«

»Na, der war für einen Universitätsprofessor auf dem großen Ball gut genug, aber wenn Sie so sagen …«

In der Art eines Mannes, den man unnötig bemüht, gab Herr Silberfarb den Abendanzug auf den Kleiderständer zurück und seufzte geduldig, während er ihn sorgfältig ausbreitete. Er guckte und fühlte und brachte triumphierend ein prächtiges Ding mit Samtkragen und Samtmanchetten zurück.

»Nun also, daran gibts nichts auszusetzen, wenn Sie was Eleganteres haben wollen – und wird Ihnen wie ein Handschuh passen!«

Milt riß sich aus dem Zauberbann dieser verächtlich dreinschauenden Augen los, öffnete seine Broschüre, studierte den Katalog und fand in einer Fußnote: »Man trage niemals Samtkragen oder Samtmanchetten auf Abendanzügen.«

»Nichts da. Nix Samt«, bemerkte er.

Da wurde der kleine Mann verrückt und lief wie rasend im Kreis herum. Er warf den eleganten Anzug auf den Tisch. Er schlug in die Hände und jammerte: »Was wollen Sie eigentlich? Waaas wollen Sie? Das ist ein Frackanzug zu hundertfünfzig Dollar! Der gehörte einem der reichsten Männer der Stadt. Er hat ihn mir verkauft, weil er nach Japan gegangen ist.«

»Na, dann können Sie ihm den Anzug nach Japan nachschicken. Ich will was Anständiges. Haben Sie so was – oder soll ich wo anders hingehen?«

Sofort wurde der Schneider wieder liebevoll: »Was wär's mit einem hübschen Smoking?« schlug er vor.

»Nix. Hier heißt es – warten Sie – ja, da ist es – es heißt hier im Buch, daß man im Theater in Damengesellschaft keinen Smoking tragen soll, sondern –«

»Ach, die Leute, die diese Bücher schreiben, wissen ja nichts. Gar nichts. Das ist lauter Schwindel.«

»Na, ich glaub, ich verlaß mich auf sie. Werden doch mehr davon verstehen, als ein Flickschneider.«

»Na, Sie sind schwer zufrieden zu stellen, mein Herr, wissen Sie? Ich will Ihnen einen Anzug von meinem Reservelager geben, aber dann müssen Sie mir zehn Dollars statt fünf Einsatz bezahlen.«

Herr Silberfarb öffnete nun einen Glaskasten hinter dem Kleiderschrank und brachte einen Anzug herbei, der Milt beinahe tadellos vorkam. Auch paßte er beinahe, als er ihn anprobierte. Der Rock war ein bißchen zu weit und die Ärmel ein bißchen zu lang, doch als Milt sich in seinem Zimmer genau besah – er mußte seinen kleinen melancholischen Spiegel erst auf den Schreibtisch, dann auf einen Sessel und dann auf den Boden stellen, um eine Gesamtansicht zu gewinnen – gestand er mit aufrichtiger Freude, daß er »in der verfluchten Ausrüstung ganz gut aussah«. Sein sauberes Gesicht, sein glänzendes Haar, seine geraden Schultern schienen zu der Kleidung zu passen.

Er schlüpfte in seinen Überzieher und verließ theaterbereit sein Zimmer. Die Pumps drückten ihn abwechselnd an den Zehen oder wetzten ihn an der Ferse; die Hose schnürte ihm die Taille zusammen und er argwöhnte, daß die Kravatte auf Wanderschaft gegangen sei. Doch er schlenderte vergnügt zur Tramway und saß befriedigt dort bis –

Ein anderer Mann im Abendanzug einstieg und Milt bemerkte, daß er einen Zylinderhut auf hatte, einen weißen gestrickten Shawl umhatte und ein Paar weiße Glacélederhandschuhe aus der Tasche nahm.

Er hatte den Hut vergessen! Er trug seinen grauen Filzhut. Das mit den Handschuhen konnte er noch riskieren, aber der Hut – die Ofenröhre – und im Katalog hatte es geheißen, daß man eine tragen sollte – er war ruiniert.

Er stellte den Rockkragen auf, um seine weiße Kravatte zu verstecken, er versuchte, einen Fuß hinter dem anderen zu verbergen, damit man die Pumps nicht sehe.

Einmal schien es ihm, als ob ihn der richtige Herr in richtiger Abendtoilette ansah; da wendete er den Kopf ab. So ging es immer näher zum Theater, zur Oper, zu anderen Leuten in Zylinderhüten – zu Jeff Saxton.

Er wartete. Die Gilson-Gesellschaft war noch nicht im Foyer als er ankam. Er riß seinen Überzieher herunter und breitete ihn über den Filzhut. Als er die ungewohnt weiße Front seiner Hemdbrust hinabsah, kam er sich nackt und unanständig vor …

Er ertrug sein Märtyrertum bis seine Gesellschaft ankam: die Gilsons, Claire, Jeff Saxton und eine glitzernde junge Frau, deren Name Frau Corey zu sein schien.

Und Saxton trug keinen Zylinderhut! Milt richtete sich erleichtert auf und folgte ihnen durch die mannigfachen Gefahren des Foyers, durch eine drohende Reihe von Menschen mit gaffenden Gesichtern, bis zu einem roten Korridor, einer gewundenen Treppe, einem geheimen Gang, einem mysteriösen, dunklen Kämmerchen – und er schritt in einen Raum hinaus, dem eine Seitenwand fehlte und auf dieser Seite waren zehn Millionen Menschen in einem Brunnen, von denen neun Millionen ihn anstarrten und bemerkten, daß er einen ausgeliehenen Frack hatte.

Einmal sicher auf seinem närrischen kleinen Stühlchen im entferntesten Winkel, fühlte er sich besser. Nur daß Jeff jetzt ein Paar weiße Glacéhandschuhe anzog, aber sonst konnte Milt nicht finden, daß sie beide sich merklich voneinander unterschieden. Und die beiden Herren in der Nachbarloge trugen keine Handschuhe. Nachdem sich Milt dessen vergewissert hatte, sah er Claire an und fühlte sich durch ihr aufrichtiges Lächeln erleichtert.

Es fiel ihm etwas ein – was war es nur? Ja! Als er in Schoenstrom in der Mühle gearbeitet hatte, mit achtzehn Jahren, als Ingenieur, hatte der Besitzer versucht, ihn zu sekkieren, und Milt hatte gefunden, daß das einzige Mittel, das ihn retten konnte, war, einfach zu lächeln, als ob er mehr wüßte, als er sagen wollte.

Warum nicht …

Saxton beugte sich zu ihm und fragte zuckersüß:

»Finden Sie nicht auch, daß die neue Schule in der Musik die bloße Kakophonie fälschlich für Kraft hält?«

Milt lächelte väterlich.

Saxton wartete auf eine weitere Äußerung. Er bohrte den Nagel seines rechten Mittelfingers in die Handfläche, sah nachdenklich aus und griff neuerlich an:

»Ziehen Sie eigentlich die neue italienische Musik oder die orthodoxe deutsche vor?«

Milt lächelte wie zwei gute Onkels, die einen klugen Jungen ansehen und gab Saxton ein gönnerhaftes: »Sie haben beide ihre Vorzüge.«

Jetzt bemerkte Milt, daß Claire böse war und daß die Gilsons und Frau Corey mit gespitzten Ohren, offenem Mund und weit vorgebeugt ihren kleinen Jeff bewunderten. Saxton sah übel gelaunt aus. Dann wackelte Frau Corey mit dem Kopf und flehte Milt an: »Bitte sagen Sie mir, wovon handelt diese Oper heute. Ich habe es vergessen.«

Milt hörte auf zu lächeln. Während alle ihn gespannt ansahen, sagte er laut und ruhig: »Ich habe nicht die leiseste Ahnung. Ich verstehe gar nichts von Musik. Ich hoffe, daß ich eines Tages eine kluge Frau finden werde, wie Sie, Frau Corey, die mir helfen wird. Ich wollt, Sie würden mir diese – Ouvertüre, heißt es, glaube ich – nicht? – erklären.«

Aus irgendeinem Grund fing Herr Gilson zu kichern an, Frau Corey errötete und Claire sah sehr befriedigt aus. Milt hatte das Gefühl, daß es das Beste wäre, diesen anscheinend sicheren Zustand aufrecht zu halten, lehnte sich zurück und lächelte wieder, als ob er wartete. Frau Corey erklärte die Ouvertüre nicht. Sie beeilte sich, Frau Gilson ihr zweites Stubenmädchen zu erklären.

Die Oper, die man gab, hieß » *Il Amore dei Tre Re*«. Milt war verwirrt. Für ihn, der noch niemals eine Oper gesehen hatte, schien die Konvention, daß ein Mädchen einen Mann nicht hören kann, der zehn Schritte weit von ihr aus Leibeskräften schrie, absurd; und er wünschte, die Sänger täten noch etwas anderes, als bloß ihre Arme herumschwingen.

Er entdeckte, daß, wenn er seinen Stuhl ein kleines Stückchen vorrückte, er Claire auf einen Zwischenraum von einem Fuß nahekommen konnte. Seine Hand glitt hinüber und berührte die ihre. Sie warf einen erschreckten Blick zurück. Ihre Finger schlossen sich fest um die seinen und schlüpften dann vollständig in seine Hand – und Milt schwamm in Seligkeit. Was wirklich auf der Bühne vorging, verstand er nicht, ebensowenig, was und wie eigentlich gesungen wurde; aber es trug ihn über alle Wirklichkeit hinaus, mit Ausnahme des süßen, sicheren Glücks, von Claires sanft ruhender Hand. Er hielt ihre Finger so fest umschlossen, daß er das Blut darin pulsieren fühlte.

*

Als der Zauber gewichen war, sagte er sich ernstlich: »Wie lange werde ich das aushalten können? Früher oder später werde ich einmal losplatzen und Klein Jeff eins in die Fresse haun und er wird mich klagen und ich werde Claire nie mehr sehen dürfen. Ich glaube, ich werde ordinär. Der Bursche Michael in ›Jugendbegegnungen‹ hätte niemals ›Fresse‹ gesagt.

Aber das ist mir egal – Wenn ich dem Saxton eine herunterhau
– dann fürcht ich mich auch vor dem Bereich der Glacéhandschuhe nicht mehr. Mein Kopf ist so gut wie der ihre, sie sollen
mich nur probieren lassen. Aber ach, sie sind alle gegen mich.
Und dann stellen sie Athletik-Vereins-Kampfregeln auf, wo:
schlagen, stoßen, drücken, an den Haaren reißen, würgen und
ziehen verboten ist. Wie lange werde ich so noch aushalten,
gutmütig zu bleiben? Wenn ich einmal losbreche …« Langsam
unter der moralischen Manchette seines gestärkten Hemdes
schloß sich Milts Faust zu einem harten, braunen, breitknochi-
gen Ballen und kam mit der Gebärde eines Hiebes – direkt unter dem Kinnladen – empor. Aber nur einen Fuß hoch. Dann
öffnete sie sich und kletterte zu Milts Gesicht hinauf, rieb seine
Schläfen, während er seufzte:

»Nein, nichts da. Kann nicht einmal mehr das tun. Hab nun
schwereres zu tun. Früher könnt ich die Dinge mit einem
Schlag erledigen. Aber jetzt muß ich – diplomatischer vorge-
hen. Oh Gott, wie ich mich allmählich nach Bill McGolwey
sehne. Nein. Das ist nicht wahr. Ich könnte es mit Bill jetzt
nicht mehr aushalten. Claire hat das alles in mir verändert. Wo
bin ich nur, wo bin ich nur? Warum hab ich nur jemals einen
Wagen genommen, der 36×6 hat?«

XXXII.
Der Kornfeld-Aristokrat

Es war nur ein unschuldiges, kleines Briefchen von Jeff Saxton; ein höfliches, bescheidenes Briefchen: es besagte, daß Jeff eine Karte für den Astoria-Klub hätte, und ob Milt nicht mit ihm dort speisen wollte?

Es schien noch gefährlicher, abzulehnen als hinzugehen. Er putzte die berühmten, braunen Schuhe, er bügelte die elegante, neue Hose mit einem leichten und ganz unzulänglichen Bügeleisen; er band wieder und immer wieder seine beste, getupfte, blaue Kravatte – sie beharrte beständig darauf, daß der obere Zipf zu kurz ausfiel, doch das wiederholte Binden gab ihm Geistesstärke und Kraft; zur angegebenen Zeit schritt er bescheiden und befangen durch das prunkvolle Portal in den Astoria-Klub.

Er war niemals vorher in einem Klub gewesen.

Er besah den rotgemusterten Boden des Vorraumes; er starrte durch die Halle in ein ungeheuerliches Rauchzimmer mit den breitesten und weichsten Fauteuils von der ganzen Welt, mit Ölporträts der vornehmsten, alten Mitglieder, und auf neunzig Prozent des Reichtums und der Macht von Seattle, die ihre verschiedenen Schnurrbärte drehten, Zeitung lasen und den einsamen Eindringling draußen in der Halle nicht beachteten.

Ein kleiner Zuluneger in enganliegenden blauen Hosen und Messingknöpfen glotzte Milt an und ein großer, geschmeidiger, geschwätziger, beleidigender junger Mann fragte: »Bitte, Herr?«

»Suche Herrn G-g-geoffrey Saxton?« brachte Milt vor.

»Nicht hier, Herr.« Das »Herr« klang wie: »Und Sie wissen es genau.« Der flammende Wächter zog sich hinter ein schmales Endchen von einem großen Schreibpult zurück und ignorierte Milt.

»Ich soll ihn hier zum Speisen treffen«, beharrte Milt ein wenig verloren.

Der junge Mann blickte auf, verletzt und belästigt durch die Tatsache, daß man sich mit diesem Menschen noch weiter zu beschäftigen habe.

»Wenn Sie, bitte, da drinnen warten wollen«, brummte er.
Milt setzte sich »da drinnen« nieder, was, wie sich herausstellte,
ein kleines, blau tapeziertes Zimmer war, mit harten Sesseln,
wohl mit der Absicht, Rechnungsinkassanten zu entmutigen.
Milt drehte seinen Hut in der Hand um und um, bis er Jeff
Saxton in die Halle segeln sah, schlank und gerade und steif wie
der Stock, den er über den Arm gehakt trug. Milt stürzte auf
ihn zu und suchte bei ihm Schutz vor den noch immer nicht
überzeugten, scharfen Blicken des Portiers. Zwanzig Sekunden
lang liebte er Jeff Saxton.

Und Jeff schien ihn anzubeten. Er führte Milt überall
herum, zeigte ihm den Rauchsalon und das Billardzimmer,
drängte ihn in den Grillroom, der eine Kreuzung zwischen einem chinesischen Thronsaal und einer Wiener Weinstube zu
sein schien, und er flehte seinen Freund Milt an, ihm den Gefallen zu tun und eine wirklich »ganz ausgezeichnete« englische
Kotelette mit *pommes de terre au gratin* zu versuchen.

»Ich wollte Sie nochmals sehen, bevor wir wieder nach dem
Osten gehen, Daggett«, sagte er freundlich.

»D-danke. Wann fahren Sie?«

»Ich bemühe mich, Fräulein Boltwood dazu zu bewegen,
bald abzureisen. Die Saison beginnt jetzt. Sie liebt ja Euern
herrlichen, gesunden Westen, ebenso wie ich, aber immerhin,
wenn wir an all die interessanten Premieren denken und an die
großen Bälle, kurz, an das Leben in der großen Welt – oh, da
bekommt man eben Lust und Sehnsucht, bald heimzukom-
men.«

»Ja, natürlich«, warf Milt ein.

»Wir – eh – Daggett – Tatsächlich ich möchte Sie gerne
Milt nennen, so wie Claire es tut. Sie wissen gar nicht, wie ich
mich freu, Sie kennen gelernt zu haben. Ihr Bewohner des
Westens habt so etwas herrlich Offenes, Mutiges an Euch, das
einen alten, vorsichtigen Philister wie mich, neidig machen
könnte. Ich werde immer mit viel Freude an die Begegnung mit
Ihnen denken.«

»D – danke. Freu mich, Ihnen begegnet zu sein.«

Milt fühlte, daß man falsches Spiel mit ihm trieb. Er wollte
es ablehnen, daß Saxton sich als Mittelsperson zwischen Claire

und ihm aufspielte, er war nicht kompetent, nicht maßgebend, nicht geeignet und durch nichts dazu berechtigt. Er konnte nicht sehen, wohin all dies führen sollte und wenn Saxton ihn so herzlich und beinahe so fettig wie die Kotelette anstrahlte, konnte Milt nur matt lächeln und sinnend nach dem Tischbein greifen, um zu probieren, ob es locker genug wäre, um im Notfall als Waffe herausgerissen zu werden.

Saxton begann zuversichtlich:

»Claire und ich, wir hoffen wirklich, daß wir Sie eines Tages, wenn Sie hier Ihren Ingenieur gemacht haben, im Osten wiedersehen werden. Ich weiß nicht – wie gesagt, ich habe Sie wirklich lieb gewonnen und ich hoffe daher, daß Sie es mir nicht als eine zu große Intimität übelnehmen, wenn ich sage, daß Sie wahrscheinlich nicht einmal durch Ihre reizende Freundschaft mit Fräulein Boltwood je recht erfahren haben, was für einflußreiche Leute die Boltwoods eigentlich sind. Ich hab mir gedacht, daß ich es Ihnen sagen will, damit Sie wissen, welchen Vorzug wir beide, Sie und ich, genießen, so gut mit ihnen bekannt zu sein. Henry B. wird – wenn auch nicht als ein Mann von ungeheuerlichem Reichtum – so doch als einer der klügsten Köpfe im Kreis der Großkaufleute von New-York anerkannt. Aber außerdem ist er ein halber Gelehrter und ein Mann von umfassenden Interessen. Natürlich sind die Boltwoods zu bescheiden, um davon zu reden. Sein Vater war bundesstaatlicher Richter und der Bruder seiner Mutter war im Bürgerkrieg General und nachher Gesandter. So können Sie sich einigermaßen vorstellen, welche Stellung Claire in dieser vornehmen, stillen, gediegenen, alten Gesellschaft von Brooklyn einnimmt –«

Nein, der Tischfuß war nicht locker zu bekommen, so mußte Milt, der plötzlich seine Fassung wieder gewann, eben nur durch Worte zum Angriff übergehen:

»Sicherlich ist es angenehm, einer jener alten Familien anzugehören. Es ist so wie – Wie Sie sagen, sind wir beide nun gut genug mit einander bekannt geworden, so daß ich es Ihnen sagen kann, nehm ich an – Mein Vater und seine Leute stammen auch aus einer solchen Familie. Vaters Papa war Richter drüben in Maine, und im Kriege war der Großpapa mit Grant befreundet.«

Dieser Tribut, den Milt, seinem Großvater zollte, war aufrichtig gemeint, aber ein wenig ungenau. Richter Daggett, der gar kein eigentlicher Richter war, hatte den General Grant nur einmal gesehen.

»Vater war einer von den Pionieren. Er war Arzt. Er mußte all dieses gute Leben lassen, um den Westen der Zivilisation erschließen zu helfen, aber ich glaube, es war der Mühe wert. Er mußte oft die schwierigsten Operationen auf Küchentischen vornehmen, während sein Kutscher die Patienten narkotisierte. Ich bin mächtig stolz auf ihn. Es gibt einem, wie Sie ganz richtig sagen, ein wenig Halt und Ehrgeiz, zu der alten, bodenständigen Aristokratie zu gehören.«

Es war das erste Mal, daß Milt ähnliche verwandtschaftliche Ansprüche erhob, aber er brachte seine Prahlerei mit klaren Augen und überlegenem, freundlichem, ruhigem Lächeln vor.

»Oh! Das ist sehr interessant«, brummte Saxton. »Ja, was ich sagen wollte – Claire hat zweifellos eine fabelhafte soziale Karriere vor sich. Alle Leute nehmen an, daß sie gut heiraten wird. Sie besitzt ja auch so einen ungewöhnlichen Charme, der Geist und Grazie vereint und – wirklich, ich glaube, wir können beide froh sein, daß –«

»Ja. Das ist wahr. Und das Schönste an ihr ist, wie sie all den gesellschaftlichen Unsinn abschütteln kann und hingehen kann, um im Freien zu kampieren und ein regelrechtes menschliches Wesen zu sein«, schmeichelte Milt.

»Hum – oh – sicherlich, sicherlich, obwohl – natürlich ist dies eigentlich nicht das Wesentliche an ihr. Ich glaube, diese lange Tour hat sie etwas müde gemacht, armes Kind. Natürlich, sie ist nicht sehr stark.«

»Das ist wahr. Richtige Schinderei. Und natürlich wird sie auch stärker werden, wenn sie das Wandern mehr gewöhnt sein wird. Sie haben nie gesehen, wie sie einen gefährlichen Hügel nimmt – ich habe irgendwie das Gefühl, daß ein Mensch, der sie nicht draußen in der Natur gesehen hat, sie eigentlich nicht kennt.«

»Ich will nicht widersprechen, alter Freund, aber ich habe andererseits das Gefühl, daß niemand, der sie nicht auf einem großen Ball in einem Poiret-Abendkleid gesehen hat, sie wirklich kennt! Kommen Sie! Ich weiß nicht, wie wir in diesen Lobgesang auf Claire hineingeraten sind! Was ich Sie fragen wollte, was halten Sie vom ›Pierce-Arrow?‹ Ich denke daran, einen zu kaufen, glauben Sie, daß –«

Auf dem ganzen Heimweg frohlockte Milt: »Ich hab es ihm zurückgegeben! Ich hab mich nicht einschüchtern lassen von dem Unsinn: ›Misch dich nicht in Aristokratenkreise, mein junger Freund!‹ Ich habe fein gelogen. Aber – verflucht, jetzt werd ich auch standesgemäß leben müssen – macht nix; ich bin von jetzt an ein Daggett von Daggett.« Er sprang zu seinem Zimmer hinauf und bemerkte siegestrunken: »Hier bin ich nun einmal mit meinen Ahnen. Ich bin in der schönen Stadt Schoenstrom aufgewachsen, die von einer Kolonie Vermonter Yankees gegründet wurde unter der Führung von Hermann Skumautz. Ich durfte niemals mit den dütschen Kindern spielen und …« Er öffnete die Türe … »Der Geistliche von Schoenstrom lehrte mich Griechisch und war mein Busenfreund …«

Er blieb wie erstarrt stehen. Auf dem Bett lungerte grinsend und eine Zigarette schwingend Bill McGolwey, Besitzer des »Alten Heimes« von Schoenstrom, Minnesota.

»Wwwwwieso, wo zum Teufel kommst du her?« stammelte der abgedankte Aristokrat zu seinem Busenfreund Bill.

»Du altes Zitronengesicht, plattfüßiger, krummnasiger Sohn des Elends, herrjeh, aber es tut gut, dich zu sehen, Milt!«

Bill war vom Bett unten und schüttelte Milts Hand in ehrlicher, ungezierter Freude, in dem vertrauensvollen Glauben, daß jetzt, da er seinen Freund gefunden hatte, aller Kummer des Lebens vorbei sei. Und Milt entdeckte düster sinnend die Kunst, sich diplomatisch zu verhalten. Bill war sein Freund, ja, aber –

Es war schwer genug, mit dem eigenen Ich fertig zu werden.

Er stellte sich vor, daß Jeff Saxton verstohlen zur Türe hereinguckte und während er Bill auf die Schulter klopfte, ihm

Namen gab, die westlich von Chicago das Zeichen tiefsten Hasses und äußerster Freude bei einer Begegnung sind, fühlte er, daß ihm jemand seinen Magen gestohlen und an dessen Stelle ein Stück Eis zurückgelassen hatte.

Sie nahmen auf dem Bett und dem Stuhl Platz – Bills Ohren waren vor Freude dunkelrot – und Milt fragte:

»Wie, zum Teufel, bist du hergekommen?«

»Na, will ich dir gleich erzählen, alter Kerl. Schoenstrom ist so verflucht langweilig geworden, seitdem du fort bist und wie Ben und Heinie deine Adresse bekommen hatten und die Garage kauften, denk ich mir, gehn wir einmal ein bißchen auf den Bummel.«

Milt bemerkte – und ärgerte sich darüber, daß er es bemerkte – daß Bills Gesicht schmutzig war, sein Haar staubig und seine Hose unten zerfetzt und kotig, während Bill kicherte:

»Ich hab mir ausgedacht, daß ich hier vielleicht in einem Restaurant Arbeit finden werde, und daß wir beide, du und ich, zusammen wohnen könnten. Da hab ich mein ›Altes Heim‹ verkauft und wollte fein reisen. Aber Pete Swanson wollte, daß ich erst noch mit ihm in die Stadt fahre und da sind wir in Minneapolis auf ein paar flotte Reisende gestoßen mit ihren Mädeln – hörst du, Freundchen, Mädeln! erstklassig!«

Bill blinzelte und Milt – Milt wurde übel. Er kannte Bills Begriffe von »Klasse« in bezug auf junge Weiber. War das der Bursche, den er so gern gehabt hatte? Das die Ideen, die er wenige Monate zuvor als selbstverständlich und unterhaltend hingenommen hatte?

»Und da bin ich in einem Seitengäßchen von Washington Avenue angehalten worden und sie haben mir meine letzten zwanzig Knöpfe weggenommen. Da bin ich denn als blinder Passagier nach dem Westen weiter gefahren. Oh, das war eine feine Reise!«

Milt versuchte die Stimme zu überhören, die in ihm tobte: »Und jetzt will er auf meine Kosten leben, nachdem er sein Geld verschleudert hat, der Verschwender! Der Landstreicher! Er erwartet wohl, Claire kennen zu lernen – ich bring ihn lieber um, bevor er sie mit seinem Blick beschmutzt. Der, mit seinen erstklassigen Mädeln!« Milt bemühte sich, nur die andere innere

Stimme zu hören, die besagte: »Er sieht dich so vertrauensvoll an. Er würde sein letztes Hemd für dich hergeben, wenn es notwendig wäre – und er würde nicht erst warten, bis du ihn drum bittest!«

Milt versuchte herzlich zu sein: »Was willst du jetzt machen, alter Freund?«

»Na, das erste, was ich machen werde, ist, mir von dir zehn Eisenknöpfe auszuborgen und ein Paar Hosen.«

»Kannst dich drauf verlassen! Da hast du. Hab keine einzelne Hose. Hör mal, da sind noch extra fünf und du kannst dir eine Hose im Laden unten gleich nebenan auf der selben Seite von der Straße kaufen. Tummel dich jetzt und hol sie schnell!« Er lachte Bill an, klopfte ihm auf den Arm und wollte ihn eiligst loswerden – er mußte jetzt allein sein, um nachzudenken.

Doch Bill küßte die fünfzehn Dollars, steckte sie achtlos in die Tasche, kroch auf das Bett zurück und gähnte: »Wozu die Eile? Gott, bin ich schläfrig. Sag, Milt, was hältst du davon, wenn wir uns beide zusammen hier eine Frühstücksstube einrichten würden? Du hast genug Geld aus der Garage bekommen –«

»Oh nein, nei–ein, herrjeh, ich möchte gerne, Bill, aber verstehst du, na, ich muß mir das wenige, was ich hab, aufheben, damit ich auskomme für die Zeit meines Studiums.«

»Ja, natürlich. Aber an einem Restaurant könntest du verdienen – du könntest abends mithelfen beim Rummel, und es gibt da so eine Menge lustige Stadtvögel, die sich herumtreiben, und wir hätten eine herrliche Zeit.«

»Nein, ich – ich studiere am Abend. Und ich – Tatsache ist, Bill, ich habe hier eine Menge nette Leute kennen gelernt, auf der Universität, und ich verkehr mit ihnen, so gewissermaßen.«

»Au, wie bist du nur dazu gekommen? Unsinn, du wirst diesen Laffen nicht nachlaufen. Verfluchte, dreckige Schmöcke. Und die Mädels sind noch ärger.«

»Was weißt du von ihnen?«

»Nein, werd nicht gleich beleidigt. Ich sag dir, ich will nicht, daß mein Freund einen Narren aus sich macht und sich in einer

Gesellschaft umtreibt, die ihn verachtet, bloß weil er nicht reich ist, das ist alles.«

»Ja, wir sprechen noch darüber. Jetzt muß ich in eine Mathematikvorlesung gehen. Mach dir's bequem, ich werd um Fünf zurück sein.«

Milt mußte in keine Mathematikvorlesung gehen. Er ging eilenden Schrittes, ein Buch unterm Arm, davon; doch als er um die Ecke war, stellte es sich heraus, daß die Eile nur vorgetäuscht und das Mathematikbuch ein Roman war, den ihm Claire im Yellowstone-Park gegeben, und den er aus dem zertrümmerten Wagen gerettet hatte.

Er stand und starrte auf das Buch. Traurig und zärtlich schlug er es auf. Man hatte ihn aus der Welt der schönen Worte und heiteren Menschenwürde gerissen, von stolz sich erhebenden Bergen freudiger Kameradschaft mit Claire, aus dem strahlenden Morgen war er in den Kot von Schoenstrom zurückgeworfen worden, aus der Oper fort zu »Lustigen Stadtvögeln« in Frühstücksstuben! Er haßte Bill McGolwey und seine grinsende Annahme, daß Milt zu ihm in den Schmutz gehöre. Und er haßte sich selbst, daß er nicht genug Ehrlichkeit und Kraft besaß, Bill McGolwey und Claire Boltwood zu vereinen. Aber nicht ein einziges Mal in all dem Wirbel schmerzlicher Gedanken an jener Straßenecke erwartete er von Claire, daß sie Bill lieben sollte. In all seiner jugendlichen Qual behielt er so viel gesunden Menschenverstand, um zu wissen, daß Claire – wenn sie auch einen Bergpaß zu bezwingen vermochte – niemals den sozialen Anforderungen von Schoenstrom und Bill McGolwey entsprechen konnte.

Er wanderte eine Stunde lang herum und kam endlich heim, um zu finden, daß Bill es in dieser »trockenen« Stadt, die er nie zuvor gesehen, zuwege gebracht hatte, eine Flasche Bourbon aufzutreiben und sich nun in einem Zustand wankender Glückseligkeit befand. Jetzt wollte er, kündigte er an, tanzen.

Milt brachte ihn in die gemeinsam zu benützende Badewanne und tauchte ihn unter, aber Bills nasser Körper war schlüpfrig und Bills fröhlicher Sinn war nur auf Scherz und Spiel gerichtet; er entwand sich Milts festem Griff, er spritzte in der Wanne herum, er besudelte Milts geheiligten, guten Anzug mit Seifenwasser, entschlüpfte und führte im Adamskostüm orientalische Tänze in Milts Zimmer auf, bis ihn Schläfrigkeit und Weltenschmerz überkamen und er sich in Tränen – und nichts anderem – in Milts Bett zurückzog.

Das Zimmer sank in graues Dämmerlicht. Die Straßenlaternen draußen warfen einen matten, zitternden Schein ins Zimmer. Abendliche Menschenmengen zogen vorbei und aus einem Kinotheater tönte ein klapperndes Klavier. Bills Atem glich einem ruckweisen Schnarchen. Milt saß unbeweglich, fühlte sich sehr alt, sehr müde, zu stumpf und unglücklich, als daß ihn das Herannahen der entsetzlichen Stunde noch erschrecken konnte, in der Claire und Jeff von Bill erfahren und Milts eigentliche Welt entdecken würden.

Er war nicht so romantisch-anständig, so unmenschlich heroisch, daß man wahrheitsgemäß berichten könnte, er habe niemals daran gedacht, Bill loswerden zu wollen. Er dachte daran, immer und immer wieder. Aber jedesmal wurde er von Bills ahnungslosem Vertrauen gerührt und schüttelte den Kopf und versank wieder in Nebel.

Was nützte es, sich zu bemühen, vorwärtszukommen? War er selbst schließlich nicht auch bloß ein Bill McGolwey?

Wenn ja, so wollte er sich Claire nicht aufdrängen.

Einige Minuten lang gab er allen Ehrgeiz, sich hinaufzuarbeiten, für immer auf.

Als Bill erwachte, offensichtlich besorgt um den Rest in der Bourbon-Flasche und sehnsüchtig bereit, »auszugehen und sich's gut gehen zu lassen«, strich Milt ziellos mit ihm durch die Straßen und zeigte ihm die Stadt. Er schwänzte aus Stumpfheit am nächsten Tag seine Vorlesungen und führte Bill auf die Werften.

Spät am Nachmittag kamen sie nach Hause geschlendert und Bill bewunderte seine neue Hose – er prahlte damit, sie um drei Dollars gekauft zu haben und legte dar, daß Milt ein Verschwender sei, weil er zehn Dollars für ein Paar Schuhe ausgegeben hatte; da klopfte es an die Türe. Milt, schläfrig und mißmutig, erwartete, daß seine Hausfrau eintreten würde und öffnete die Türe vor Fräulein Claire Boltwood, Herrn und Frau Gilson und Herrn Geoffrey Saxton.

Saxton blickte gelassen an ihm vorbei auf Bill, lächelte ein wenig und ließ sich herab zu sagen: »Ich dachte, wir sollten Sie einmal besuchen und da sind wir heraufgekommen, um Sie um eine Tasse Tee zu bitten.«

Bill hatte mitten in seiner Beschäftigung, sich den Kopf zu kratzen, innegehalten und glotzte Claire an. Claire erwiderte den Blick und starrte auf Bills struppiges Haar, auf seine roten Handgelenke, auf seinen verdrückten, befleckten Rock, auf sein impertinent dummes Gesicht. Dann sah sie Milt fragend an, der hervorstieß: »Oh ja, ja, natürlich, freu mich, Sie zu sehen. Kommen Sie, bitte, weiter und nehmen Sie eine Tasse Tee bei mir, ich freu mich so, Sie zu sehen, kommen Sie weiter – – –«

XXXIII.
Tee im Waschtischbecher

»Mein Freund, Herr McGolwey – wir kennen uns aus Schoenstrom – er ist auf einige Zeit nach Seattle gekommen. Bill, das sind Bekannte, die ich unterwegs auf der Fahrt kennen gelernt habe«, brummte Milt.

»Freu mich sehr. Nehmen Sie Platz. Hör mal, Milt, du solltest mehr Stühle haben, wenn so feine Leute dich besuchen kommen. Ha, ha, ha! Sag mal, ich glaub, es ist gescheiter, ich zieh mich zurück, damit du ungestört bist mit den Leuten«, schlug Bill bereitwillig vor.

»Oh! setz dich«, fuhr ihn Milt an.

Alle nahmen Platz, vier auf dem Bett. Milt versuchte zu sprechen. Er konnte nicht. Bill sah ihn an und als er seine Befangenheit sah, wollte er geschickt zu Hilfe kommen:

»Sie haben Milt also unterwegs kennen gelernt? Er ist ein geschickter Bursche, was?«

»Sie kannten Herrn Daggett zu Hause in Schoenstrom? Das ist aber nett«, sagte Frau Gilson.

» *Kannte* ihn? Ja, hören Sie einmal! Milt und ich, wir sind zusammen aufgewachsen. Ja, wir sind zusammen herum gewandert, haben im Sommer bei Bauern gearbeitet und haben zusammen gefischt – Hören Sie, hat Milt je von der großen Tanzerei in der Scheune erzählt? Es waren eine Menge Leute von weit her gekommen und ich hab gesagt: ›Hör mal, Milt, wir wollen Löcher in die Reifen von den Autos machen und uns dann verstecken und zuschaun‹. Ich glaub, ich hab ein bißl zu viel getrunken gehabt, um die Wahrheit zu sagen, aber natürlich Milt, der trinkt nicht viel, beinahe überhaupt nicht, feiner ordentlicher Bursche, wenn ich so sagen darf –«

»Bill!« befahl Milt. »Wir müssen Tee kochen. Da hast du Geld. Hol schnell vom Kaufmann an der Ecke Tee und Obers. Oh, kauf gleich auch drei oder vier Schalen. Beeil dich, mein Sohn!«

»Zu Befehl, wie man sagt!« schrie Bill begeistert. Er winkte Jeff vergnügt zu, nahm seinen schmutzigen, zerrissenen Hut und sprang davon.

»Reizender Kerl. Ein wirkliches Original«, flötete Frau Gilson.

»Kennt er auch Ihren Freund Pinky?« fragte Saxton.

Ehe Milt antworten konnte, stand Claire vom Bett auf, warf den Gilsons und Jeff einen kalten, gehässigen Blick zu und sagte ruhig zu Milt: »Der arme Kerl – war schrecklich verlegen. Es ist nett von Ihnen, daß Sie freundlich zu ihm sind«.

»Oh ja. *Wir* wollen auch etwas für ihn tun«, plapperte Frau Gilson. »Ich will Herrn Daggett und Herrn – Herrn McGollups, nicht? – für heute zum Abendessen einladen. Ich möchte gerne, daß er noch mehr von Ihrer Knabenzeit erzählt. Das muß interessant gewesen sein.«

»Ja«, sagte Milt sinnend. »Es war ein armseliges, elendes Leben. Wir mußten schwer arbeiten – wir hatten niemand, der uns feines Benehmen beibrachte.«

»Oh doch, Ihr alter, herrlicher Vater Doktor?« Jeff versuchte diesmal nicht, sein Grinsen zu verbergen.

»Ja. Der schon. Er hat auf die Chance verzichtet, ein reicher Müßiggänger zu sein, um Bauernkindern das Leben zu retten für Honorare, die er nie bekam.«

Bill kam mit dem denkbar schlechtesten Tee und vier geschmackvoll bemalten und vergoldeten Tassen zurück. Milt kochte Tee, ohne sich um die Übrigen zu kümmern, während Bill die Gilsons und Saxtons mit lustigen Geschichten unterhielt. Frau Gilson ermunterte ihn, immer mehr zu erzählen; Bill saß mit halb geschlossenen Augen da, schwelgend in der Saga des Kleinstadtlebens. Saxton und Gilson verbargen ihr verächtliches Grinsen nicht.

Aber Claire – nachdem sie nervös ihre Fingerspitzen gerieben hatte, schenkte Bill und seinen Erzählungen weiter keine Beachtung, sondern kam still zu Milt herüber, um ihm bei der Bereitung des dünnen Tees behilflich zu sein.

Sie flüsterte: »Machen Sie sich nichts draus, mein Lieber. Mir ist es egal. Aber ich kann mir vorstellen, wie Ihnen zu Mute ist. Schämen Sie sich, ein Prairie-Pirat gewesen zu sein?«

»Nein. Wir waren wilde Buben – aber ich bin froh, daß wir es waren.«

»Ich auch. Ich möchte nicht, daß Sie sich dessen schämen. Hören Sie mich a, und erinnern Sie sich der weisen Worte der kleinen Claire. Diese Narren dort bemühen sich, mir begreiflich zu machen, daß Sie für Fräulein Boltwood von Brooklyn Heights ein Fremder sind. Nun, es gelingt ihnen, mich davon zu überzeugen, daß sie selbst mir fremd sind!«

»Claire! Liebste! Bill macht Ihnen nichts?«

»Oh ja! Und Ihnen auch. Sie sind ihm entwachsen.«

»Ich weiß nicht, aber – Das heute war eine harte Probe.«

»Ja. Das war es. Denn wenn ich Ihren Freund, Herrn McGolwey, vertragen kann …«

»Dann haben Sie mich lieb!«

»Vielleicht. Ich will Ihnen nur umsomehr helfen.«

»Nein, nein! Ich brauche Ihnen nicht leid tun! Das kann ich nicht vertragen! Schließlich war es eine ganz gute Stadt und gute Leute …«

»Nein! Sie tun mir nicht leid! Ich meine nur, daß es nach Ihrem achtzehnten Jahr nicht gar so lustig für Sie gewesen sein kann dort. Dieses Geschwätze über den Reiz der kleinen Dörfchen – die Leute, die darüber schreiben, scheinen hübsch darauf bedacht zu sein, in ihren Villen in Long Island zu leben!«

»Claire!« flüsterte er verzweifelt. »Der Tee ist beinahe fertig. Oh, hören Sie, Liebste. Ich werde verrückt, wenn ich, statt um Sie zu freien, um den ganzen Gilson-Stamm freien muß. Kommen Sie, laufen wir davon!«

»Nein. Zuerst will ich ihnen zeigen, daß Sie das sind, was Sie sind!«

»Aber, das können Sie nicht.«

»Ha, warten Sie nur! Ich hab mir den verteufeltsten, grausamsten Plan ausgedacht, um soziale Überhebung zu bestrafen …«

Dann kündigte sie vergnügt an: »Der Tee ist fertig. Jeff, Sie bekommen den Becher vom Waschtisch hier. Ist das nicht lustig?«

»Ja. Oh ja. Sehr lustig!« Jeff war sehr gönnerhaft, aber Claire sah nicht beleidigt aus. Sie gab allen den sauren Tee zu trinken und das kalkähnlich schmeckende Gebäck zu kosten. Sie veranlaßte Bill, weiter Geschichten zu erzählen und als Frau

Gilson beharrlich die beiden von der höheren Gesellschaft Ausgestoßenen nochmals zum Abendessen einlud, versetzte Claire Milt und noch mehr Frau Gilson in Erstaunen durch ein stürmisches: »Oh ja, bitte, Milt, kommen Sie.«

Er willigte wütend ein.

»Aber zuerst«, fügte Claire zu Frau Gilson hinzu, »will ich, daß wir die Beiden nach – Oh, ich habe eine herrliche Idee. Kommt alle! Wir machen eine lustige Fahrt.«

»Eh – wohin –?« fragte Herr Gilson zögernd.

»Das ist mein Geheimnis. Kommt!«

Claire stolzierte zur Türe und brachte alle in der Limousine unter und flüsterte dem Chauffeur eine Adresse zu. Milt kümmerte sich nicht viel um die Fahrt. Bill war einigermaßen zu offensichtlich nicht an Limousinen gewöhnt. Er wischte seine kotigen Schuhe an der Polsterung ab und entschuldigte sich schwitzend.

Als der Wagen von einer der Hauptstraßen in ein kotiges Seitengäßchen bog, in dem sich seit den Pionier-Tagen von Seattle wenig geändert hatte, rief Frau Gilson jammernd aus: »Du lieber Himmel, Claire, du führst uns doch nicht vielleicht zu Tante Hatty auf Besuch?«

»Oh ja, wirklich, ich dachte, die würde den beiden Burschen hier gefallen.«

»Nein aber, ich glaube nicht …«

»Eva, mein Liebling, Jeff und du, Ihr habt unseren Besuch zum Tee bei Milt ausgeheckt und habt mir versichert, daß mich seine Junggesellenwohnung interessieren dürfte … nebstbei gesagt, war ich übrigens schon einmal dort und daher nicht so überrascht. Jetzt bin ich an der Reihe, die Gesellschaft zu führen.« Milt vertraute sie an: »Die liebe alte Tante Hatty ist nämlich Genes Tante, mit uns allen ein wenig verwandt. Sie kam schon vor langer Zeit nach dem Westen und hat hier harte Zeiten mitgemacht, aber sie ist richtige Brooklyn Heights und gehört zu Gramercy Park und North Washington Square und Rittenhouse Square und so weiter, obwohl sie ein wenig außer Kontakt gekommen ist.«

Als der Wagen anhielt, bemerkte Milt, daß Frau Gilson Anstalten machte, in der Limousine zu bleiben und er hörte, wie

Gilson seiner Frau zuflüsterte: »Nein, jetzt ist Claire an der Reihe. Sei keine Spielverderberin, Eva.« Claire führte sie zu einer kleinen, alten Dame, die sehr sauber, sehr ehrwürdig, sehr lebhaft aussah und nachdenklich in ihrer gelben Hand ein feines Taschentüchlein und eine schwarze Tonpfeife hielt.

»Halloh, Claire, meine Liebe! Du hast den Verwandtenrekord geschlagen – du warst in weniger als einem Jahr zweimal auf Besuch hier«, sagte die kleine, alte Dame.

»Guten Tag, Tante Harriet, wie geht es dir?« bemerkte Frau Gilson, nicht überschäumend herzlich.

»Halloh, Eva. Nehmt bitte auf der Türschwelle Platz. Obwohl die Hühner hier immer so schmutzig machen, nicht? Bringt ein paar Stühle heraus. Es sind zwei drinnen, die nicht unter einem zusammenbrechen – zumindest nicht häufig.« Tante Harriet war sehr heiter.

Die Gesellschaft nahm in einem finster dreinsehenden Kreis, auf einer Versammlung von gebrechlichen roten Samtstühlen und Holzsesseln Platz. Sie glichen den Leidtragenden nach einem Leichenbegängnis. Claire war der heitere Leichenbestatter. Frau Gilson die leidtragende Witwe.

Claire deutete auf Milt und sagte mit lauter und klarer Stimme zu Tante Hatty: »Das ist der nette Bursche, den ich unterwegs kennen gelernt habe und von dem ich dir schon einmal erzählte, glaub ich, Tante Hatty, nicht?«

Die alte Dame richtete ihre Augen auf Milt und schwatzte kichernd: »Mein lieber Junge, da ist irgendetwas nicht in Ordnung. Sie gehören nicht zu meiner Familie. Ja, Sie sehen ja wie ein Amerikaner aus. Sie tragen kein Monokel und ich wette, Sie können mit einem New-York-Londoner Akzent sprechen. Ja, Claire, ich muß mich deiner schämen, daß du ein menschliches Wesen in die Boltwood-Gilson-Saxton-Gruft bringst und erwartest …«

Jetzt starb das Lächeln auf Frau Gilsons Lippen für immer hin. Sie schnappte: »Tante Hatty, bitte, werden Sie nicht banal.«

»Ich?« krächzte die kleine, alte Dame. Sie paffte an ihrer Pfeife und ließ die Arme auf die Knie sinken. »Ach, 's ist schwer, es manchen Leuten recht zu tun.«

»Tante Hatty, ich möchte gerne, daß Milt etwas von unserer Familie weiß. Ich hab diese alten Geschichten so gerne«, bettelte Claire liebenswürdig.

Frau Gilson fuhr auf: »Claire, wirklich …«

»Ach, schweig doch, Eva, und zier dich nicht so!« bellte die liebe, kleine, alte Dame in plötzlicher, blinder Wut. »Ich werde reden, wenn *ich* will. Haben sie dich sekkiert, Claire? Oder deinen Burschen? Ich sage Ihnen, junger Freund, diese Familien sind grausam. Ich bin in Brooklyn erzogen worden – hab alle Schulen gemacht, konnte ebenso schlecht auf dem Klavier spielen und ebenso falsch französisch sprechen wie nur irgend eine von ihnen. Dann kam ich, zusammen mit meinem Bruder, Genes Pa, nach dem Westen – er hatte es sich in den Kopf gesetzt, hier reich zu werden, dadurch, daß er den Injuns ihr Land stahl. Und wir sind zugrunde gegangen. Ich mußte Wäsche waschen. Ich habe eine Menge Dinge gelernt. Ich habe gelernt, daß ein Gilson, wenn es ihm schlecht geht, aus demselben, gewöhnlichen Holz geschnitzt ist wie ein Bergarbeiter im roten Hemd. Aber Gene's Pa hatte schließlich Erfolg – es gab da so eine Geschichte von einem tatsächlich gestohlenen Schiff mit Rauchwaren – aber ich war nie eine, die über ihre Verwandten zu klatschen pflegt. Immerhin, zur Zeit als Gene geboren wurde, war sein Pa reich und das heißt soviel wie Aristokrat. Diese Aristokratie westlich von Pittsburg ist doppelt so übel wie die Snobs in Boston und New-York, denn dort drüben besitzen die Familien ihren Reichtum schon lang genug – einige haben ihn dadurch gewonnen, daß sie, um 1820, Staatsland gestohlen haben, andere dadurch, daß sie Jamaica-Rum und Neger verkauft haben, lange Zeit vor dem Revolutionskrieg – sie sind schon so lange respektable Bürger, daß sie nur zu genau wissen, daß niemand, außer vielleicht ein Brite, ihr blaues Blut anzweifeln wird – und, du mein Gott, was macht das Geld in der dritten Generation für blaues Blut! Aber hier, in Gottes Land, fühlen sich Marquis-Müller und Fleisch-Baron noch nicht recht zu Hause. Sogar ihre hübschen Frauen, wenn sie auch zum besten Friseur gehen und die größten Wohltätigkeitsunterhaltungen fördern, werden manchmal ängstlich, ob nur ja niemand glaubt, daß sie weder Geist noch Erziehung besitzen.

Und darum benehmen sie sich gegen alle armen Teufel, wie Sie und ich zum Beispiel, schlecht, damit wir nur ja einsehen sollen, wie wichtig sie sind. Aber Gott, *ich* kenne sie, mein Junge. Ich lebe hier abseits von meiner kleinen Pension, aber ich lese die Zeitung und muß oft lachen. Wenn ich von einem großen Empfang bei Frau Vogelands lese und von ihren großen Perlen und ihrer schönen Schwiegertochter, da erinnere ich mich, daß sie früher einen Mittagstisch für Bergarbeiter hatte ... Na, ich glaube, es ist im Osten genau so, wenn man nur weit genug zurückgeht. Claire, du bist ein lieber, guter Kerl und ich sag es nicht gerne, aber die Wahrheit ist, daß dein Urgroßvater Stallbursch war und sein erstes Geld bei Pferdewetten gewonnen hat. Tja, herrjeh, das hätt ich nicht sagen sollen. Bist du böse, Liebling?«

»Nicht im geringsten. Ist es nicht herrlich, daß Amerika so ein demokratisches Land ist, ohne jedes Kastenwesen?« sagte Claire.

Bei dieser ersten Unterbrechung des vertrackten Wortschwalles der kleinen alten Dame sprang Frau Gilson auf und wimmerte: »Ihr könnt alle bleiben, so lange Ihr wollt, aber wenn ich rechtzeitig zu Hause sein soll, um mich zum Essen umzukleiden ...«

»Ja, und ich muß gehen«, stotterte Saxton.

Der Abschied von Tante Harriet war nicht ganz unbefangen. Als alle sich zum Gehen wendeten, winkte sie Milt zurück und murmelte: »Habe ich die Gemüter in Aufregung versetzt und die Leute geärgert? Das wollte ich. Es ist die einzige Befriedigung, außer zu rauchen, die sich eine moralische alte Dame gestatten kann, wenn sie einmal zweiundachtzig ist und an allem zu zweifeln beginnt, was man sie gelehrt hat. Kommen Sie manchmal zu mir, junger Mann. Jetzt gehen Sie und schlagen Sie Gene Gilson. Fürchten Sie sich nicht vor seiner Frau mit all ihrem Getue. Segeln Sie einfach mit vollem Wind lustig hinein.«

»Das will ich«, sagt Milt.

Es gab noch eine Überraschung für ihn, ehe er die Limousine erreichte.

Bill McGolwey, der die ganze Zeit über still dagesessen war, seine Wange gerieben und verwirrt zugehört hatte, packte Milt beim Ärmel und polterte:

»Leb wohl, alter Teufel. Ich will nicht hineinplatzen und dir einen Strich durch die Rechnung machen. Gott, ich hab ja nie gewußt, daß du das Zeug in dir hast, dich unter diese Elite zu mischen, aber ich seh's ein, wenn ich mich geirrt habe. Du warst zu verflucht anständig, um mich hinauszuwerfen. Ich will's selber tun. Bist mein bester Freund gewesen und – Viel Glück, alter Kamerad! Gott segne dich!«

Bill rannte davon. Da drehte sich Milt entschlossen um, schritt die Stiege hinunter und sagte zu seinen Gastgebern mit seltsamer Ruhe: »Danke für die Einladung für heute abends, aber es tut mir leid, ich kann nicht kommen. Claire, wollen Sie, bitte, ein paar Häuser weit mit mir zu Fuß gehen?«

Während der halben Minute, die er gebraucht hatte, die Stufen hinunterzugehen, hatte Milt überlegt, mit einer Intensität, die ihn Bill vergessen ließ, daß er egoistisch gewesen war, daß er sich um die Meinung dieser »feinen Leute« nur in Bezug auf sich selbst gekümmert hatte, statt einzusehen, daß es seine Pflicht war, Claire vor ihrer enervierenden Feinheit zu retten. Nicht, daß er es eben ganz in diesen Worten formulierte, sondern er sagte sich:

»Sünde und Schande – da laß ich mir solche Angst einjagen von diesen gutangezogenen Leuten! Gott, es wäre doch schrecklich, wenn Claire sich als eine Frau Jeff Saxton niederließe. Muß sie retten – nicht um meinetwillen – um ihretwillen.«

Als er mit Claire dahinschritt, fragte Milt: »Froh, entschlüpft zu sein?«

»Ja, und ich bin froh, daß Sie für abends abgesagt haben. Und ich muß jetzt schauen, daß ich heimkomme, nach dem Osten. Ich hoffe, daß die Gilsons mir eines Tages verzeihen werden. Ach, diese schrecklichen sozialen Komplikationen sind ärger, als eine wirkliche Gefahr – Feuer oder Erdbeben …«

»Oh, diese Komplikationen, sie existieren ja eigentlich gar nicht! Wir machen sie einfach selbst, so wie wir die Regeln für ein Kartenspiel machen. Was, zum Teufel, scheren wir uns um die Meinung von Leuten, die wir nicht mögen? Es ist keine Armee da, gegen die wir zu kämpfen hätten. Es gibt nur Sie und ich – Sie und mich – und wenn wir zusammenhalten, sind wir die ganze Gesellschaft!«

»Ja–a, aber Milt, mein Lieber, ich will keine Ausgestoßene sein.«

»Werden Sie auch nicht. Im Laufe der Zeit, wenn Sie all diese Aristokraten nicht ernst nehmen wollen, werden Sie nur umso größeren Eindruck auf sie machen.«

»Nein. Das klingt tröstlich, aber es ist nicht wahr. Und Sie wissen nicht, wie angenehm es ist, ›dazu zu gehören‹. Aber – ach, es liegt mir nichts daran! Mit Ihnen zusammen bin ich glücklich – ich bin glücklich. Das ist alles, was ich weiß und was ich wissen will. Ich bin eben erwachsen geworden. Aber Milt, Liebster – ich sage es, weil ich Sie lieb hab. Ja, ich habe Sie lieb. Nein, bitte, nicht küssen. Ja, es ist zu … es ist *viel* zu öffentlich. Und ich möchte ernst reden. Sie haben keine Ahnung, wie stark soziale Unterschiede sind. Verachten Sie sie nicht darum, weil Sie sie nicht kennen.«

»Nein, das will ich nicht. Ich werd es lernen. Wirst du auf mich warten?«

»Oh – ja – Milt!«

»Du lieber Gott, Claire. Hast du bemerkt, daß ein Wunder geschehen ist? Wir sind nicht mehr Fräulein Boltwood und ein Bursche namens Daggett. Wir waren es, sogar wenn wir uns gern hatten, bis auf den heutigen Tag. Es war immer so eine Art Gefecht zwischen uns. Wir mußten erklären und uns verteidigen – Aber jetzt – wir sind *wir* geworden und der Rest der Welt ist verschwunden und –«

»Und alles andere ist egal«, sagte Claire.

XXXIV.
Der Anfang einer Geschichte

Es war die Abschiedsfeier für Claire und Jeff Saxton, ein Picknick in der Nähe des Suoqualnia Wasserfalls – eine ordentliche und entschieden Milt-lose Veranstaltung. Frau Gilson wollte Claire zeigen, daß sie ebenso tüchtige Abenteuerer wären, wie dieser schreckliche Daggett-Mensch. Darum nahmen sie nicht die Limousine sondern nur den Loco mit der Extrakarosserie für sieben Personen.

Sie waren furchtbar wild und ungeziert. Sie hatten kein Mädchen mitgenommen. Der Chauffeur war absolut der einzige, der den Gilsons, Jeff und der zeitweise laut naturliebenden Frau Betz beim Aufstellen zweier zusammenklappbarer Tische behilflich war, beim Aufbreiten des Tischtuches und Öffnen des Picknick-Proviantkorbes. Claire mußte zugeben, daß sie wünschte, sie könne den Proviantkorb für Milt stehlen. Es gab Thermosflaschen mit heißem Kaffee. Es gab Sandwiches mit Anschovis und *paté de foie gras*. Es gab Crêmeschnitten mit Mandeln, die in der weichen Crême versteckt waren, und es gab einen Hühnersalat, mit großen Stücken ausgelösten weißen Fleisches, die in einem Meer von Mayonnaise schwammen.

Als die Fresserei vorbei war und die Zigaretten zum Vorschein kamen, streckten sie sich auf wasserdichten Decken aus, seufzten ein wenig und hielten schöne Reden über die Natur und die Freude, sie frei und ungezwungen zu genießen.

»Was war es? Was war nicht in Ordnung? Sie sind so – oh – so höflich. Sie meinen nicht das, was sie sagen und wagen es nicht, das zu sagen, was sie meinen. Ist es das?« überlegte Claire.

Sie stutzte. Sie bemerkte, daß sie auf einen sandfarbenen Haarschopf und ein Grinsen starrte, das aus dem Schutz eines Busches hervorsah.

»Zum …« hauchte sie. Sie war zu erschreckt, um zu entscheiden, was ›zum‹ war. Sie erhob sich, um sich die Berge anzusehen, schlenderte fort, sprang eine Rinne hinunter und stieß auf Milt Daggett mit einem:

»Wie, um Himmelswillen …«

»Hab herausgekriegt, wo Ihr Leute alle hinwollt. Schau! Hab einen Karren! Ausgeliehen. Komm, wir wollen uns drücken! Fahr mit mir zurück!« Am Rande der Rille stand ein neuer Teal-Karren, etwas glänzender als der alte, aber ebenso lustig und unbequem.

»Kann nicht. Möchte gerne, aber – wär schrecklich ungezogen gegen die anderen. Das kann ich nicht machen – nicht mehr, als für ihr Seelenheil gut ist – nicht einmal um deinetwillen. Jetzt sei bitte nicht beleidigt.«

»Nein. Ich will niemehr beleidigt sein, weil du in mich vernarrt bist.«

»Ja, ja, das bin ich, bin ich das?«

Sie drehte sich um. Er sprang auf sie zu und packte von hinten ihre Hände, küßte ihr Haar und flüsterte:

»Ja!«

»Nein!«

»Gut also, nicht! Mein Gott, du bist so süß! Du möchtest doch lieber in meinem Karren davonrattern als in dem großen Loco mit denen dort dahinsegeln!«

»Ja, du das ist wahr und ich schäm mich dessen. Ich bin ein Rückschlag in die Art meines entsetzlichen Vorfahren, des Stallburschen, der auf Pferde wettete.«

»Wahrscheinlich. Ich bin ein Rückschlag in die Art meines Vorfahren, des Richters. Aber ich werde dich unterweisen, wie man meinen vornehmen Freunden begegnen muß.«

»Na – mein – Wort – darauf – Ach, hör doch bitte auf mit diesem blöden Gerede. Wir sind wie die Kinder. Du machst ja ein dummes, schnatterndes Schulmädel aus mir. Und eigentlich gefällt es mir. Es ist so – oh, ich weiß nicht – so verflucht natürlich, glaub ich. Jetzt schnell – küß mich und mach, daß du fortkommst, bevor die dort Argwohn schöpfen.«

»Hör mich an.«

»Ja?«

»Ich werde Eurem Wagen zufällig auf der Straße begegnen und dann lad ich dich ein, mit mir zu fahren. Abgemacht?«

»Ja. Gut. Ach, wir sind zwei kleine Kinder, die sich im Wald verlaufen haben! 'b wohl.«

Sie schlenderte zum Picknick zurück und bemerkte: »Was sind das für rote Blumen dort auf dem Hang?«

Der große Wagen schnurrte gelassen heimwärts, als er durch die Dazwischenkunft einer feindlichen Maschine beleidigt wurde; der ungezogene Fahrer brüllte ihnen in ganz unmanierlicher Weise einen Gruß zu. Der Gilson-Chauffeur hielt verärgert an.

»Halloh, Leutchen!« schrie der soziale Bandit.

Jeff Saxton wurde dunkelrot.

»Wie gefällt Ihnen mein neuer Karren, Claire? Schrecklich kleines Ding. Aber ich kann fünfzig pro Stunde machen. Bitte kommen Sie, probieren Sie ihn einmal aus, Claire, wenn Sie können?«

»Ja, aber – – –« Claire war offensichtlich entrüstet durch die Unziemlichkeit des Vorschlags. Sie sah Frau Gilson an, sah zweifelnd drein: »Ja – wenn Sie mich dann direkt nach Hause bringen können …«

»Sicherlich«, willigte Milt ein.

Als das Loco vorbei war, fuhr Milt den Karren an den Rand der Straße, zog die Handbremse an und küßte Claire umständlichst, die sich in dem blödsinnig niedrigen, blech-umschlossenen Sitz zusammenkauerte.

»Müssen wir bald nach Hause?« bat er.

»Ach, mir liegt nichts daran, wenn wir auch nie mehr nach Hause kommen. Komm, wir wollen in die Berge fahren. Seitenstraßen. Wir wollen uns einreden, daß wir wieder über Land fahren.«

Tannen sausten vorbei – Felsen im Sonnenschein – Wolken jagten über einen einladenden Bergpaß – sogar die Furchen und Höcker und Rillen der Straßen – alles schien zu ihr zu gehören, als wäre sie ein Teil des Ganzen. Und sie konnte sie selbst sein, gut oder schlecht, klug oder unwissend, mit diesem Burschen hier an ihrer Seite. Was alles sie in der überzeugendsten Rede, die sie je gehalten hatte, zusammenfaßte, nämlich:

»Oh, *Milt* –!«

Sie waren von einem Seitenweg in einen Seiten-Seitenweg gebogen. Sie durchquerten ein hochgelegenes Tal, Regengüsse hatten sich hier mit der Zeit zu einem Bächlein gesammelt, das

die Straße allmählich überflutet, die dünne Kieselschicht aus-
gewaschen und die Straße zu einem seichten, reißenden Fluß
umgewandelt hatte. Milt hielt an dessen Ufer scharf an.

»Hier müssen wir, fürchte ich, umkehren«, seufzte er.

»Oh nein! Können wir nicht durch? 's ist ja nur vielleicht
zwei Fuß tief und der Grund ist steinig«, widersprach die neu-
erweckte Abenteurerin.

»Ja, aber schau dort den steilen Uferrand. Da kommen wir
nie hinauf!«

»Das ist mir egal. Versuchen wir's! Wir können hin und her
drehen und werden schon irgendwie herauskommen. Ich wett
um zwei Silbermünzen mit dir, daß es geht«, sagte die zarte,
feine, junge Dame, die unter der Obhut von Frau Gilson stand.

»Gut also. Los!«

Der Karren fuhr hinunter – schoß über die Böschung,
tauchte unter, bis die kleine Haube sich unter ihnen senkte, als
machten sie einen Looping, schlug auf das fließende Wasser
auf, daß es in gelben Tropfen über Claires rosafarbenes Kleid
spritzte, rollte schwerfällig vorwärts, stieß an den jenseitigen
Uferrand, griff schwach an, kroch zwei Zoll hoch empor, glitt
zurück und saß mitten im gurgelnden Wasser fest, zu einem
Motorboot umgewandelt.

»Nein, geht nicht«, brummte Milt. »Erschrocken?«

»Nix da. Es gefällt mir gerade. Das ist eine richtige Lager-
stätte: das Gebüsch dort längs des Ufers und der Fluß – horch,
wie er unter dem Trittbrett plätschert.«

»Möchtest du gerne mit mir in einem Lager kampieren?«

»Ja, sehr.«

»Sag! Herrjeh! Hab noch nie daran gedacht. – Claire! Hast
du deine Karte schon, nach dem Osten?«

»Mein Billett? Ja. Warum?«

»Na, ich glaub sicher, daß du's noch zurückgeben kannst
und das Geld dafür zurückbekommst. Das ging schon.«

»Möchtest du mich vielleicht in das Geheimnis einweihen?«

»Oh ja, herzlich gerne. Ich habe eben überlegt – Ich glaube,
es hat nicht viel Sinn, unsere ganze Jugend aufs Warten zu ver-
geuden – zwei – drei Jahre auf der Universität und vielleicht
noch in den Krieg gehen und eine Ingenieurstelle suchen als

Anfänger – und ich, einsam wie ein Truthahn in einem Hühnerhof, und du spielst die treue, junge Dame in Brooklyn – Ich denk, wir könnten vielleicht morgen heiraten und …«

»Du lieber Gott, was glaubst du …?«

»Willst du zu Brooklyn-Gilsons zurückkehren?«

»Nein, aber …«

»Liebste, könnten wir nicht ein einziges Mal verrückt sein, so lang wir noch jung sind?«

»Überrumpel mich nicht so! Laß mich denken. Man muß praktisch sein, sogar wenn man verrückt ist.«

»Das bin ich. Ich habe noch über tausend Dollars von meiner Garage und ich kann abends arbeiten – wie Freund Jeff vorgeschlagen hat! Claire –«

»Oh, laß mich doch denken. Ich glaub, ich könnte auch noch auf die Universität gehen und mancherlei lernen, hab's nötiger als du, ich kann ja nicht eine einzige Sache wirklich ganz.«

»Willst du mich morgen heiraten?«

»Nun – tja –«

»Denk an das Gesicht, das Frau Gilson machen wird, wenn sie's erfährt! Und Saxton und diese Frau Betz!«

Nicht zu irgendeinem ausgesprochenen Satz, sondern zu dem Kuß, den sie ihm gab, fügte Claire hinzu: »Vorausgesetzt, daß wir den Wagen da aus dem Wasser kriegen!«

»Oh, du Liebe, Liebe! und all die romantischen Redewendungen, mit denen ich um dich anhalten wollte! Ich hatte mir die schönsten Sachen ausgedacht, mit Rosen und Sternen und Engeln und allem möglichen …«

»Das machen alle so; aber niemand hat noch bisher in einem Karren mitten in den Fluten um mich angehalten. Oh, Milt! Das Leben ist lustig! Ich hab es nie gewußt, bevor du mich entführt hast. Wenn du mich noch einmal so küßt, werden wir umkippen und beide ins Wasser fallen. Nebstbei gesagt, *können* wir den Wagen da herauskriegen?«

»Ich glaub schon, wenn wir die Ketten nehmen. Wir müssen Schuh und Strümpfe ausziehen.«

Sie zog – sich ein wenig verlegen abwendend – ihre Strümpfe und Pumps aus, während er sich aus einem

Autofahrer in einen jungen Wikinger verwandelte, die Hose bis über die Knie hinaufgerollt.

Sie schwangen sich über das Trittbrett hinaus, das nun vom Wasser umspült war. Leise quietschend stiegen sie in den kalten Fluß. Tropfend, lachend, mit nassen Kleidern, die an seinem Körper klebten, duckte er sich hinter dem Wagen nieder, um den Wagenheber unter die Hinterachse zu bekommen; während sie im gurgelnden, kalten Wasser, das ihr ins Gesicht spritzte, sich neben ihm niederbeugte, um die steifen, neuen Ketten um die Hinterräder zu schlingen.

Sie kletterten in den Wagen zurück, übermütig und verwildert wie Zigeuner. Sie wischte einen Kotspritzer von ihrer Wange und bemerkte mit tiefem Ernst und einer natürlichen Selbstverständlichkeit, die dieser Jeff Saxton, der sie so gut kannte, ihr niemals zugetraut hätte:

»Herrjeh! Hoffe, jetzt wird der alte Vogel herauskriechen.«

Milt reversierte, gab Gas und fuhr unter dem Aufschießen des kotigen Wassers, das von den wirbelnden Rädern aufgewühlt wurde, nach hinten. Sie stießen am Uferrand an, hingen dort atemraubende zwei Sekunden lang, fingen an, hinaufzukriechen, hinauf, mit dem Gefühl, daß sie jede Sekunde wieder zurückfallen würden.

Dann, plötzlich, waren sie oben am Ufer und es erschien unsinnig, zu denken, daß sie jemals da unten im Fluß herumgeschwommen waren. Sie wuschen einander die schmutzigen Gesichter ab, lachten schrecklich viel, rippelten die Beine mit den Strümpfen, gewannen wieder ein einigermaßen zivilisiertes Aussehen und wendeten, sentimentale Lieder singend, um, fanden eine andere Straße und fuhren auf die Spitze eines Hügels zu. »Ich bin neugierig, was jenseits dieser Höhe liegt?« sagte Claire. »Wieder Berge und wieder und immer wieder und wir werden weiter und weiter hinauffahren bis in alle Ewigkeit. Wenn der Morgen dämmert, werden wir immer noch höher fahren. Und das ist unser Leben.«

»Ja–a, vorausgesetzt, daß wir immer Benzin kaufen können.«

»Weiß Gott, so ist es!«

»Bei der Gelegenheit, weißt du, daß ich ein kleines bißchen Geld habe – ungefähr fünftausend Dollars – mein Eigentum.«

»Aber – das macht es ja unmöglich. Junger Abenteurer heiratet Dame von ungeheurem Reichtum …«

»Nein, das tust du nicht! Ich hab deinen Antrag angenommen. Glaubst du, ich will den einzigen richtigen Spielkameraden, den ich je gehabt habe, wieder verlieren? Es war so einsam auf der braunen Freitreppe der Boltwoods, bis Milt frech pfeifend daherkam und das feierliche kleine Mädchen im Spitzenkleidchen lehrte, mit Steinkugeln spielen und – gib Acht, dort kommt eine Kurve! Himmel, wie ich auf dich aufpassen muß! Gibt es auf der Universität auch Kochkurse? Nein – bitte – küß – mich – nicht – in – der – Kurve!«

∗

Das ist der Anfang der Geschichte von Milt und Claire Daggett.

Nachdem das Vorspiel vorüber und der Vorhang aufgegangen ist vor dem eigentlichen Stück, sehen die Beiden den Kümmernissen und Freuden eines wechselvollen Lebens entgegen. Nicht ohne Streit und bange Stunden, nicht frei von Unkenntnis und Unbehagen darüber, daß sie zwischen Bergesgipfeln lange, trübe Zeiten hindurch im staubigen Tal verweilen werden müssen – treten sie in das Drama ein, ausgezeichnet durch die Fähigkeit, miteinander lachen zu können und durch den Vorteil, herausgefunden zu haben, daß weder Schoenstrom, noch Brooklyn Heights das ganze Leben bedeuten und durch die kosmische Bedeutung für die langweilige Welt, daß sie an die Romantik glauben, welche die Jugend unversiegbar macht.